Robin York a grandi sur le campus d'une université, étudié à l'université, travaillé à l'université et épousé un professeur d'université. Elle se demande toujours pourquoi elle n'a pas eu plus tôt l'idée de se lancer dans la littérature New Adult. Elle est mère de famille à ses heures perdues, sait faire du caramel au beurre salé comme personne et réfléchit à ses intrigues en allant courir, marcher ou faire du vélo.

Du même auteur, chez Milady :

Caroline & West :
1. *Plus loin*
2. *Plus fort*

CE LIVRE EST ÉGALEMENT DISPONIBLE
AU FORMAT NUMÉRIQUE

www.milady.fr

Robin York

Plus loin

Caroline & West – 1

Traduit de l'anglais (États-Unis) par Laurence Boischot

Milady

Milady est un label des éditions Bragelonne

Titre original : *Deeper*

ISBN : 978-2-8112-3443-0

Bragelonne – Milady
60-62, rue d'Hauteville – 75010 Paris

E-mail : info@milady.fr
Site Internet : www.milady.fr

Avant

Il y a des jours où je déteste la fille que j'étais avant. C'est comme quand on regarde un film d'horreur et qu'on ne peut pas s'empêcher de mépriser la pauvre vierge qui décide d'aller se promener dans les bois en pleine nuit. Il faut vraiment qu'elle soit complètement débile pour ne pas se douter qu'elle va finir en petits morceaux.

Elle devrait pourtant être au courant. C'est ça qui rend ce genre de scène insoutenable. On voudrait qu'elle comprenne. On voudrait qu'elle se défende et on lui en veut de ne pas se méfier alors que, bien évidemment, c'est le taré qui la charcute qui est en tort.

Le truc, c'est que les films d'horreur présentent le tueur comme une espèce de force de la nature que rien ne saurait arrêter, ce qui donne l'impression que la fille n'est qu'une pauvre conne qui aurait dû regarder la météo des psychopathes avant de s'aventurer dans la forêt.

Maintenant, si quelqu'un m'envoyait un texto disant uniquement « Oh putain ! », je ne me demanderais même pas si une tuile risque de me tomber sur la tête. Je me demanderais uniquement combien de temps il me faudra pour me relever et réussir à marcher la tête haute. Mais en août dernier, au tout début de ma deuxième année à l'université de Putnam College, je ne me suis pas inquiétée. Je me suis dit que Bridget, ma coloc et meilleure amie, n'allait pas tarder à m'expliquer ce qui lui arrivait.

J'ai donc pris le temps de me sécher les cheveux, puis, en me redressant, j'ai lancé ma serviette humide vers la corbeille à linge sale. Elle a atterri à côté et, le temps que j'aille la ramasser, j'avais reçu un deuxième message, qui contenait un lien vers un site.

Il faut que tu voies ça.

Puis, une seconde après, Bridget m'écrivait :

Je suis désolée.

J'ai cliqué sur le lien.

Je crois que je me doutais déjà de ce que j'allais découvrir. Le truc, c'est que les gentilles filles comme moi – enfin, jusqu'en août dernier –, on passe notre vie à vouloir faire plaisir, pour que tout le monde nous aime et nous respecte. Alors on finit par développer une sorte de radar qui nous permet de détecter les situations qui risqueraient de nous causer du tort.

En gros, quand on commet une gaffe – ou, dans mon cas, une erreur monumentale –, on le sait.

L'écran de mon téléphone a affiché une photo de moi, seins nus, le sexe de Nate dans la bouche.

J'ai regardé un instant, j'ai pris une profonde inspiration, puis j'ai fermé les yeux.

J'ai senti, physiquement, le sol se dérober sous mes pieds.

Je sais, vous allez me dire que je dramatise, mais je ne vois pas d'autre façon de décrire la situation. L'instant d'avant, j'étais fermement ancrée dans ma vie de brillante étudiante en droit et sciences politiques, prête à conquérir le monde. Je me suis adossée au bureau, le souffle coupé.

Il ne m'a pas fallu longtemps pour encaisser le choc. Au contraire, l'onde s'est propagée immédiatement jusqu'aux recoins de mon cerveau où j'avais dressé la liste des conséquences potentielles de ces photos au moment même où Nate les prenait.

Tout le monde va les voir. Tout le monde va se moquer de toi et t'insulter.

Tu ne pourras jamais poursuivre tes études de droit.

Tu n'obtiendras pas de bourse d'excellence.

Tu ne pourras jamais devenir juge, et encore moins entrer en politique.

Ces photos peuvent tout gâcher.

Quand j'ai vu ça, j'ai été aussitôt anéantie, parce que je le savais depuis le début.

Cette nuit-là, quand Nate a brandi son téléphone alors que j'étais agenouillée devant lui, mon radar de gentille fille fonctionnait parfaitement.

C'est une mauvaise idée, m'a-t-il soufflé. *Tu vas le regretter.*

Si je n'ai pas tenu compte de ces avertissements, c'était parce que Nate était de mauvaise humeur et que je voulais lui faire plaisir.

C'est Nate, tu as confiance en lui. Il ne ferait jamais ça.

Pourtant il l'a fait. C'est obligé. Le site indique clairement que je suis Caroline Piasecki, de Putnam, Iowa, et Nate était la seule personne à connaître l'existence de ces photos. Soit il les a publiées lui-même, soit il les a confiées à quelqu'un qui s'en est chargé.

Il y a deux portraits où je souris, une photo où je fais le *duckface* dans ma voiture et que j'avais prise pour rire, ainsi qu'une autre que j'avais prise dans le miroir de ma chambre, au lycée. Je porte mon ensemble léopard préféré et je rentre le ventre tout en bombant le torse pour essayer d'avoir l'air sexy. Je voulais tellement que Nate me trouve sexy.

Et puis il y a les autres, tellement crades que j'ai du mal à les regarder.

En bas de la page, il y avait un nouveau portrait de moi avec une bulle de dialogue qui disait :

> Je m'appelle Caroline Piasecki et je suis une grosse salope frigide qui a besoin qu'on la baise par tous les trous !

J'étais trop choquée pour pleurer.

Trop choquée pour respirer.

La page avait déjà recueilli quatre cent soixante-deux commentaires.

Quatre cent soixante-deux.

Si on m'avait demandé, dix minutes plus tôt, ce que je pensais de Nate, j'aurais sans doute répondu : « Oh, on s'est séparés sans rancune. » On était restés ensemble trois ans, puis notre relation s'était effilochée tout doucement. Scénario classique quand on passe du lycée à l'université, il faut croire. À la fin de notre première année de fac, j'avais l'impression qu'on n'avait plus grand-chose en commun, Nate et moi. Je n'avais jamais eu de petit copain avant que

Nate me demande de sortir avec lui, au lycée. Mon père disait que j'avais mis du temps à sortir de ma coquille. Nate était mignon, intelligent, il avait plein d'amis. J'étais flattée qu'un garçon comme lui s'intéresse à moi. Et puis, à Putnam, j'ai commencé à me rendre compte qu'il manquait quelque chose de vital à notre relation, une étincelle, une vraie complicité.

Je l'ai quitté avant la fin des vacances d'été, un jour où nous étions allés manger une pizza. J'ai essayé d'expliquer ma décision sans le blesser, et je croyais avoir réussi. À la fin du repas, il était redevenu souriant et normal.

J'aurais dit que c'était un type bien et que nous étions toujours amis.

Alors, même si je m'y attendais un peu, j'ai été surprise. J'avais toujours suivi les règles du jeu : j'avais toujours fait de mon mieux pour avoir de bonnes notes, j'étais sortie avec un gentil garçon et je l'avais fait patienter longtemps avant de coucher avec lui. Ce genre de scandale n'était pas censé m'arriver. Je n'aurais jamais imaginé que mon premier petit ami, celui qui m'avait emmenée au bal de promo, balancerait des photos de moi sur Internet en me traitant de sale pute qui aime se faire éjaculer à la figure, en prenant bien soin d'indiquer mon nom et celui de mon université.

Franchement, qui s'attendrait à un truc pareil ?

Je me suis assise à mon bureau et j'ai commencé à parcourir la première page de commentaires, puis la suivante, et celle d'après.

Jolis nichons.

Je me la taperais bien.

Je viens de me branler devant tes photos, grosse cochonne. Merci, Carolina.

Elle est moche ! Je préférerais voir sa chatte que sa tronche !

Avec chaque mot que je lisais, chaque commentaire immonde proféré par ces pervers visqueux planqués derrière leur écran, je me disais : *C'est ma faute.*

C'est ma faute, c'est ma faute, c'est ma faute.

Je n'aurais jamais dû permettre à Nate de prendre ces photos. Je le savais depuis le début, et j'y ai repensé quand on s'est séparés. Ce jour-là, j'ai failli lui demander de me passer son téléphone pour effacer toutes les photos de moi qui s'y trouvaient. Pourtant j'ai refoulé cet instinct qui me dictait d'agir pour me préserver, parce que je ne voulais pas vexer Nate.

Je ne voulais pas me montrer impolie !

J'ai passé un long moment assise à mon bureau, à faire défiler les commentaires d'une main tout en essuyant mes larmes de l'autre. Je haletais plus que je respirais, je paniquais plus que je réfléchissais, j'étais trop déboussolée pour penser à un plan d'attaque.

Je crois que je faisais le deuil de quelque chose dont je n'avais pas vu venir la fin. Mon innocence, peut-être. Ma jeunesse dorée.

Ce n'est que quand Bridget m'a envoyé un autre message – « Ça va ? » – que j'ai réellement compris. Je me suis rendu compte que, quand elle reviendrait dans la chambre, elle aurait vu. Elle saurait. Et je devrais lui faire face.

Je me suis rendu compte qu'il ne s'agirait pas seulement de Bridget, mais de tout le monde. Tout le monde saurait.

C'est alors que j'ai compris que rien n'irait plus jamais.

Septembre

Caroline

Deux semaines et demie après la publication des photos sur Internet, j'ai la situation bien en main. Jusqu'à ce que, en sortant d'un cours de latin, je me prenne le coude de West Leavitt dans la figure.

J'avance tête basse, occupée à réfléchir aux élections de l'assemblée des étudiants, qui approchent. Je pensais me présenter cette année, mais ça me paraît compromis, à présent. La candidate qui brigue le poste pour notre résidence… Je ne veux pas être méchante, mais bon. Disons que ce ne serait pas mon premier choix.

Mon premier choix, ce serait moi.

Mécaniquement, je sors dans le couloir et prends à droite, contrairement à la majorité des autres étudiants. Avant, je partais sur la gauche, mais Nate a cours de macroéconomie dans la salle voisine de la mienne, et je préfère ne pas le croiser. Je sors donc par la droite avant de contourner le bâtiment pour rejoindre la cantine.

D'habitude, la voie est libre, mais pas aujourd'hui. Il y a du monde dans le couloir sauf que, comme j'ai la tête baissée, je ne fais pas attention, jusqu'au moment où je fonce dans le dos de quelqu'un. Mon sac m'échappe des mains et tombe par terre. Je me baisse pour le ramasser tout en bredouillant des excuses, et c'est là que je remarque

que je suis entourée de nombreuses paires de jambes. J'ai à peine le temps de me demander ce qui se passe que, en me relevant, je reçois un coup de coude dans le nez.

Enfin, sur le moment, je ne me rends pas compte que c'est un coude et je ne vois pas à qui il appartient. Tout ce que je sais, c'est que ça s'agite devant moi et que quelque chose de dur percute mon nez en plein sur l'arête.

Ça fait mal.

Super mal.

Je porte une main à mon visage et me laisse tomber à genoux en baissant la tête pour me protéger, étourdie par la douleur. Les larmes me montent aux yeux, et un liquide chaud coule sur ma lèvre supérieure. Par réflexe, je sors la langue avant de comprendre que c'est du sang. *Beurk!* Une seconde plus tard, j'en ai partout sur les lèvres et le menton, mais je n'arrive pas à m'en soucier parce que mon nez est en train d'exploser.

C'est la première fois que je me fais frapper au visage.

C'est traumatisant.

Je me doute que je devrais faire quelque chose au lieu de me mettre du sang sur les mains, les doigts placés sous mes narines comme si ça allait m'aider – ce qui n'est évidemment pas le cas. Déboussolée, je regarde autour de moi en cillant et cherche à comprendre ce qui m'a cognée avec tant de haine. Étant donné l'état de mon nez, je m'attends à ce que ce soit un mur de brique ou, à la rigueur, un monstre avec des poings en parpaing.

Au lieu de ça, j'aperçois deux types qui se battent en poussant des grognements. Les autres étudiants se sont arrêtés et ont formé un cercle autour d'eux, mais j'ai continué à avancer sans m'en rendre compte, ce qui explique sans doute ma mésaventure. Cela me met également aux premières loges pour voir venir le coup de poing.

Enfin, je ne le vois pas directement, puisque le type qui le reçoit me tourne le dos, mais le choc sourd de l'impact me retourne l'estomac.

Le type s'affale juste devant moi, et son agresseur s'avance sur lui, haletant. Je ne distingue que le haut de sa tête, mais il semble prêt à frapper de nouveau, et je n'ai vraiment pas envie d'assister à ça. C'est tellement brutal, tellement bestial, je ne suis pas sûre d'en supporter davantage.

Soudain un son atroce retentit – un souffle aigu et nasillard –, et le mec qui est penché sur sa victime lève les yeux vers moi.

— *Oh non!*

C'est moi qui ai émis ce cri affolé, et maintenant je n'arrive même plus à respirer parce que le mec en question, c'est West, et que le visage qu'il vient de frapper avec tant de hargne n'est autre que celui de Nate.

West écarquille les yeux.

— Caroline, ça va? Je t'ai cognée?

Il se relève et s'approche de moi en me tendant la main, comme s'il avait complètement oublié qu'il était occupé à tabasser Nate quelques secondes auparavant. Ce regard, cette main tendue… Cela me rappelle tellement les circonstances de notre première rencontre que j'ai une vive impression de déjà-vu. Mes genoux se dérobent sous moi, ce qui m'agace prodigieusement. En cet instant, mon corps est mon pire ennemi – ces fichus genoux qui ne tiennent pas la route, mes cordes vocales qui se crispent, me condamnant à émettre des couinements de goret, mon nez qui pisse le sang, mon visage qui m'élance douloureusement.

Et je ne parle même pas de mon cœur, qui tambourine derrière mes côtes.

West passe un bras autour de ma taille d'un geste ferme et rassurant, et mon corps me trahit une fois de plus : j'adore la sensation de cette main sur ma hanche.

J'ai dû subir un traumatisme crânien, c'est la seule explication possible. C'est sans doute West qui m'a frappée, même s'il ne l'a pas fait exprès, et c'est clairement lui qui a frappé Nate, qui…

Oh, merde !

Nate est étalé par terre, la bouche en sang.

Le pire, c'est que je n'arrive même pas à me concentrer sur lui, parce que West a posé son autre main sur mon épaule, légèrement, avant de me soulever le menton. Ses doigts sont rendus gluants par mon sang. Je saigne sur lui, et j'aime ça.

C'est ce qui se passe avec West. Il ne m'a touchée qu'une fois auparavant, mais ce n'est pas le genre d'expérience qui s'oublie facilement.

Pourtant c'est mal, pour un tas de raisons dont la plupart n'ont rien à voir avec des questions de santé. Premièrement, je n'aime pas les mecs bagarreurs. À vrai dire, en ce moment, je n'aime pas les mecs tout court. Mais, si je cherchais quelqu'un, ce ne serait certainement pas West, parce que c'est un mec à problèmes et que je suis allergique à ça.

— Tu saignes, fait-il remarquer.

— Tu m'as donné un coup de coude.

— Fais voir.

Il m'attrape gentiment le poignet pour que je retire ma main de sous mon nez, et je le laisse faire parce que, honnêtement, je serais prête à laisser West Leavitt me faire n'importe quoi. Peut-être qu'il a des pouvoirs magiques. Enfin, non, je sais bien que ce n'est pas le cas. West est simplement un jeune homme de vingt ans qui étudie à Putnam College, en dominante biologie. Il travaille à la bibliothèque universitaire pendant la semaine, est serveur à *La Poire dorée* le week-end – le seul restaurant chic de Putnam – et à la boulangerie de nuit. Si l'on ajoute à cela une ou deux sources de revenus pas tout à fait légales, plus les cours, cela fait de lui quelqu'un de très occupé.

Il est grand – au moins un mètre quatre-vingts – avec des cheveux bruns souvent en bataille, des yeux bleu-vert, et la peau délicieusement bronzée.

C'est un mec qui fréquente la même fac que moi. C'est tout.

Sauf que non, ce n'est pas tout.

Son visage est… Vous savez ce qu'on dit ? Que les êtres humains sont attirés par la symétrie. Eh bien, rien dans le visage de West n'est régulier, justement. L'un de ses sourcils remonte sur le côté tandis que l'autre est barré d'une mince cicatrice blanche. La couleur de ses yeux n'est pas uniforme ; ses iris sont parsemés de minuscules paillettes qui brillent parfois, même si je ne comprends pas comment c'est possible. Sa bouche est un peu trop large, ce qui lui donne un air arrogant chaque fois qu'il rit, qu'il sourit ou qu'il envisage d'esquisser le moindre rictus. Son nez a dû être cassé au moins une fois, parce qu'il ne se trouve pas exactement là où on s'y attendrait. Il est légèrement décalé sur la gauche. Et puis, pour être tout à fait franche, je trouve ses oreilles trop petites.

Quand il me regarde dans les yeux, j'en perds l'usage de la parole.

Voilà pourquoi je suis plantée là, sans bouger, pendant qu'il examine mon visage ensanglanté.

— Ça va, mon nez ? Il est toujours là ?

Malheureusement, ma question ressemble à quelque chose comme : « Ça ba, bon dez ? »

— Ouais. Tu as raison, il faut croire que je t'ai donné un coup de coude. Tu n'as rien de cassé, en tout cas.

— Comment tu le sais ?

— Ça saignerait encore plus, si c'était le cas.

Il passe un doigt le long de l'arête de mon nez.

Je n'ai plus mal.

Un gémissement sourd détourne l'attention de West, qui baisse les yeux. Aussitôt mon nez recommence à me faire souffrir et je me rappelle qui est allongé par terre en train de gémir – et pourquoi.

Nate a la lèvre fendue. Tout le devant de sa chemise est trempé de sang. Quand il ouvre la bouche pour cracher, ses dents sont roses.

Il a les dents roses. Ce détail me tirerait presque de ma torpeur.

C'est Nate. West a frappé Nate. Il saigne. Toi aussi, d'ailleurs.

Mon cerveau me livre ces informations l'une après l'autre, comme s'il attendait que j'en fasse une histoire cohérente. Sauf que mes facultés d'analyse ne sont pas en état de marche.

Je vois des gouttes de sang tomber de mon menton et atterrir sur le cuir usé de la botte de West.

— Il me faut une serviette en papier, dis-je.

Krishna, l'ami de West, l'attrape par le bras.

— Ne reste pas là, mon pote.

Krishna est grand et mince, avec la peau sombre, les cheveux noirs et un visage d'une beauté intimidante. Sa nonchalance lui donne l'air d'avoir deux de tension, alors le fait d'entendre un soupçon de panique dans sa voix me réveille complètement.

Les étudiants rassemblés en cercle autour de nous sont tournés vers le bout du couloir, comme si quelqu'un approchait.

West Leavitt a donné un coup de poing à Nate. En pleine figure.

Je saigne.

Il a les mains posées sur moi, et je n'arrive pas à réfléchir.

— Occupe-toi d'elle.

Il s'adresse à Krishna, sans pour autant me quitter du regard, l'air désolé.

— OK, mais vas-y, grommelle Krishna en le poussant légèrement.

West tourne les talons, me jette un dernier coup d'œil, puis part en courant. Krishna ramasse mon sac – je ne m'étais même pas rendu compte que je l'avais laissé retomber – et passe un bras autour de mes épaules.

— Viens, on va te trouver une serviette en papier.

— Tu crois que Nate va s'en sortir ?

— Je crois que Nate est un connard, mais il survivra, répond Krishna. Tu peux marcher un peu plus vite ?

Je fais de mon mieux. Quand on arrive aux toilettes des femmes, situées à l'étage, Krishna se poste sur le seuil et tient la porte ouverte tandis que j'applique sous mon nez une serviette en gros papier brun recyclé. J'examine mon reflet dans le miroir.

J'ai l'air tout droit sortie d'un film d'horreur. J'ai du sang coagulé sur la moitié du visage et dans mes longs cheveux bruns. Ma main est encore toute gluante, et la manche de ma chemise blanche est toute rouge et trempée à l'endroit où elle dépasse de mon pull.

Tu n'as eu que ce que tu méritais, sale pute !

Ces mots me retournent l'estomac si brusquement que je ferme les yeux et prends une profonde inspiration.

Puis je regarde Krishna, mais, évidemment, ce n'est pas lui qui a parlé.

Ce sont ces types, dont les voix me poursuivent.

Leurs commentaires méprisants et répugnants fournissent la bande-son sinistre au film de ma vie.

« Je me la ferais bien, quand même », disent-ils alors que j'ouvre le robinet.

« Je la baiserais comme un sauvage jusqu'à ce qu'elle ne puisse plus marcher droit. Je m'en fous qu'elle ait une sale tronche. »

Je passe les doigts sous le filet d'eau en attendant qu'elle se réchauffe.

— Ça va ? me demande Krishna.

Il n'a pas l'air à l'aise. On est en bons termes, lui et moi, mais on n'est pas non plus amis. Il est plus proche de Bridget, ma coloc. On habitait dans la même résidence, l'an dernier. West et lui occupaient la chambre en face de la nôtre.

J'aime bien Krishna, mais ce n'est pas le genre de type à qui je choisirais de me confier. C'est un tombeur en série, doublé d'un glandeur fini. Je me doute qu'il a mieux à faire que de me regarder saigner du nez dans les toilettes des filles.

Tout doucement, je retire la serviette et jette un coup d'œil prudent. Il semblerait que les saignements se soient arrêtés.

— Je vais bien, Krishna. Tu n'es pas obligé de rester avec moi.

— Ce n'est pas que ça m'embête, mais j'avais prévu de voir quelqu'un. Sauf si…

— Vas-y.

J'aimerais autant être un peu seule. J'ai les mains qui tremblent et je me méfie de mes genoux.

— Je dirai à West qu'il n'a pas de souci à se faire.

— Hein ?

— Enfin, je lui dirai que tu n'es pas blessée, explique-t-il.

Sauf que je suis blessée. Quelque part dans ma poitrine, bien cachée derrière ma cage thoracique et mes poumons, il y a une blessure vive qui refuse de cicatriser. Elle me fait mal à chaque instant. La douleur lancinante que je ressens dans mon nez et ma tête en ce moment n'a rien à voir avec cette souffrance-là.

— Dis-lui ce que tu veux.

Il fait une drôle de tête, mais se contente de lancer :

— OK. À plus !

— À plus.

Il sort, et la porte se referme doucement derrière lui.

Je m'appuie contre le distributeur de serviettes et, tout en écoutant l'eau couler, je m'efforce de respirer profondément.

Inspire. Expire.

Inspire. Expire.

Au bout de huit fois, j'arrive à refouler ma peur et à faire taire ma douleur. J'ai quelques semaines d'entraînement derrière moi. Je commence à être douée quand il s'agit de museler mes émotions.

Le truc, c'est d'avoir toujours quelque chose à faire. De se fixer des objectifs et de les atteindre, un par un. Je ne peux pas me permettre de passer la journée là, à respirer. Il faut que j'aille déjeuner parce que, après, j'ai plein de cours à réviser avant d'aller retrouver mon groupe de recherche pour une réunion, à 15 heures. Il faut aussi que je regarde mes mails – j'ai entendu mon téléphone vibrer pendant l'heure de latin. Je vais sans doute trouver toute une flopée de nouveaux sites où les photos apparaissent.

Je me suis réservé un peu de temps pour les parcourir avant ma réunion.

Voilà ce qu'est devenue ma vie. Pas le temps de souffler.

Avant, j'étais une étudiante modèle. J'imprimais mon emploi du temps avec des couleurs différentes pour chaque matière, en notant mes heures de révision bien soigneusement. Dès que j'avais appris un cours, je le rangeais à sa place, dans le bon classeur, derrière le bon intercalaire.

Maintenant, je consacre toute cette attention à faire des tableaux pour suivre l'avancée de l'éradication de mes photos sur Internet. Je note l'URL de chaque photo, le nom du site, la date et l'heure à laquelle l'image a été publiée. Je maîtrise l'art de retrouver toutes ces informations à partir des photos, plus les coordonnées personnelles des propriétaires des sites, que je bombarde de mails au vocabulaire tiré de mes livres de droit pour exiger qu'ils retirent tout ça de leurs serveurs.

Le seul moyen de gagner à ce jeu immonde auquel je n'ai jamais voulu être mêlée, c'est de passer beaucoup de temps sur Internet à voir des trucs que je préférerais ignorer. J'en sais plus sur les sites d'échanges pornos que le lycéen de base. J'ai vu assez de pénis érigés aux veines gonflées pour au moins onze vies. Chaque fois que je ferme les yeux, mon cerveau me sert un montage de clichés dégueus, et j'entends tous ces hommes m'injurier depuis leur recoin sombre du Net.

« T'es bonne qu'à sucer des bites, salope. »

« Je vais t'allonger et me branler entre tes seins, petite pute. On verra si t'aimes ça. »

Je sais ce qu'ils pensent de moi, parce qu'ils ne cessent de me le répéter. Il y a des nuits où je n'arrive pas à dormir, alors je sors sans réveiller Bridget, je prends ma voiture et je fais le tour de Putnam.

J'entends les voix de ces hommes parce que je n'ai pas le choix.

Je roule dans Putnam la nuit parce que je ne sais pas quoi faire d'autre.

Mais rien ne m'oblige à craquer. Je l'ai cru, au début, quand j'ai vu les photos pour la première fois. J'ai cru que ma vie était fichue et que je n'avais plus qu'à m'adapter.

Je me trompais. Il y a plein de choix qui s'offrent à moi, parmi lesquels celui de ne pas craquer. Tous les matins, que j'aie dormi ou non, que j'aie réussi à passer une journée entière sans pleurer ou que je me sois effondrée sous la douche, là où personne ne m'entend sangloter, le soleil se lève et je choisis de ne pas craquer.

Je décide que cette journée-là ne sera pas la dernière.

Je jette la serviette imbibée de sang et me rince le visage et les mèches de cheveux ensanglantées avant de m'essuyer sur une serviette propre. Mon pull est fichu. Je le retire et le lance dans la poubelle. C'était un truc de mauvaise qualité qui commençait à boulocher, de toute façon.

Je passe la manchette de ma chemise sous le robinet, en cherchant à me rappeler si c'est de l'eau froide ou chaude qu'il faut pour faire partir les taches de sang. Je me trompe tout le temps. Je devrais vérifier sur mon téléphone. Je devrais…

… comprendre pourquoi West a collé un coup de poing à Nate.

Oui. Aussi.

À moins que je ne le sache déjà. Je n'espère pas, cela dit. Je n'espère vraiment pas.

Il faut que je traite cette histoire comme un problème à régler, rien de plus. Je suis très forte quand il s'agit de résoudre des problèmes. Rien ne me résiste si je m'applique assez.

Ces hommes peuvent se moquer de moi, tenter de m'empoisonner l'esprit. Ils peuvent se branler en regardant des images de moi, nue, puis poster des commentaires et des photos de leur sexe couvert de sperme avec, en arrière-plan, l'écran de leur ordinateur où l'on me voit, moi.

« J'y peux rien, Caroline. C'est ta faute. T'as qu'à pas être une telle chaudasse ! »

Ils peuvent me dire ça, me faire tout ça. À vrai dire, le mal est fait. Je ne peux plus me promener sur le campus en short sans me sentir coupable – une pauvre allumeuse débile.

Pourtant je refuse de me laisser abattre par ces minables.

Je rentre les mains à l'intérieur de mes manches afin de pouvoir en essorer le bout, puis je me redresse. J'irai changer de chemise plus tard. C'est le mieux que je puisse faire pour l'instant. Un coup de brosse à cheveux. Une touche de baume à lèvres.

Pas à pas, heure par heure, jour après jour, jusqu'à ce que ça aille mieux.

Si je continue d'avancer, ça finira forcément par aller mieux.

Je traverse le campus, les bras croisés pour me protéger du froid, tout en observant le ciel bleu, les fleurs rouge vif, les étudiants qui se rendent ici ou là, seuls ou en groupes, avec la détermination d'une colonie de fourmis.

Avant, j'étais super impatiente de revenir à Putnam. J'adore le campus, avec ses bâtiments de brique rouge et les passages couverts bordés d'arches qui longent la pelouse pour aller d'une résidence à l'autre. J'adore mes profs, ainsi que le défi que ça représente de ne pas être systématiquement la première de la classe. Cela me change du lycée, où on se moquait de moi parce que j'étais trop sérieuse et que je me passionnais pour les débats politiques animés par Rachel Maddow. Ici, tout le monde est plus ou moins comme moi.

Pourtant les dernières semaines m'ont gâché le plaisir d'être ici – peut-être à jamais.

Le truc, c'est que Nate ne s'est pas contenté de publier les photos sur un site, il a également fait circuler un mail anonyme qui contenait un lien vers la page. Il l'a envoyé à plusieurs de nos amis, et, quand j'ai forcé Bridget à me dire si elle l'avait reçu, elle m'a avoué que sept personnes différentes le lui avaient fait suivre sur son adresse de la fac. Sept. Putnam ne compte que mille quatre cents étudiants, dont trois cent cinquante dans notre année. Si ma meilleure amie a reçu ce mail à sept reprises, je n'ose pas imaginer combien de fois il a fait le tour du reste de l'université.

La page d'origine a disparu du Net, mais les photos sont régulièrement reprises par différents sites, dont certains indiquent toujours comment je m'appelle, d'où je viens et où j'étudie.

Maintenant, quand je me déplace dans Putnam, j'examine le visage de chacun des garçons que je croise en me demandant :

Et toi ? Est-ce que tu m'as vue à poil ? Est-ce que tu as ma photo sur ton téléphone ? Est-ce que tu te branles en la regardant ?

Est-ce que, toi aussi, tu me détestes ?

Bizarrement, je n'ai pas très envie de danser avec eux lors des soirées étudiantes ou de les encourager lors des matchs de foot.

Mon téléphone vibre dans ma poche arrière. C'est Bridget qui veut savoir si je vais déjeuner.

Oui. Et toi ?

Aussi ! Rendez-vous devant la cafèt ?

OK. Donne-moi 5 min.

Cool. T'as entendu, pour West ?

Ne sachant pas quoi répondre à ça, j'écris :

Plus ou moins.

Aussitôt, elle me renvoie un message qui dit :

Trop mignon !

Bridget fait semblant de croire qu'il se trame quelque chose de torride entre West et moi.

Moi, j'aimerais croire qu'il n'y a rien du tout.

La vérité se situe quelque part entre les deux.

J'ai rencontré West quelques heures après mon arrivée à Putnam. C'était le jour où tous les étudiants de première année emménageaient, et il faisait chaud. Quand il fait chaud dans l'Iowa, ça veut dire plus de trente-cinq degrés avec un taux d'humidité de quatre-vingt-dix-huit pour cent. Dans ce genre de conditions, la seule chose à faire, c'est de se réfugier dans une cave et de regarder la télé en mangeant de la glace. Ou, à la rigueur, de rester à l'ombre avec un verre de thé glacé.

Au lieu de cela, j'étais occupée à transporter tout ce que je possédais de la voiture de mon père à la chambre que j'allais partager avec Bridget. Il se trouve que je possède beaucoup de choses. Au bout de quelques allers-retours, j'avais eu un léger vertige, aussi mon père m'avait-il ordonné de m'asseoir sur les marches du perron pour me reposer un peu.

À cet instant précis, il était en train de monter l'escalier, les bras chargés, Bridget n'était pas encore arrivée, et Nate était occupé à s'installer dans sa propre chambre, à l'est du campus. J'étais seule, les joues rouges sous le coup de l'effort, en nage et échevelée. Je ruminais en silence, regrettant que l'université n'ait pas engagé une armée de singes domestiques pour se charger du sale boulot, quand arriva la voiture la plus laide que j'aie jamais vue.

Elle était couleur d'égout, rouillée et cabossée, et la portière du passager ne tenait qu'à grand renfort d'adhésif. Sous mes yeux ébahis, ce monstre traversa une place de parking vide et monta sur la pelouse impeccable qui bordait la résidence avant de s'arrêter juste devant mes baskets.

Je tournai la tête dans l'espoir d'apercevoir le concierge, tous mes sens de gentille fille en alerte. Il y avait de grosses traces de pneus sur la pelouse ! Cette caisse pourrie crachait des nuages de gaz toxiques ! C'était intolérable !

Nul concierge en vue.

La portière du conducteur s'ouvrit, et un type sortit de la voiture.

J'en oubliai comment je m'appelais.

C'était sûrement parce que je m'étais levée un peu trop vite, qu'il faisait chaud et que j'avais à peine mangé au petit déjeuner, trop nerveuse pour avaler les œufs au bacon que mon père m'avait préparés. Cela n'avait absolument rien à voir avec l'allure du nouveau venu.

Enfin, presque rien à voir. Mon cerveau reptilien s'empressa de remarquer sa haute taille, sa carrure, cette bouche, son visage… puis ma raison reprit le dessus et je rangeai soigneusement tous ces détails dans le classeur approprié.

Le classeur marqué d'une étiquette : « Si je n'étais pas avec Nate. »

Pourtant, ce n'est pas tant son apparence qui me frappa que sa façon de se déplacer.

J'aurais envie de dire qu'il était sorti de la voiture en se pavanant, mais cela donnerait l'impression qu'il essayait de m'impressionner alors que c'était de toute évidence sa démarche naturelle. Ce déhanché nonchalant et… Impossible à décrire. Vous allez devoir me croire sur parole.

Il observa les environs avant de river son regard sur moi.

— Tu es le comité d'accueil ?

— Oui, c'est ça, dis-je.

Il s'approcha et me tendit la main.

— Je m'appelle West Leavitt.

— Caroline Piasecki.

— Enchanté.

Sa paume était chaude et sèche, ce qui me rappela aussitôt que j'étais moite de sueur et que j'avais des auréoles sous les bras. Mon odorat m'indiqua que mon déo avait déclaré forfait depuis déjà quelques heures.

Génial.

— Tu es venu en voiture ? demandai-je.

J'aperçus un début de sourire en coin, pourtant c'est avec le plus grand sérieux qu'il répondit :

— En effet.

— Tu viens d'où ?

— De l'Oregon.

— Waouh !

De nouveau, ce presque sourire en coin.

— C'est loin ? ajoutai-je.

— Un peu plus de trois mille kilomètres.

Je jetai un coup d'œil à sa voiture – puis à l'intérieur. Bon, d'accord, j'avoue : je m'approchai de sa voiture et me penchai pour regarder par la vitre. Sur la banquette arrière, j'aperçus du matériel de camping, une espèce d'aquarium qui contenait des ampoules et des câbles électriques, ainsi qu'un gros sac-poubelle transparent qui semblait renfermer du terreau humide de condensation. Il y avait également un carton de raviolis en boîte et des tee-shirts jetés en boule ici et là.

On aurait dit qu'un vagabond vivait dans cette voiture. J'étais fascinée.

J'avais aussi un peu peur de trop regarder le nouveau venu.

Je voyais son reflet dans la vitre. Il était en train de s'étirer, les bras dans le dos, ce qui avait pour résultat de tendre son tee-shirt et de mettre en évidence des choses quc j'aurais mieux fait d'ignorer.

— Tu as fait la route tout seul ?

— Oui.

Il leva les bras pour délasser ses épaules, ce qui fit remonter son tee-shirt. Je détournai les yeux de son reflet, gênée.

— Avec les vitres ouvertes ?

J'avais bien conscience que mes paroles n'avaient plus aucun sens, mais je n'arrivais pas à me taire.

— Euh… oui, dit-il lentement.

En risquant un coup d'œil dans sa direction, je vis que ses yeux brillaient d'une lueur malicieuse.

— Même que, des fois, je me lâche et je mets le bras dehors.

Je sentis ma gorge s'empourprer. Il était sans doute plus sage de reprendre mon insolent inventaire du contenu de sa voiture.

Je remarquai un sac de couchage sur le siège du passager. S'était-il contenté de s'arrêter sur le bord de la route et de faire basculer le dossier du siège avant de se rouler dans le duvet pour dormir ? Avait-il mangé ses raviolis froids directement dans la boîte ? C'était bien un ouvre-boîte que j'apercevais dans le vide-poches.

De même que c'était bien un paquet de préservatifs entamé et légèrement écrasé qui gisait par terre, côté passager.

— Tu n'as pas peur du botulisme ?

Pour ma défense, j'avais d'excellentes raisons de poser cette question incongrue. J'avais remarqué que plusieurs des boîtes de conserve étaient cabossées, et cela m'avait rappelé un cours de biologie, au lycée, où on avait appris que les bactéries anaérobies peuvent se développer dans un milieu privé d'oxygène. Il suffit d'un trou minuscule, invisible à l'œil nu, pour que ces bactéries s'invitent et se développent. Quand on ouvre la boîte, tout a l'air normal, mais on finit par en mourir.

Ma question était donc tout à fait logique. Du moins, dans mon esprit. Ce n'est que quand je me redressai et lui fis face – ce qui me donna le vertige, de nouveau, sans doute parce que j'avais passé trop de temps pliée en deux à inspecter grossièrement sa voiture avec curiosité – que je me rendis compte que ma logique ne lui parlait pas vraiment. Il me regardait, les sourcils froncés.

— À cause des conserves cabossées, expliquai-je.

Cela ne suffit pas à le défroncer.

— Les bactéries anaérobies qui provoquent une mort lente et douloureuse ?

Il secoua lentement la tête, puis fit quelque chose d'encore pire.

Il sourit.

D'un sourire plus dangereux qu'une frappe nucléaire.

— Tu es bizarre, toi, commenta-t-il.

Ce n'est pas moi qui traverse le pays avec un chargement de raviolis en boîtes et de capotes.

Je ne dis rien de tout cela, évidemment. J'étais trop occupée à lui sourire comme une niaise.

Le sourire de West a ce genre d'effet secondaire sur moi. Il n'en use pas souvent, mais ça a le don de me frire le cerveau.

Il faut dire aussi que le monde avait décidé de devenir tout flou et distordu sur les bords. Ma hanche rencontra quelque chose de dur – qui se révéla être la portière de la voiture –, puis je me retrouvai agenouillée par terre, le front posé sur le pneu avant, encore chaud.

— C'est la faute des singes domestiques.

Je ne savais même plus ce que je racontais. J'avais très sommeil, brusquement, et il était tout près de moi. Il me tendait les bras. Je sentis son souffle dans mon cou et l'entendis marmonner quelque chose – une histoire de me porter jusqu'à ma chambre.

Cette idée me plaisait beaucoup.

Je perçus un poids soudain sur mes épaules. Il venait de passer son bras autour de moi pour m'allonger sur le dos. L'espace d'un lent battement de cœur, il se retrouva au-dessus de moi, dressé sur ses coudes, les hanches pressées contre les miennes. Il sentait bon, comme quelque chose de chaud et sucré qui fondrait sur ma langue.

Puis il se décala et roula à côté de moi sur la pelouse. Je me demandai paresseusement si mon désir de lui grimper dessus faisait de moi une traîtresse. Est-ce que cela comptait comme de l'adultère ? J'aimais son odeur, la sensation de ses mains sur moi.

Je fermai les yeux et humai le parfum de West Leavitt, de l'herbe verte et de la terre chaude.

Je suis presque sûre que je souriais quand j'ai perdu connaissance.

Postée à côté des portes vitrées de la cafétéria, Bridget me fait signe de la main.

Elle affiche un grand sourire à mon approche, jusqu'à ce qu'elle voie mon visage de plus près.

— Qu'est-ce que tu t'es fait au nez ?

— Un coup de coude dans la figure.

— Il va falloir que tu m'expliques.

— Je sais. Donne-moi juste une seconde.

Nous entrons dans la cafétéria, prenons un plateau chacune et attendons que les étudiants qui nous précèdent avancent un peu. Alors, seulement, je me lance.

— Tu es au courant de la bagarre ? Entre West et Nate ? Disons que je m'y suis retrouvée mêlée malgré moi.

— Nate t'a frappée ? Oh, la vache ! C'est horrible ! Tu as prévenu la sécurité ? C'est grave, tu sais. Je ne rigole pas, Caroline, tu ne peux pas le laisser s'en tirer comme...

Je pose une main sur son bras pour la couper dans son élan. Bridget a deux modes de fonctionnement : soit elle se tait, soit elle parle à toute vitesse sans s'arrêter. Il faut l'interrompre pour pouvoir en placer une.

— Non, ce n'était pas Nate. Je me suis pris le coude de West dans la figure. Enfin, je crois. On n'est pas sûrs. Il n'a pas fait exprès, en tout cas.

Bridget écarquille les yeux.

— Tu lui as parlé ?

Je vois d'ici ce qu'elle s'imagine : West et moi blottis l'un contre l'autre dans un endroit discret et douillet, tandis qu'il m'éponge doucement le front. Il faut dire que c'est comme ça qu'elle m'a vue, la première fois. Après avoir perdu connaissance à côté de la voiture de West, je me suis réveillée dans mon lit, avec une serviette en papier imbibée d'eau froide sur le front, et Bridget penchée sur moi – sorte d'ange malicieux aux grands yeux bleus et aux boucles rousses.

— Pas vraiment, dis-je. Tu es toute jolie, aujourd'hui. Ça te va bien, cette couleur.

Ce n'est pas uniquement pour détourner la conversation que je lui fais ce compliment. D'abord, c'est vrai – le bleu lui va à ravir –, mais, surtout, je l'encourage chaque fois que je la vois porter de vrais vêtements. Comprenez-moi : c'est une coureuse de fond qui fait partie de l'équipe universitaire d'athlétisme, alors elle passe le plus clair de son temps en baskets et en survêtement.

Nous arrivons devant le comptoir où sont distribués les plats chauds.

— Est-ce que vous avez du poulet sans panure autour ? demande-t-elle à la serveuse.

— Non, tout est là.

— OK, merci.

Bridget a une course bientôt alors elle fait super attention à ce qu'elle mange.

Je prends une assiette de poulet frit au parmesan et deux brownies chocolat-menthe. En ce moment, les calories sont le dernier de mes soucis.

— Au fait, bien essayé, le changement de conversation, me lance-t-elle lorsque nous arrivons au bar à salade, où elle se sert une grosse assiette d'œufs durs et de verdure. Je veux savoir ce que West t'a dit. Est-ce qu'il avait encore les nerfs chauffés à blanc ou est-ce qu'il a été gentil avec toi ? Est-ce qu'il t'a entraînée à l'écart ou est-ce que vous êtes restés au milieu du couloir ? Est-ce qu'il s'en voulait de t'avoir frappée ? Parce que Krishna m'a raconté que…

— West ne m'a rien dit du tout. Il a dû partir avant de se faire coincer et d'être renvoyé de l'université.

— Pourtant tu m'as dit que tu lui avais parlé.

— Non.

— Oui, enfin, tu l'as laissé entendre, madame la future juge.

— On a échangé quelques remarques, c'est tout. Il voulait juste savoir si j'allais bien.

Nous sommes arrivées au comptoir des boissons. Bridget prend un verre de lait, je me sers un Coca avec des glaçons.

— Est-ce qu'il t'a expliqué pourquoi il avait fait ça ? me demande-t-elle.

— Non.

— Est-ce que tu lui as posé la question ? Est-ce que tu les as entendus se disputer ? Donne-moi des infos, là ! Nate et West se sont battus et tu t'es pris un coup dans la figure, mais tu voudrais me faire croire que ce n'est rien du tout ? Tiens, d'ailleurs, où est passé ton pull ?

— Je l'ai jeté. Il était couvert de sang – irrécupérable. Et non, je ne lui ai pas posé la question et je ne les ai pas entendus.

— C'est dommage. Il était chouette, ce pull.

On passe notre carte magnétique dans le lecteur, puis Bridget se dirige vers la première table libre.

— Tu veux savoir ce que j'ai entendu, moi ? lance-t-elle en me souriant par-dessus son épaule.

— Quoi ? dis-je en posant mon plateau un peu brutalement.

Le sourire de Bridget s'évanouit.

— Tu es fâchée ?

— Non.

Je ne suis pas fâchée, je suis… déboussolée. Il se trame quelque chose que je ne comprends pas, ce qui est rarement bon signe, surtout ces derniers temps. Alors si, en plus, ça concerne Nate et West, je préfère ne pas savoir.

Nous nous asseyons. Je prends mon courage à deux mains.

— OK, je t'écoute.

— J'ai entendu dire qu'ils se sont battus à cause de toi.

Oh, merde…

— Qui t'a raconté ça ?

— Une fille de leur classe. Ils ont macroéconomie ensemble, tu sais.

— Nate et West ?

— Oui. Eh bien, Sierra… tu vois qui c'est ? Bref, elle m'a dit que, en sortant de cours, Nate a fait une blague débile, que West lui est rentré dans le lard. La dispute à ton sujet a vite dégénéré.

— Qu'est-ce qu'ils ont dit ?

J'ai l'impression d'avoir une pierre brûlante au creux de l'estomac. Je bois une gorgée de Coca en fermant les yeux pour lutter contre la sensation oppressante d'une galère imminente.

— Je ne suis pas sûre, répond Bridget, prudente. Sierra a seulement distingué ton nom.

Je donne un coup de fourchette dans mon poulet, mais je n'ai même pas la force de le découper. Je sais déjà que, quand je vais en prendre une bouchée, il va avoir un goût de cendres sur ma langue. Les cendres de ma vie d'avant.

Les gens parlent de moi. Pas ouvertement, mais dès que j'ai le dos tourné – tout le temps. J'ai fait promettre à Bridget de me raconter toutes les conversations qu'elle surprendrait à mon sujet. C'est mon seul moyen de m'assurer que les gens commencent à m'oublier.

Je n'ai rien de spécial ; je suis juste une étudiante parmi tant d'autres. Je devrais pouvoir me fondre dans le décor. J'espère bien que, dans un an, plus personne ne se souviendra de cette histoire.

Caroline qui ?

Ce n'était pas exactement comme ça que j'envisageais mes années d'université. Je pensais pouvoir me faire élire à l'assemblée des étudiants, cette année ou l'année prochaine. Tant pis, je suis prête à sacrifier cette ambition si ça me permet de retrouver la paix.

— Sierra a trouvé ça plutôt romantique, reprend Bridget. Il défendait ton honneur.

C'est absurde ! Comme si j'avais un honneur à défendre…

Et puis, pourquoi West déciderait-il de s'en charger ? Je le connais à peine. On ne s'est parlé qu'une seule fois.

Nous ne sommes pas amis, lui et moi.

Depuis quelques semaines, les seules personnes qui se préoccupent de mon honneur, ce sont Bridget et moi. Mes anciens amis n'osent même plus me regarder en face. Quand nous sommes arrivés ici, Nate et moi, on formait déjà un couple, alors les gens que nous avons rencontrés ici ont dû choisir entre lui et moi. Il faut croire que c'était plus marrant d'être de son côté à lui.

« Je ne ferais jamais une chose pareille. Comment est-ce que tu peux croire ça ? »

C'est ce que m'a juré Nate avec le plus grand sérieux quand je lui ai demandé des comptes devant nos amis communs, dans cette même cafétéria.

J'ai insisté maladroitement, mais il a continué à nier, puis, au bout de quelques minutes, il a lancé : « Je vous jure… Il y a vraiment des filles qui feraient n'importe quoi pour attirer l'attention. »

Je tourne la tête vers la fenêtre, incapable de digérer l'idée que West Leavitt ait pu défendre mon honneur. Cette situation m'échappe complètement.

L'an dernier, quand j'ai repris conscience après m'être évanouie à côté de la voiture de West, la première chose que j'ai entendue, c'était une voix d'homme en colère, dans le couloir – mon père, qui criait. Rien de bien nouveau à cela. Mon père est juge, ce qui veut dire qu'il passe ses journées à incarner un calme absolu. Sauf que, en privé, il doit élever seul ses trois filles et a tendance à hausser le ton aussitôt qu'il se sent menacé, ce qui arrive souvent.

Il suffit de savoir le prendre. Ma sœur aînée, Janelle, lui fait de la lèche, tandis qu'Alison pleure dès qu'il s'énerve. Moi, je joue la carte de la raison et lui présente des arguments logiques jusqu'à ce que son cerveau reprenne le dessus sur sa colère.

Papa devait être tout au bout du couloir parce que je ne distinguais pas ce qu'il disait. De temps en temps, une voix plus grave, plus calme, interrompait sa tirade.

La voix de West.

Ce n'est que plus tard que j'ai démêlé tout ça. Sur le coup, j'avais la tête dans le coton.

— Qui es-tu ? demandai-je à la fille qui se penchait sur moi.

— Je m'appelle Bridget. Tu vas mieux ? Tu es tombée dans les pommes, alors ce type t'a portée dans ses bras jusqu'ici. Il est mignon, d'ailleurs. Bref, je ne sais pas ce qu'il a dit à ton père, mais il a l'air furieux. Il fait toujours aussi peur ? Parce que, si c'est le cas, je suis bien contente de te savoir en sécurité avec moi, ici. Et puis…

Elle ne se tut que quand la porte s'ouvrit en coup de vent et que mon père entra, rouge de colère, son polo taché d'auréoles. Il s'assit à côté de moi sur le lit, et j'eus l'impression de voir de la fumée lui sortir des narines.

— Comment te sens-tu ?

— Bien, mentis-je.

— Je vais te faire transférer dans un bâtiment réservé aux filles.

— Quoi ? Mais pourquoi ? dis-je en me redressant.

— Cè garçon, là. Il risque d'avoir une mauvaise influence. Je ne veux pas que tu vives près de ce genre d'individu.

— Pourquoi ? Qu'est-ce qu'il a fait ?

J'aurais mieux fait de me taire. S'ensuivit un sermon de plusieurs minutes, où j'appris à quel point il était alarmant pour un père de retrouver sa fille, après seulement quelques minutes d'absence, allongée par terre sous un inconnu, inconsciente, surtout quand l'inconnu en question a l'« air louche ».

Mon père avait glané cette impression en voyant « l'équipement de camé » sur la banquette arrière de la voiture de West. Il faisait évidemment référence à l'aquarium et au sac de terreau, pas aux boîtes de raviolis. Cela dit, sur le moment, je n'étais pas sûre de comprendre de quoi il parlait. En entendant les mots « équipement de camé », j'imaginai un assortiment de seringues et de garrots.

Mon père était encore en pleine péroraison quand Nate arriva, ce qui n'arrangea rien à l'affaire. Mon père avait passé trois ans à faire en sorte que Nate et moi ne nous trouvions jamais seuls près d'une surface horizontale, et voilà que Nate débarquait dans ma chambre sans frapper.

Le visage de papa prit une jolie couleur betterave.

Je m'empressai de faire les présentations entre Bridget et Nate, puis entre Bridget et mon père. Je m'efforçai de sourire de toutes mes dents afin de paraître entièrement remise, parce que je me doutais que ce n'était que la première offensive d'une guerre des nerfs avec mon père. Il était hors de question que je me laisse transférer dans un autre bâtiment.

Quand il repartit, trois jours plus tard au lieu d'un seul – je dus batailler dur –, j'avais obtenu gain de cause, mais j'avais sacrifié West au passage. Mon père avait refusé de quitter le campus tant que je n'aurais pas promis de ne pas adresser la parole à « cet individu ».

Je trouvais risible qu'il ressente le besoin de me faire promettre. Il s'avéra que papa avait raison au sujet de West et de la drogue.

La porte de la chambre de West et Krishna était fermée en permanence, avec les rideaux tirés. Il y avait toujours du monde qui venait les voir et de la musique beaucoup trop forte. Je fus très vite agacée par l'odeur de fumée âcre et d'encens qui envahissait tout le couloir.

West installa son aquarium et ses lampes dans un endroit secret et fit pousser assez de cannabis pour se faire une jolie récolte.

Si je sais tout ça, c'est parce que Krishna venait souvent se poster dans l'encadrement de notre porte pour papoter avec Bridget et moi.

Krishna, j'arrive à lui parler, mais West… non. Sa démarche assurée et nonchalante à la fois… On dirait qu'il sait toujours exactement où il va, même s'il se trouve dans un lieu inconnu. Cette confiance tranquille lui donne l'air plus âgé que moi, et Bridget m'a raconté des choses qui renforcent cette impression. Apparemment, West a prêté de l'argent à un type qui est en cours de psycho avec elle pour qu'il puisse se payer un billet d'avion et aller voir sa copine. C'était un prêt avec intérêts. Du coup, je me demande s'il s'amuse à casser les rotules de ceux qui ne le remboursent pas à temps.

Même si j'avais le droit de lui adresser la parole, je ne saurais pas quoi lui dire.

Ma relation avec West se résume donc à l'observer de loin. J'ai essayé de me l'interdire, mais c'est plus fort que moi. S'il est dans mon champ de vision, il faut que je le regarde.

Le pire, c'est qu'il le sait. Il lui arrive de me sourire d'un air moqueur. Une fois, je l'ai croisé dans le couloir alors qu'il sortait des douches, une serviette autour de la taille.

Oh, putain!

Je suis restée rouge comme une tomate pendant au moins une heure, après ça.

Je ne sais toujours pas ce qu'il a raconté à mon père pour le mettre dans une colère pareille, mais je serais prête à parier que ça ne défendait pas mon honneur. Du coup, je ne vois vraiment pas pourquoi il commencerait maintenant.

Je devrais sans doute lui en être reconnaissante, mais je n'y arrive pas. Je n'ai pas besoin que quelqu'un comme lui vole à mon secours. Il est bien connu sur le campus. Un mec qui vend l'herbe qu'il cultive lui-même, avec un sourire pareil... Tout le monde sait qui est West Leavitt.

Il risque d'attirer l'attention sur moi, alors même que je n'aspire qu'à passer inaperçue.

Quand enfin je me retourne vers Bridget, je vois qu'elle est en train d'éplucher un œuf dur tout en m'observant. Elle s'est habituée à ces longs silences. Elle est d'une loyauté sans faille et me soutient comme personne. Je n'aurais pas pu imaginer de meilleure alliée.

— Bridget, si jamais on te demande ce que je pense de l'intervention de West...

— Oui?

— Dis que c'était un malentendu, que leur bagarre n'avait rien à voir avec moi.

Elle fronce les sourcils.

— Pourtant, moi, je trouve ça plutôt cool. Ça fait une personne de plus de notre côté. Pas vrai ?

— Je ne veux pas être d'un côté, Bridge, dis-je doucement. Moi, ce que je souhaite, c'est que tout le monde oublie cette histoire, or, les bagarres, c'est le genre de truc dont on se souvient.

Bridget se mord la lèvre.

— Je préfère éviter qu'on m'associe à West, d'accord ? Je tiens à rester discrète.

— Si c'est ce que tu veux, c'est ce que je dirai, me rassure-t-elle. Ce sera vite réglé.

J'essaie de sourire, puis, abandonnant mon poulet, je découpe un morceau de brownie au chocolat noir sous une couche de glaçage à la menthe vert fluo.

Ce sera vite réglé.

J'aimerais la croire, mais je n'ose plus faire ce genre d'assertion. J'ai appris que, quand des trucs ignobles font surface comme autant de serpents, la seule chose à faire, c'est de les écraser sans pitié – puis de considérer qu'ils ont fait des petits et de partir à leur recherche.

Je dois effacer une partie de mon passé si je veux pouvoir prétendre à l'avenir dont je rêve depuis toujours. Un avenir qui implique que j'entre dans une université comme Harvard ou Yale pour mes années de spécialisation, afin de pouvoir faire un stage auprès d'un juge de renom. D'après mon père, c'est le seul moyen de bâtir le réseau dont j'aurai besoin pour devenir juge à mon tour. Or c'est la carrière que je convoite, et mes rêves ne s'arrêtent pas là. Mes rêves me conduisent jusqu'à Washington.

Papa m'a toujours dit que la première étape, pour obtenir ce qu'on veut, c'est de savoir ce qu'on veut et ce qu'il faut faire pour l'obtenir. Il n'y a pas de honte à être ambitieux. À onze ans, pour les journées de l'Histoire, j'ai écrit un recueil de poèmes humoristiques, il y avait un poème par Président. À quatorze ans, j'étais bénévole pour diverses organisations caritatives. Les groupes démocrate et républicain de Putnam ont commencé à m'envoyer des mails avant même que j'aie reçu ma lettre d'acceptation de l'université.

Je sais ce que je veux et je sais ce que je dois faire pour l'obtenir. Je vais devoir travailler dur, faire des sacrifices et m'assurer de ne traîner aucune casserole. Un casier judiciaire vierge, pas de scandale, pas de photos compromettantes sur Internet.

Je n'ai pas besoin qu'un quasi inconnu s'amuse à aller se bagarrer pour défendre mon honneur. Je ne dois pas courir le risque que ça se reproduise.

Il faut que je parle à West.

Je le trouve au troisième étage de la bibliothèque.

C'est le rayon des périodiques. Les étagères sont rassemblées au milieu de la pièce tandis que des tables et des chaises sont alignées le long des murs. Il y a aussi une photocopieuse dans un coin, sur laquelle j'ai passé un temps fou à me constituer un dossier de critiques littéraires sur T. S. Eliot, l'an dernier.

West se tient à côté d'un chariot sur lequel sont entassés divers volumes. Dos à moi, il range un gros recueil relié de rouge. Il me faut une minute pour le reconnaître. Après avoir passé en revue le rez-de-chaussée et les deux premiers étages, je commençais à désespérer de le trouver. J'ai bien remarqué que je le croisais souvent par ici le jeudi après-midi, mais ça ne veut pas dire grand-chose.

Il a des écouteurs dans les oreilles, et je ne pense pas qu'il m'ait vue, alors j'en profite pour réfléchir à ce que je vais lui dire. J'ai un peu chaud et je me sens vaguement dépenaillée, même si j'ai pris le temps d'aller changer de chemise après le déjeuner et que j'en ai profité pour me passer un coup de brillant à lèvres.

C'est la première fois que je fais ça.

La première fois que j'entame une conversation avec West.

C'est encore plus impressionnant que je ne l'aurais imaginé, et pas seulement à cause de lui – mon interdit –, mais aussi à cause de l'endroit où nous nous trouvons. C'est une loi tacite à Putnam College : le troisième étage de la bibliothèque est un lieu de silence absolu.

West attrape un autre volume sur son chariot. Quand il se met sur la pointe des pieds et lève le bras pour le ranger, je remarque qu'il porte une grosse ceinture de cuir brun. Ça ne va pas du tout. Ses bottes sont noires, comme son tee-shirt. Il y a une espèce de zébrure orange dans le dos de celui-ci, comme si un requin l'avait déchiré et qu'un enfant de sept ans avait entrepris de le recoudre.

Je me demande qui a eu l'idée d'un truc pareil – et comment on peut être assez fou pour le porter.

C'est bien le style vestimentaire de West : du grand n'importe quoi.

Ça ne me déplaît pas.

Il repose les talons par terre et se penche pour prendre un autre livre sur son chariot. Son tee-shirt remonte dans son dos et expose sa peau.

Je me racle la gorge, mais sa musique doit être trop forte. Il ne réagit pas. Je m'approche un peu plus. Il est baissé pour ranger un livre sur le rayon du bas.

Zut.

Je suis trop près de lui. Je vais lui faire peur.

Je n'ai plus d'autre solution. Je tends la main vers lui, dans l'intention de le toucher juste assez longtemps pour l'avertir de ma présence, mais, au lieu de ça, je me retrouve avec la paume pressée sur sa peau nue, juste au-dessus de sa ceinture.

C'est un accident. J'en suis presque sûre.

À quatre-vingts pour cent.

Il ne sursaute pas. Il s'immobilise complètement. Dans le silence ambiant, j'entends la musique qui filtre de ses écouteurs. C'est du brutal, avec une voix grave qui s'énerve sur un rythme sourd et lancinant. Un rythme qui fait écho au battement que je perçois entre mes jambes.

Oups.

Ce n'était peut-être pas un accident, en fait.

La peau de West est tellement chaude que c'en est indécent. Les yeux rivés sur mes doigts, je tente de les convaincre de bouger, mais il me faut plusieurs longues secondes pour les faire obéir. Quand, enfin, je retire ma main, j'ai l'impression qu'elle a été aimantée. C'est comme si une force mystérieuse l'attirait vers West.

Je soupçonne la force en question de s'appeler « luxure ».

West se redresse et me fait face. Aussitôt je comprends que j'ai mal évalué la situation. Je suis à sa merci – c'est-à-dire complètement fichue. Je ne suis même pas sûre qu'il soit capable de pitié. Ce n'était pas l'impression qu'il donnait tandis qu'il frappait Nate assez fort pour me donner physiquement mal au ventre.

Il retire ses écouteurs, et j'essaie de formuler une pensée cohérente. Sauf qu'un seul mot tourne en boucle dans ma tête.

Fichue, fichue, fichue.

Je tente de me rappeler ce que je voulais lui dire – j'avais un petit discours tout prêt –, mais en vain. Rien à faire.

Je me contente donc d'observer sa ceinture. J'ai bien envie de l'attraper par là pour l'attirer plus près. Comme si j'étais capable de ce genre de geste impulsif. Surtout face à West Leavitt.

Fiiichue!

— Salut, dit-il.

Ce n'est vraiment pas juste. Ça veut dire que je vais devoir relever la tête.

Quand, enfin, j'y arrive, nos regards se croisent. Ses pupilles sont dilatées. Je perçois dans ses yeux une lueur étrangement intense, presque flippante. Non, le terme est mal choisi. J'ai vu des trucs franchement flippants au cours des dernières semaines, et cela n'a rien à voir.

Là, j'ai plutôt l'impression d'être en équilibre tout en haut d'un grand huit, juste avant la descente.

— Salut, dis-je enfin.

— Qu'est-ce qu'il y a ?

— Je peux te parler ?

Il réfléchit un instant.

— Non.

Je ne m'attendais vraiment pas à ça.

— Oh.

De nouveau le silence s'installe, interrompu seulement par la musique qui sort de ses écouteurs. Il y a toujours cette… cette atmosphère bizarre. Je suis sûre que c'est lui qui fait ça, avec sa peau et ses yeux, qui ont pris une teinte presque argentée. Peut-être que les muscles de ses avant-bras contribuent à cette atmosphère, eux aussi. Je les vois jouer sous sa peau tandis qu'il serre et desserre les poings d'une façon…

Enfin, d'une façon, quoi. Intense. Menaçante, mais sans vraie menace.

Je ne me suis jamais trouvée aussi près de lui. C'est la première fois que je suis seule avec lui depuis qu'il a garé sa voiture à mes pieds et m'a fait tomber dans les pommes.

Je ne me suis jamais sentie aussi fébrile, aussi mal à l'aise ou aussi angoissée de toute ma vie.

Jusqu'à ce qu'il fasse un pas vers moi. C'est encore pire.

Et encore mieux.

Pire que mieux. Joli concept.

Je recule.

Il devrait comprendre le message et cesser d'avancer, mais non. Il s'approche encore, jusqu'à ce que je me retrouve coincée contre une étagère, les fesses dans les livres, les mains de West posées de part et d'autre de ma tête.

— Je travaille, souffle-t-il, comme si j'étais un volume qu'il fallait ranger.

J'essaie de lui dire que je reviendrai plus tard, mais je ne parviens qu'à émettre une sorte de coassement. Je sens le rouge me monter aux joues – indice infaillible que je me sens bête. Malgré tout, je m'éclaircis la voix et articule :

— Ce n'est pas grave. Je peux repasser ou… ou t'appeler.

Je n'ai pas son numéro – et encore moins l'intention de lui téléphoner.

Mon esprit me joue des tours. J'ai l'impression de sentir la chaleur qui émane de son corps, or c'est tout à fait impossible. Il n'est quand même pas si près de moi. Je lève les yeux dans l'intention de mesurer l'espace entre nos deux visages.

À peine quelques centimètres.

West ne me touche pas, mais il est beaucoup trop proche. Son regard, son souffle court, ses joues rouges… Je ne peux m'empêcher de penser au moment où son poing a heurté la bouche de Nate – et où Nate s'est effondré comme une masse.

C'est pour toi qu'il a fait ça.

J'étais venue lui poser la question, mais je connais déjà la réponse.

Il a fait ça pour moi, et voilà l'état dans lequel ça l'a mis. Échauffé, dilaté, hors d'haleine.

C'est sans doute à ça qu'il ressemble au lit.

Je ferme les yeux pour tenter de retrouver mes marques. Je m'étais imaginé un dialogue sobre et efficace.

— *S'il te plaît, ne refais plus jamais ça, West.*

— *D'accord, si c'est ce que tu veux, Caroline.*

— *Oui, c'est ce que je veux.*

J'en aurais peut-être profité pour lui rappeler que la violence n'est pas le meilleur moyen de régler les conflits, puis nous aurions conclu cette entrevue par une poignée de main toute professionnelle.

Je n'avais pas imaginé la peau bronzée de son cou juste au-dessus du col de son tee-shirt, ni la barbe naissante à l'endroit où sa mâchoire rejoint son oreille. Je n'avais pas anticipé son odeur, un mélange de menthe poivrée et de vieux livres, de savon et de peau chaude.

Il sent trop bon!

Sauf qu'il me fait aussi un peu peur et que, en cet instant précis, j'ignore tout des règles du jeu. Et puis, d'abord: quel jeu?

J'ai besoin de règles pour fonctionner, moi!

— West…

J'aurais voulu parler d'une voix calme et posée, mais je parviens tout juste à émettre un murmure étouffé, comme si je le suppliais. C'est aussi l'impression qu'il a dû avoir. Il incline la tête vers moi, vers mon épaule. Ses lèvres… Je n'en suis pas absolument sûre, mais je crois bien qu'elles sont tout près de ma peau. Je sens son souffle sur mon oreille, et mes tétons se durcissent aussitôt.

— West, qu'est-ce que tu fais?

— Pourquoi tu es venue ici, hein? demande-t-il tout doucement.

C'est alors que – encore pire que mieux – il tourne légèrement la tête et dépose un baiser le long de ma mâchoire, la bouche ouverte.

C'est comme du satin. Comme un éclair dans un ciel noir.

Comme… Je ne sais pas décrire cette sensation.

Tout ce que je sais, c'est que rien de tout ça n'est censé arriver.

Sauf que l'atmosphère étrange que West a instaurée entre nous me donne l'impression que c'est précisément ce qui est censé arriver. West est dangereux, avec ce concentré de sensualité qui émane de lui, qui embaume l'air autour de moi et me fait perdre la tête.

Mon corps réagit instantanément. Avec enthousiasme.

Mon corps n'est qu'un sale traître.

— Pourquoi a-t-il fallu que tu viennes ici ?

Sa voix n'est plus qu'un murmure rauque et langoureux, qui m'attire irrésistiblement.

Le rythme sourd qui filtre de ses écouteurs nous parvient, lointain. West garde les mains posées sur l'étagère derrière moi. Quant à moi, j'effleure son cou, je passe les doigts dans ses cheveux, puis l'attire contre moi.

Bon, non, je n'ai rien fait de tout cela, mais mes doigts me démangent. Littéralement. West a dû le voir dans mes yeux parce qu'il émet un petit soupir qui n'en est pas vraiment un. On dirait plutôt une infime explosion de souffle, qui a un effet incendiaire sur ma culotte.

— Réponds-moi, insiste-t-il.

C'est quoi, déjà, la question ?

Tout ce que je sais, c'est que, s'il ne m'embrasse pas très bientôt, je vais mourir. Il est chaud bouillant – et je ne parle pas seulement de la température de sa peau. Je perçois l'énergie qui court toujours dans ses veines après la bagarre de tout à l'heure, l'adrénaline qui lui fouette le sang. Il n'est pas dans son état normal. Je ne saurais pas dire comment je suis consciente de ça, mais j'en ai la certitude. West n'est pas West, et je ne suis pas Caroline. Les bras tendus autour de moi, si proche que je sens sa chaleur, son souffle dans mon cou, il semble sur le point de devenir fou. Le genre de fou qui serait prêt à tabasser la mauvaise personne s'il le fallait mais qui préférerait nettement passer le reste de l'après-midi et la nuit entière à faire l'amour à la bonne personne.

Et cette personne, ça pourrait être toi.

Je n'arrive pas à croire que je viens de penser une chose pareille.

— Réponds-moi, répète West.

— Quoi ?

— Pourquoi tu es venue ici ?

Je détourne le regard, parce que je voudrais qu'il m'embrasse alors que je ne devrais pas. Je ne le connais pas. Je ne suis pas sûre de le trouver sympathique. J'ai un peu peur de lui. Je remarque que ses phalanges éraflées sont blanchies sous le coup de l'effort tellement il a les mains crispées. West semble faire appel à toute sa volonté pour se retenir de me faire ce dont il a envie, et je me demande ce qui va se passer s'il craque.

Vais-je le laisser faire s'il me retourne face à l'étagère pour me prendre par-derrière ?

J'essaie d'éprouver du dégoût pour cette idée, mais tout ce que je ressens, c'est une impression fantôme de ce que ça me ferait. Je sais que ce serait électrique, fort et rapide, l'expérience la plus érotique que j'aie jamais vécue. J'en suis persuadée.

Mais je crois également savoir ce qui se passerait une fois que ce serait terminé. West se murerait dans un silence de marbre, comme une porte qui se ferme.

Je n'ai jamais eu de conversation avec ce mec !

Je pose les mains sur son torse pour le repousser – et tenter de rompre le charme.

— West, il faut qu'on parle.

— On parle, là. Non ?

Alors même qu'il dit ça, son attention est clairement attirée vers le bas, et la mienne aussi. À quel moment a-t-il placé un genou entre mes jambes ? Et puis, suis-je vraiment en train de… ? On dirait que oui. Je suis plus ou moins en train de me frotter contre sa cuisse.

— Pousse-toi, West !

Je chuchote de peur que quelqu'un nous entende – même si je n'ai vu personne en arrivant à l'étage – ou, pire, que quelqu'un nous surprenne. Ça ferait une anecdote croustillante : Caroline Piasecki en train de se frotter à West Leavitt comme une chatte en chaleur dans la bibliothèque, moins d'une heure après que ce dernier a collé un méchant coup de poing à Nate.

Je n'ai vraiment pas besoin de ça en ce moment.

— West, pousse-toi !

Il redresse la tête. Ses cheveux bruns lui retombent devant le visage, et ses yeux ressemblent à des morceaux de ciel.

Il recule un peu.

— Qu'est-ce qu'il y a ?

— Il faut que je te parle.

— Je ne suis pas franchement d'humeur bavarde, Caro.

Je reprends peu à peu mes esprits. Personne ne va se faire prendre nulle part.

Ce sont uniquement la testostérone et l'adrénaline de West qui le poussent à vouloir s'accoupler comme une bête après son accès de violence. Quant à moi… eh bien, il faut croire que mes hormones me soufflent la même idée.

Sauf que je suis forte. Je suis largement capable de dompter les élans de mon corps.

Enfin, je crois.

— Dommage. C'était pour ça que je te cherchais – pour qu'on puisse discuter comme deux êtres civilisés.

West me toise en silence.

— Pas comme deux bêtes en chaleur, ajouté-je.

— Donc je suis une bête, en chaleur qui plus est, articule-t-il lentement, avec un dégoût apparent.

— C'est bien l'impression que ça donne, non ?

— Je ne sais pas quelle impression je te donne, mais j'aimerais bien que tu m'expliques pourquoi tu me cours après.

— Je ne te cours pas après ! Je…

— Chut ! lance une voix masculine à l'autre bout de la pièce.

Merde !

C'est vrai qu'on est au sacro-saint troisième étage.

Quand je rouvre la bouche pour parler, je me rends compte que mes idées ont fichu le camp. J'ose à peine rencontrer le regard de West. Il a croisé les bras. Sa main aux phalanges éraflées est refermée sur son biceps, qui a l'air dur comme le roc.

Tout est dur, chez West.

Parle, Caroline, m'encourage mon cerveau. *Tu choisis des mots et tu fais des phrases avec. Allez !*

— Je voulais, euh… À propos de tout à l'heure… Enfin, Bridget m'a dit que…

— Chuuut !

Interrompue par la même voix agacée, je perds le fil de ma pensée. J'envisage sérieusement de décamper sans demander mon reste.

D'une voix forte et calme, West déclare :

— Il y a deux autres étages, plus un rez-de-chaussée. Va t'installer ailleurs ou ferme-la.

— Mais c'est l'étage où on n'a pas le droit de parler, ici, se plaint l'étudiant invisible.

— Ah bon ? C'est écrit où ?

— Nulle part, mais tout le monde le sait.

— Je ne suis pas tout le monde, rétorque West.

Après un bref silence, j'entends le raclement d'une chaise que l'on repousse, puis le bruit sec d'une fermeture Éclair et des pas qui s'approchent. L'étudiant jette un regard noir à West en passant mais ne ralentit pas et pousse la porte d'un geste vif.

Juste avant que le battant se referme, je l'entends marmonner :

— Sale pute !

La violence de ces mots m'atteint en plein cœur.

J'ai déjà lu ce genre d'insultes à mon sujet, mais c'est la première fois que quelqu'un me lance ça de vive voix. Je me sens d'autant plus mal que, il y a deux minutes à peine, j'étais plaquée contre une étagère, la jambe de West entre les cuisses.

D'autant plus mal que ma culotte est toute mouillée. Je me fais l'effet d'une salope, incapable de marcher droit pendant plus de cinq minutes sans partir en vrille.

« Cette pauvre conne écarte les jambes pour n'importe qui, ça se voit ! », disent les voix d'hommes dans ma tête.

« J'aimerais les voir en action. Je serais prêt à payer pour le voir baiser cette petite pute. »

Je lève les yeux vers West. Je me sens méprisée et impuissante, furieuse qu'il ait assisté à ça, qu'il m'observe attentivement alors que j'aimerais que personne ne me voie dans ce contexte qui me fait honte.

Je ne veux pas qu'il sache que je suis sur le point de craquer. Tout le temps.

Son regard s'adoucit, plein de compassion, et c'est pire que tout.

Pitoyable conne !

— Ce n'est rien, dis-je. J'ai déjà entendu pire.

— Non. Ce n'est pas rien.

Je fais un geste évasif de la main parce que je n'ai rien à ajouter à cela. Il a raison, ce n'est pas rien, mais c'est comme ça. Ça fait partie de ma vie, maintenant.

— Ce n'est pas rien, Caroline, insiste West en posant les mains sur mes épaules.

Je me dégage aussitôt et me décale sur le côté.

— C'est bon, je sais ! Pas la peine de me crier dessus. Ce type va aller raconter à tout le campus qu'on était sur le point de se sauter dessus au troisième étage de la bibliothèque. Je suis désolée. Ça te va ?

West me regarde avec une intensité brûlante. Ses yeux lancent des éclairs et de petites rides se creusent à la commissure de ses lèvres.

— Pourquoi tu es désolée ?

Pourquoi ne le suis-je pas, plutôt ? Je regrette tout ce que j'ai pu faire avec des garçons dans ma vie. Mon premier bisou sur la bouche, après un cours de danse quand j'avais treize ans, avec un dénommé Cody. Mon premier vrai baiser, avec Nate. Le jour où je l'ai autorisé à me retirer mon soutien-gorge et à glisser un doigt en moi. Le jour où j'ai accepté de coucher avec lui, pensant qu'on faisait l'amour. La lingerie coquine que j'ai achetée pour lui faire plaisir, les petites gâteries et les photos auxquelles j'ai consenti parce que je croyais que ça nous rapprocherait.

West, aussi. Je regrette ce qui vient de se passer avec West.

— Pour tout, dis-je dans un murmure.

Mauvaise réponse, apparemment. West se passe une main dans les cheveux et serre le poing.

— Sérieux, je ne sais même pas comment… C'est quoi, ton problème, Caro ?

— Laisse tomber. Tu ne peux pas m'aider.

— Alors pourquoi tu es là ? Hein ?

Je prends une profonde inspiration. Je peux le faire.

— J'ai besoin de savoir que ça ne se reproduira pas – que tu ne vas pas t'amuser à aller distribuer des coups de poing à cause de moi.

Il fronce les sourcils.

— Qu'est-ce qui te dit que c'était à cause de toi ?

Cette question me prend au dépourvu.

— Je… j'ai entendu dire que Nate et toi vous étiez accrochés à mon sujet. C'est Sierra qui a raconté ça à Bridget.

— Je ne connais pas de Sierra.

— Il faut croire qu'elle te connaît, elle.

Son expression s'assombrit encore.

— Ça ne la regarde pas. Ni toi, d'ailleurs. C'est entre Nate et moi.

— Je pense qu'on a dépassé le stade où tu peux t'en tirer comme ça, West.

J'ai réussi à l'énerver. Il s'éloigne à grands pas et va jusqu'au bout de la rangée avant de revenir et de poser les deux mains sur le chariot, comme s'il hésitait à me l'envoyer dessus.

— Il m'a mis en colère, c'est tout. Tu n'as pas besoin d'en savoir davantage.

— Oui, mais…

Tête baissée, il donne un coup de pied dans le chariot. Pas violent, mais juste assez fort pour faire beaucoup trop de bruit.

Je m'efforce de parler d'une voix calme et posée.

— Dis-moi ce qui s'est passé, et je te laisserai tranquille.

Il se redresse brusquement.

— Tu crois que c'est ça, que je veux ? Que tu me laisses tranquille ?

Je n'ai pas la moindre idée de ce qu'il veut, donc je décide de me taire.

— Il m'a saoulé parce que c'est un gros con arrogant et que j'en avais marre d'entendre le son de sa voix. Ça te va ?

— Ça n'avait aucun rapport avec moi ?

Il se passe la main dans les cheveux et tourne les talons.

— West ?

— Je n'irais pas jusque-là.

J'attends qu'il en dise davantage.

Soudain je me rends compte que je suis plutôt douée pour ça, et que ça me donne un certain avantage sur West. Il est peut-être plus sûr de lui, mais il est également plus nerveux. Ça ne me pose aucun problème de patienter pendant qu'il pique sa crise. Quand il aura fini, il me dira ce que je veux savoir.

Je continue donc à patienter.

West me fait face.

— Je n'ai pas fait ça pour toi, OK ? C'est juste que je ne supportais plus de l'entendre raconter ses conneries. Il méritait une bonne correction, alors je me suis dévoué, c'est tout. Ne va pas te faire des films.

— Comment ça ?

— Ne va pas t'imaginer que j'ai frappé ton ex parce que j'ai un faible pour toi.

— Tu es sérieux, là ?

— Pourquoi ? Tu en doutes ?

Je reste sans voix pendant quelques secondes. West vient de me faire passer de l'humiliation à une rage folle, si vite que mon cerveau n'a pas eu le temps de suivre le mouvement.

— Quelle… Non mais quelle prétention ! Franchement ! Comment oses-tu… ? Après ce que tu viens de… ? Comment tu peux dire une chose pareille ?

Il fait un pas vers moi. Je sens ses émotions vibrer sous la surface, mais je n'arrive pas à les démêler. Je ne comprends ni ce qu'il pense ni ce qu'il ressent. Tout ce que je sais, c'est que c'est violent.

— Pourquoi est-ce que tu m'as touché ? demande-t-il.

— C'était pour attirer ton attention.

— Il aurait suffi que tu me donnes une petite tape sur l'épaule.

— Je…

Je ne sais pas comment me défendre. Je l'ai plus ou moins caressé sans lui demander son avis, et il le sait aussi bien que moi. Il ne me reste plus qu'à mentir.

— C'était un accident.

Je déteste quand il fait ça – qu'il se penche sur moi avec ces yeux-là, ce visage… qu'il me regarde avec une telle intensité. Je viens de me découvrir une nouvelle hantise : me faire regarder par West.

— Ton accident, il a duré vachement longtemps, ma belle, lance-t-il enfin.

— Ne m'appelle pas comme ça.

— Pourtant j'ai l'impression que ça ne te déplaît pas.

— Eh bien, moi, je trouve que tu as les oreilles trop petites.

Aussitôt je me mords la lèvre. Quelle gourde !

Pourtant il fallait que je dise quelque chose. Je ne pouvais pas laisser passer ça. C'est insultant, méprisant et totalement injustifié. Et ça ne me déplaît pas tant que ça.

West rit doucement, par le nez.

— Et toi, tu as les dents de devant trop écartées.

— C'est pratique pour cracher.

— J'aimerais bien voir ça.

— C'est hors de question.

— Pourquoi ?

— Parce que. On ne sera jamais amis, toi et moi. On ne sera jamais rien du tout. C'est justement ce que je voulais te dire.

Ça ne lui fait pas plaisir. Je le vois au pli de sa bouche, à son regard.

— Pourtant, il y a une minute, j'aurais juré que c'était plutôt le contraire, que tu voulais me dire.

— Je m'en moque.

S'il continue à se pencher sur moi comme ça, je vais finir par lui pincer le bras.

Il continue à se pencher. Je le pince.

Enfin, j'essaie. Bizarrement, le résultat, c'est que j'ai la main posée sur la manche de son tee-shirt.

Son biceps est aussi dur qu'il en a l'air. Je retire ma main avant qu'elle puisse prêter allégeance à l'ennemi.

— J'aurais juré que tu avais envie de m'embrasser, dit-il.

Je croise les bras et m'applique à examiner les gros volumes bleus sur l'étagère derrière lui – la revue de la *Modern Language Association*.

— Ça ne change rien. Je ne peux pas me permettre ce genre d'écart. Si les autres croient qu'on sort ensemble ou que c'est à cause de moi que tu as frappé Nate, ils vont continuer à en parler et je ne verrai jamais la fin de cette histoire. Moi, tout ce que je veux, c'est que ça s'arrête.

— Tu veux que ça s'arrête, répète-t-il d'un air dubitatif qui réveille ma colère.

Ça me met hors de moi que l'on puisse croire que j'ai posté ces photos moi-même. Ça me met hors de moi que West me croie capable d'une chose pareille.

— Oui ! dis-je en criant presque, avant de reprendre, plus calmement : Oui.

— Il y a cinq minutes, quand Rich Diehms t'a traitée de sale pute, tu n'as même pas protesté. Tu m'as dit que ce n'était rien.

— Qu'est-ce que tu aurais voulu que je fasse ? Que je lui coure après pour lui coller mon poing dans la figure ?

— Pourquoi pas ? Ou que tu ripostes, au moins.

— À quoi ça m'avancerait ? Hein ?

— Parce que tout ce que tu fais te sert à avancer ?

Enfin une question facile !

— Oui.

— OK… Dans ce cas, qu'est-ce que tu essaies d'accomplir, là ?

— J'essaie de traquer mes photos sur Internet pour les éliminer petit à petit et, en attendant, je fais profil bas pour que cette histoire tombe aux oubliettes.

West éclate de rire.

Ce n'est que quand il m'attrape le poignet que je me rends compte que j'ai essayé de le gifler.

— Ma belle…

— Ne m'appelle pas comme ça !

Je me débats pour me libérer, furieuse qu'il refuse de me lâcher – furieuse qu'il m'ait coincée si facilement. Je n'avais encore jamais tenté de gifler qui que ce soit. J'ai le souffle court et les yeux pleins de larmes.

— Lâche-moi.

— Pour que tu puisses me frapper ?

— Pourquoi pas ?

— Dans ce cas, non.

Je parviens à me dégager et tente de lui donner un coup dans la poitrine, mais il saisit mon autre poignet.

— Laisse tomber, tu n'arriveras pas à m'atteindre. Pas plus que tu n'arriveras à effacer quelque chose qui a été publié sur Internet ou à te faire oublier de tous ceux qui t'ont vue à poil. C'est illusoire.

Je digère lentement ses paroles et cesse de me débattre. Alors, seulement, il me lâche. Je lui jette mon regard le plus noir.

— Merci, c'est sympa de m'encourager, mais je ne veux pas de tes conseils. Tu es la dernière personne à qui j'irais demander de l'aide.

Ses yeux s'assombrissent.

— Ah bon ? Et pourquoi ?

Parce que tu es un dealer.

Parce que tu es le genre de mec qui frappe ceux qui le mettent en colère.

Parce que tu vas m'attirer des ennuis.

Je ne peux pas lui avouer tout ça. Je suis mal placée pour lui faire la morale. Je taille des pipes sur Internet.

— Parce que j'étais avec Nate, et que toi…

Comme je ne finis pas ma phrase, il hausse un sourcil.

— Moi quoi ?

— Tu n'es pas Nate.

Il laisse échapper un rire bref, amer.

— Non, en effet, je ne suis pas Nate.

J'ai envie de m'excuser sans bien savoir pourquoi ni comment.

West n'attend pas que je trouve les mots. Il se tourne vers son chariot, examine la tranche du prochain livre à ranger et s'éloigne de moi.

— Je suis désolée ! Ce n'est pas ce que je voulais dire !

— Ne t'inquiète pas, princesse, lance-t-il sans même se retourner. Je sais me taire.

Je croise les bras.

— OK. Merci.

West n'ajoute rien, et j'en déduis que la discussion est close. J'en suis presque soulagée. Presque.

Je tremble et je me sens toute faible. Il n'est pas impossible que je vomisse bientôt.

West s'arrête au bout de l'allée où je me trouve et, avant de tourner dans la suivante, il se penche sur son chariot, les avant-bras posés sur les livres. Il les examine pendant une éternité.

Puis, enfin, il redresse la tête et me regarde droit dans les yeux.

— Ce n'était pas le jour idéal pour avoir cette conversation. Pas vrai ?

— Non. Tu as sans doute raison.

Il poussa un profond soupir.

— Je n'aurais pas dû le frapper. C'était débile de ma part, et je suis encore sur les nerfs. Désolé, je… Désolé pour tout.

Ne sachant pas quoi dire, je me contente de hocher la tête.

— Ça va, ton nez ?

— Oui.

— Tu as mal ?

— Un peu, mais ce n'est pas grave.

Il serre et desserre le poing de sa main éraflée – la gauche.

Je lui demande :

— Et toi ? Tu as encore mal ?

— Ça va passer.

Un long silence s'installe autour de nous. Je me demande s'il y a quelqu'un d'autre à l'étage – peut-être une fille assise dans un coin, occupée à nous écouter.

Peut-être qu'elle est comme moi, trop apeurée pour oser fuir.

— Tu n'as rien fait de mal, tu sais, reprend West.

— Ouais, c'est ce que Bridget n'arrête pas de me répéter.

Sauf que je ne me fais pas d'illusions. C'est son rôle de meilleure amie, c'est tout. Je sais très bien ce qu'elle pense réellement. C'est ce que je pense moi-même – ce que tout le monde pense.

J'ai commis une erreur stupide. J'ai accordé ma confiance à quelqu'un qui n'en était pas digne. J'ai permis à Nate d'abuser de ma naïveté et, en bonne adulte responsable, je me dois de le reconnaître.

West secoue la tête, à croire qu'il a entendu mes réflexions mais qu'il n'est pas d'accord.

— Tu as pris des photos sexy avec ton copain. Il y a plein de couples qui font ça. Si une fille me donnait ce genre d'image d'elle, je ne m'amuserais jamais à les publier sur Internet, même si je lui en voulais à mort.

— Tu as vu les photos ?

— Tout le monde les a vues, Caro.

Je ferme les yeux pour refouler les larmes qui me brûlent les paupières.

Je n'ai pas l'intention de pleurer.

— Il dit que ce n'est pas lui.

— Il dit ça parce que c'est un pauvre naze et qu'il n'assume pas ce qu'il a fait.

— On peut arrêter de parler de ça, s'il te plaît ?

West baisse la tête.

— Je voulais juste que tu saches que, à mon avis, tu n'arriveras pas à effacer ce qui s'est passé. Pas comme ça, en tout cas.

Je ne sais pas quoi répondre à cela. C'est ma plus grande peur qu'il vient d'exprimer à voix haute et, pour la seconde fois de la journée, j'ai l'impression que c'est lui qui m'a fait du mal, alors que, dans les deux cas, je suis seule responsable.

C'est moi qui ai foncé dans son coude, après tout.

— Caroline.

La façon dont il prononce mon prénom m'oblige à relever la tête.

— Tu sais quoi ? demande-t-il.

— Quoi ?

Il commence à pousser son chariot et, avant de disparaître, il me décoche un infime sourire.

— Si on oublie tes dents de devant trop écartées, tu es super sexy.

Les roues du chariot grincent dans l'allée suivante.

West est un gros porc.

Je refuse de m'attarder sur le fait que ça ne me dégoûte même pas.

Ou sur le fait que je reste plantée là comme une débile, les bras croisés, à sourire à mes baskets.

C'est beaucoup trop déroutant, alors je préfère ne pas y penser.

Je vais soigneusement éviter de me demander s'il a raison, si tout ce que j'ai fait jusqu'ici pour sauver mon avenir est complètement inutile, et si je ne devrais pas plutôt me battre d'une autre façon. Pour moi.

C'est quelque chose que je ne suis pas prête à envisager. Pour l'instant, tout ce que je peux faire, c'est garder la tête haute et continuer d'avancer pas à pas, un jour après l'autre.

C'est ma bataille, ma façon de reconstruire la vie qui m'a été arrachée. Enterrer ces satanées photos, rétablir ma réputation.

C'est ma bataille, et je ne compte pas m'avouer vaincue.

Deux semaines plus tard, un cauchemar me réveille en sursaut.

Ça m'arrive souvent.

Je m'assieds dans mon lit et pose les pieds sur le sol frais, cherchant mes tongs à tâtons. J'attrape mes clés sur la commode et referme aussitôt la main dessus pour ne pas faire de bruit.

Alors que j'enfile un sweat-shirt tout en retenant mon souffle, Bridget remue et sort la tête de sous la couette, tout échevelée.

— Où tu vas ?

— Faire un tour. Je reviens dans quelques heures.

Je m'en veux de l'avoir réveillée, mais je n'y peux rien. Pas évident de partager une chambre avec une insomniaque.

— Fais attention à toi.

— Promis.

Elle se retourne et, bien qu'elle soit réveillée, je referme la porte tout doucement.

Je fais toujours attention.

Je traverse le parking en serrant le poing sur mes clés, aux aguets. Je suis garée sous un lampadaire. Arrivée à trois mètres de ma voiture, je déverrouille les portières, le cœur battant à tout rompre. Mon soupir de soulagement à me savoir en sécurité à l'intérieur résonne dans l'habitacle propre et silencieux de ma voiture.

J'allume la radio, monte le son et démarre.

J'ai mon petit parcours, une série de boucles concentriques. Je fais d'abord le tour du campus, puis je refais un tour en incluant les bâtiments annexes ; j'élargis à toute la ville de Putnam, puis à la zone industrielle, jusqu'au terrain de base-ball. Je passe devant des champs de maïs dont les épis commencent à brunir. Mes phares soulignent sans pitié la platitude de mon Iowa natal.

Avant, je faisais l'une de ces boucles en courant, mais j'ai perdu le goût de me promener seule le soir quand mon corps nu s'est retrouvé partout sur Internet avec le nom du lieu où l'on peut me trouver.

À chaque virage, je prends à droite, parce que je n'aime pas tourner à gauche et que mon père n'est pas là pour me dire que c'est stupide.

Je ne sais plus comment parler à mon père, depuis quelques semaines. Quand je l'appelle, je n'arrive pas à me souvenir de ce que je lui racontais avant, quand je n'avais rien à lui cacher. Je le faisais rire, pour qu'il n'oublie pas de m'aimer. Maintenant, j'ai l'impression de jouer un rôle au téléphone. Sauf que je ne connais pas mes répliques et que je suis nulle en improvisation.

Je ne sais plus qui est la Caroline Piasecki qui, le jour de la remise des diplômes au lycée d'Ankeny High, a prononcé un discours devant toute sa promotion avec un sourire parfait, tandis que son père et ses deux sœurs étaient assis au premier rang, tout fiers.

Je ne lui ai pas parlé des photos. Ce n'est même pas envisageable.

Sur ces photos, je ne suis qu'une bouche refermée sur un sexe en érection, un corps dénudé, une paire de cuisses écartées.

Je tourne le volant vers la droite. Toujours vers la droite.

Ça fait treize jours que je n'ai pas vu West, mais je n'arrête pas de penser à lui. Je me repasse souvent le film de notre conversation, à la bibliothèque, en essayant d'en analyser les moindres développements. Pourquoi m'a-t-il coincée contre les étagères ? Qu'avait-il en tête quand il a demandé à l'étudiant de se choisir un autre étage ? Que cherchait-il à accomplir ?

Je repense au moment où il m'a demandé si chacune de mes actions visait à accomplir quelque chose.

Je réfléchis à ma relation avec Nate, dans l'espoir de trouver des réponses à mille questions impossibles.

Est-ce que c'était un connard depuis le début, mais que je ne m'en suis pas rendu compte ? Est-ce qu'il a changé avec le temps ?

Comment ai-je pu lui faire confiance ?

J'entends la voix de West me dire : « Tu n'as rien fait de mal. »

Je me souviens de la sensation de sa cuisse entre les miennes.

L'an dernier, un jour où j'étais en train de rédiger un essai, assise à mon bureau, j'ai entendu des cris et des éclats de rire dans le couloir, ainsi que des espèces de claquements sourds qui me faisaient sursauter. Nate était allongé sur mon lit et lisait un manuel d'économie. Bridget est sortie pour voir ce qui se passait, et elle n'est pas revenue tout de suite dans la chambre. J'ai reconnu son rire, puis la voix de West.

— Qu'est-ce qu'ils fabriquent ?

Je voulais donner l'impression que cette agitation m'agaçait, mais que je m'en fichais, au fond – que je ne ressentais pas la moindre curiosité, pas la moindre envie d'aller m'amuser avec eux.

— Tu n'as qu'à aller voir, a dit Nate en haussant les épaules.

Je me rappelle exactement la sensation que j'ai éprouvée en me levant de mon bureau. J'étais sur le fil du rasoir, en équilibre entre le bien et le mal. Je ne savais pas encore de quel côté j'allais plonger, mais j'étais parfaitement consciente – dans mes tripes, dans chacun de mes muscles tendus – qu'il allait se passer quelque chose.

Ce soir-là, en sortant dans le couloir, j'ai vu Bridget et Krishna qui jouaient au bowling avec des poulets en caoutchouc.

Oui. Moi aussi, il m'a fallu quelques secondes pour comprendre.

Je ne sais pas comment Krishna avait mis la main sur ces poulets – il les avait sans doute volés quelque part –, mais je suis certaine que leur ancien propriétaire ne les appréciait pas à leur juste valeur. Krishna et ses poulets sont vite devenus célèbres dans le campus. On retrouvait ces pauvres volatiles un peu partout – assis sur les toilettes, suspendus aux poutres de la cafétéria, perchés tout en haut de l'espèce de sculpture aussi phallique que métallique qui trône au milieu de la cour, ou accrochés aux tonneaux de bière pendant les soirées.

En l'occurrence, Krishna était posté au bout du couloir, à cinq ou six mètres d'un assortiment de quilles bien alignées. Il faisait tournoyer son poulet à bout de bras. Puis, sous mes yeux ébahis, il a balancé le poulet d'un geste sûr, avec un bel effet du poignet. Il a percuté les quilles à une vitesse impressionnante, les envoyant valser contre les murs du couloir. Bridget a poussé un cri de joie avant de se plier en deux, morte de rire.

C'était parfaitement juvénile – le jeu lui-même, la réaction de Bridget, les yeux rougis de Krishna et son sourire complètement stone. Je devais rendre mon essai le lendemain matin et j'avais encore pas mal de remaniements à faire. J'avais aussi mes cours de latin à revoir, et, s'il fallait que je m'exile à la bibliothèque à cause de ces deux-là, je…

Brusquement, la porte d'en face s'ouvrit sur West, un poulet dans chaque main et une bouteille de soda de deux litres sous le bras.

— Alors, mon idée, pour nos fusées à poulet…, dit-il avant de relever la tête et de m'apercevoir.

On échangea un long regard. J'eus l'impression qu'il se passait au moins dix minutes, même si c'était sans doute exagéré. Pour une fois, j'avais l'occasion de le dévisager de façon éhontée alors que, d'habitude, je ne m'autorisais que de brefs coups d'œil à la dérobée. Pendant cet instant infini, je vis ses lèvres esquisser un demi-sourire, ses narines remuer légèrement, ses yeux trop pâles s'animer d'une lueur malicieuse.

Je me retrouvai emprisonnée dans ce regard bleu-vert, trébuchai mentalement et m'étalai de tout mon long, ligotée. À sa merci.

West haussa un sourcil.

— Tu veux jouer ?

Ça ne voulait rien dire, évidemment.

Enfin, si : ça voulait dire que, si j'acceptais, il me confierait un de ses poulets, ce qui me donnerait l'occasion de m'amuser comme une gamine au lieu de faire sagement mes devoirs.

Il ne me demandait pas si je voulais jouer avec lui, à des jeux dangereux où il m'apprendrait à me lâcher, à devenir une autre.

Pourtant mon cœur battait la chamade, si fort que je n'eus pas assez de souffle pour refuser.

Non, merci.

Ce n'est pas mon genre, de jouer.

Tu n'es pas mon genre.

Le mensonge était trop gros, il m'aurait étouffée.

Je choisis donc de ne rien dire du tout. Nate arriva derrière moi, passa un bras autour de ma taille et posa le menton sur mon épaule.

— C'est quoi, ce boucan ?

Instantanément, le regard de West se fit distant, son visage se ferma, et la lame de rasoir sous mes pieds disparut, révélant mon environnement familier – mon couloir, ma chambre, ma petite vie monotone.

— On s'amuse, dit West. Il faut bien se défouler de temps en temps.

— Vous ne pourriez pas faire un peu moins de bruit ? On essaie de travailler, reprit Nate.

— Pas de problème.

Nate m'entraîna dans la chambre, referma la porte derrière nous et commença à m'embrasser dans le cou. Il passa les mains sous mon tee-shirt, mais, quand il voulut me caresser les seins, je l'arrêtai, parce que Bridget pouvait revenir à tout moment et que j'avais des devoirs à faire.

Et puis, aussi, parce que j'étais déçue, comme si une foule de possibles m'avait été arrachée. Un horizon qui dépassait de loin un jeu de bowling improvisé dans un couloir.

L'alchimie d'un garçon qui savait transformer une grosse bouteille de soda en fusée à poulet.

Parfois je me demande si l'attirance magnétique que j'éprouvais pour West n'a pas motivé ma décision de rompre avec Nate – si cette attirance est devenue assez forte pour faire de l'ombre à tous mes autres sentiments, sans que je m'en rende compte.

Quand je pense à Nate et à West, j'ai beaucoup de mal à discerner ce qui est ma faute et ce qui ne l'est pas.

Je ne connais plus le luxe d'un sommeil paisible. Quand j'arrive à m'endormir, je rêve qu'on me poursuit, qu'on m'attaque et qu'on me blesse. Dans mes cauchemars, je suis une victime, et ils deviennent peu à peu plus vrais que le monde réel.

Il y a des camions de livraison à l'arrière du supermarché. Le type de la station-service me reconnaît, maintenant, et il me demande comment ça va quand je paie mon essence et mon jus d'orange. Il a la quarantaine, avec une barbe poivre et sel, et un début de bedaine. Il a l'air gentil, mais je me méfie. Après tout, il travaille de nuit dans un truc qui s'appelle *Pompe-Vit'*. C'est forcément louche.

Avant, le nom de la station-service me faisait rire, mais plus maintenant. Chaque fois que je passe devant, ça me rappelle certains commentaires que j'ai lus. Alors j'ai pris l'habitude d'aller faire le plein dans la ville voisine, même si c'est à une trentaine de kilomètres. Je ne peux plus discuter avec le type de *Pompe-Vit'* sans me demander si, lui aussi, il m'a vue toute nue.

Sur le trottoir, de petites grappes d'étudiants bien imbibés retournent vers le campus après une soirée au pub ou au bar. Ils rigolent et chahutent en se tenant par les coudes. Une fois, j'ai vu une fille trébucher et tomber. Elle était seule avec un mec, et j'ai cru qu'il allait la violer, mais il l'a aidée à se relever. Je me suis garée le temps de me calmer. J'étais complètement paniquée d'avoir pu imaginer un scénario pareil.

Ça ne me serait jamais venu à l'idée, avant. Jamais.

Je ne veux pas rester craintive comme ça toute ma vie. Si seulement je pouvais revenir en arrière et effacer tout ça ! Malheureusement je n'en ai pas encore trouvé le moyen.

La plupart du temps, mes excursions nocturnes me conduisent à la boulangerie.

Chaque fois, je me promets que je n'irai pas.

Je me suis donné des ordres très stricts : je dois arrêter d'aller là-bas et de me garer devant dans l'espoir d'apercevoir West.

Et pourtant, m'y voilà.

La lumière de la cuisine, à l'arrière, éclaire la boutique déserte et le trottoir, à travers la vitrine. Je serre le frein à main, mais laisse tourner le moteur. À présent que la voiture est arrêtée, la musique me paraît trop forte, alors je me penche pour baisser le son.

J'imagine qu'il fait chaud dans la cuisine et que ça sent bon. J'en retire une saveur mentale réconfortante, sorte d'antidote aux heures que je passe devant mon ordinateur, obligée de lire les commentaires de la lie de l'humanité.

Je vois passer la silhouette de West mais, le temps que je coupe le contact, que je range mes clés dans la poche de mon sweat-shirt à capuche et que je sorte de la voiture, il a disparu. Un vent froid souffle sur mes pieds presque nus et sur ma nuque. Je me recroqueville légèrement et mets les deux mains dans la poche de mon sweat.

Les hommes dans ma tête veulent savoir ce que je regarde bêtement, comme une grosse vache.

Le problème, c'est que je ne sais pas. Je n'en ai pas la moindre idée.

Je suis sur le point de remonter dans la voiture quand une nouvelle rafale me fouette le visage. Je plisse les yeux et lève un bras pour me protéger.

Je suis grincheuse.

Non. Franchement en colère.

Furieuse, même.

Il est 4 heures du matin et j'enrage, plantée devant une boulangerie vide.

Je serre mes clés de voiture si fort qu'elles mordent la paume de ma main. West repasse devant l'encadrement de la porte qui mène à la cuisine.

Vas-y ! Entre et dis-lui que tu es désolée. Dis-lui qu'il te plaît. Dis-lui quelque chose, putain !

Sauf que j'en suis incapable. West n'est pas ce qu'il me faut, même si c'est lui que je veux.

C'est lui que je veux parce qu'il donne des coups de poing quand on le cherche.

Parce qu'il est venu jusqu'ici dans une vieille caisse toute pourrie, tout seul, en mangeant des raviolis directement dans la boîte comme si c'était la chose la plus naturelle au monde.

Parce que, quand il regarde une grosse bouteille de soda, il voit une fusée à poulet.

Parce que j'ai l'impression que, si j'étais avec lui, il arriverait peut-être à me sauver.

Il me demanderait peut-être si je veux jouer et, cette fois, je dirais oui.

Mais je ne me fais pas d'illusions. Je sais très bien que, au lieu de me sauver, il me détruirait complètement.

Je n'ai pas besoin de ça ; je suis déjà dans un piteux état.

Je tourne les talons, remonte dans ma voiture et m'en vais.

Octobre

West

Il m'a fallu dix ans pour apprendre à détester mon père. Il débarquait de temps en temps, juste assez souvent pour embrouiller ma mère, lui faire perdre son travail, lui pomper tout son fric avant de la laisser tomber une fois de plus, le cœur brisé.

Cette année-là, l'été de mes dix ans, maman a pleuré pendant une semaine. Je me rappelle être allé voir nos voisins, dans le mobil-home d'à côté, et leur avoir raconté ce qui s'était passé d'une façon humoristique, dans l'espoir qu'ils me donnent quelque chose à manger.

Je viens d'un coin paumé de l'Oregon où, avant, il était facile de trouver du travail comme bûcheron. Maintenant il ne reste plus que des petits boulots minables, à mi-temps ou à la journée, trop mal payés pour permettre à qui que ce soit d'en vivre.

Là d'où je viens, ce sont les femmes qui travaillent. Les hommes ne sont bons qu'à deux choses : se battre et baiser.

J'ai appris à me battre très tôt. Quand j'avais douze ans, la copine de ma cousine Hailey m'a entraîné dans le local technique à côté de la laverie du camp de mobile-homes et m'a appris à baiser.

Je me suis révélé assez doué.

Peut-être que ça aurait dû me suffire. Tout le monde autour de moi semblait s'en contenter.

Mais pas moi. Je suis comme une mauvaise herbe qui pousse dans les fissures du bitume, attirée par la lumière, prête à sonder le sol aride pour y trouver de quoi se nourrir.

Je suis curieux. J'aime savoir comment les choses fonctionnent, afin de pouvoir les réparer si elles se cassent. J'ai toujours été comme ça. Quand trois des cinq sèche-linge de la laverie sont tombés en panne, je les ai démontés pour comprendre ce qui clochait.

Si je suis capable de faire quelque chose, alors je me dois de le faire.

À mon avis, c'est ça qui fait un homme. Ce n'est pas une question de force ni d'habileté entre les draps. C'est ce qu'on fait de ses deux mains pour aider les personnes qui en ont besoin. C'est ce qu'on est prêt à donner à ceux qui comptent sur nous.

L'été de mes dix ans, la fois où j'ai tenu tête à mon père et où il m'a battu si fort que j'ai enfin appris à le détester, il a mis ma mère enceinte avant de déguerpir de nouveau.

Ma sœur, Frankie, est née avec déjà deux éléments contre elle. Ma mère n'avait pas prévu d'avoir un deuxième enfant, et ça ne l'enchantait pas vraiment. Et puis, Frankie était prématurée. Elle était minuscule et elle dormait tout le temps.

Parce que je suis curieux – c'est plus fort que moi –, quand ma mère est rentrée de l'hôpital avec une boîte de lait en poudre gratuite, j'ai lu le petit fascicule qui allait avec. J'y ai appris que les bébés sont censés se réveiller toutes les trois ou quatre heures pour manger, or Frankie était loin du compte.

— Quelle brave petite fille bien sage ! Qu'est-ce qu'elle dort bien ! disaient les gens.

Personne ne voulait comprendre qu'elle était en train de dépérir.

Je ne voulais pas aimer Frankie. Je voulais juste faire en sorte qu'elle fonctionne normalement. Mais le problème, avec les bébés, c'est que, à force de leur préparer des biberons au milieu de la nuit, de les sortir tout doucement de leur berceau, de changer leur couche, de chatouiller leurs pieds minuscules jusqu'à ce qu'ils se réveillent assez pour manger, on se retrouve à la merci de leurs petites mains potelées.

Frankie avait besoin de moi. Je me devais donc de faire tout mon possible pour elle.

J'ai appris quels étaient les horaires d'ouverture du centre de santé, quels documents il fallait fournir pour obtenir des allocations familiales, qui appeler quand ces allocations étaient suspendues parce que ma mère avait oublié d'aller à un rendez-vous et ne m'avait pas prévenu. J'ai découvert où on pouvait se procurer des bodys d'occasion, quelles organisations distribuaient régulièrement du lait en poudre gratuit. J'ai appris à rapporter les bouteilles vides au magasin en échange de quelques pièces pour pouvoir faire des lessives. J'ai appris à trouver du travail alors que tout le monde disait qu'il n'y en avait plus.

J'ai appris. Je suis doué pour ça.

À quatorze ans, je gagnais plus que ma mère et je considérais sans doute que j'étais l'homme de la famille. Le roc inébranlable contre lequel les vagues s'écrasent en vain.

Et puis mon père est revenu.

Si j'étais un roc, lui, c'était la marée. Rien n'aurait pu l'empêcher d'entraîner ma mère à la dérive. Tout ce que je pouvais faire, c'était mettre Frankie à l'abri pour éviter qu'elle se noie, elle aussi.

C'est là que j'ai compris que je pouvais en faire davantage.

Ce n'était pas suffisant de me démener pour joindre les deux bouts. Il fallait que j'offre à Frankie une vie meilleure, ailleurs, sinon elle risquait de terminer comme ces pauvres filles qui se font prendre par des gamins de douze ans dans le local technique d'un camp de mobile-homes et qui se font régulièrement avoir par un salaud dont elles se croient amoureuses.

Cette idée m'était insupportable.

Dès que j'ai eu l'âge de conduire, à seize ans, j'ai décroché un petit boulot dans un club de golf huppé à une quarantaine de kilomètres de chez moi. Je savais que c'était l'endroit idéal pour rencontrer des gens riches et cultivés et apprendre à les imiter afin de devenir l'un des leurs.

Petit à petit, j'ai obtenu le statut de caddy. C'est là que j'ai rencontré le docteur Tomlinson. Un jour, j'ai remplacé le garçon qui le suivait d'habitude parce que ce dernier était malade, et le docteur m'a demandé de rester à son service de façon permanente.

Quand je vous dis que ce club de golf est huppé, je ne vous mens pas. Il y a des joueurs qui viennent du monde entier juste pour le plaisir de faire ce parcours. Une fois qu'un client a choisi un caddy qu'il aime bien, il le garde à son service aussi longtemps qu'il veut.

Bref. Le docteur T. est médecin anesthésiste et sa femme vient d'une famille fortunée. Je suis déjà allé chez eux. Ils habitent sur une colline d'où on aperçoit le terrain de golf, une immense villa où tout est beau et impeccable. Rien de cassé ou d'abîmé.

C'est le genre de maison que j'aimerais offrir à Frankie. Une forteresse qui la protégerait de mon père et l'empêcherait de tomber dans une petite vie minable faite de galères et de mauvais choix.

Quand j'ai vu cette maison, j'ai su que c'était exactement ce que je voulais. Je voulais ce qu'avait le docteur.

Il a dû voir quelque chose en moi, lui aussi. Il a dû reconnaître ma résilience de mauvaise herbe qui pousse envers et contre tout pour glaner un rayon de soleil. Il m'a dit un jour que je lui rappelais son enfance de gamin pauvre mais ambitieux, né dans une ferme de l'Iowa.

Je flatte son ego parce que je lui permets de mesurer le chemin qu'il a parcouru.

Le docteur T. m'a pris sous son aile. Il m'a appris à parler comme quelqu'un de cultivé ; il m'a gentiment corrigé chaque fois que mon comportement trahissait mes origines vulgaires ; il m'a montré comment m'intégrer à son milieu. Sa femme et lui n'ont pas d'enfant. Il m'a adopté, en quelque sorte.

Sauf que ce n'était pas un fils que sa femme recherchait. Elle m'a emmené dans les bois et m'a demandé de soulever sa jupe. Elle m'a entraîné dans la piscine – et dans sa chambre –, quand le docteur T. n'était pas là.

Elle n'était pas la première à m'utiliser ainsi – et elle n'était pas la seule. Elle voulait se taper un petit jeune, j'avais besoin de son argent. Ça ne me paraissait pas malhonnête.

Un jour, le docteur T. m'a dit qu'ils comptaient m'envoyer à Putnam College, l'université où il avait étudié et l'une des meilleures du pays, selon lui. Si j'obtenais des résultats suffisants au lycée, ils paieraient mes frais de scolarité.

Les Tomlinson étaient prêts à faire ça pour moi. Ils m'appréciaient vraiment.

Je me suis défoncé pour être accepté à Putnam. J'ai fait des choses dont je suis fier, et d'autres pour lesquelles le docteur T. me tuerait s'il apprenait la vérité. J'ai fait tout ça pour arriver où j'en suis aujourd'hui et, si je suis là, c'est pour décrocher un bon diplôme et rencontrer des gens qui pourront m'aider dans la vie.

J'ai fait tout ça pour Frankie et pour ma mère.

Je n'en ai pas honte. Le monde n'est pas un endroit parfait où tout fonctionne à merveille. C'est un immense foutoir, et si je dois faire quelques entorses à la loi ou à la morale pour atteindre mon but, alors tant pis. Tant pis si je saute des femmes mariées contre un peu d'argent. C'est toujours mieux que de laisser ma vie m'échapper et d'y laisser mon cœur.

Le vrai piège, c'est l'amour. C'est par amour que les gens se noient.

J'ai appris ça en regardant ma mère.

À Putnam, je ne suis pas le même qu'à la maison. Étudiant sérieux, employé modèle… je suis un acteur qui récite un script. Un imposteur, mais un imposteur doué. Je connais les limites de ce que je peux dire et faire ; je sais quand fermer ma gueule et faire profil bas, même si ça ne me plaît pas.

Je connais les règles – et comment les contourner. Pour un mec comme moi, c'est souvent la seule solution.

Sauf qu'exploiter les faiblesses des règles, ce n'est pas les enfreindre. Jusqu'à ma grosse connerie avec Caroline, je n'avais jamais enfreint les règles. Quelques lois, peut-être, mais jamais les règles.

Le problème, c'est que, quand je fais des conneries, je ne les fais pas à moitié.

— Ne touche pas ça !

Penché sur le bol du mixeur, Krishna s'amuse à tâter du doigt la pâte du pain aux céréales, qui est en train de lever. J'attrape le torchon que j'ai passé à ma ceinture et lui fouette la nuque avec.

— Aïe !

— Je t'ai dit de ne pas toucher le pain.

Krishna se redresse et s'essuie la main sur son jean, entouré du nuage de farine qui s'est échappé du torchon.

— Je voulais juste voir si c'est vrai que ça a la même consistance que des fesses de fille.

— Espèce de pervers !

— C'est toi qui m'as dit ça.

— N'importe quoi. Et puis, si tu veux toucher la pâte, lave-toi les mains d'abord. C'est tout ce que je te demande.

— Je me les suis lavées avant de venir.

— Je ne te crois pas.

— Pourtant c'est vrai ! Je me lave toujours les mains, après.

Ce qu'il veut dire, c'est qu'il se lave toujours les mains quand il sort du lit d'une fille. La moitié du temps, quand Krishna débarque à la boulangerie pendant que je travaille, c'est parce qu'il est défoncé. L'autre moitié du temps, c'est parce qu'il sort de chez une fille.

Ce soir, je dirais que c'est les deux à la fois.

— Tu devrais peut-être te laver les mains d'abord, aussi. Ça t'éviterait de refiler la gale à tout le campus.

— La gale ? Pourquoi tu dis ça ? C'est dégueulasse ! Mon corps est aussi pur qu'un temple, mon pote.

— Et je suis sûr que tes conquêtes en sont folles, mais je ne sais pas où tu es allé mettre tes doigts, alors je te demande de te laver les mains si tu veux toucher la pâte à pain. Sinon, je te botte le cul.

Krishna lève les mains en l'air.

— OK, chef, OK. Qu'est-ce qui t'arrive, aujourd'hui ?

— Rien.

Krishna s'approche de l'évier et se savonne les mains. Je sors la pâte du mixeur et racle ce qui reste au fond du bol avant de le laver et de le sécher jusqu'à ce qu'il brille.

J'aime bien travailler seul, sans personne pour me demander pourquoi je suis de mauvais poil.

Personne pour me faire remarquer que je suis de mauvais poil depuis des semaines parce que, chaque fois que je croise Nate Hetherington, j'ai envie de lui en coller une.

Il faut croire que je ne l'ai pas frappé assez fort, la dernière fois. Il a toujours ce sourire de gros connard arrogant.

Krishna plonge les deux mains dans la pâte et commence à la masser en fermant les yeux, l'air béat. Quand il fait le débile dégueu, comme ça, j'en oublie presque que c'est un petit prodige des maths.

— Je t'interdis d'enculer la pâte à pain, Krishna.

— Chut ! Je compare.

— Avec qui ?

— La fille chez qui j'étais ce soir, Penelope.

— La brune un peu ronde ?

— Oui.

— Oh non !

— Quoi ? Elle te plaît ? Tu aurais dû me le dire, West. Je n'aurais jamais…

— Non, ce n'est pas ça ! C'est mon binôme au labo, c'est tout.

— Elle a un cul fantastique.

— Je n'ai pas envie d'en savoir plus.

Penelope peut faire ce qu'elle veut avec qui elle veut, mais j'aime autant ne pas imaginer Krishna en train de la prendre sauvagement chaque fois que j'ai une séance de labo.

Il me livrerait toutes ses aventures en détail si je le laissais faire. Krishna est du genre à raconter n'importe quoi à n'importe qui. Chez moi, un type qui se vanterait autant se ferait tabasser au moins une fois par semaine. Quand je l'ai rencontré, l'an dernier, j'ai cru que j'allais le tuer au bout de deux jours et foutre en l'air mon bel avenir.

Sauf qu'il est aussi très attachant. Ne me demandez pas comment, je serais bien incapable de vous le dire.

Il donne une petite tape à la boule de pâte.

— Ça n'a rien à voir, c'est plein de grumeaux.

— Ce ne sont pas des grumeaux, couillon, ce sont des céréales.

Croyant que je ne le regarde pas, il pique un petit bout de pâte puis se lèche les doigts.

— OK, ça suffit. Tu ne touches plus rien, sinon je te fous dehors.

— Tu vas t'ennuyer tout seul.

— Tu as raison, je vais pleurer toutes les larmes de mon corps sur les baguettes. Ça fera du sel naturel, Bob pourra les vendre plus cher.

Bob, c'est le propriétaire de la boulangerie. Il m'a embauché juste avant Thanksgiving, l'an dernier, mais j'ai su me rendre indispensable, alors il a décidé de me confier quelques nuits par semaine. Il n'est pas loin de la retraite et il se fiche pas mal de ce qui se passe en cuisine tant que la boutique continue à tourner. Il me laisse faire des expériences, essayer de nouveaux types de pains. Je m'éclate.

Et puis, c'est l'endroit idéal pour vendre de l'herbe. Ça fait des années que Bob vend des muffins et des cookies encore tout chauds aux étudiants qui sortent de soirée ou qui ont passé la nuit à la bibliothèque. C'est devenu une tradition, et je me suis contenté d'y ajouter ma petite touche personnelle. Quiconque m'appelle ou m'envoie un texto avant de passer et me glisse quelques billets supplémentaires a droit à une dose en plus de son muffin dans son sac en papier.

Krishna passe le doigt – celui qu'il vient de lécher – tout autour du bol que je viens de laver et d'essuyer. J'attrape mon torchon pour le punir, mais il anticipe mon geste et me l'arrache des mains. Je le laisse faire. Je ne vais pas me battre pour un torchon.

— J'ai du travail, Krishna.

— Regarder de la pâte à pain monter ? Tu appelles ça du travail ?

Depuis qu'il est arrivé, je suis occupé à laver divers ustensiles à l'eau bouillante, ce qui ne manquerait pas d'abîmer ses grandes mains fines de gosse de riche.

Je ne sais pas pourquoi je traîne avec lui. Il sèche les cours, il ne fiche rien, il boit trop et saute sur tout ce qui bouge. Je ne comprends pas pourquoi je l'aime bien.

Il s'est plus ou moins invité dans ma vie.

J'avais l'intention de vivre seul, cette année. Je m'étais trouvé un petit appartement en sous-sol et j'avais obtenu de l'université la permission d'habiter en dehors du campus, où les chambres et la cafétéria coûtent une petite fortune.

Krishna a vu le contrat de location sur mon bureau et m'a supplié de l'emmener avec moi.

Au final, il a trouvé un appartement plus grand au-dessus d'un magasin et il a promis de payer le loyer tant que je signais le contrat en mon nom. J'ai accepté. Krishna paie toujours ses dettes, ses parents sont pleins aux as.

Il essuie un coin du plan de travail, s'assied dessus puis commence à faire des dessins dans la farine à côté de lui.

— Ça va peut-être te redonner le sourire si je te dis que ta copine est garée devant la boutique, une fois de plus...

Je relève la tête, ce qui est parfaitement stupide. Premièrement, de là où je suis, je ne risque pas de l'apercevoir. Pour ça, il faudrait que je traverse la cuisine pour regarder par la vitrine, mais alors Caroline risquerait de me voir, ce que je préfère éviter.

Deuxièmement, Caroline n'est pas ma copine.

Troisièmement...

Krishna éclate de rire.

— Je le savais!

Et voilà mon troisièmement. Dès les premiers jours, Krishna a compris que j'étais fasciné par cette fille, et il ne rate jamais une occasion de me taquiner.

Depuis que j'ai collé un coup de poing à Nate le mois dernier, Caroline a commencé à venir à la boulangerie plusieurs fois par semaine. Elle n'entre jamais dans la boutique. Elle se contente de se garer devant et reste dans sa voiture, alors qu'elle devrait être en train de dormir.

Je l'ai vue à la bibliothèque, ce matin. Elle était penchée sur son cahier, en train d'écrire quelque chose. Le soleil entrait à flots par la fenêtre et donnait une couleur dorée à ses cheveux et à sa peau. Elle avait l'air si fragile. Si fatiguée.

Je ne supporte pas de la savoir toute proche. Je voudrais qu'elle parte.

Je voudrais ne pas penser à elle.

Si ça se trouve, elle n'est même pas là, et Krishna s'est moqué de moi. Il attend que je lui pose la question, mais je refuse de lui donner satisfaction.

— Tu connais des Vietnamiens ? me demande-t-il.

— Non. Pourquoi ?

— Apparemment, ils ont une technique particulière pour le jeu du morpion, et j'aimerais l'apprendre. C'est pour mes recherches en analyse combinatoire, je…

— Elle est vraiment là ?

Il sourit de toutes ses dents, qui sont éblouissantes. Ce doit être pour ça que toutes les filles tombent à ses pieds.

— Oui, elle est vraiment là.

— Tu lui as parlé ?

— Non. Tu m'as dit de ne pas l'approcher.

— Bon.

Je range la levure au frigo et consulte la liste de ce qu'il me reste à faire avant la fin de mon service.

Je regarde l'heure.

Krishna me raconte ses histoires de morpions combinatoires.

Mon téléphone vibre dans ma poche. Je lis le message. C'est le numéro de ma mère, mais je reconnais la façon d'écrire de Frankie.

Tu fais quoi ?

Je travaille. Tu devrais être couchée.

J'arrive pas à dormir. Chante-moi une chanson.

Il est plus de 22 heures dans l'Oregon, et Frankie n'a que neuf ans. Elle devrait déjà dormir à poings fermés.

Et maman ?
Elle est sortie.

C'est ce que je craignais.
Quelle chanson tu veux ?
Little Dream.

Je commence donc à lui écrire le premier couplet de *Dream a Little Dream of Me*. Elle m'envoie un smiley.
Dors, Frankie.
J'essaie.
Et sois sage.
Toujours.
Je t'embrasse.
Bonne nuit, West.
Bonne nuit, ma puce.

Quand je range mon téléphone dans ma poche, j'ai l'impression qu'il pèse une tonne.

Ça ne me plaît pas que Frankie m'envoie des textos après 22 heures.

Ça ne me plaît pas que ma mère soit sortie en la laissant toute seule. Surtout que, ce matin, j'ai reçu un mail où elle me réclamait cinq cents dollars sans m'expliquer pourquoi. J'ai essayé de contacter Bo, le mec de ma mère, chez qui elles vivent, Frankie et elle, mais je suis tombé sur son répondeur et il ne m'a pas rappelé.

À plus de trois mille kilomètres de distance, je n'ai aucun moyen de savoir ce qu'ils ne me disent pas, et ma mère ne me dit que ce qu'elle croit me faire plaisir. Je n'ai pas d'autre choix que d'avoir foi en eux, en leur capacité à s'en sortir sans moi.

Sauf que c'est dur d'avoir la foi quand on a grandi dans ces conditions.

Et puis, ça ne me plaît pas du tout de savoir Caroline toute seule dehors alors qu'elle a clairement besoin de se reposer.

J'en ai marre de me faire sans arrêt du souci pour elle.

C'est ce qu'il y a de pire, avec Caroline – je ne peux pas m'empêcher de m'inquiéter pour elle. Ce n'était déjà pas facile l'an dernier, quand je l'ai rencontrée, que je suis tombé raide dingue d'elle et que je me suis juré de ne plus jamais la toucher – tout ça en l'espace de quelques minutes.

Ce n'était déjà pas évident quand j'ai commencé à rêver d'elle, à me réveiller dans un état d'excitation infernal et à me branler entre les draps en imaginant ses lèvres autour de ma queue, ses jambes autour de ma taille, son visage au plus fort de l'orgasme.

Ça restait encore supportable. Je pouvais continuer à me caresser en pensant en elle sans pour autant lui adresser la parole.

Le problème, avec Caroline, c'est que je n'ai pas simplement envie d'elle. J'ai envie d'apprendre à la connaître, à l'aider, or je ne peux pas me le permettre. Si je me laisse entraîner là-dedans, je risque de perdre de vue mon objectif et de gâcher tous mes efforts.

L'enjeu est trop important, je ne peux pas tout faire foirer à cause d'une fille impossible.

Je ne sortirai pas la voir.

Je me lave les mains tout en regardant l'horloge.

Krishna ouvre le grand frigo industriel et met la tête à l'intérieur.

— Tu n'aurais pas de la pâte à cookies, là-dedans ?

— Non. Il va falloir que tu y ailles, maintenant. Je ne vais pas tarder à mettre tout ça au four.

Il incline la tête sur le côté et me jette un regard dubitatif. Il a de la pâte à pain collée à une joue et de la farine dans les cheveux.

— Tu me mets à la porte pour pouvoir aller lui parler, c'est ça ?

Oh, et puis merde.

Oui, je vais aller lui parler, parce que je n'en peux plus de ne rien faire. Ça fait des semaines que j'use mes forces à *ne pas* parler à Caroline.

— Je t'apporterai le petit déjeuner en rentrant. Qu'est-ce qui te ferait plaisir ? Un muffin au citron et graines de pavot ?

— Non, je veux un truc au chocolat.

— OK, va pour le chocolat. Maintenant, dégage.

Je le pousse jusqu'à la porte de derrière, qui ouvre sur la ruelle.

— Loin de moi l'idée de m'immiscer entre toi et ta belle, raille-t-il en sortant.

— Tu te rends compte que c'est parce que tu emploies des mots comme « s'immiscer » que je te mets dehors ?

— Non, c'est parce que tu es un sociopathe qui aime faire les choses en secret. Sérieux, tu pourrais être tueur en série, personne ne s'en douterait. Ou strip-teaseur.

— Comme si j'avais le temps ! J'ai déjà trois boulots !

— C'est vrai, il faudrait que tu arrêtes de dormir. Mais ça vaudrait peut-être le coup, toutes ces filles qui glisseraient des billets dans ton slip. Enfin, ton string.

— C'est déjà ce qui m'arrive chaque fois que je vais danser.

— Ah ouais ? Tu sais danser ? demande Krishna, les yeux brillants.

Je ne danse pas. Si j'ai envie de boire, je vais dans un bar en centre-ville où personne ne vérifie mon âge.

Si j'ai envie de tirer un coup, pareil : j'évite les étudiantes de l'université. Je vais dans un bar, je trouve une fille, je la raccompagne chez elle, on s'éclate, et je dégage. Les femmes de Putnam n'attendent rien de moi.

— Non. Je n'ai pas besoin ça. J'ai des pantalons serrés et une bite d'éléphant.

Krishna éclate de rire.

— Rassure-moi, tu n'es pas en voiture ? dis-je.

— Non, t'inquiète, je suis venu à pied. Tu veux que je frappe à sa vitre en passant ? Pour lui dire qu'elle n'hésite pas à entrer ?

— C'est gentil, mais non.

Je le tourne en direction de l'appartement, qui n'est qu'à deux rues de là, et je le pousse gentiment.

— N'oublie pas mon muffin, hein ! lance-t-il en s'éloignant.

Après le départ de Krishna, j'ai l'impression qu'il y a de l'écho dans la cuisine tellement c'est calme. C'est le moment que je préfère : je découpe les pâtons et les pèse avant de les façonner et de les disposer sur les plaques.

Puis j'allume les fours. C'est un acte de création. Je suis le dieu du pain.

Je regarde l'heure et compte les minutes. Dix.

Je me promets d'attendre au moins dix minutes avant d'aller jeter un coup d'œil dehors. Peut-être qu'elle sera déjà partie. Je suis le maître de cet univers minuscule où je contrôle les dosages et les températures, les temps de repos et de cuisson. Un peu plus ou un peu moins. C'est aussi simple que de pousser des leviers.

J'aimerais que Caroline me laisse seul avec cet univers dont je suis le maître, le dieu, mais elle est là, dehors, dans sa voiture. Sa présence menace mon royaume. J'ai tellement envie d'aller lui parler que ça me fait peur.

Je repense aux messages de Frankie. À l'argent que j'ai envoyé à ma mère cet après-midi.

Je me promets de ne pas sortir voir Caroline avant au moins un quart d'heure.

Non, vingt minutes.

Il ne faut pas que je cède. C'est terrible. Je n'ai jamais rien promis à Caroline, et pourtant elle est là, comme si elle savait.

C'est impossible. Elle n'a aucun moyen de savoir.

Aucun moyen de savoir que je tiens toujours mes promesses.

Et que j'ai peur de lui promettre quoi que ce soit parce que je sens que, si je commence, je n'arriverai plus à m'arrêter.

— Tu veux entrer ?

Et voilà. C'est aussi simple que ça.

— OK, dit-elle.

Je tourne les talons, et elle verrouille la voiture avant de m'emboîter le pas.

Je mets mon iPod sur un socle avec un haut-parleur, en mode aléatoire. C'est le bon moment pour écouter de la musique. Pendant le pétrissage, le bruit des malaxeurs couvre tout. Je me lave les mains, et Caroline en profite pour faire le tour de la pièce. Contrairement à Krishna, elle ne touche rien.

Je noue un tablier autour de ma taille et me remets au travail.

— C'est Bob qui fait les gâteaux. Je me contente de les enfourner avant la fin de mon service. Tu n'auras peut-être pas la patience d'attendre jusque-là.

Comme si elle était venue pour acheter des cookies tout chauds et pas pour… J'aimerais bien savoir pour quoi, d'ailleurs. J'ai mis son ex K-O, elle est passée à la bibliothèque, je l'ai plaquée contre une étagère, et elle m'a dit qu'elle ne voulait pas avoir affaire à moi. Et puis elle a commencé à venir se garer devant la boulangerie les nuits où j'y travaille.

Qu'est-ce que je suis censé penser, moi ?

Elle hausse les épaules.

Je pèse un pâton puis le lance sur le plan de travail.

— Comment ça va, sinon ?

Caroline appuie une hanche contre la table, le plus loin possible de moi.

— Bien.

Bien.

C'est ce que tout le monde dit tout le temps, mais c'est des conneries.

Dans mon trou paumé de l'Oregon, les conversations ne sont peut-être pas super stimulantes, mais au moins on ne perd pas de temps en politesses.

Caroline porte un pantalon de jogging, des tongs et un sweat à capuche beaucoup trop grand pour elle. Le vernis de ses orteils est tout écaillé et elle a une espèce de demi-queue-de-cheval, comme si elle n'avait pas eu la force de rassembler tous ses cheveux.

Il y a des filles dont c'est le look habituel, mais ce n'est pas le cas de Caroline. Le premier jour des cours, elle portait un jean et un pull d'un bleu vif, alors qu'il faisait encore chaud dehors. Elle a disposé son stylo et son surligneur perpendiculairement à son classeur et à son manuel.

Il y a toujours quelque chose de très digne, chez elle, même quand elle est en jean et en tee-shirt. Elle me donne toujours l'impression d'avoir tout compris, de savoir ce qu'elle veut et d'être consciente qu'elle mérite de l'obtenir.

Je me souviens encore de l'expression de son visage quand elle s'est penchée pour inspecter le contenu de ma voiture et qu'elle m'a demandé, le plus naturellement du monde : « Tu n'as pas peur du botulisme ? »

Pourtant, ce soir, elle se trompe. Elle ne va pas bien du tout. Plus du tout.

Et je ne peux pas laisser passer ça.

— Pourquoi est-ce que tout le monde se sent obligé de mentir en répondant à cette question ?

— Quelle question ? Comment ça va ?

— Oui. Personne n'ose jamais dire que ça ne va pas. Pose la question à un mec dont les cheveux ont pris feu, il va t'assurer que tout va bien. Personne ne répond jamais : « Tu as une sale tête aujourd'hui », ou : « Je suis trop fauché pour payer mon loyer », ou encore : « Je sors de chez le médecin ; j'ai des hémorroïdes, ça fait trop mal. »

— Les gens n'aiment pas parler d'hémorroïdes, ça les met mal à l'aise.

— Justement ! Qui a décrété que c'était la fin du monde d'être mal à l'aise ? J'aimerais bien le savoir…

Caroline hausse les épaules.

— Ça fait office de lubrifiant social, c'est tout.

— De lubrifiant ?

— Oui. Comme la graisse d'un moteur.

Je fronce les sourcils et lance une nouvelle boule de pâte sur le plan de travail. Il y a de moins en moins de place, je suis donc obligé d'avancer vers elle. Le pâton atterrit dans un nuage de farine qui salit le pantalon noir de Caroline, mais elle ne réagit pas.

Je sais ce que c'est que le lubrifiant, mais je ne comprends pas en quoi c'est nécessaire.

On n'en a pas eu besoin à la bibliothèque. Cela dit, j'étais tellement remonté après ma bagarre avec Nate que j'avais carrément oublié toute notion de politesse.

J'ai pris beaucoup de plaisir à coller mon poing dans la figure de ce naze.

J'en ai pris encore plus à plaquer Caroline contre cette étagère, à sentir son parfum, à glisser ma cuisse entre les siennes et à goûter la saveur de sa peau.

— C'est mon père qui dit ça, reprend-elle. La politesse, c'est une forme de lubrifiant social.

— Je croyais que c'était l'alcool.

— Quoi ?

— Je croyais que c'était l'alcool, le lubrifiant social.

— Oui, aussi, admet-elle avec un petit sourire.

— Je ne suis pas sûr qu'on ait besoin de lubrifiant, toi et moi.

Cette remarque me vaut une œillade offensée de Caroline, qui plisse ses grands yeux bruns.

J'aimerais qu'elle me regarde comme ça alors je suis entre ses jambes et que je joue avec ma langue.

Je ferais mieux de refouler cette idée bien vite.

Sauf que mon esprit me suggère des images de friction, de lubrification, de langues et de lèvres, surtout quand Caroline rougit comme ça. Quand je vois la preuve qu'elle aussi, elle a chaud. Je me souviens du jour où je l'ai croisée en sortant de la douche, alors que j'avais juste une serviette autour de la taille. Elle a ouvert de grands yeux et s'est empourprée de la gorge à la racine des cheveux.

Il m'a fallu une semaine pour débander, après ça.

— Pourquoi tu es venue ?

— C'est toi qui m'as proposé d'entrer.

— Oui, mais pourquoi tu viens te garer devant la boutique, comme ça ? Qu'est-ce que tu veux ?

Je lance le dernier pâton, qui glisse sur le plan de travail et s'arrête juste à côté d'elle.

— Je ne veux rien du tout.

— Je ne te crois pas.

Elle relève le menton d'un air de défi, furieuse que je la pousse dans ses retranchements.

Tant mieux. C'est quand elle est fâchée qu'elle se met à parler.

— Comment ça va, Caroline ?

Cette fois, je mets autant de poids dans cette question que quand je pétris à la main. J'attends une vraie réponse de sa part, parce que c'est le milieu de la nuit et qu'on a tout le temps de se mentir pendant la journée, sur le campus, à la bibliothèque.

On n'arrête pas de se mentir. Chaque fois que je la croise dans un couloir sans la plaquer contre un mur pour l'embrasser, c'est un mensonge.

J'en ai marre des mensonges. Quand j'ai commencé à travailler ici, c'était en partie pour être tranquille, pour ne pas avoir à jouer la politesse – à jouer un rôle. J'ai besoin de ces moments pour moi parce que, le reste du temps, je n'ai pas le droit d'être moi-même. Alors quand Krishna débarque à l'improviste, ça gâche tout, parce que je dois faire la conversation en évitant de parler du fait qu'il boit trop et qu'il se déteste. Quand Caroline vient se garer devant la vitrine, ça gâche tout. Et ça gâche tout quand elle est là, dans la cuisine, et qu'elle me dit que tout va bien.

— Ça va, souffle-t-elle.

— Tu aimes bien l'automne ? Tes cours se passent bien ?

Elle se pince l'arête du nez et ferme les yeux.

— Tu avais raison, d'accord ? C'est ça que tu voulais que je te dise ?

— Je veux que tu me dises la vérité, c'est tout.

— Pourquoi ?

— Parce que j'ai l'impression que tu n'en parles à personne. Tu es debout à 2 heures du matin. Tu as une tronche de déterrée. Tu es épuisée. Alors quand je te propose d'entrer et que je te demande comment ça va, ce n'est pas pour que tu me mentes en prétendant que tout va bien.

— Mais... C'est ce que tout le monde dit.

— Certes, mais si tu te lèves au milieu de la nuit et que tu viens jusqu'ici pour me parler, la moindre des choses, ce serait de ne pas me confondre avec tout le monde. Quand je te demande comment tu vas, c'est parce que je tiens à le savoir.

— Et si je n'ai pas envie de te dire la vérité ?

— Pas besoin de mentir. « Comment ça va, Caroline ? » « Mêle-toi de ce qui te regarde, West ! » Tu as le droit d'être franche. Ça marche aussi.

Elle se tait pendant une minute, ce qui me laisse le temps de me rendre compte que je suis un vrai connard. Rien ne m'autorise à lui parler comme ça. Je ne sais pas pourquoi, c'est plus fort que moi. Je ne peux pas m'empêcher de la pousser, de la tester – de chercher à comprendre comment elle fonctionne.

J'ai envie de la mettre à nu, littéralement et métaphoriquement. Je veux l'apprendre par cœur, découvrir ce qui la fait avancer – ce qui la fait jouir. C'est plus que de l'envie ; c'est un besoin.

J'ai besoin d'elle, et c'est pour ça que je dois me méfier. C'est ça qui la rend si dangereuse. Ça veut dire qu'elle a le pouvoir de me faire du mal, de me détourner de mon objectif, de me réduire en poussière. J'ai bien vu ce qui est arrivé à ma mère.

Je ne suis pas stupide ; je sais bien que l'amour n'a pas cet effet-là sur tout le monde. Bo, le copain de ma mère, il l'aime, c'est évident, mais pas comme ça. Pas comme si un tsunami le soulevait et l'emportait contre son gré. Je suis conscient qu'il existe une forme d'amour tranquille, qui évolue lentement mais sûrement, sans prises de tête.

Mais ce n'est pas ce que je ressens quand je suis avec Caroline.

Elle peut me mettre à terre d'un simple claquement de doigts.

Ce n'est pas pour ça que je suis venu dans l'Iowa.

Elle pousse un profond soupir.

— OK.

Elle se tait un instant.

— OK, reprend-elle. Pose-moi la question, une dernière fois.

— Comment ça va, Caroline ?

— Mal, souffle-t-elle, les yeux rivés au sol. Tout va mal. Chaque jour… chaque jour qui passe est le pire de ma vie.

Je saupoudre la table de farine avant d'y façonner le pain.

En fait, le pain se fait quasiment tout seul, si on sait s'y prendre. Il suffit de ne pas lutter contre la nature.

Caroline regarde mes mains, mes doigts, tandis que je dispose les boules de pâte sur un plateau pour qu'elles finissent de monter. J'ai une façon bien à moi de ne pas lutter contre le pain, qui donne l'impression que je le brutalise. J'ai passé toute ma vie à forcer le passage pour aller de l'avant, alors il m'arrive d'oublier que ce n'est pas le seul moyen.

Mon expérience est complètement différente de celle de Caroline. Je n'ai jamais eu le moindre privilège, jamais eu confiance en ma place dans le monde, jamais eu confiance en l'avenir. J'ai appris très tôt que le monde était complètement déglingué et qu'on courait toujours le risque d'être déçu quand on s'y attendait le moins.

Une fois qu'on sait ça, tout devient plus facile. On encaisse les coups et on riposte sans même avoir besoin d'y réfléchir.

— Je ne vais jamais réussir à faire disparaître cette histoire, reprend Caroline tout doucement. Pas toute seule, en tout cas. Pas sans…

— Pas sans quoi ?

Elle fait une grimace gênée.

— Pas sans tout avouer à mon père.

— Qu'est-ce qu'il pourrait faire de plus que toi ?

— Plein de choses, en théorie. Il y a aussi une petite entreprise spécialisée dans le nettoyage sur Internet. Tu leur dis ce que tu veux qu'ils suppriment et ils s'arrangent pour que ça devienne plus ou moins indétectable par les moteurs de recherche. Le problème, c'est que ça coûte cher.

— Ah.

— Ouais.

— C'est con.

— Ouais.

— Et sinon, quoi de neuf ?

Elle cille, surprise par ce changement de conversation.

— Pas grand-chose.

Je pousse une boule de pâte vers elle.

— Tu veux essayer ?

— Non, merci.

— Oh, allez. Je vais te montrer.

— C'est gentil, mais non. Je suis à peu près sûre que ça ne fait pas partie de mes talents.

Quand elle dit ça, je croirais entendre la Caroline d'avant les photos. J'ai envie de sourire.

— Pas de problème.

Elle s'écarte du plan de travail et déambule dans la cuisine.

— Tu arrives à penser à autre chose qu'à ces photos, depuis qu'elles ont été publiées ? C'était quand ? Au début du mois dernier ?

— Le 24 août, répond-elle automatiquement avant d'incliner la tête sur le côté d'un air pensif. Et oui, j'y arrive.

— Tu penses à quoi d'autre ?

Caroline se penche sur le bol du mixeur. Quand elle passe le doigt à l'intérieur – cet intérieur que j'ai lavé et essuyé jusqu'à ce qu'il brille suffisamment pour attirer son attention –, je ne lui fais pas la moindre réflexion. Tant pis si je dois tout relaver après son départ.

Elle peut toucher tout ce qu'elle veut.

— À mes cours de droit constitutionnel, à mes devoirs de latin, au mariage de ma sœur, qui approche. J'espère que mon père mange équilibré maintenant que je ne suis plus là pour le saouler. J'imagine des ruses pour masquer les cernes noirs que j'ai sous les yeux. Je pense beaucoup au viol et au mal en général. Je me demande si les grands cabinets d'avocats font des recherches Google sur les candidats qui postulent pour un stage chez eux.

Elle s'interrompt un instant et me jette un regard en coin.

— Je me demande aussi si je devrais me faire rectifier les dents de devant. Normal, quoi.

— Tu es sûre que tu n'as rien oublié ? Le réchauffement climatique ? Le déclin de la presse papier ?

J'arrive presque à la faire sourire.

— Et toi ? À quoi tu penses ?

Elle s'attend sans doute à ce que je dresse une liste à mon tour, mais c'est hors de question.

J'ai encore sept ou huit ans d'études devant moi avant de devenir médecin, plus la spécialisation d'anesthésiste, sans compter le temps qu'il me faudra pour me faire une clientèle. J'ai trois boulots, je me fais du souci en permanence au sujet de Frankie et de ma mère.

Voilà peut-être ce que j'ai le droit de partager avec Caroline : ces quelques moments de lumière aux heures les plus noires de la nuit. Je peux lui donner la permission d'aller mal et d'oser le dire. Je peux l'écouter me raconter ses problèmes avant de lui changer les idées.

Si elle a envie de venir me retrouver ici, alors je ferai tout ça pour elle, mais je refuse de me mêler de sa vie ou de lui dévoiler les secrets de mon âme.

— À mes oreilles, essentiellement. Tu les trouves vraiment trop petites ?

Je les effleure de mes mains tout enfarinées en prenant un air maladroit. Ça fonctionne : Caroline sourit.

Le petit écart entre ses incisives me rend fou. Il faut absolument que je le mesure avec ma langue.

— Tu es sûr qu'elles ont atteint leur taille adulte ? demande-t-elle. Parce que mon dentiste m'a dit que mes dents de sagesse pouvaient mettre plusieurs années à sortir. C'est peut-être pareil avec tes oreilles.

— Tu veux dire que j'ai encore l'espoir de faire une poussée de croissance auriculaire et d'avoir des oreilles plus viriles ?

— Ce n'est pas impossible.

— Enfin, tu sais ce qu'on dit : petites oreilles, gros paquet.

— Personne ne raconte rien de tel !

— Ah non ? C'est peut-être seulement en Oregon, alors.

Elle éclate de rire, un son grave, un peu rauque. Je n'aime pas du tout la façon dont il glisse sur moi et m'enveloppe. Je n'aime pas le fait que mon esprit range soigneusement ce souvenir dans un coin de ma mémoire, pour plus tard… Pour m'offrir des images de Caroline en train de rire comme ça alors que je dégrafe son soutien-gorge. Caroline qui me sourit tandis que je la débarrasse de son pantalon de jogging informe et que je découvre ce qu'elle porte en dessous – à quoi elle ressemble toute nue.

Tu sais déjà à quoi elle ressemble toute nue.

Tout le monde le sait.

Je refoule ces réflexions. Ça n'a aucune importance, de toute façon. Il ne se passera jamais rien entre elle et moi.

— Ce que je voulais te faire comprendre, Caroline, c'est qu'il y a plein d'autres choses qui méritent ton attention, mais, au lieu de te préoccuper de tout ça, tu gaspilles ton énergie à te prendre la tête sur un problème que tu ne peux pas régler toi-même.

— Plein d'autres choses ? Quoi, par exemple ? Ce n'est pas la taille de tes oreilles qui va me préoccuper très longtemps. Même si j'y pense un peu chaque jour, ça me laisse encore vingt-trois heures trente de libres.

— Quoi ? Tu insinues que tu ne passerais pas plus d'une demi-heure par jour à réfléchir à mes oreilles ?

— Peut-être même pas tant que ça. Pour être tout à fait franche, j'ai quelque chose à t'avouer.

— J'adore la franchise. Je t'écoute.

— OK. Le truc, c'est que je m'estimerai heureuse si je ne vois plus jamais la moindre oreille virile de toute ma vie.

— Pourquoi tant d'amertume ?

— Tu as raison, il y a une part d'amertume là-dedans, mais c'est sans doute parce que j'ai fait une overdose de photos d'oreilles en gros plan, ces dernières semaines.

— De grosses oreilles toutes rouges ?

Elle se penche vers moi, comme si elle s'apprêtait à me révéler un secret.

— D'horribles oreilles turgescentes, toutes veineuses et dégoulinantes.

J'éclate de rire.

— Sérieux, c'est quoi, votre problème, aux mecs ? Vous ne pouvez pas vous empêcher de prendre vos oreilles en photo ? reprend-elle, l'air indigné. Pourquoi vous en êtes aussi fiers ?

— Toi aussi, tu serais fière, si tu pouvais faire jaillir des trucs de tes oreilles.

Elle se mord la lèvre et baisse les yeux vers le mixeur, comme pour échapper au fait que nous venons d'avoir une conversation sur les bites et qu'elle a envie de rire malgré elle.

— Et si on parlait d'autre chose ?

— De quelque chose de plus poli, par exemple ?

— Exactement, dit-elle avant de me jeter un bref regard en coin, presque coquin. Quelque chose d'un peu moins… lubrifié.

Cette fois, c'est moi qui détourne le regard.

Après une profonde inspiration, je désigne l'un des pâtons.

— Lave-toi les mains, je vais t'apprendre à pétrir.

— Ah oui ?

— Oui. Je vais aussi t'apprendre à faire le meilleur pain au levain de tout le comté de Putnam.

— Il y a d'autres boulangeries qui font du pain au levain dans le comté ?

— Non, pas à ma connaissance.

Elle toise la boule de pâte en grimaçant, mais finit par retirer son sweat.

— OK. C'est parti.

Le tee-shirt qu'elle porte en dessous… ce doit être son haut de pyjama. Elle n'a pas de soutien-gorge.

Je continue à pétrir pendant qu'elle se lave les mains. Il me faut deux pains pour me remettre de ma surprise.

Je m'attaque à un troisième, les yeux fermés, tout en m'efforçant d'oublier les courbes souples de ses seins.

Caroline revient vers moi, l'air grave.

— Écoute, je… Désolée si c'est un peu abrupt, mais j'étais sérieuse, à la bibliothèque.

— Comment ça ?

Elle se gratte le pouce du bout de l'ongle.

— Quand je t'ai dit que je ne pouvais pas être ton amie ou… ou quoi que ce soit d'autre.

Je comprends.

Certes, ça ne me fait pas plaisir de l'entendre, mais je comprends. Vraiment.

Dès notre première rencontre, je m'étais promis de ne pas lui parler. J'avais mes raisons, et elle a les siennes, à présent. Mes raisons, c'était Nate. C'était le père de Caroline, qui m'a détesté au premier coup d'œil, avant même que je fasse exprès de le mettre en colère. Mais c'était aussi quelque chose de plus profond.

Caroline n'est pas du genre à devenir copine avec un dealer. Elle respecte les règles sans jamais sortir du droit chemin.

Peut-être que, si j'étais réellement le jeune homme dont je joue le rôle à Putnam, on aurait une chance, elle et moi. Mais ce n'est pas vraiment moi, et elle n'a rien à faire avec le vrai moi.

Ce n'est pas grave.

— Voilà ce que je te propose : ce soir, je t'apprends à pétrir et à cuire. Si tu reviens demain, je te montrerai quelque chose d'autre. On n'a pas besoin d'être amis. On peut se contenter de ça... de ces visites nocturnes. Enfin, si tu veux.

— C'est vrai ?

— En l'absence de Bob, la boulangerie m'appartient. Je peux faire ce que je veux tant que le pain est prêt à temps.

— Et tu ne vas pas... ?

Elle me regarde droit dans les yeux. Un tic nerveux me fait crisper les poings.

Non, West.

Tu ne vas rien faire du tout.

— On va faire du pain ensemble et ne pas être amis. Tu n'as pas besoin de t'approcher de mes oreilles. Ce n'est pas ce que je veux, de toute façon.

Je ne suis plus à un mensonge près.

Elle tapote doucement la boule de pâte.

— D'accord. Apprends-moi.

Je lui montre comment pétrir et façonner avant d'enfourner. Elle reste jusqu'à la fin de la cuisson mais elle n'arrête pas de bâiller.

Je l'envoie se coucher, son pain tout chaud sous le bras. Je lui fais promettre de m'envoyer un texto pour me dire qu'elle est bien arrivée dans sa chambre.

Le lendemain, elle revient.

Elle revient régulièrement, et je la laisse toujours entrer.

C'est comme ça qu'on a commencé à ne pas être amis, Caroline Piasecki et moi.

Novembre

Caroline

Quand je repense à la boulangerie, mes souvenirs forment un tout.

Le froissement des feuilles mortes amassées devant le seuil de la porte de derrière parce que le vent les avait balayées là.

La façon dont les ustensiles et les surfaces métalliques brillaient sous les néons une fois que West avait tout nettoyé avant de partir.

L'odeur du pain frais, la sensation de la levure qui s'effritait sous mes doigts, la voix de West à mon oreille quand il se penchait par-dessus mon épaule pour me souffler des conseils. « Tout doucement. Voilà, comme ça ! »

Les petits coups de couteau vifs et sûrs qu'il donnait pour entailler les boules de pain avant de les enfourner.

L'hiver n'était pas pressé d'arriver. Novembre a succédé à octobre, et j'ai passé un long et doux automne, les mains dans la farine ou la pâte, au son de l'iPod de West, tandis qu'il travaillait à côté de moi, une casquette à l'envers sur la tête, un tablier noué autour de la taille et, toujours, ce sourire de petit malin.

West et la boulangerie ne font qu'un dans ma tête. Ce lieu n'a aucun intérêt si West ne l'habite pas et, quand je pense à West – le vrai West, pas le personnage qu'il joue en public –, c'est toujours avec cette cuisine en toile de fond.

West penché sur le doseur pour mesurer des céréales.

West qui ferme la porte du four d'un coup d'épaule avant de régler le minuteur.

West qui pétrit à pleines mains, avec de la farine jusqu'au coude, en rythme avec un tube disco débile que Krishna a choisi.

Dans cette boulangerie, tandis que le reste du monde dormait, le temps tirait sa révérence et nous autorisait à découvrir quelque chose en dehors de lui. On est devenus nous-mêmes, dans cette cuisine. Bien avant qu'on s'embrasse, j'ai passé une vie entière avec West dans la lumière jaune des néons, baptisée à l'eau tiède avant la communion de l'aube, où l'on rompait une boule de pain. On plongeait nos mains dans la mie et on goûtait notre œuvre.

Notre œuvre était souvent imparfaite. Une fois, j'ai oublié de saler la pâte. Une autre, j'ai effrité la levure dans de l'eau trop chaude, et ça l'a tuée. Il y avait des nuits où West oubliait de me donner une information cruciale, et des nuits où il faisait exprès de ne pas tout me dire, pour tester ma mémoire.

Il s'efforçait de ne pas se montrer écrasant, et je manquais parfois de courage. Je ne me faisais pas confiance.

On comptait à peu près autant d'échecs que de réussites, West et moi.

Malgré cela, je me demande ce qui serait arrivé s'il n'était pas venu me chercher, ce soir-là.

Je serais peut-être restée dans ma voiture jusqu'à la fin des temps, à ne prendre que des virages à droite.

Je n'aurais peut-être jamais compris comment cesser d'avoir peur, et je n'aurais peut-être jamais échappé à cette armée de connards qui me poursuivaient partout. Je ne peux qu'être reconnaissante que les choses ne se soient pas passées comme ça – que West soit sorti de la boulangerie pour me faire entrer dans son monde.

Je n'avais plus envie d'être ailleurs.

— Tu vibres.

Je suis installée dans mon recoin, par terre entre l'évier et le plan de travail qui longe le mur et où West aligne les différents bols du mixeur. J'aime bien me mettre là parce que je ne le vois que par bribes.

Ses bottes, les jambes de son pantalon, son tablier.

Quand il prépare les mélanges et malaxe la pâte, il est toujours en mouvement. Il se balance d'un pied sur l'autre tandis qu'il dilue le levain. Il fait des allées et venues entre l'évier, le mixeur, le frigo et la réserve avant de revenir vers l'évier, puis d'aller chercher un ustensile qu'il a oublié sur le plan de travail.

Ça me rend presque folle de le voir se déplacer comme ça. Sa grâce nonchalante. Son habileté.

J'aperçois ses bras quand il attrape un bol pour le remplacer par un autre. Il se penche, et j'entrevois sa casquette, son profil, son jean tendu sur les muscles de ses jambes pliées.

Tant que je ne le vois que par petits bouts, ça reste supportable. Ça ne me réduit pas à un état d'hébétude paniquée comme hier soir, quand il m'a raccompagnée à la porte de derrière et qu'il a posé une main sur le chambranle en se penchant vers moi pour me dire un truc qui l'a fait sourire. Je ne sais même pas ce qu'il racontait. Je n'entendais plus rien parce qu'il avait le bras levé et que la manche de son tee-shirt était remontée et dévoilait la courbe dure de son biceps légèrement contracté sous l'effort. Je suis tombée dans une espèce de faille spatio-musculaire, puis j'ai commis la grave erreur de regarder sa bouche, le dessin de ses lèvres, de ses pommettes, de son menton et de ses yeux. J'ai complètement oublié de l'écouter.

J'ai oublié de respirer ou d'exister en dehors du visage de West.

Ne vous moquez pas. Il a dû claquer des doigts pour rompre le charme et me réveiller. Ça m'a fait sursauter. J'ai reculé d'un pas et j'ai failli tomber sur le cul. West s'est contenté de me sourire gentiment.

— Envoie-moi un texto pour me dire que tu es bien arrivée.

J'ai répondu quelque chose qui ressemblait à :

— Gneuh…

Ce n'est pas la première fois que je me ridiculise à côté de lui. Il doit avoir l'habitude, depuis le temps, mais il fait semblant de ne pas le remarquer et je fais semblant de le croire. Ça fonctionne plus ou moins.

On est comme ça, West et moi : on fonctionne plus ou moins.

Je passe à la boulangerie deux ou trois fois par semaine – presque toutes les nuits où il y travaille. Les insomnies me poursuivent, mais ce n'est pas si grave tant que je peux passer du temps avec West et faire mes devoirs dans mon petit recoin. Je fais la sieste l'après-midi, après les cours. Je suis en train de me transformer en créature de la nuit. Après tout, je m'identifie davantage à la Bella Swan qui va traîner au manoir des Cullen qu'à l'adolescente aigrie qui arpente les couloirs du lycée de Forks en tirant la tronche, persuadée que tout le monde la déteste.

Les hommes dont les voix me hantent se taisent quand je suis à la boulangerie. Je crois que, s'ils m'insultaient alors que je suis là, West se chargerait de les faire taire. Enfin, s'ils étaient réellement là, ce qui n'est évidemment pas le cas.

Le téléphone de West continue de vibrer, et je le vois dépasser peu à peu du plan de travail, au-dessus de ma tête. Je lève la main et le repousse pour qu'il ne tombe pas.

— Eh ! Monsieur Pâte à pain ! Ton téléphone !

Je suis obligée de crier pour me faire entendre par-dessus le bruit du mixeur.

— Quoi ?

— Il y a ton téléphone qui vibre !

Je montre le plan de travail du doigt, et il finit par comprendre. Il s'approche et l'attrape, juste au-dessus de moi.

Une fois, j'ai commis l'erreur de le saisir pour aller lui passer. La tête qu'il a faite ! Il lui arrive de se fermer complètement, d'effacer toute expression de son visage, comme s'il ne ressentait plus rien.

Il est très drôle quand il veut, extrêmement intelligent, ouvert d'esprit et taquin. Puis, soudain, je franchis une ligne invisible et il se transforme en robot. Ou alors il s'énerve sur des trucs futiles, comme la première fois que je suis venue.

Il emporte son téléphone dans la boutique pour que je n'entende pas ce qu'il dit.

J'essaie de me concentrer sur mes devoirs de latin, mais j'ai du mal. Je sais pertinemment que, d'ici un quart d'heure, quelqu'un va venir frapper à la porte de derrière. West va aller ouvrir et va se poster dans l'encadrement pour me bloquer la vue, en marmonnant de cette voix grave et paresseuse de naze de base. Les épaules voûtées, il va plonger une main dans sa poche et en ressortir quelque chose qu'il va tendre à l'autre sans cesser de lui parler.

J'essaie de ne pas voir. Je préfère m'en tenir aux bribes de West que j'aperçois depuis mon recoin. Il n'y a que comme ça que nous pouvons être amis – ou ne pas être amis.

Or j'ai besoin de cette non-amitié avec West. C'est la seule personne qui ne fait pas comme s'il ne s'était rien passé, mais qui n'en fait pas tout un plat non plus. Quand j'arrive, il me demande comment ça va, je lui dis la vérité, et ça s'arrête là. Après, on parle d'autre chose.

Blottie dans mon recoin de la cuisine, pendant quelques heures, deux ou trois nuits par semaine, j'ai l'impression de redevenir moi-même.

West revient dans la cuisine, s'assied sur le plan de travail en face de moi et désigne mon livre du menton.

— Qu'est-ce que c'est ? Du latin ?

— Oui. J'ai un test demain.

— Tu veux que je te fasse réciter ?

— Non, ça va.

— Tu comptes rester encore un peu ? Je pourrais te montrer comment on fait le glaçage pour les muffins.

— Je ne pense pas. J'ai un truc à rédiger en droit constitutionnel et je n'ai pas pris mon portable avec moi.

— C'est dommage, j'aime bien quand tu rédiges ici.

Moi aussi, j'aime bien. West sait se faire discret quand j'ai besoin de silence et, si j'ai besoin de faire une pause, il est toujours prêt à m'apprendre une astuce de boulanger. Si je lui lis ce que j'ai écrit, il trouve toujours quelques corrections à apporter – de petites choses qui, pourtant, rendent mon expression plus concise et mes arguments plus percutants.

West est d'une intelligence impressionnante. Je ne m'en serais pas doutée. On n'a eu qu'un cours en commun, pendant un semestre, et il n'a pas ouvert la bouche une seule fois.

Je le soupçonne d'être encore plus intelligent que moi.

— La semaine prochaine, alors. Mardi, je t'initie aux mystères du glaçage.

Je souris. Je crois qu'il aime enseigner autant qu'il aime apprendre. Il est d'une curiosité presque insatiable. Chaque fois que j'apporte des devoirs, quelle que soit la matière, il me pose cinquante mille questions dessus.

— Cool ! Tu travailles au restaurant, ce week-end ?

— Oui. Et toi ? Tu as des projets ?

J'aimerais bien regarder un film débile avec toi, dimanche.

Ou aller boire un verre au pub.

Ou aller dîner en tête à tête à Iowa City.

Parfois je m'imagine une vie où il m'est possible de devenir plus que non-amie avec West. Une vie où on peut passer du temps ensemble ailleurs que dans cette cuisine, en pleine nuit.

Puis je me pince mentalement pour me ramener à la réalité. Ce que je veux, c'est étouffer le scandale qui m'entoure, pas en lancer un deuxième.

— Bridget a décidé de me traîner à une soirée, demain.

— Où ça ?

— Je ne sais pas. C'est un truc organisé par des mecs de l'équipe de foot.

— Ah, à Bourbon House ?

— Possible. Tu y vas, toi ?

— Non, je travaille.

— Après ton service ?

Il sourit.

— Oh non. Mais tu devrais y aller, toi.

Quand Bridget m'a parlé de cette soirée, j'ai paniqué. L'idée de me retrouver coincée au milieu d'une foule alcoolisée me fait flipper. Je n'arrive pas à m'amuser si je dois faire attention à ne pas m'habiller de façon trop provocante, à ne pas trop sourire, à surveiller les visages que je croise pour déterminer s'ils me regardent avec pitié, dégoût ou méchanceté, tandis que les voix dans ma tête me traitent de sale pute et me demandent pourquoi je ne suis pas déjà dans une chambre à l'étage en train de tailler des pipes à toute l'équipe de foot.

Bridget pense que ça me ferait du bien de sortir davantage, de recommencer à vivre. Sinon, je laisse Nate gagner.

Je sais qu'elle a raison, mais je n'arrive pas à en avoir envie.

J'observe les semelles éculées des bottes de West, qui se balancent à quelques mètres de ma figure. Ses phalanges qui agrippent le plan de travail. Ses manches juste au-dessus de ses coudes.

Si West allait à cette fête, j'aurais envie d'y aller aussi.

— Oui, peut-être.

— Ça te fera du bien de te détendre. Boire quelques verres, danser un peu. Qui sait ? Tu vas peut-être même rencontrer quelqu'un de digne d'occuper tes nuits ; comme ça, tu arrêteras de venir me harceler sans cesse pendant mes heures de travail.

Il dit ça en souriant.

Je rigole, Caro. Tu sais aussi bien que moi que tu es trop disjonctée pour trouver quelqu'un de bien.

Avant que j'aie eu le temps de reprendre mon souffle, il saute du plan de travail et va remplir un seau d'eau savonneuse pour nettoyer toutes les surfaces.

Je baisse les yeux sur mon manuel de latin, ouvert au tableau des verbes, et je cille pour chasser les larmes qui me piquent les paupières.

Video, videre, vidi, visus. Voir.

Cognosco, cognoscere, cognovi, cognitus. Comprendre.

Maneo, manere, mansi, mansus. Rester.

Je vois clair dans son petit jeu. De temps en temps, West lance une petite remarque, sur le ton de la plaisanterie, pour me rappeler que nous ne sommes pas ensemble. Il sourit tout en me disant que, en gros, je ne compte pas pour lui, que nous ne sommes même pas amis.

Il m'attire vers lui d'une main, mais, de l'autre, il me donne une gifle imaginaire.

Il ne veut pas qu'on devienne trop proches.

Je ne sais pas pourquoi il fait ça.

Mais je vois. Je comprends.

Et je reste.

Cette histoire, West et moi, c'est n'importe quoi.

Il nettoie les plans de travail en gestes abruptes et saccadés. Puis il commence à laver les bols, mais, au lieu de les empiler nettement comme d'habitude, il les cogne violemment. Il fait tellement de bruit que, quand quelqu'un frappe à la porte de derrière, il ne le remarque même pas.

Moi, en revanche, je relève la tête et je reconnais Josh. C'était mon ami, avant. Maintenant je le vois traîner avec Nate. Je crois même qu'il sort avec Sierra. Il se tient là, son portefeuille dans une main, l'air mal à l'aise.

— Salut, Caroline.

— Salut.

West se tourne vers moi, suit mon regard, puis fonce vers la porte, les sourcils froncés. Josh lève son portefeuille, mais West repousse sa main vers le bas et l'entraîne dans la ruelle.

— Sors pas ton argent comme ça, putain ! râle-t-il avant que la porte se referme sur eux.

Je me retrouve seule dans la cuisine, accompagnée par le bruit blanc du malaxeur et de l'eau qui coule encore dans l'évier.

West revient quasiment tout de suite, une main dans la poche de son jean.

— Tu n'as rien vu, me dit-il.

C'est débile.

J'imagine qu'il croit me protéger en faisant ça. Si je ne le vois pas en train de revendre de la drogue, je ne peux pas être accusée de complicité. Je suis juste une pauvre conne assise dans un coin, incapable de comprendre ce qui se passe.

— Si, j'ai bien vu.

West me toise d'un air intimidant.

Il ne m'a pas regardée comme ça depuis la bibliothèque. Je pose mon livre et me relève. Une fois debout, je ressens d'autant plus douloureusement la blessure qu'il m'a infligée il y a quelques minutes. J'ai la gorge nouée et le cœur qui bat furieusement, parce que je sais qu'il l'a fait exprès et que ça me met en colère.

J'enrage.

West me tourne le dos et commence à laver un bol.

— Tu te fais beaucoup de marge ? Est-ce que ça vaut vraiment le coup, sur une petite transaction comme ça ? Je me suis renseignée, c'est minimum cinq ans de prison pour ce genre de délit.

West ne réagit pas, mais je vois bien que ses épaules sont crispées. La tension qui règne dans la pièce est aussi épaisse qu'un nuage de fumée. Je ne sais pas pourquoi je cherche à provoquer West alors que je suffoque littéralement.

Il a raison de vouloir me protéger. Mon père ferait une attaque s'il apprenait que je suis là, dans cette cuisine, pendant que West revend de l'herbe par la porte de derrière. Il me demanderait si j'ai perdu la tête, et je ne sais même pas ce que je lui répondrais.

« Ce n'est que de l'herbe » ? « Je ne pense pas que West en fume lui-même » ?

Mon père déteste les excuses bidon.

La vérité, c'est que je ne cherche même pas à me justifier. Je me rends complice chaque fois que je viens m'asseoir par terre dans la cuisine de West et je m'en fiche complètement. Vraiment. Ça n'a pas toujours été le cas. L'an dernier, j'étais scandalisée.

Maintenant je suis trop fascinée par West pour m'inquiéter.

Et puis, il y a une question d'argent. Je me demande combien ça lui rapporte, et s'il a des économies. Je sais qu'il n'a pas eu besoin de payer ses frais de scolarité – c'est lui qui me l'a dit – et qu'il travaille comme caddy dans un club de golf l'été – je voulais savoir d'où il tenait ses marques de bronzage.

J'imagine qu'il paie son loyer et sa nourriture, mais, à ma connaissance, il n'a ni hobby ni vice particulier. Je ne comprends pas pourquoi il cumule trois petits boulots en plus de vendre de l'herbe s'il n'a pas plus de frais que ça. Il doit avoir plus d'argent qu'il ne lui en faut s'il se permet d'en prêter à d'autres.

— Laisse tomber, Caroline.

Il est hors de question que je laisse tomber. Pas ce soir. Pas quand j'enrage de douleur. Je suis trop furieuse contre West et contre moi.

— Tant pis, je demanderai à Josh. Ou à Krish. Il n'hésitera pas à me répondre, lui. Je suis sûre que, quand tes clients passent à votre appartement, tu ne l'enfermes pas à l'intérieur pour le protéger pendant que tu deales sur le palier.

Je ne suis jamais allée chez eux. Tout ce que je sais, c'est qu'on y accède par un escalier de secours extérieur parce que je suis passée devant en voiture, une fois.

On pourrait croire que je l'espionne.

On aurait peut-être raison.

West laisse tomber le bol au fond de l'évier et me fait face.

— C'est quoi, ton problème ? Tu préférerais que je deale sous ton nez ?

Bonne question.

Brusquement, je n'en suis plus si sûre. Je regarde la farine accumulée sous la rangée de bols.

Je repense à la première fois que je suis venue ici – à la première chose qui se passe chaque fois que je reviens, depuis.

« Comment ça va, Caroline ? »

— C'est n'importe quoi, dis-je.

West plisse les yeux.

— C'est débile de faire comme si de rien n'était chaque fois que tu vas vendre un peu d'herbe dans la ruelle. Tu crois peut-être que tu dois me protéger en m'empêchant d'apprendre la vérité à ton sujet, mais c'est injuste. Tu attends de moi que je te raconte tous mes petits problèmes quand j'arrive, mais, par contre, tu flippes si j'ai le malheur de toucher ton téléphone.

West croise les bras, la mâchoire crispée.

— Tu es un dealer.

C'est la première fois que je dis ça à voix haute – ou même que je le formule en ces termes.

— Ce n'est pas si impressionnant que ça, tu sais, ajouté-je. Tu as des petits paquets de plantes séchées dans ta poche et tu les échanges contre un peu d'argent. Hou, là, là, c'est mal !

Il me dévisage. Longtemps.

Plus que longtemps. Il me dévisage pendant des siècles.

Je passe le reste de ma vie à essayer de respirer tandis qu'il me regarde comme ça. Le grincement du mixeur résonne à mes oreilles.

Enfin, je crois voir l'ombre d'un sourire à la commissure de ses lèvres.

— « Hou, là, là, c'est mal » ?

— Ta gueule.

Je ne suis pas d'humeur taquine.

— Tu aurais au moins pu conclure avec « putain ». Hou, là, là, c'est mal, putain !

— Je n'ai pas besoin de tes conseils en matière de grossièreté.

— Tu es sûre ? Pourtant je parie que je suis vachement plus calé que toi.

Je lui tourne le dos pour ramasser mon sac et mon manuel de latin. Je n'ai plus envie d'être ici, pas s'il s'amuse à me faire du mal, à me prendre pour une conne et à se foutre de moi. Ce n'est pas pour ça que je viens à la boulangerie. Mon visage s'est crispé sous son regard insistant, j'ai la gorge nouée et le nez qui pique. Je déteste ça.

— Caro…

— Fous-moi la paix.

— Je me suis fait quarante dollars de marge. Tu es contente ? C'est ça, que tu voulais savoir ?

Je m'immobilise, les yeux rivés sur mon sac.

West s'est fait quarante dollars en une soirée.

— Combien tu lui as fait payer ?

— Soixante-cinq.

— Pour quelle quantité ?

— Cinq grammes.

Je me retourne vers lui.

— C'est beaucoup ?

— Beaucoup d'argent ou beaucoup d'herbe ?

— Euh… les deux ?

Il secoue la tête en souriant – un vrai sourire, cette fois.

— C'est un peu plus cher que la moyenne, mais c'est de la qualité, et c'est le minimum que je vends. Pourquoi tu me parles de ça ?

Brusquement je me dégonfle. Je hausse les épaules et observe son oreille gauche pour ne pas croiser son regard.

Je ne veux pas lui demander.

Avant cette année, l'argent n'avait jamais été un problème pour moi. Mon père gagne bien sa vie, j'ai grandi dans une belle maison confortable dans un quartier tranquille d'Ankeny, pas loin de Des Moines. Les frais d'inscription à Putnam College ne sont pas donnés, mais j'ai toujours su que mon père avait les moyens de m'y envoyer.

Ça, c'était avant les photos – avant que je me rende compte que je ne pourrai jamais les faire disparaître toute seule.

J'ai besoin de mille cinq cents dollars, peut-être même plus, pour payer l'entreprise qui pourra se charger de faire reculer mon nom dans les résultats de recherche et de nettoyer ma réputation sur le Net. Le type à qui j'ai parlé au téléphone m'a dit que, pour des cas comme le mien, ça pouvait être plus compliqué, donc plus cher.

Je n'ai pas de petit boulot. J'en avais un au lycée, mais mon père a insisté pour que je me concentre sur mes études. J'ai cent mille dollars sur un plan épargne – ma part de l'assurance vie qui nous a été versée quand ma mère est morte d'un cancer –, mais je n'y aurai accès que le jour de mes vingt et un ans.

En l'état actuel des choses, si je voulais faire une demande de prêt pour une somme pareille, il me faudrait la signature de mon père. Je me suis renseignée.

— Caroline ?

— Quoi ?

West s'approche de moi.

— Qu'est-ce qui t'arrive ?

— Tu n'as pas à me protéger.

C'est sans doute la chose la plus stupide que je pouvais dire, mais c'est vrai. J'en ai marre. Marre qu'on me protège. Marre d'avoir besoin qu'on me protège.

— Je n'essaie pas de te protéger.

Pourtant, quand je croise enfin son regard, j'y vois la vérité.

Il essaie de me protéger. Il en a envie.

— Tu veux savoir le pire, dans tout ça ? C'est que je me suis rendu compte que je n'étais qu'une pauvre fille complètement débile et naïve… Je ne sers à rien. Tout le monde me dit que je suis d'une intelligence rare, comme si c'était la panacée. « Bravo, Caroline, tu vas faire de brillantes études dans une bonne université. » Sauf que, dès qu'il m'arrive une tuile, je suis incapable de…

Je m'interromps parce que j'ai l'impression que je risque de me mettre à pleurer et que je suis trop en colère pour céder à cette faiblesse.

West s'approche encore de moi, puis me caresse doucement le bras. Il pose son autre main sur ma nuque, par-dessus mes cheveux, et m'attire lentement vers lui jusqu'à ce que je pose le front contre son torse.

— Ce n'est pas vrai que tu ne sers à rien.

— Non, attends, je… Écoute-moi, s'il te plaît, parce que le truc, c'est que…

— Tais-toi, Caroline.

Il dit ça le plus gentiment du monde, et je sens la main qui me caressait le bras me frotter doucement le dos. C'est bête, mais ça me fait du bien. Je l'entends respirer, je perçois le parfum de sa peau et je sens mes cheveux s'accrocher à sa barbe naissante.

Je suis bien, là.

Beaucoup trop bien. Je prolonge cet instant de façon éhontée, profitant de la chaleur de West, du poids de sa main sur ma nuque, de la vue de sa botte coincée entre mes ballerines. Pourtant il faut que je lui pose la question. Je n'ai pas le choix.

— West ?

— Mmm ?

— Tu as beaucoup d'argent ?

Je relève la tête pour parler, ce qui veut dire que je suis tout près de lui. Assez près pour voir son visage se transformer peu à peu tandis qu'il fronce les sourcils.

Pour voir son air d'abord surpris, puis fâché, puis vide de toute expression.

Il laisse retomber ses mains.

— Pourquoi tu me demandes ça ?

C'est trop tard pour reculer, mais j'ai l'impression d'avoir avalé des lingots de plomb. Je n'aurais pas dû, c'était une très mauvaise idée, mais je n'en ai pas de meilleure.

— Je, euh… J'ai besoin d'emprunter de l'argent.

Il recule d'un pas.

— Pour quoi faire ?

— Tu te souviens de l'entreprise dont je t'ai parlé, qui peut faire disparaître mes photos et mon nom ?

— Tu m'as dit que c'était cher et qu'il faudrait que tu en parles à ton père.

— Oui.

J'attends.

— Tu n'en as pas parlé à ton père.

— C'est impossible, West. J'y ai bien réfléchi, mais… imagine qu'il voie les photos.

Ça pourrait arriver à tout moment. Mon père pourrait décider d'entrer mon nom dans un moteur de recherche, par simple curiosité, ou quelqu'un de son entourage pourrait lui parler du scandale – des collègues, des amis, ou même mes sœurs.

Je ferme les yeux, humiliée par toute cette histoire, honteuse de devoir demander de l'argent à West pour régler ce problème.

Je n'arrive plus à le regarder en face.

— Il te faut combien ?

— Mille cinq cents dollars. J'ai entendu dire que… que ça t'arrivait de faire des prêts.

Il pousse un soupir.

— Tu as une source de revenus ?

— Mon père me verse une certaine somme tous les mois.

J'ouvre les yeux mais les garde rivés sur mes chaussures. Mes pauvres ballerines noires sont couvertes de farine, jusque dans les recoins de la boucle. Je n'arriverais jamais à les nettoyer complètement, même si j'en avais envie.

— Ça te prendrait combien de temps pour me rembourser ?

— Je pourrais te donner cent cinquante dollars par mois.

Si je ne m'accorde pas la moindre fantaisie et que je ne mange qu'à la cafétéria.

West me tapote doucement le pied du bout de sa botte. Il attend que je le regarde. Ses yeux semblent morts.

— Il faut compter les intérêts, aussi.

— Je sais.

— J'aurai l'argent mardi.

Et voilà. Il n'y a plus rien à ajouter. Il est parti, vide de toute émotion, alors que moi, je déborde de souffrance et de déception.

— Merci, dis-je. Je… je vais y aller. Il faut encore que je rédige mon essai.

Il me répond par une sorte de grognement et entreprend de peser la pâte – à des années-lumière de moi.

Vendredi, je ne vois pas West parce qu'il travaille au restaurant et que nous ne sommes pas amis.

Je ne vais pas à la fête de l'équipe de foot. Bridget a beau faire des pieds et des mains pour me convaincre, je m'en sens incapable. Je lui dis que j'ai des devoirs et je vais me cacher à la bibliothèque, où je passe la soirée à me rejouer en boucle ma conversation avec West. Je n'aurais jamais dû lui demander cet argent. Je ne sais pas à qui j'aurais pu m'adresser, mais je n'aurais pas dû le mêler à ça. L'expression de son visage… Je n'arrive pas à me la sortir de la tête.

Samedi, je ne vois pas West non plus parce qu'il travaille au restaurant et que nous ne sommes pas amis.

La semaine suivante se poursuit sur le même schéma. Le mardi, il me donne l'argent et m'apprend à faire le glaçage au citron pour les muffins aux graines de pavot. En surface tout a l'air normal, mais nos échanges sont enrobés d'une fine couche de gêne qui, dès que je m'éloigne de West, se durcit et devient opaque.

Je dépose les billets que m'a remis West sur mon compte bancaire et j'effectue un virement à l'entreprise qui va nettoyer ma réputation, mais je le regrette aussitôt. J'aurais mieux fait de me taire.

Le week-end suivant, je dîne avec Bridget, puis on va en ville pour s'offrir une glace. Les feuilles mortes crissent sous nos pas. Je commande un *sundae* avec des morceaux de brownie et une sauce au caramel chaud. Ma coupe est tellement énorme que, après avoir tout mangé, je m'allonge sur la banquette de bois rouge laqué et défais le premier bouton de mon jean. La tête en arrière, je regarde la rue à l'envers par la vitrine. J'aperçois tout juste l'ardoise devant *La Poire dorée*.

Nate m'a emmenée dîner là-bas, l'an dernier, avant le bal de printemps. C'était West qui nous servait. Chaque fois qu'il s'approchait de notre table, ça devenait un peu plus bizarre. Quand il nous a apporté l'addition, sa conversation avec Nate était tellement chargée d'ironie que je me serais crue dans une pièce de théâtre.

Le genre de pièce qui se termine par un duel à l'épée.

Ce n'est pas à cause de West que j'ai quitté Nate. Honnêtement.

En revanche, il est probable que j'aie quitté Nate à cause de la possibilité de quelqu'un comme West.

— Tu as fini ton essai, hier soir ? me demande Bridget.

L'esprit embrumé par le souvenir de West dans sa tenue de serveur – pantalon à pinces noir, chemise blanche –, je ne vois pas venir le piège.

— Ouais.

— Et ton compte rendu de droit constitutionnel ?

— Aussi.

Il avait retroussé ses manches, et la blancheur du tissu faisait ressortir son bronzage.

— Donc tu n'as aucune excuse pour ne pas m'accompagner à la soirée de l'Alliance LGBT.

— Quoi ? Non !

Je me redresse. Bridget me regarde avec son pire sourire de chipie maléfique.

— Oh si !

— Je n'ai pas envie d'y aller.

— Tu n'as pas le choix, poulette. Tu n'as pas de devoirs à faire, et il est temps que tu t'amuses un peu. En plus, c'est l'occasion rêvée : la moitié des participants seront gays, peut-être même plus si on compte les bi et ceux et celles qui « se découvrent », dit-elle en mimant des guillemets avec les doigts. Allez, quoi ! Leur fête de l'an dernier était géniale ! S'il te plaît…

Deux heures plus tard, j'ai une bière à la main, et Bridget m'entraîne en direction de la piste de danse.

La soirée de l'Alliance LGBT a lieu au Minnehan Center, le bâtiment réservé à la détente. Il y a un cinéma et la grande salle de bal où nous nous trouvons, avec une scène surélevée, une boule disco au plafond, et un petit bar dans un coin qui distribue des gobelets en plastique.

Il faut une carte d'étudiant pour mettre les pieds au Minnehan Center, mais, une fois à l'intérieur, il n'est plus question de limite d'âge. Le type qui distribue les bracelets indiquant qu'on a au moins vingt et un ans ne se donne même pas la peine de vérifier.

La bière est toujours gratuite. La musique est toujours super forte.

La *playlist* de l'Alliance est faite pour réveiller l'amateur d'ABBA qui sommeille en chacun de nous. Apparemment, il y sommeille aussi des tendances exhibitionnistes. Je suis la seule personne en jean et tee-shirt. Bridget porte un bustier à sequins dorés sur un pantalon noir à pattes d'éléphant et une paire de bottes compensées. La reine du disco incarnée.

Elle trouve un peu de place à un bord de la piste au moment où on entend les premières mesures de *It's Raining Men*. Aussitôt elle se met à hurler de joie en sautillant, les bras levés.

— Danse avec moi, Caro !

Je secoue la tête.

Puis je bois ma bière aussi vite que je peux pour aller m'en chercher une autre et échapper à la déception de Bridget.

Le temps qu'on arrive à la moitié de la bande originale de *Priscilla, folle du désert*, entrecoupée de quelques morceaux de Lady Gaga, l'ambiance est délirante, et je me détends suffisamment pour danser avec Bridget. Je souris en voyant Krishna arriver derrière elle. Il vient se coller tout contre elle en se déhanchant. Elle lève les yeux au ciel, mais je vois bien que ça l'amuse. Il nous entraîne vers le petit groupe d'amis avec qui il était. Je ne les connais pas, mais je suis à peu près sûre que l'une des filles s'appelle Quinn.

Je la reconnais parce qu'elle passait souvent voir West et Krishna, l'an dernier. Elle est blonde et imposante – elle me dépasse d'une bonne dizaine de centimètres –, avec des hanches et une poitrine généreuses et un sourire qui semble compter plus de dents que la moyenne. Elle n'arrête pas de me prendre la main pour me faire tourner. Je suis en nage et un peu étourdie. Krishna va nous chercher une nouvelle tournée de bières, et je bois vite, léchant la mousse qui s'est accumulée sur ma lèvre supérieure. Krishna sort son téléphone de sa poche. L'écran éclaire son visage dans la salle sombre, lui donnant un air malicieux et presque maléfique. Il me jette un coup d'œil, sourit, puis écrit quelque chose.

— Qu'est-ce que tu fais ?

— J'envoie un texto à West.

Il lève son téléphone et, avant que je n'aie pu réagir, il me prend en photo.

Je lui saisis le bras, aveuglée par le flash et par la panique.

— Ne fais pas ça. Ne lui envoie pas.

J'ai l'impression de revivre ce fameux soir, avec Nate. La surprise du flash. La main de Nate à l'arrière de ma tête, m'empêchant de reculer, si bien que je devais me concentrer pour ne pas étouffer.

— Krish, non !

Il ne m'écoute pas. Il pianote sur son téléphone, l'air ravi. J'essaie de lui arracher l'appareil des mains, mais j'entends un petit bruit indiquant que le message est parti.

— Tu fais chier, Krish !

Je lui donne un coup de poing dans l'épaule, furieuse et blessée, furieuse d'être blessée. Ce n'est qu'une photo. Rien de bien grave.

Sauf que je pleure.

— Qu'est-ce que j'ai fait ?

Quinn s'approche de moi comme pour me prendre dans ses bras, mais je tourne les talons et je m'enfuis. Je me fraie un chemin à travers la foule, assourdie par la musique. J'ai trop bu. J'ai baissé la garde, je me croyais en sécurité, je me sentais presque bien… sauf que tout va mal.

Sur la photo qu'a prise Krishna, j'ai les cheveux dans la figure, le tee-shirt de travers qui révèle un début de décolleté, la peau luisante de sueur. Bref, j'ai l'air d'une pauvre fille sur le point de faire une connerie.

C'est alors que j'aperçois Nate et que je me rappelle que je l'ai déjà faite, la connerie.

Il se tient entre moi et la porte. Le temps que je m'en rende compte, il m'a vue. Il est trop tard pour battre en retraite, et puis j'ai besoin de sortir. Je redresse donc le menton et avance vers lui, en espérant que mon mascara n'a pas coulé et en essayant de faire taire les voix d'hommes qui hurlent dans ma tête.

« Montre-nous ta jolie petite chatte, ma beauté. Je vais te la bouffer, moi, tu vas voir. Je vais te baiser jusqu'à ce que t'en puisses plus. »

— Caroline ! s'écrie Nate en s'appuyant au chambranle de la porte pour m'empêcher de passer, un sourire alcoolisé aux lèvres. Je ne pensais pas te voir ici.

Je repense à West, une main sur le montant de la porte de la boulangerie, en train de me faire promettre de lui envoyer un texto une fois arrivée dans ma chambre.

Puis je regarde Nate, qui me bloque le passage tout en inspectant mon décolleté sans même s'en cacher.

Il a une bière à la main, et ses cheveux blond cendré bouclent légèrement sur ses oreilles. Il porte un polo qui fait ressortir le bleu de ses yeux, ainsi que l'affreux pantalon bleu marine avec un motif de petites baleines vertes qu'il met à chaque soirée. Il prétend que c'est ironique, mais je lui ai toujours dit que les vêtements ne connaissaient pas le sens du mot « ironie ». Si tu choisis d'enfiler un pantalon à baleines, tu finis par te balader avec un pantalon à baleines. Ni plus ni moins.

Quel connard, dit la voix de West dans ma tête.

— Rien ne m'interdit d'être ici, que je sache.

— Non. C'est juste qu'on ne t'a pas beaucoup vue, ces derniers temps.

— Je n'avais pas le temps de sortir.

J'essaie d'imiter l'air imperturbable que West maîtrise si bien, pour montrer à Nate que je n'en ai rien à faire de lui.

— Josh m'a dit qu'il t'avait vue avec le mec un peu louche qui vivait dans ton couloir, l'an dernier. Le dealer.

— Et alors ?

— Et alors je me fais du souci pour toi, Caroline. D'abord ces photos, et maintenant tu traînes avec l'autre, là. Qu'est-ce qui t'arrive ?

J'en reste sans voix. Littéralement. Une foule de mots se bousculent sur ma langue, mais je n'arrive pas à choisir lesquels lui balancer à la figure.

Non mais quel culot !

Il se cale plus confortablement contre le montant de la porte et boit une gorgée de bière, comme s'il s'attendait à ce qu'on reste là un petit moment, à papoter gentiment.

— On est toujours amis, toi et moi, reprend-il. On le restera toujours. Tu le sais. Je ne veux pas qu'il t'arrive du mal.

C'est la petite phrase qui me délie la langue. « On est toujours amis. »

Il a trahi ma confiance. Il a réduit ma vie en miettes et prétend que c'est moi qui me suis infligé ce supplice toute seule. Il a menti parce que ce n'est qu'un gros connard incapable d'assumer ses actes. Et là, il est planté devant moi, à m'empêcher de sortir en me disant qu'on est toujours amis !

— Tu sais quoi, Nate ? Va te faire foutre.

Je passe sous son bras, m'attendant presque à ce qu'il me bloque d'un coup de hanches. Je suis presque certaine qu'il me déteste assez pour ça.

Heureusement, il ne bouge pas. Je sors dans le couloir et gagne les toilettes en courant. Là, je m'enferme dans un box, rabats le couvercle et m'assieds dessus en remontant les pieds pour pouvoir mettre la tête entre mes genoux.

Je reste dans cette position le temps de reprendre mon souffle.

Le temps de comprendre que l'espèce de grondement sourd que je perçois ne vient pas de mon cerveau en ébullition mais de ma poche arrière. C'est mon téléphone qui vibre.

J'ai reçu un message de West.

Ça va ?

Non, ça ne va pas du tout, mais le simple fait de voir le nom de West s'afficher sur mon écran – le fait qu'il pose la question alors qu'il ne m'a jamais envoyé de textos à part de brefs « OK » quand je lui écris que je suis bien arrivée dans ma chambre – me fait un bien fou.

Je tape :

Ça va.

Enfin, non, je tape « 9a ba », mais le correcteur automatique rectifie le tir.

T'es où ?

À une fête.

Je sais. K m'a envoyé ta photo. T'es où exactement ?

Aux toilettes.

West marque une pause.

K est vraiment trop con.

Non. C'est moi. J'ai paniqué pour rien.

Pas grave. Ça arrive à tout le monde.

Comment se fait-il que ce soit aussi rassurant quand quelqu'un d'autre formule quelque chose qu'on sait déjà ?

Comment se fait-il que, quand West me dit que ce n'est pas grave, je me sente tout de suite mieux ? Ça n'arrange pas tout, évidemment, mais ça me calme.

J'ai presque envie de lui raconter que j'ai croisé Nate, mais je préfère carrément oublier cet incident.

T'es toujours au resto ?

Non. Je viens de finir. Je suis raide.

Une nouvelle pause.

De fatigue, hein.

Je souris à mon téléphone.

Tu devrais retourner danser. K dit que tu l'aides à attirer les filles.

Nouvelle pause.

Sauf qu'elles sont toutes gouines.

Espèce d'homophobe !

Mais non ! Demande à Quinn. Elles s'appellent comme ça entre elles.

Elles s'appellent simplement lèse-majesté.

Mes doigts m'ont encore trahie. J'essaie de taper « lesbiennes », mais le correcteur automatique sévit de nouveau.

Au troisième essai, j'y arrive.

Lesbiennes. Putain d'autocrochet.

West met un petit moment à me répondre.

Autocrochet ? MDR

Je cille, surprise. Il semblerait effectivement que ce soit ce que j'ai écrit.

Ravie de t'amuser.

Je prends une profonde inspiration. Il me faut trois tentatives pour taper la question suivante :

Tu viens danser ?

West ne répond pas tout de suite.

Faut que je dorme.

C'est vrai. Il ne dort que quatre heures par nuit pendant la semaine. Il me l'a dit. Il se rattrape le week-end.

OK. Repose-toi bien.

Ne voyant pas de réponse pendant un long moment, je me dis que notre bref échange est terminé, que je ferais mieux de sortir de ces toilettes et de rentrer me coucher, moi aussi. Soudain, un nouveau message apparaît.

Caroline ?

Oui.

Mardi, c'est cookies.

Je n'ai pas envie d'attendre son prochain service à la boulangerie pour le voir, mais c'est comme ça.

OK. À mardi.

Au fait…

J'attends la suite pendant quelques secondes.

T'es super sexy sur cette photo.

On ne voit même pas tes dents de devant trop écartées.

L'effet de ces quelques mots sur moi ! J'ai le cœur léger comme un nuage. Si léger qu'il risque de s'envoler et de s'échapper par l'espace entre mes incisives.

Je sauvegarde ce message et range mon téléphone.

Le sourire aux lèvres, je me relève et vais me laver les mains. J'entends le rythme des basses au bout du couloir et sens mes orteils battre la mesure presque malgré moi, en un geste de rébellion infime.

Mon reflet a les yeux brillants.

C'est la deuxième fois que West me dit ça.

En sortant des toilettes, je vois Bridget et Quinn venir vers moi.

Pour être plus précise, Bridget s'approche en titubant, et Quinn garde un œil sur elle, prête à la soutenir chaque fois qu'elle semble sur le point de s'étaler par terre.

Le pire, c'est que Bridget n'a bu que deux bières. Elle ne tient vraiment pas l'alcool.

— Caroline ! hurle-t-elle.

Je l'imite, amusée.

— Bridget !

— J'ai vu Nate.

— Moi aussi.

— Et j'ai broyé les boules à Krishna pour lui faire regretter de t'avoir prise en photo. Enfin, métaphoriquement, quoi.

— Il s'est pris une belle gueulante, confirma Quinn. J'ai été impressionnée.

— Est-ce que Nate t'a fait pleurer ?

— Non, ça va.

— Tu veux qu'on rentre ? Ou qu'on retourne manger une glace ?

Je réfléchis un instant. Puis je reconnais la chanson qui commence et je me rends compte que je n'ai aucune envie d'aller me planquer dans ma chambre.

— Non, je veux retourner danser.

— C'est vrai ? demande Bridget en clignant des yeux.

— Oui. Enfin, j'aimerais surtout retrouver Nate et lui coller mon genou où je pense, mais bon… Ça, ou lui péter son joli petit nez.

— Ton preux chevalier s'en est déjà chargé, lance Bridget.

J'écarquille les yeux et l'implore silencieusement de se taire, en espérant que Quinn n'ait pas entendu ou qu'elle ne comprenne pas à quoi Bridget fait allusion.

— Ton preux chevalier ? répète Quinn.

Elle hausse un sourcil – un sourcil qui a tout compris.

— Ne fais pas attention. Bridget est un peu bourrée. C'est une vieille blague entre nous…

— Et de quoi est-il question, dans cette vieille blague ?

J'essaie de formuler la chose avec diplomatie, mais Bridget me prend de vitesse.

— Elle raconte que Caro aimerait bien croquer West tout cru.

Eh oui. Ma meilleure amie ouvre la bouche et balance *ça*.

— Je vais te tuer, Bridget, gémis-je.

Je n'arrive pas à regarder Quinn dans les yeux. Il est fort possible que je n'arrive plus jamais à la regarder. Du tout.

Elle se racle la gorge et tape du pied.

Zut. Je n'ai pas le choix. Je lève les yeux vers elle.

Elle a toujours ce fameux sourcil omniscient.

— C'est vrai ? me demande-t-elle.

Je ne sais pas comment répondre à cette question. Oui, bien sûr que j'ai envie de croquer West. Évidemment.

Sauf que non. Il ne faut pas qu'elle le sache. Je ne veux pas que West s'en doute – ou qui que ce soit d'autre, d'ailleurs, y compris Bridget.

Je marmonne un truc qui ressemble vaguement à :

— Gnnniii ?

Quinn sourit.

— Je ne manquerai pas de lui faire passer le message.

— Si tu fais ça, je me verrai dans l'obligation de te faire du mal.

— Je te trouve bien menaçante, belette. Déjà ce Nate, là, et… Oh merde, attends ! C'est le connard qui a balancé des photos de toi sur Internet ?

Elle dit ça le plus naturellement du monde, sans la moindre hésitation, comme s'il n'y avait absolument rien de honteux à évoquer cet incident.

— Ouais, dis-je, trop abasourdie pour élaborer.

— Pas étonnant que tu aies la rage, alors. Tu sais ce que tu devrais faire ? Tu devrais jouer au rugby. Tu cours vite ?

— Euh… non.

— Ce n'est pas vrai. Elle court super vite, intervient Bridget.

Quinn sourit de toutes ses dents.

— Tu as le droit de plaquer les gens par terre. C'est génial.

— Sérieux ? C'est trop bien ! s'exclame Bridget.

— On s'entraîne tous les dimanches à 11 heures. Ça te dirait de venir ? On aurait besoin d'un nouveau talonneur.

— C'est tentant, mais je dois réserver mes efforts pour la piste de course.

— Ah oui, c'est vrai. Je me contenterai d'embaucher notre reine de la pipe, alors.

Quinn dit ça sans la moindre méchanceté, tout en se frottant les mains.

— Bon, on retourne danser ou on reste plantées là toute la nuit ? Vous savez très bien que si on s'absente plus de cinq minutes, on va retrouver Krishna en plein duel de langues avec une pauvre innocente.

Bridget fait la grimace.

— C'est vrai. Je veux pouvoir continuer à danser avec lui. Il est tellement décoratif !

— Dommage qu'il ne soit pas gay. Il serait parfait, fait remarquer Quinn. Allez, c'est reparti.

J'aimerais bien revenir à cette histoire de rugby, mais Quinn nous prend par le coude et nous entraîne dans le couloir que nous parcourons en sautillant comme des mousquetaires un peu éméchés. Nous montrons nos bracelets au vigile, qui nous regarde à peine tellement il est blasé.

Deux minutes plus tard, nous sommes de retour sur la piste de danse, j'ai une bière à la main et je rigole avec Quinn, Bridget et Krishna.

Je repense au message que j'ai sauvegardé.

Je finis même par oublier Nate.

— J'ai un cadeau pour toi.

West relève la tête, penché sur la grosse balance sur pied où il mesure les ingrédients.

— Ah bon ?

J'agite le sac en plastique que j'ai apporté.

— Du maïs grillé, des Bounty enrobés de chocolat noir et deux cannettes de Monster.

— Tu sais parler à mon cœur.

—Je sais surtout comment t'aider à passer le cap du mercredi sans te transformer en petite peste.

West accepte le sac avec un grand sourire. Il ouvre une des cannettes et prend une grande gorgée de boisson énergisante, les yeux fermés.

Il a l'air fatigué. Les mercredis sont vraiment durs pour lui parce qu'il a séance de labo l'après-midi. D'habitude, il fait la sieste après les cours, mais là, il doit enchaîner les cours, le labo et son service à la bibliothèque avant d'aller à la boulangerie.

—Qu'est-ce que tu prépares ? Le pain aux herbes ?

—Oui. Tu veux mesurer l'aneth ?

—OK.

Je vais consulter le tableau où Bob note les quantités qu'il lui faut pour chaque sorte de pain. West s'approche de moi, pose une main sur la porte de placard à laquelle le tableau est accroché, et appuie sa cannette froide contre ma nuque.

—Aaah ! Ça va pas, non !

Il éclate de rire et retire la cannette, mais reste tout près de moi.

Il suffirait que je recule de quelques centimètres pour sentir son corps ferme et solide contre le mien.

—Tu as passé une bonne journée ? murmure-t-il.

Gah !

Qu'est-ce qu'il me fait, là ? Je suis certaine qu'il n'a pas besoin de consulter le tableau. Il connaît déjà tout par cœur.

Il porte sa chemise à carreaux rouges et noirs. Il a retroussé les manches, une seule fois, et les a ramenées au-dessus de son coude, si bien que les manchettes s'agitent en rythme avec ses gestes. J'ai envie de caresser son avant-bras avec la paume de ma main, de sentir ses poils fins et sa peau satinée.

J'hésite à lui faire face.

Mais je me contente de respirer lentement, profondément, pour pouvoir répondre d'une voix posée.

— Oui, pas mal. J'ai croisé Quinn en arrivant à la cafétéria, on a fini par déjeuner ensemble, Bridget, Krishna, elle et moi.

— C'est la deuxième fois cette semaine que tu ne manges pas seulement avec Bridget.

Je prends mon courage à deux mains et me retourne en souriant comme si je n'attendais rien de lui, comme si je ne désirais rien de lui, comme si je n'avais pas besoin de lui.

— Ouais ! Tu as vu ça ? Je ne suis presque plus une paria !

West esquisse un début de sourire. J'ai l'impression d'être le sujet d'une expérience. *Comment réagirait-elle si je faisais ça ?*

— Tu as dormi un peu avant de venir ?

— Oui, quelques heures. Et puis j'ai fait une longue sieste juste après les cours. Regarde, dis-je en me tournant pour qu'il voie l'empreinte du coussin sur ma joue. J'essayais de relire mes cours de littérature, mais je me suis endormie sur le canapé et me suis marquée à jamais au fer rouge du velours côtelé.

West se penche sur moi pour inspecter l'empreinte qui demeure, même plusieurs heures plus tard. Il pose trois doigts le long de ma mâchoire, très légèrement, pour me faire incliner la tête.

C'est comme ça que j'imagine notre premier baiser. Lui, une cannette à la main, un petit sourire aux lèvres, m'attirant vers lui d'une main experte.

J'inspire lentement.

Du calme, Caroline. Il regarde ta joue parce que tu le lui as demandé. C'est tout.

— Joli, commente-t-il. Je suis jaloux.

— De ma sieste ?

— De ton coussin.

Je reste plantée là tandis que le feu me monte lentement aux joues. Le souffle court, je tente de me convaincre qu'il n'a pas vraiment dit ça.

Levure, aneth, oignons frits et graines de pavot. Concentre-toi sur ton travail.

Sauf que c'est impossible. Je n'arrive pas à détourner le regard. Il a les yeux gris-bleu, aujourd'hui, couleur ciel d'orage, parsemé de pépites d'éclairs.

Qu'est-ce que tu attends de moi ? Prends ce que tu veux ! Je t'en prie !

Il renverse la tête en arrière et finit sa cannette, les yeux fermés. J'observe les mouvements de sa pomme d'Adam. Je remarque sa barbe naissante – il n'a pas le temps de se raser le mercredi –, ainsi que ses cernes, si prononcés qu'ils ressemblent à des hématomes. Je remarque que la visière de sa casquette, qu'il porte à l'envers, mord dans la peau de sa nuque, et que ses cheveux ont poussé. Ils bouclent légèrement derrière ses oreilles. Il a l'air épuisé et… Je ne sais pas. Précieux. J'aimerais pouvoir lui offrir autre chose que les confiseries que j'ai achetées à *Pompe-Vit'* en venant.

J'aimerais pouvoir lui offrir du repos. Un peu de tranquillité.

J'aimerais qu'il cesse de me torturer comme ça, quand je suis tellement à fleur de peau que j'ai peur d'exploser, alors que lui est tellement calme et détaché que j'ignore s'il le fait exprès.

Les muscles de son avant-bras se tendent quand il écarte la cannette de sa bouche, puis se contractent quand il l'écrase dans sa main. Mon attention est attirée par un bracelet en cuir noir à son poignet.

— Qu'est-ce que c'est ?

Il suit mon regard.

— Un bracelet.

— Sans blague ! C'est nouveau ?

— Oui.

Brusquement, il fait volte-face, lance la cannette dans la poubelle et retourne mesurer ses divers ingrédients.

Sans réfléchir, je m'approche de lui et lui attrape la main alors qu'il est en train de verser du miel dans un bol.

— Attention !

Je me doute qu'il ne parle pas du miel.

— Je veux voir.

C'est le genre de bracelet qui s'achète dans les fêtes foraines – une lanière de gros cuir noir avec des motifs de roses rouges et bleues en relief, ainsi que le nom de West en lettres blanches. Le cuir a légèrement déteint sur son poignet.

— La classe !

Il essaie de se dégager. J'affronte son regard. Je veux qu'il me dise où il a eu ce bracelet, parce que c'est forcément quelqu'un qui le lui a donné. C'est nouveau. West le porte au travail alors que c'est une bricole de mauvais goût, ce qui veut dire qu'il a une signification particulière pour lui. Évidemment, je ne peux pas lui expliquer tout ça. Je ne devrais pas en avoir besoin.

— C'est ma sœur qui me l'a envoyé, dit-il en se libérant.

Alors que je me tiens tout près de lui, il plie les genoux pour attraper le bol sur la balance, m'obligeant à reculer pour lui laisser la place d'aller le porter jusqu'au mixeur. Je n'arrive même pas à soulever les bols quand ils sont pleins, mais ça n'a pas l'air de lui demander le moindre effort. Il fixe le bol sur le support et lance le malaxeur, qui commence à racler les parois avec un bruit métallique.

West a une sœur.

— Elle a quel âge ?

— Neuf ans. Elle en aura dix au printemps.

— Comment elle s'appelle ?

— Frankie.

— C'est le diminutif de Frances ?

— Non. De Francine.

— Oh.

Il relève les yeux de la machine, une lueur d'avertissement dans le regard.

— Tu as d'autres questions à me poser ?

Je ferais mieux de me taire. Je le sais. Si j'insiste, il va se fermer, une fois de plus.

— Pourquoi tu ne m'as jamais parlé de ta sœur ?

— Tu ne m'as jamais demandé si j'avais des frères et sœurs.

— Si je te l'avais demandé, est-ce que tu m'aurais répondu ?

Il hausse les épaules, le visage crispé.

— Bien sûr.

— Je ne te crois pas.

Il secoue la tête, mais ne dit rien de plus. Il se dirige vers l'étagère et place la recette du pain qu'il vient de préparer en dessous de la pile avant de s'attaquer au suivant. Je le vois remuer les lèvres, marmonner tout bas des paroles qu'il n'adresse qu'à lui-même. Peut-être qu'il lit le nom des ingrédients, mais ça m'étonnerait. Il a déjà tout mémorisé.

Je retourne à mon pain aux herbes, furieuse, le cœur serré.

Il a une petite sœur qui s'appelle Frankie et qui l'aime. Il porte la preuve de cet amour à son poignet, et je suis contente pour lui. Contente de savoir que quelqu'un tient suffisamment à lui pour inscrire son nom sur une lanière de cuir – graver ses lettres dans la peau.

Moi aussi, je fais ça, parfois. Allongée dans mon lit, dans le noir, les yeux rivés sur les ressorts qui soutiennent le matelas de Bridget, je trace les lettres de son nom sur ma peau.

W.E.S.T. Sur mon ventre, le long de mes côtes, à l'aide d'un ongle. Ça me donne la chair de poule.

W.E.S.T. Sur ma clavicule, autour de mon sein, égratignant mon téton au passage.

J'ai fait de son nom un secret, or voilà qu'il le porte à son poignet. J'aimerais connaître cette petite fille qui le lui a donné. Savoir à quoi elle ressemble. A-t-elle des taches de rousseur ? Les cheveux blonds, ou bruns comme son frère ? Est-elle empotée ou gracieuse ? Rieuse ou sérieuse ? Casse-cou ou distinguée ?

Je sais qu'elle aime West, alors je veux savoir tout le reste.

Sauf que West ne veut pas la partager avec moi.

Je ne devrais pas m'acharner à vouloir escalader ces murs qu'il érige tout autour de lui. Je suis une très mauvaise grimpeuse.

Je n'aime pas réclamer quoi que ce soit, et il ne me doit rien.

— Mets-toi à quatre pattes, dit Quinn en désignant le sol. Passe ton bras autour de Gwen.

L'herbe est froide et humide. Les genoux de mon pantalon de jogging s'imbibent presque instantanément, mais j'ai comme l'impression que ce n'est pas ce qui va m'arriver de pire. Je me positionne donc au milieu de la mêlée, comme Quinn me l'a ordonné.

Ça me met franchement mal à l'aise de devoir agripper une inconnue, comme ça.

On est regroupées sur trois rangs, trois filles devant, deux au milieu, trois derrière, les épaules calées à l'arrière des cuisses des filles qui nous précèdent, hanche contre hanche. Quinn dit que, dans une minute, notre groupe de huit va pousser contre huit autres, puis que la balle va être introduite au milieu et… après, je ne sais plus. Elle m'a expliqué les règles de base sur le chemin, mais elle a oublié de mentionner un petit détail au sujet des filles que je suis censée plaquer en pleine course : leur gabarit.

Derrière moi, une autre joueuse baisse la tête et vient caler son épaule derrière moi. Elle agrippe mon tee-shirt d'une main.

— Tout le monde est prêt ? lance Quinn.

— Euh… non ?

Elle me décoche un grand sourire.

— Tu vas voir, c'est facile.

Elle part en courant vers la ligne de touche, où elle attrape un ballon.

— Allez, les filles ! C'est parti !

Elle se poste sur le côté de la mêlée et lance la balle au milieu. Aussitôt mon côté se met à pousser en avant. Je m'accroche au tee-shirt de Gwen pour ne pas glisser sur l'herbe mouillée. Ça grogne et ça se bouscule autour de moi, puis ça avance rapidement de quelques pas.

Quelqu'un crie :

— La balle est dehors !

Alors tout s'écroule autour de moi et je me retrouve debout, toute seule et un peu sonnée. Les autres s'éloignent en courant.

— C'est ton équipe qui a la balle, Caroline ! Cours ! hurle Quinn.

Je passe la demi-heure suivante à cavaler après les filles comme une gamine courtaude qui crie : « Eh, attendez-moi ! » à ses aînées.

Vu que j'ai deux grandes sœurs, je ne suis pas déboussolée. C'est déjà ça.

Chaque fois que j'attrape la balle, je m'en débarrasse au plus vite. Il s'avère que je suis terrifiée à l'idée de me faire plaquer. Cela dit, je ne suis pas très enthousiaste quand il s'agit de plaquer les autres. À un moment, une des filles de l'équipe adverse me fonce droit dessus, et je me promets de l'intercepter, mais, au dernier moment, je me contente d'attraper son tee-shirt, ce qui ne sert à rien. Je suis nulle.

Et pourtant je dois dire que je m'amuse bien. Jusqu'au moment où plusieurs voitures viennent se garer dans le parking adjacent au terrain, ainsi qu'un minibus dont les portières indiquent : « Carson College ».

Carson se trouve à une soixantaine de kilomètres de Putnam.

Je vois des étudiantes descendre du minibus, équipées de maillots de rugby noirs et de shorts assortis.

Je comprends soudain que ce n'était peut-être pas un hasard si Quinn m'a dit de porter un tee-shirt bleu.

Je comprends aussi que cette chipie est une grosse menteuse qui m'a embringuée malgré moi dans un match de rugby ! Pas juste dans un bête entraînement !

Les filles de Carson sont encore plus baraquées que nous. Sérieusement !

Et puis, elles ont un entraîneur – un vrai, un adulte, dont c'est le métier et tout. L'équipe de rugby féminine de Putnam n'a même pas de maillot à son nom. C'est un club composé essentiellement des copines de Quinn, dont la plupart se plaignaient d'avoir la gueule de bois en arrivant ce matin.

Les membres de l'équipe de Carson, en revanche… On dirait qu'elles dévorent de la viande crue au petit déjeuner. Leur entraîneur a même un assistant – un type qui semble avoir notre âge mais est équipé d'un sifflet et d'un bloc-notes, ce qui lui donne l'air tout de suite plus officiel.

Je suis dans la mouise jusqu'au cou. J'essaie de trouver une bonne raison pour m'éclipser.

J'ai des devoirs à faire.

Minable.

Je me suis tordu la cheville.

Quand ça ?

Il faut que j'aille… faire des trucs… ailleurs.

Ben voyons.

Je croise les mains sur ma nuque et regarde le ciel, en quête d'inspiration.

J'y trouve quelque chose de complètement différent.

Je me rends compte que c'est une magnifique journée de novembre.

Le ciel est tellement bleu que j'en ai mal aux yeux.

Une brise fraîche me caresse le visage. Les joueuses de Carson discutent avec les filles de notre équipe. Quinn bavarde avec leur entraîneur. Tout le monde a l'air joyeux.

Je n'ai rien d'autre à faire aujourd'hui, et je me rends compte avec plaisir que je suis très bien là où je suis.

Je suis contente.

J'essaie de me rappeler la dernière fois que j'ai fait quelque chose de nouveau et d'effrayant – quelque chose qui m'a plu – et je pense à West dans la cuisine de la boulangerie, avec sa casquette à l'envers et son tablier blanc.

J'aurais envie de lui envoyer un texto pour lui dire : « Je joue au rugby avec Quinn. » Au lieu de ça, je tourne les talons et vais la rejoindre en courant pour qu'elle m'en dise un peu plus sur ce que je suis censée faire.

Ça va barder, et pour de vrai.

Une demi-heure plus tard, Quinn est couverte de boue. Elle m'adresse un grand sourire depuis l'autre bout du terrain et crie :

— C'est cool, non ?

On est en train de se prendre une belle raclée et, la plupart du temps, je fais n'importe quoi.

— Ouais ! C'est génial !

C'est la vérité. C'est tout simplement génial. Je plane complètement. C'est tellement bon de courir à fond, de sentir le ballon sous mon bras quand j'arrive à l'attraper.

Je m'amuse comme une petite folle. Puis j'entre en collision avec un camion.

Enfin, non, avec une fille, mais elle me charge comme un camion et me flanque violemment par terre. Je suis allongée sur le dos et regarde le ciel, le souffle coupé. Je replie les genoux et soulève les hanches sans bien comprendre pourquoi. Je dois avoir l'air de vouloir m'accoupler avec le ciel, mais ce n'est pas grave. Il se passe quelque chose à l'autre bout du terrain, et tout le monde se fout que je sois en train de mourir dans mon coin.

Une silhouette sombre bloque le soleil, et une voix mâle déclare :

— Tu as le souffle coupé. Ce n'est rien.

Bon. Je ne suis pas en train de mourir. Bonne nouvelle.

Je suis tellement soulagée que pour un peu je l'embrasserais.

Le problème, c'est que je n'arrive toujours pas à respirer.

— Allonge-toi sur le côté, dit-il en m'aidant d'une main.

J'obéis, parce qu'il a une voix douce et que j'aime bien son sifflet. Je regarde ses mollets poilus, ses chaussettes noires et ses chaussures qui semblent spécialement conçues pour le rugby, avec des crampons et tout.

Je tente d'inspirer. Toujours rien. Je commence à avoir l'impression que mes yeux vont me sortir de la tête.

— Pas de panique. Ton diaphragme s'est bloqué sous le choc, mais il va finir par se détendre. Ne t'inquiète pas. Ferme les yeux.

J'obéis, une fois de plus. Peu à peu, la tension qui me crispe la poitrine disparaît, et j'arrive à inspirer.

— Bon. C'est bien.

Je respire ! J'ouvre les yeux. L'herbe est floue. J'ai beau ciller, rien n'y fait.

— Je ne vois pas bien.

Il se penche vers moi en fronçant les sourcils.

— Tu portes des lentilles de contact ?

— Oui.

Je cille de nouveau. En effet, c'est à ça que ressemble le monde quand il me manque une lentille.

Mon sauveur est flou, lui aussi, mais ça lui va bien. Il a les cheveux bruns et frisés, coupés court, et une fossette au menton.

— C'est possible que tu en aies perdu une ?

— Oui, on dirait. C'est une fille en béton armé qui m'a plaquée ?

Il sourit. Là aussi, des fossettes. Partout, des fossettes !

— Elle doit peser le double de ton poids. C'était brutal. Tu veux un coup de main pour te relever ?

J'accepte, tout en pensant :

Je me suis fait plaquer tellement fort que j'en ai perdu une lentille.

— Je m'appelle Scott.

Je l'entends à peine, perdue dans mes pensées.

Oh, putain ! Je me suis fait plaquer par une vraie joueuse et je ne suis même pas morte ! Je suis trop balèze !

— Moi, c'est Caroline.

Je n'ai pas dû bien articuler. Il passe les cinq minutes qui suivent à m'appeler Carrie, tout en allant me chercher une bouteille d'eau et en insistant pour que je m'assoie sur son siège pliant.

J'observe le match et en profite pour en apprendre davantage sur les règles. Je demande à Scott de m'expliquer certains détails et, quand il me décoche ses fossettes, je m'autorise à lui sourire à mon tour.

Pourquoi m'en priver ? Il ne sait même pas comment je m'appelle.

Quelques minutes plus tard, un coup de sifflet retentit. Quinn me jette un coup d'œil interrogateur, sourcil haussé. Je hoche la tête et retourne sur le terrain.

Un peu plus tard, j'apprends que tout match de rugby se termine au bar. Ça s'appelle la troisième mi-temps et, apparemment, c'est non négociable. Après une poignée de main à Quinn, l'entraîneur de Carson monte dans sa voiture et s'en va. Les deux équipes forment une bande de filles couvertes de bleus et de boue – plus Scott. Nous longeons les vieilles voies de chemin de fer qui traversent le campus de Putnam, passons devant le bâtiment des sciences et la sculpture phallique qui me fait toujours penser au poulet de Krishna. Une des joueuses de Carson essaie de grimper dessus.

Quand on entre dans le bar, la plupart des filles entonnent une chanson tellement paillarde que j'en rougis. Évidemment, Scott se trouve à côté de moi à ce moment-là.

— Tu ne chantes pas ? me demande-t-il.

— Je ne connais pas les paroles.

Il sourit.

— Ça ne fait vraiment pas longtemps que tu t'es mise au rugby. Je me trompe ?

— Quelques heures à peine. C'est la première fois de ma vie que je touche un ballon ovale.

J'y vois un peu flou avec une seule lentille, mais je distingue quand même toutes ses fossettes. Il en a deux à la joue gauche, une à la droite, plus celle du menton. Quadruple fossette ! Quand il se dirige vers le bar avec une des filles de son équipe pour commander le premier pichet d'une longue série, je ferme un œil pour mieux apprécier la carrure de ses épaules et les muscles de ses mollets.

Les joueuses de Putnam commencent à rapprocher les tables dans la salle principale. Il n'est que 14 heures, nous avons donc le bar pour nous toutes seules. Je m'installe et suis flattée quand Scott vient s'asseoir à côté de moi au lieu de rester parmi les étudiantes de Carson.

À un moment, il pose un bras sur le dossier de ma chaise. Je suis à la fois ravie et méfiante – mais surtout incertaine quant à la marche à suivre.

Tu lui plais, Caroline !

Il a l'air gentil, comme ça, mais il ne faut pas se fier aux apparences. Qui sait ce qu'il regarde quand il se branle ?

Peut-être qu'il a vu mes photos et que c'est pour ça qu'il se montre aussi prévenant. Il croit que je suis une proie facile. Il imagine déjà mes lèvres autour de sa queue. Il me traite de salope dans sa tête.

— Alors, Carrie, raconte-moi. Comment ça se fait que tu te sois retrouvée sur un terrain de rugby ce matin ?

Il sourit, l'air parfaitement cool et détendu. Je me dis que ce n'est pas parce qu'il y a des photos de moi sur Internet que tous les hommes les ont forcément vues. Je n'avais jamais entendu parler de ce genre de sites écœurants avant le mois d'août dernier et, même si je sais bien que les mecs regardent plus de porno que les filles, je me doute que tous ne passent pas leur temps à chercher des photos cochonnes.

Il est possible que Scott soit tout simplement un type sympa qui croit que je m'appelle Carrie et qui cherche à faire connaissance.

C'est même fort probable.

Je prends une profonde inspiration et perçois des effluves de bière, de terre et de sueur. Je regarde autour de moi. Je ne risque rien, ici. Ces filles prendront ma défense au besoin et, si elles font confiance à Scott, si elles l'aiment bien – ce qui est visiblement le cas –, alors je dois pouvoir lui faire confiance, moi aussi. Au moins un peu.

— C'est Quinn qui m'a piégée.

— Vraiment ?

Il m'observe à la dérobée, mais pas d'un air lubrique. Il m'observe, tout simplement.

— Pourtant tu n'as pas l'air du genre à te laisser embobiner.

— Bon, il faut dire que j'étais un peu bourrée, ce soir-là.

— Ah ! Oui, je connais le problème.

Une des filles de Carson, debout sur la table, lève sa pinte en l'air. Les cris et les éclats de rire fusent. Je n'arrive pas à suivre les conversations ; je ne perçois que des bribes ici et là.

— … six essais…

— … le plus beau plaquage que j'aie jamais vu…

— … en coupe du monde…

Quinn qui sourit de toutes ses dents en remuant les doigts.

— Pas besoin d'une bite pour prendre son pied !

Gwen remplit un verre, qu'elle me fait passer.

— À la tienne !

Quand elle se retourne, je me penche vers Scott.

— Je te préviens, je ne vais pas boire tout ça. J'ai un test demain matin.

— Ne t'inquiète pas. Moi non plus, je ne bois pas. Je suis le chauffeur de ces dames.

Ce n'est qu'alors que je remarque qu'il a un verre d'eau à la main.

— Ça fait partie de tes obligations ?

— Non, mon boulot consiste uniquement à assister l'entraîneur pendant les matchs. Si je suis ici, c'est parce que certaines de ces filles sont mes amies et que je n'ai pas envie qu'elles se tuent sur le chemin du retour.

— C'est sympa de ta part.

Il sourit.

— Ce n'est pas franchement une corvée, tu sais. Tu veux que j'aille te chercher un verre d'eau ?

— Non, ça va. Merci.

Il lève son verre et le fait tinter contre le mien.

— À ton premier match de rugby !

Je ne peux m'empêcher de rire, toute fière.

— Quoi ? Il y a quelqu'un dont c'était le premier match ? intervient l'une des joueuses de Carson.

— Oui, répond Scott en me montrant du doigt. Carrie n'avait jamais touché un ballon ovale de sa vie.

— Eh, les filles ! On a une pucelle parmi nous !

Avant que j'aie pu comprendre ce qui m'arrivait, je suis debout sur la table et trente femmes me chantent l'hymne suivant :

Les joueuses de rugby, il n'y a que ça de vrai !
On court et on plaque sans relâche,
Tant pis si on sue à la tâche.
On est trop fortes, on est balèzes ;

On est les championnes de la baise!
Et quels que soient nos adversaires,
On ne lâchera jamais l'affaire.
Sur le terrain, dans la mêlée,
On va exaucer vos désirs;
On va vous faire hurler de plaisir!

Je suis rouge comme une tomate, mais je ne peux m'empêcher de sourire.

C'est impossible de résister. Je me sens forte et rapide. Je suis couverte de bleus et un peu sonnée, mais entourée par une chaleureuse solidarité.

Je me sens bien, normale, comme avant.

Quelque part dans le Massachusetts, il y a quelqu'un dont c'est le métier de faire disparaître de la Toile la vulve de Caroline Piasecki. Si tout va bien, dans un an, il ne restera plus la moindre trace de cette fille-là. Elle sera morte et enterrée, et une partie de moi disparaîtra avec elle.

Peut-être que, en attendant, la meilleure chose à faire, c'est de devenir quelqu'un d'autre. Trouver en moi une graine de vie nouvelle, la nourrir et la guider vers la lumière pour qu'elle s'épanouisse. Devenir la fille saine et joyeuse qui joue au rugby, qui danse aux soirées et qui flirte avec des garçons sympas et ouverts, pas des dealers de drogue qui refusent de discuter de leur vie personnelle.

Le rugby, c'est génial.

Je suis tellement balèze que j'en ai le vertige.

La première fois que je vois l'appartement de West, il n'est pas là.

Ça me gêne un peu, mais, en même temps, ce n'est pas comme si j'étais entrée par effraction. Bridget et moi avons croisé Krishna au foyer des étudiants, et il nous a proposé de venir regarder des trucs débiles à la télé avec lui et Quinn en buvant « le pire alcool que vous ayez jamais goûté ». Une offre pareille, ça ne se refuse pas.

Nous voici donc installés dans un grand canapé d'angle en cuir avec une bouteille de liqueur de caramel que Krishna a sortie du fin fond du placard de l'entrée. Nous regardons une émission de relooking dont Krishna a enregistré tous les épisodes sur son DVR, ce que je trouve limite terrifiant.

West travaille à la bibliothèque, mais l'heure de la fermeture approche. Je lui envoie un texto.

Tu as fini ?

Oui, je rentre. Tu fais quoi ?

Je suis chez toi. Je fouille dans tes affaires.

Ce n'est pas vrai, mais ça le fait réagir.

T'es entrée chez moi ? Comment ?

Je ne sors jamais sans un crochet de serrurier caché dans ma joue.

C'est Houdini qui faisait ça. Je trouve cette idée à la fois répugnante et fascinante.

Astucieux. T'es vraiment chez moi ?

Oui. C'est K qui m'a invitée. Sympa, la déco.

C'est ironique, évidemment. J'imagine très bien comment ça s'est passé : Krishna a acheté tout ce qui lui paraissait important – le canapé, la télé, l'alcool et un lit *king size* que j'aperçois par la porte ouverte de sa chambre –, puis West et lui ont déniché tout le reste pour 2 dollars dans une brocante. Je bois dans un pot de moutarde recyclé, les pieds posés sur une table basse faite d'une planche de contreplaqué sur des parpaings.

J'y ai mis toute ma créativité, écrit West.

Je vois ça.

Si tu trouves ma collection de Pitous, ne les déplace surtout pas !

Ils sont dans ta chambre ?

T'as qu'à aller voir. Lève la tête en entrant.

Pourquoi ?

Toutes mes peluches dorment dans un hamac.

Je souris et jette un coup d'œil à la porte de sa chambre.

Je pourrais y entrer. Je pourrais m'asseoir sur le lit de West, passer la main sur sa couette, voir comment il a décoré ses murs, quels livres contiennent ses étagères ou si sa corbeille à linge sale est pleine.

J'en meurs d'envie.

T'es dans ma chambre, Caro ?

Cette question me met le feu aux joues et à la gorge, autant que s'il m'avait demandé ce que je porte. Autant que si on était en train de s'échanger des messages coquins, alors que ce n'est pas du tout le cas. Loin de là.

Pourtant, quand je prends une gorgée de liqueur, j'avale de travers et me mets à tousser.

— Qu'est-ce qui t'arrive, Caro ? me demande Quinn.

— Elle envoie des textos à West, répond Bridget. Ça se voit à sa façon de se mordre la lèvre en se penchant sur son téléphone comme si elle espérait que des Skittles allaient en sortir –, ou un arc-en-ciel, ou…

— Oui, ça, je sais, l'interrompt Quinn. Ce que je voudrais savoir, c'est ce qu'il lui a dit pour qu'elle s'étouffe comme ça.

— Rien du tout, dis-je dans une espèce de coassement.

— Oh, allez ! Raconte ! s'écrie Bridget.

— Quand est-ce que vous allez baiser, tous les deux, qu'on ait enfin la paix ? râle Krishna.

— Mais… ta gueule !

J'ai la repartie en folie, aujourd'hui.

La porte d'entrée s'ouvre sur West. Il sourit en me voyant sur le canapé.

— Je croyais te trouver dans mon lit, lance-t-il.

J'entre en combustion spontanée.

Enfin non, pas vraiment. Pourtant, ça abrégerait mes souffrances.

— Tu as vu tes oreilles ? Pas question !

West éclate de rire et pose son sac à dos.

— Salut, Quinnie. Salut, Bridget. Qu'est-ce que Krish vous fait boire ?

— De la liqueur de caramel, répond Quinn.

— Pure ? Beurk.

— Oui, c'est assez dégueu, renchérit-elle.

— J'étais justement en train de dire à Caroline que plus tôt vous baiserez un bon coup, plus tôt on aura la paix, déclare Krishna.

— Encore ? Tu es obsédé par ma vie sexuelle ou quoi ?

— Je ne suis pas obsédé, je suis inquiet, nuance. Tu as vingt ans, au moins deux jobs de trop et un look de rêveur solitaire à la James Dean. Si tu ne t'en sers pas pour attirer les filles, tu vas finir par mourir de frustration. Or il se trouve justement que Caroline…

— Eh ! Vous pourriez arrêter de parler de moi comme si je n'étais pas là ?

— Et tu pourrais arrêter de dire « baiser » tout le temps ? suggère Bridget. C'est dégradant, et je trouve que…

— C'est ça, ton problème, Bridget. Tu crois que le cul, c'est dégradant, rétorque Krishna.

— Genre ! Ce n'est pas moi qui ai un problème, Krishna. Ce n'est pas moi qui me suis tapé la moitié du campus en moins d'un an !

— Bien sûr que si, tu as un problème ! Tu ne sais pas t'amuser.

— Ce n'est pas vrai ! Je suis là, je te signale. On s'amuse bien, pas vrai ?

— Vous deux, peut-être…, marmonne Quinn.

West passe derrière le canapé et pose les mains sur mes épaules. Je renverse la tête en arrière pour le regarder à l'envers, un peu inquiète de sa réaction, mais il a l'air amusé.

— Ce n'est pas comme ça, entre Caro et moi.

Je lui souris, parce que cette remarque ressemble plus à un aveu qu'à un déni, et parce qu'il me caresse lentement les épaules. Il trouve un point de tension dans ma nuque et appuie doucement avec ses pouces. Aussitôt mes seins me paraissent plus pleins, et un feu brûlant s'allume dans mon ventre.

Je suis absolument ravie que la vie sexuelle de West soit au point mort, d'après Krishna. Cela dit, venant d'une source pareille, ça veut peut-être simplement dire que West n'a touché personne depuis une semaine, pas plus.

Je n'aime pas l'imaginer en train de toucher quelqu'un d'autre. Pas du tout.

— C'est comment, alors ? demande Krishna.

— Ils sont amis, déclare Bridget.

— Non, nie West.

Bridget le regarde, interloquée.

Je la comprends. Ce n'est pas simple.

— On pourrait parler d'autre chose ? dis-je d'une petite voix.

Malheureusement, Krishna n'est pas près de lâcher prise.

— Non, j'ai besoin de savoir à quoi m'en tenir. Depuis quelques semaines, chaque fois que je passe à la boulangerie, tu es là. West n'arrête pas de t'envoyer des textos. En te voyant, tout à l'heure, il a souri bêtement, comme si le soleil gravitait autour de ton cul et, là, il est en train de te masser les épaules.

Quinn ajoute son grain de sel :

— Il ne peut pas s'empêcher de la toucher.

— Ce n'est pas vrai, dis-je.

Quoique… La pression de ses mains sur mes épaules m'est devenue familière. À la boulangerie, il n'est pas rare qu'il me donne une petite tape sur le genou en passant, qu'il me pose une main sur la tête quand je suis assise par terre ou qu'il me caresse le dos quand on fait une pause en discutant avec Krishna.

C'est quelqu'un de tactile. Ça ne veut rien dire.

Pour lui, en tout cas.

Moi, chaque fois, ça me fait fondre.

— Ça ne regarde que nous, lance West.

Toute personne normalement constituée éviterait d'insister face à son air menaçant, mais Krishna est une anomalie.

— Si vous n'avez pas l'intention de baiser un jour, alors on pourrait peut-être chercher quelqu'un pour Caroline. Ça fait des mois qu'elle est sur la touche, il serait temps qu'elle revienne dans le jeu. Vous ne trouvez pas ?

Bridget lui donne un coup de poing dans le bras.

— Ce n'est pas un jeu !

— Ce n'est pas un jeu, ce n'est pas drôle, c'est dégradant ! s'écrie Krishna en imitant Bridget à la perfection. Sérieux, Bridge, poursuit-il de sa voix normale, on dirait que tu es allergique à tout ce qui risquerait de te procurer un peu de plaisir.

— T'es vraiment qu'un gros con, Krishna !

— C'est toi qui es trop prude !

Bridget lui tire la langue.

— Moi, je dis que ce n'est pas Caroline et West qui devraient baiser pour qu'on ait la paix, marmonne Quinn.

— Quoi ?! s'écrie Bridget d'une voix suraiguë. Qu'est-ce que tu insinues, là ? Parce que si…

— Rien, oublie.

Je m'attends à une réplique bien sentie de la part de Krishna, mais, bizarrement, il se lève et va dans la cuisine, d'où il ressort avec une bière à la main, alors qu'il n'a pas fini son verre de liqueur. Il décapsule sa bouteille et boit une longue gorgée, tout en évitant soigneusement de regarder Bridget. Nous l'observons en silence, fascinés.

Enfin, je dois me contenter de jeter de brefs coups d'œil à travers mes cheveux, parce que West a accentué la pression de ses pouces sur ma nuque, ce qui me force à baisser la tête. Ses doigts sont comme des fers chauffés à blanc qui marquent ma peau en gestes hypnotiques de la base de mes cheveux jusqu'au col de mon pull. Il a refermé les mains sur mes épaules dans un geste possessif, comme si j'étais sa chose.

Je fonds.

Je suis sa chose.

— Revenons à la question qui nous occupe, reprend Krishna. Caroline a besoin de se choper un mec pour se changer les idées.

— Ah bon ? Tu crois vraiment ? dis-je d'une voix traînante, comme si j'étais droguée.

C'est un peu le cas : je plane complètement.

Bridget vole à mon secours.

— Mais non ! Elle n'a pas besoin de ça !

— Sérieux, Krishna, t'es lourd, renchérit Quinn.

accumulée lors de la cuisson soit extraite et que le pain commence à sécher. C'est ce qui rend la croûte bien dorée.

— Merci.

Je m'assieds sur un plan de travail et observe la cuisine. Depuis le mois d'octobre, cette pièce m'est devenue aussi familière que ma chambre, si bien que je ne remarque même plus à quel point elle est encombrée. J'en oublie presque l'odeur moelleuse de la cuisson, les mains de West en mouvement, le sol maculé de farine. Je suis en sécurité, ici, même si ce n'est pas toujours confortable.

C'est officiellement les vacances. Je devrais déjà être rentrée chez moi.

J'ai de plus en plus de mal à considérer que je suis chez moi dans la maison de mon père. On se parle toujours au téléphone une fois par semaine, mais j'en suis venue à redouter ces conversations. J'ai toujours été la petite fille adorée de son papa, et je ne sais plus quoi lui dire. Il me demande si mes cours de droit constitutionnel sont aussi difficiles que ce que je croyais. Il me rappelle que je ne devrais pas trop tarder à chercher un stage d'été parce que j'aurai besoin d'une bonne expérience professionnelle si je veux postuler à Harvard ou Yale pour y poursuivre mes études.

Il me dit qu'il m'aime et me recommande de faire bien attention à moi.

Je raccroche, l'estomac noué parce que j'ai l'impression de lui avoir menti. Pourtant, je n'ai fait que dire la vérité.

Pour la première fois depuis que je suis arrivée à Putnam, je n'ai pas envie de rentrer à la maison pour les vacances. Mon père adore préparer un vrai dîner traditionnel de Thanksgiving. Il s'occupe de la dinde, moi je suis responsable de la farce, tandis que ma sœur Janelle et son fiancé apportent la sauce aux airelles et les petits pains. Alison, mon autre sœur, est en mission au Lesotho avec le Corps de la Paix, mais, si elle était là, ce serait elle qui ferait la tarte à la citrouille.

Je devrai sans doute m'en charger, cette année.

Je suis censée aller essayer ma robe de demoiselle d'honneur pour le mariage de Janelle, qui aura lieu cet été. Elle n'arrête pas de m'envoyer des mails concernant les lieux qu'ils envisagent de louer, les couleurs qu'elle préfère pour les bouquets, les cartons d'invitation… Je sais bien que je devrais être folle de joie, mais je n'y arrive pas, alors je fais semblant.

— Tu as appelé ce mec, là ? me demande West brusquement.

Cette conversation remonte à deux jours, mais c'est la première fois que l'un de nous deux y fait allusion.

— Scott, dis-je.

— Oui, je sais.

— Non, je ne l'ai pas encore appelé.

Le téléphone de West vibre. Il le sort de sa poche et tape un message rapide. C'est comme ça depuis le début de la soirée. West a l'air ailleurs. Il ne m'a pas dit avec qui il discutait. C'est peut-être sa sœur ou sa mère, ou une copine de l'Oregon dont il ne m'a jamais parlé.

Il ne me dit jamais rien.

Il n'a rien à m'apprendre, ce soir. Après des semaines passées à pétrir de la pâte à pain et à glacer des muffins, j'ai l'impression qu'on n'a jamais vraiment parlé de ce que je suis censée apprendre.

Je ne lui ai jamais demandé de jouer les professeurs. Ce n'est pas ce que j'attends de lui.

Et pourtant je ne cesse de percevoir les effets des leçons de West. J'ai compris que ce que m'avait infligé Nate n'était pas la seule chose digne d'être mentionnée à mon sujet. Je me suis prouvé que, tout comme j'ai trouvé ma place dans cette boulangerie, je suis capable de trouver ma place sur une piste de danse ou sur un terrain de rugby.

Je suis toujours là. Je vais plutôt bien. Je n'ai pas besoin d'être protégée ou rassurée, et je ne me laisserai plus jamais abattre.

Je suis blindée et j'en ai marre des faux-semblants. J'ai compris autre chose, depuis octobre, et c'est que West ne me confie jamais rien. Si je n'ai rien à lui apprendre, alors il n'y aura jamais rien de plus entre nous.

Il reste ici pour Thanksgiving. Les vacances sont trop courtes, et ça reviendrait trop cher de faire l'aller-retour en avion pour seulement quelques jours. En plus, Bob a besoin de ses services.

West m'a expliqué tout ça.

Ce qu'il a omis de me dire, c'est qu'il a envie de rentrer chez lui, pourtant je le sens, même si je ne connais pas le nom de la ville d'où il vient et que je ne sais pas ce qui l'attend là-bas. Je ne sais rien de tout ça parce qu'il ne m'en parle pas. Il ne m'explique pas pourquoi il est rivé à son téléphone ce soir, ni ce qui le préoccupe tellement, depuis quelque temps.

Je sens bien qu'il s'inquiète. Il y a quelque chose qui cloche, mais je sais pertinemment qu'il n'osera jamais se confier, qu'il ne lèvera jamais les yeux de sa pâte à pain en disant : « Caro, je peux t'avouer quelque chose ? »

Une espèce de fatalité gênée s'est installée entre nous ce soir, et je pense que c'est à cause de la conversation de l'autre jour.

Peut-être que je me trompe. Peut-être que ça date du jour où il m'a remis l'enveloppe pleine de billets. L'argent a clairement changé quelque chose entre nous.

Si West se contentait de partager son herbe avec ses copains, ça ferait de lui un généreux fêtard, sans plus, mais il la vend, cette herbe, ce qui fait de lui un délinquant. Tout ça, c'est une question d'argent.

Je suis censée être riche, il est censé être pauvre. Il m'a prêté mille cinq cents dollars, et quelque chose a changé. Il refuse de me dire ce que c'est, et je refuse de lui demander.

Je n'ai pas le courage d'exiger des explications. J'aimerais qu'il me les fournisse de lui-même. J'aimerais qu'il ait besoin de moi, parce que je ne sais pas combien de temps je vais supporter d'être la seule dans cette cuisine qui ose s'avouer vulnérable. Je ne sais pas non plus combien de temps je vais encore avoir besoin de ça, de ces heures nocturnes avec West pendant que le mixeur malaxe.

Il y a tant de choses que nous pourrions nous dire mais que nous taisons.

Ce soir, le bruit du malaxeur résonne comme un chant funèbre, et je ne ressens que de la douleur. Je suis venue ici parce qu'un cauchemar m'a réveillée. J'étais en chemise de nuit au milieu du terrain de rugby, perdue dans le brouillard. Je cherchais quelque chose que je ne trouvais pas ; j'appelais mais personne ne me répondait. Je me sentais irrémédiablement seule.

Cette nuit, cet instant… c'est la fin de quelque chose, et nous avons échoué.

— Tu vas me manquer, dis-je.

Il me tourne le dos. Je ne sais même pas s'il m'a entendue. Il pousse le mixeur au maximum de sa vitesse. Ça fait tellement de bruit que je n'entends plus la musique. Je me bouche les oreilles et ferme les yeux pour n'écouter que les battements de mon cœur. Quand je rouvre les yeux, c'est parce que West a posé une main sur ma cuisse. Il se tient près de moi. Il occupe tout mon champ de vision.

Ses yeux sont d'un bleu argenté, étrangement intense sous l'ombre de ses sourcils froncés.

Krishna et Quinn ont raison : West me touche sans arrêt.

Sa main sur ma cuisse fait battre mon cœur entre mes jambes. J'ai chaud.

Je ne suis qu'une imbécile.

Quand il fait mine de bouger, je pose ma main sur la sienne, entremêle mes doigts aux siens et les serre – fort.

West baisse les yeux et soupire.

— Qu'est-ce que je suis censé faire de toi, Caroline ? Il va falloir que tu me dises, parce que je n'en ai pas la moindre idée.

Je regarde l'os de son poignet. Les poils bruns de son avant-bras. Le creux de sa gorge. L'endroit où il a raté un peu de barbe en se rasant, sous sa lèvre inférieure.

Sa bouche. Ses yeux. Sa bouche.

Cette bouche un peu trop grande, arrogante, généreuse et pourtant si secrète.

J'attends qu'elle formule des mots que je n'entendrai jamais.

Tu vas me manquer.

Je tiens à toi.

Je ne veux pas que tu sortes avec ce type parce que je te veux pour moi tout seul. Je veux qu'on devienne plus que ça.

J'ai envie de plaider.

Dis-moi tout, West, s'il te plaît.

Puis je me rappelle que, demain matin, je vais prendre ma voiture et rentrer chez mon père. Je ne sais pas ce que West a sur le cœur, mais le moment est mal choisi, et je ne suis pas sûre d'être la bonne personne.

Le problème ne vient pas que de lui. Je manque de courage, moi aussi.

J'effleure son visage du bout des doigts. L'arc de son sourcil et la cicatrice qui le traverse. La courbe de son oreille. La forme pleine de ses lèvres.

J'ai envie d'inspirer son souffle, de m'appuyer contre son torse, de passer les jambes autour de sa taille et de l'attirer en moi.

Je ne sais pas comment me sortir de là.

Je ne sais pas comment l'oublier.

Le minuteur du four fait « bip ». West se détourne de moi et va l'éteindre. Il ouvre la porte. Sort le pain.

Pendant le reste de la nuit, il garde ses distances.

Le lendemain matin, je monte dans ma voiture et mets quatre-vingt-dix kilomètres entre nous. Ce n'est pas assez.

Je ne sais pas jusqu'où je vais devoir aller pour m'éloigner assez de lui.

Thanksgiving

West

Ne t'investis pas trop, me suis-je dit au début. *Ses problèmes ne sont pas les tiens.*

Sauf que j'étais déjà fichu depuis longtemps. Quand Thanksgiving est arrivé, ça m'était devenu presque insupportable de voir Caroline.

Tout ce que je lui avais dit n'était qu'un tissu de mensonges.

On ne devait pas devenir amis. Je l'avais promis. Pourtant comment ça s'appelle quand tu échanges un million de textos par jour avec la même personne et que tu es impatient de la voir même si tu viens tout juste de la quitter ?

Comment ça s'appelle quand tu connais son emploi du temps par cœur et qu'elle connaît le tien, qu'elle sait depuis combien de temps tu n'as pas dormi et qu'elle t'apporte du chocolat et des boissons énergisantes en pleine nuit sur ton lieu de travail ?

On était amis, Caroline et moi.

Je mentais quand je prétendais le contraire.

Je lui avais promis que je ne la toucherais pas, or je trouvais toujours un prétexte pour lui effleurer le bras en passant, pour appuyer mon genou contre le sien… Quand elle me tournait le dos, j'observais ses fesses en essayant d'imaginer leur texture sous mes mains. Quand elle se penchait sur le plan de travail pour pétrir la pâte à pain, j'étudiais son décolleté.

Je trouvais toujours une raison pour envahir son espace et la regarder rougir. Ça lui faisait de petites plaques à la base de la gorge, et j'adorais ça.

Je n'étais pas un saint, loin de là. Je ne pouvais pas l'avoir pour moi, mais je faisais tout mon possible pour qu'elle ait quand même envie de moi. Je voulais qu'elle pense à moi et je n'ai pas arrêté quand j'ai appris qu'elle avait rencontré un type en jouant au rugby.

Au contraire, j'en ai remis une couche.

Je la traitais comme si elle était mienne, alors même que je refusais de céder à mon désir et que je me dérobais au sien.

J'exigeais qu'elle me dise ce qu'elle avait sur le cœur, j'insistais pour qu'elle soit sincère, mais, quand elle me demandait ce qui me préoccupait, je refusais de répondre. Qu'est-ce que j'aurais pu lui dire ?

Je m'inquiète pour ma mère parce qu'elle m'a dit qu'elle s'était coincé le dos et que j'ai peur qu'elle ait dû prendre des jours de congé. Si elle se fait virer de la prison où elle travaille, elle va se mettre à se lamenter sur son sort. Bo ne l'a jamais connue dans cet état-là. J'ai peur qu'il la largue, parce qu'elle devient franchement insupportable quand c'est comme ça. S'il les met à la porte, Frankie et elle, il faudra que je retourne là-bas pour les aider.

Ça aurait servi à quoi ?

J'étais deux personnages distincts, et seul l'un d'entre eux était réel. Le vrai West Leavitt vivait dans un mobil-home à Silt, un trou paumé de l'Oregon. Il me parlait toute la journée.

Appelle ta mère pour vérifier que tout va bien. Assure-toi qu'elle pense à faire les courses, histoire que Frankie ne mange pas n'importe quoi. Demande à faire un service supplémentaire à la bibliothèque, parce qu'on ne sait jamais. On ne sait jamais ce qui peut arriver.

Le West Leavitt qui étudiait dans l'Iowa n'était qu'un pantin qui jouait un rôle pour arriver à ses fins. Je faisais semblant d'être le genre de personne que Caroline avait été toute sa vie.

On est comme on naît, et ce n'est pas quelque chose dont on se défait facilement. On aimerait bien y croire – après tout, c'est l'essence du rêve américain –, mais la vérité, c'est que, même si on fait fortune, on ne pourra jamais acheter l'aisance de ceux qui sont nés riches. Il ne suffit pas d'enfiler des fringues de luxe. Un pauvre qui a réussi pensera toujours comme un pauvre. Ses rêves resteront des rêves de pauvre, et ses désirs des désirs de pauvre.

Je devais réprimer un frisson chaque fois qu'un camarade de classe me demandait : « Et sinon, il fait quoi, ton père ? » ou encore : « Tu vas où pendant les vacances ? » Ce n'est pas facile d'apprendre à ne pas frémir – d'apprendre à devenir quelqu'un d'autre.

C'était pourtant ce que je faisais à Putnam. Je travaillais dur. Je n'étais pas là pour m'amuser, pour faire la fête ou pour rencontrer la fille avec qui je voudrais passer le restant de mes jours. J'étais là pour m'assurer que le restant de mes jours vaudrait la peine d'être vécu, et ça occupait chaque minute de mon temps.

Les gens comme Caroline n'ont pas à se préoccuper du loyer ou des courses. Ce n'est pas un problème, pour eux, ils n'y pensent même pas. Ils se concentrent sur ce qu'ils veulent et sur les moyens d'y arriver.

Chez moi, croire qu'on peut tout naturellement faire des études de médecine, c'est comme croire qu'on peut marcher sur l'eau. Ce sont des contes de fées, et les gens qui croient aux contes de fées ne sont que des imbéciles.

Ce n'est pas tout naturellement que je suis arrivé à Putnam. Je suis ici grâce à la générosité d'un ancien étudiant fortuné dont j'ai baisé la femme, et je ne l'oublierai pas.

Je savais très bien ce que je faisais. Je le referais s'il le fallait.

Ça me ferait horreur, mais je le referais.

Ça me faisait horreur de mentir à Caroline, pourtant je continuais à lui mentir. Si je lui avais dit la vérité, ça lui aurait brisé le cœur.

Caroline était un luxe que je ne pouvais pas me permettre. C'était la vérité pure et simple.

Je ne pouvais espérer qu'une chose – une carrière. Et encore, si je travaillais assez dur.

Tout le reste était du luxe.

Le samedi, je reçois un texto de Caroline.

Qu'est-ce que tu fais ?

Je dormais.

Je me suis réveillé à l'aube et suis allé me promener dans le campus. Un épais brouillard blanc avait tout envahi, et j'avais l'impression d'être un fantôme esseulé qui hantait les lieux. Je me suis trop attardé ; je n'étais pas assez couvert pour rester aussi longtemps dans le froid.

Quand je suis revenu à l'appartement, je grelottais. Tout était tellement mort et silencieux que j'ai failli douter que j'existais vraiment. J'ai sorti mon téléphone pour relire les messages que Caroline, Frankie et ma mère m'avaient envoyés la veille.

J'ai dû me rappeler que c'était Thanksgiving, pas l'apocalypse zombie.

Pourtant je me sentais vraiment bizarre. Allongé sur mon lit, j'ai sifflé le fond de la bouteille de liqueur de caramel en regardant le brouillard par la fenêtre.

Puis je me suis rendormi.

Quand le texto de Caroline me réveille, mon téléphone affiche 4 heures, et il me faut un moment pour comprendre qu'il est 4 heures de l'après-midi. J'ai dormi toute la journée. J'ai les doigts engourdis, une haleine chargée de vieille liqueur et une demi-érection que je ne m'explique pas bien.

Rien, et toi ?

Le téléphone sonne. C'est elle.

— Salut.

— Salut, Caro.

— Tu as l'air tout endormi. Je t'ai réveillé ?

— Oui.

— Oh, pardon. Je vais te laisser te reposer. Tu n'en as pas souvent l'occasion.

— Non, t'inquiète. Tu passes de bonnes vacances ?

On n'a échangé que quelques textos depuis qu'elle est partie, mercredi matin. Je ne sais pas quoi lui dire. Elle est en colère contre moi, et moi aussi, je m'en veux. Je me dis qu'on ferait mieux d'arrêter de se voir, mais il faut que la décision vienne d'elle.

— Pas trop mal. Enfin, le repas de Thanksgiving était chouette, mais tout le monde est reparti, maintenant. C'est un peu glauque.

— Tout le monde est parti ? Où ça ?

— Janelle et son fiancé sont rentrés chez eux. Mon père est allé voir des amis à Marshalltown.

— Il t'a laissée toute seule ?

— Il voulait que je l'accompagne, mais je n'en avais vraiment pas envie.

— Quand est-ce qu'il revient ?

— Tard ce soir. Il est invité à dîner chez un ami qui est juge aussi, alors ils aiment bien boire un petit digestif en se racontant des histoires de tribunal. Ça peut durer des heures.

— Ah. Et toi, tu fais quoi, pendant ce temps ?

— Rien, dit-elle en riant doucement, comme quand elle se moque d'elle-même. Je m'ennuie. Je n'ai pas eu cours depuis trois jours et je tourne déjà en bourrique. En plus, je suis vautrée sur mon lit dans ma chambre de gamine, alors j'ai un peu l'impression d'être tombée dans une faille spatio-temporelle, comme si je n'étais jamais allée à Putnam et que rien de ce qui s'y est passé n'était réellement arrivé.

Je passe la main sous la couette pour ajuster mon caleçon. J'imagine Caro allongée sur son lit, ce qui n'aide pas à calmer mon érection. En vrai, elle porte sans doute un vieux jogging et une de ses queues-de-cheval neurasthéniques, mais je l'habille du haut de pyjama qu'elle portait la première fois qu'elle est entrée dans la boulangerie et d'une culotte blanche – un petit shorty en dentelle qui laisse entrevoir son sexe par transparence.

— Ah, mais si c'était le cas, tu ne pourrais pas me parler puisque tu ne m'aurais pas rencontré.

— C'est vrai. Pourtant j'ai vraiment une drôle d'impression.

— Comment ça ?

J'ai le souffle court – et la main refermée sur ma queue.

Je ne devrais pas faire ça. Elle s'intéresse à un autre. Je ne suis qu'un sale connard.

Pourtant je continue à me caresser. Ça fait des jours que je n'ai pas entendu le son de sa voix. Je me sens tellement seul… Je ne suis pas sûr de pouvoir m'arrêter. Ma main est chaude et sèche, mes gestes vifs, presque cruels.

— J'ai l'impression que mes deux univers se mélangent, mais mal, un peu comme de l'huile et du vinaigre.

— Caro ? Tu es bourrée ?

Elle éclate de rire.

— Non ! Ce qui rend la chose encore plus bizarre. Et toi ?

— Non, je suis sobre.

Si j'imagine aussi clairement la culotte en dentelle blanche de Caroline, c'est parce qu'elle la portait sur l'une des photos.

Et si je sais qu'on distingue son sexe entièrement épilé, c'est parce que j'ai regardé.

Je ne mérite pas d'être son ami.

Il faut que j'arrête.

— Tu as la voix tout éraillée, dit-elle. Je te reconnais à peine.

C'est parce que tu ne me connais pas vraiment.

C'est parce que je suis un salaud qui se branle au téléphone en pensant à toi, parce que j'ai envie de toi.

J'ai envie de toi, Caro, tout le temps, tellement que c'en est insupportable.

— Ah bon ? Ma voix te fait penser à quelqu'un d'autre ?

Elle se tait pendant quelques secondes, puis rit doucement, timidement.

— Non. Je ne sais pas.

J'ai envie qu'elle me dise des trucs osés – qu'elle me dise qu'elle me suce, que je la prends vite et fort, qu'elle ne veut pas que j'arrête.

Je suis une ordure.

Je me caresse de plus en plus vite.

— Décris-moi ta chambre, Caro.

Décris-moi ce que tu portes, ce que tu veux que je te fasse.

Elle s'exécute. Sa chambre a des murs violets – couleur qu'elle a choisie quand elle avait onze ans –, un bureau où elle a gravé son nom – ce qui lui a valu une belle punition –, et un lit bateau – je n'ai pas la moindre idée de ce que c'est. Je me détourne du téléphone pour qu'elle n'entende pas ma respiration saccadée.

— West ?

— Oui ?

Je ne pense à rien d'autre qu'au son de sa voix et à la chair brûlante qui glisse sous ma main.

— Tu veux venir, West ?

Mon nom sur ses lèvres, la façon dont sa voix l'enveloppe, la timidité de cette requête pourtant hardie. Elle veut que je vienne, et je viens.

Déboussolé, je me racle la gorge avant de répondre :

— Oui, bien sûr. J'arrive.

Ce n'est que plus tard, alors que je monte dans ma voiture en lui demandant quelle direction prendre, que je me rends compte de mon erreur. C'est une très mauvaise idée.

Il est trop tard pour reculer.

— Pousse-moi ! dit-elle en rigolant comme une gamine. Allez, West, pousse-moi !

Elle a les mains posées sur le toit, un pied dans la gouttière – qui est toute gondolée à cet endroit, Caroline doit toujours monter par là –, et ses fesses gigotent sous mon nez. Je suis appuyé contre la balustrade du minuscule balcon de sa chambre, au premier étage de sa gigantesque maison. Je sens le métal glacial à travers mes vêtements et je me demande comment j'ai pu me fourrer dans une situation pareille.

Caroline glisse avec un hurlement aigu et me tombe dessus de tout son poids. Sans réfléchir, je passe un bras autour de sa taille tandis que, de l'autre main, je me cramponne à la balustrade. Comment ce balcon est-il rattaché à la maison ? Quelques vis ? Est-il vraiment prévu pour deux personnes ? À quoi il sert, d'ailleurs ? Ce n'est pas comme si elle allait suspendre son linge ici pour le mettre à sécher.

— Tu es complètement folle, Caro.

Ça la fait rire.

— Je suis déjà montée un milliard de fois ! Pousse-moi et, quand je serai là-haut, je t'aiderai à me rejoindre.

— On est en plein mois de novembre.

— Il n'a pas gelé, on ne risque rien. Et puis, le ciel est dégagé, on va voir plein d'étoiles. Allez !

Le choix est simple : soit je l'aide à monter sur ce toit, soit je passe l'heure suivante à tenter de l'en dissuader. En plus, elle a l'air décidée à y aller, avec ou sans mon aide, et je n'ai pas envie d'avoir sa mort sur la conscience.

Elle a remis le pied dans la gouttière, et ses fesses appuient contre moi. Les mains sur ses hanches, je la guide pour sentir cette chaude pression juste là où j'en ai envie.

J'en oublie de la pousser, mais Caroline a trouvé une prise avec son autre pied et grimpe toute seule. Ses fesses effleurent mon visage.

Je viens d'aider une fille à monter sur le toit de sa maison de banlieue après lui avoir fait fumer de l'herbe.

Si, avec ça, je ne finis pas aux enfers…

Je relève les yeux et vois sa main qui s'agite au-dessus de ma tête, petite et blanche.

— Viens, West.

— Je vais y arriver tout seul. Pousse-toi un peu.

Sa main disparaît. Quand j'arrive sur le toit, Caroline est allongée sur le dos. Elle observe les étoiles. Son manteau noir se confond avec les tuiles d'ardoise, et les rayons de lune en font luire les boutons métalliques, comme une piste d'atterrissage menant à son sourire et aux brins de laine argentée de son bonnet.

— Installe-toi, me dit-elle.

Je reste debout un instant, à la regarder, parce qu'elle est tout simplement parfaite. Elle a détaché ses cheveux. Elle a baissé la garde. Elle avait peur que l'herbe la rende paranoïaque, mais, au lieu de ça, elle est devenue toute douce et réceptive. Ses pupilles sont tellement dilatées que ses yeux paraissent noirs et immenses.

J'ai l'impression d'avoir opéré un miracle.

— Waouh. T'es super bizarre, vu d'ici.

Ça me fait sourire. Je m'agenouille à côté d'elle, fasciné par ses dents. Je n'ai tiré que quelques bouffées de la pipe que j'ai apportée, mais ça faisait longtemps que je n'avais pas fumé. Je pourrais passer une heure entière à étudier son visage. J'ai envie de toucher ses cheveux soyeux, de passer les doigts dedans, puis le long des boutons de son manteau, puis sous son pull. J'ai envie d'exposer la peau blanche de son ventre aux rayons de lune. Je veux qu'elle ait froid pour pouvoir la réchauffer avec mon corps, ma bouche, mes mains, ma langue.

Je veux qu'elle m'appartienne.

— Qu'est-ce qu'il y a ? demande-t-elle.

— Promets-moi que tu ne vas pas tomber de ce toit et te tuer.

— Ne t'inquiète pas ! Je te l'ai déjà dit, je suis montée des millions de fois.

— Pourquoi tu avais besoin que je te pousse, alors ?

— Je ne viens jamais toute seule. D'habitude, c'est Janelle qui m'aide.

— Vous avez le droit ?

— Bien sûr ! Ah, tu veux dire : est-ce que mon père nous autorise ? Non. Enfin, plus ou moins. Il sait qu'on le fait, et on n'a jamais eu de problème, mais il n'aime pas beaucoup ça. On ne monte jamais quand il est là.

Quand je suis arrivé, elle m'a annoncé que son père ne rentrerait que dans quelques heures, s'il ne restait pas dormir chez ses amis de Marshalltown après avoir un peu trop bu. Malgré ça, elle m'a dit de me garer sur le côté de la maison, au cas où.

Si c'était une fille de chez moi qui m'avait invité comme ça, je n'aurais pas eu le moindre doute.

Viens chez moi, mon père n'est pas à la maison. Oh, et apporte de quoi fumer.

Si c'était une fille de chez moi, j'aurais un paquet de capotes dans ma poche et un sourire jusqu'aux oreilles.

Sauf que c'est Caroline, et je ne suis même pas sûr qu'elle se rende compte de l'effet qu'elle me fait. Je n'ai pas été franchement subtil, mais, en même temps, je lui ai promis que je ne la toucherais pas. Elle m'a dit que ce n'était pas ce qu'elle voulait, de toute façon. Elle pense à un autre – un certain Scott.

Je n'arrive donc pas à savoir si elle a une idée derrière la tête.

— Allonge-toi ! Tu m'empêches de voir les étoiles.

J'obéis et croise les bras derrière la tête.

— Il y a des nuages.

— Chut.

— On ne voit même pas les étoiles.

— Mais chut, euh ! lance-t-elle avec un soupir théâtral. Tais-toi et admire le firmament.

Je souris au ciel. Caroline plane complètement, pourtant elle est encore plus autoritaire que d'habitude. Et elle trouve quand même le moyen de sortir des mots comme « firmament ».

On regarde les gros nuages sombres pendant quelques minutes. C'est une belle nuit malgré tout. Les nuages se déplacent rapidement et, de temps en temps, la lune se dévoile en libérant quelques étoiles dans son sillage. Le ciel de l'Iowa est si souvent plat et gris que c'en est écrasant. J'ai l'impression qu'il est beaucoup plus haut, plus profond dans l'Oregon.

Il fait frais, mais pas autant qu'on pourrait s'y attendre pour une fin novembre. Je porte un gros pull par-dessus une chemise en flanelle et un tee-shirt, et je n'ai pas froid – à part à l'endroit où le bas de mon dos est dénudé parce que j'ai les bras croisés derrière la tête. Je sens le toit glacial à travers mon jean. Mes fesses s'engourdissent peu à peu.

Ce n'est pas grave. Dans l'état second où je suis, je perçois tout avec une clarté nouvelle, mais je me trouve également incapable de m'inquiéter de détails de ce genre. Pour une fois, je cesse de penser à ce qui se passe dans l'Oregon et je me concentre sur Caroline.

Elle est allongée sur le côté et m'observe.

Je sens son souffle sur mon visage, la chaleur de son corps.

Je sais exactement quelle distance il me faudrait franchir si je voulais l'embrasser, et c'est beaucoup trop court, beaucoup trop près.

— Je vois très nettement chacun des poils de ta barbe, déclare-t-elle.

— Je me suis rasé, pourtant.

— Oui, mais je vois tes pores. Je sais déjà où tous tes poils vont sortir. C'est bizarre.

— Ce n'est pas bizarre, c'est mon visage.

— Justement, West, tu as un visage super bizarre.

— Merci.

Elle éclate de rire, et je sens son haleine mentholée.

— Oh, ça va. Tu sais très bien que tu es joli comme tout.

— « Joli » ? C'est un adjectif pour les filles, ça.

— Tu as vu ton coloc ? s'esclaffe-t-elle. Si c'est un adjectif réservé aux filles, alors Krishna est la plus jolie fille du campus !

— Tu devrais lui dire ça, tiens. Je suis sûr que ça lui ferait plaisir.

— Ça ne nuit pas franchement à ses histoires de cœur.

— Les histoires de Krishna ne sont pas des histoires de cœur, Caro.

— Oui, bon, je me comprends.

Elle se penche tout près de moi.

— Pourquoi tu planes au-dessus de moi, comme ça ? On dirait un vautour.

— J'aime bien regarder ta mâchoire bouger quand tu parles. Je vois tes muscles, et tout. Je n'avais jamais remarqué.

— C'est peut-être parce que, d'habitude, tu n'es pas à cinq centimètres de ma figure quand je te parle.

— Oui, c'est possible, admet-elle sur un ton solennel.

— Ou alors c'est parce que tu es complètement défoncée.

— Autre explication valable.

Je ferme les yeux. J'ai l'impression que quelque chose d'important est en train de m'échapper – quelque chose que je suis censé vouloir rattraper, pourtant je m'en fiche. Je ne veux rien qui m'obligerait à garder mes distances avec Caroline.

— Toi aussi, tu sais, dit-elle.

— Quoi ? Non, je ne sais pas.

Je ne sais plus rien. Quand je suis entré dans sa maison – cette immense villa avec son porche à colonnade blanche, ses plans de travail en granit dans la cuisine et son épais tapis blanc dans le salon, qui doit être neuf parce qu'il n'y a pas la moindre tache dessus –, je me suis perdu.

Je ne sais plus qui je suis, alors j'aimerais que Caroline me le dise. Elle est la seule chose que je reconnaisse dans cette maison, et ça m'est d'autant plus difficile de me rappeler que je n'ai pas le droit de l'attraper par les hanches pour la faire rouler sur moi, d'embrasser ses lèvres fraîches et de passer les mains sous son bonnet pour sentir la chaleur soyeuse de ses cheveux.

La seule chose dont je sois sûr, ici, c'est Caroline.

Et moi ? Qu'est-ce que je suis ?

Quand je rouvre les yeux, elle est là, toute proche. Elle me regarde. Elle voit en moi.

Du bout de l'index, elle suit l'arête de mon nez. Elle marque une pause une fois arrivée au bout avant de plonger vers le creux au-dessus de ma lèvre supérieure. Elle me dessine, et ça réveille quelque chose que j'avais enterré et recouvert d'une dalle de pierre.

Je ne sais pas décrire ce que je ressens – cette faim vorace, ce besoin.

Caroline me touche comme si j'étais fragile, précieux, et ça me donne envie de la renverser sur le dos, de lui agripper les poignets et de lui faire des trucs insensés jusqu'à ce qu'elle en perde la tête, jusqu'à ce qu'elle ne soit plus capable que d'une seule chose : articuler mon nom, sans cesse et sans relâche. Je veux connaître chaque creux délicat de son corps ; je veux les découvrir du bout de la langue et y inscrire mon nom dans un idiome que seuls Caroline et moi comprendrions.

— Toi aussi, tu es beau, dit-elle.

Je suis dangereux.

Je me redresse et m'écarte un petit peu, en essayant de ne pas me montrer trop maladroit. J'ai les mains qui tremblent.

— Tu planes complètement, Caro.

— Je sais.

— Internet ne te fait pas trop de misères, ces derniers temps ?

Je veux lui rappeler que je lui ai prêté de l'argent, pour ramener notre relation à un plan matériel, à une vulgaire transaction. Je me prends à regretter les murs de la boulangerie. Là-bas, nous avons chacun notre rôle : je travaille, et elle ne fait que me rendre visite. Ici, sur ce toit, il n'y a plus de frontières entre nous, et j'éprouve le besoin d'en instaurer de nouvelles.

— Cette entreprise que tu as payée pour faire disparaître ton nom ? Elle fait bien son boulot ?

Elle s'est détournée de moi, pas complètement, mais assez pour me cacher son visage. Je l'ai blessée, mais c'est parce qu'elle l'a cherché, à me caresser comme ça.

— Ils sont censés m'envoyer un rapport tous les mois, mais je n'ai encore rien reçu. Peut-être qu'ils ont pris du retard à cause de Thanksgiving.

— Tu as l'impression que ça donne des résultats ?

— Je ne sais pas. J'ai décidé d'arrêter de chercher mon nom sur Google et je ne m'en porte pas plus mal.

— Bonne idée.

Elle entoure ses genoux de ses bras.

— J'envisage de changer de nom de famille.

— Sérieux ?

Elle ne me répond pas. Elle a les yeux rivés sur le jardin plongé dans l'obscurité.

— Tu t'appellerais comment ?

— Fisk. C'est le nom de jeune fille de ma mère.

— Ne le laisse pas te priver de ton nom.

— Je ne voyais pas ça de cette façon. Je me disais juste que…

— Ne le laisse pas gagner. Tu es plus forte que ça. Tu n'es pas une lâche.

Elle se retourne brusquement vers moi, les yeux brillants de colère.

— Je n'ai pas dit que j'allais le faire, j'ai dit que j'y réfléchissais. J'ai encore le droit de réfléchir, non ?

Je lève les mains.

— Si, tu as raison. Réfléchis bien.

Ça l'énerve encore plus.

— Tu ne te rends pas compte ! Je me balade dans le campus en sachant que tout le monde parle de moi dans mon dos. Quand je regarde mes camarades de classe, je me demande combien d'entre eux m'ont vue à poil avec les jambes écartées. Tu le vivrais bien, toi, si tu étais à ma place ?

— Quoi ? Si tout le campus avait vu ma bite ? Ça ne me gênerait pas. C'est juste ma bite, ce n'est pas vraiment moi.

— Peut-être, mais c'est différent pour les mecs. Personne ne te traiterait de sale pute, si ça t'arrivait. Les gens se diraient que tu n'as pas été très malin, sur ce coup-là, ou que tu avais un peu trop bu. Personne ne te traiterait de pauvre connard lamentable.

— Les gens qui t'insultent comme ça sont des minables. Pourquoi tu te préoccupes de ce qu'ils pensent de toi ?

— Parce que le monde grouille de minables, West ! Et parce que ça n'affecte pas que moi. Mon père, par exemple, c'est un homme posé et intelligent, mais s'il avait vent de cette histoire… Et si mes sœurs l'apprenaient ? Imagine : quand je vais postuler pour des stages dans des cabinets d'avocats, je risque de me faire rembarrer parce qu'on peut voir mon vagin sur Internet. Tu te rends compte des conséquences que ça pourrait avoir ?

— Oui, je comprends bien, mais en changeant de nom de famille, tu essaies de changer qui tu es, ton identité.

— Les femmes changent de nom quand elles se marient.

— Ce n'est pas pareil.

— Si ! C'est tout aussi arbitraire. J'ai le droit de changer de nom si j'en ai envie. Je ne comprends pas pourquoi tu es aussi borné à ce sujet. Je croyais que tu étais de mon côté.

— Je suis de ton côté, Caro. Le truc, c'est qu'il a mis ces photos en ligne précisément pour que tu reçoives des volées d'insultes. Il était dégoûté de s'être fait larguer, alors il voulait se venger. J'ai l'impression que, en changeant de nom, c'est comme si tu cédais sous la pression. C'est ce qu'il recherche. Tous ces connards, ils veulent t'humilier alors que tu n'as rien fait de mal. Tu as taillé une pipe à ton copain. Rien de plus banal. Et puis, tous ces pauvres types, là, ils te traitent à la fois de salope et de pauvre fille frigide ! Il faut savoir ! Ça n'a aucun sens, et ça n'a aucun rapport avec la personne que tu es vraiment, toi. Ces photos… ce n'est pas toi.

— Si, justement ! C'est moi, sur ces photos, et elles font partie de moi, maintenant. Tu vois, le type que j'ai rencontré, Scott… Tu veux savoir pourquoi je ne l'ai toujours pas appelé ? C'est parce que je me demande combien de temps il va se passer avant qu'il découvre les photos. Il ne connaît pas encore mon nom. Il a mal entendu quand je me suis présentée, il croit que je m'appelle Carrie. C'est ça qui m'a fait réfléchir. Et si je devenais Carrie Fisk ? Je n'aurais plus à m'inquiéter de tout ça.

— S'il te juge à cause de ça, alors il ne te mérite pas, de toute façon.

— Il ne s'agit pas seulement de lui, West. Tout le monde rabâche qu'il faut faire attention à ce qu'on met sur Internet parce que ça y reste à jamais, qu'il ne faut jamais se montrer sur Facebook dans des situations gênantes ou à des soirées trop arrosées… Si ça se trouve, ces photos seront toujours en ligne quand j'aurai soixante ans. Elles y resteront peut-être jusqu'à ma mort. Alors, même si Scott s'en fiche complètement, imagine qu'on sorte ensemble, qu'on finisse par se fiancer, et que sa mère les découvre par hasard ? Sa mère, son père, sa grand-tante… Si ça se trouve, il a un cousin qui s'est branlé devant mes photos et qui risque de lui en parler !

— Si ça se trouve, tu vas mourir demain dans un accident de voiture. Si ça se trouve, ton premier enfant souffrira d'une leucémie… Ne laisse pas toute ta vie graviter autour de cette histoire sordide, Caro !

Dans le silence qui suit, j'entends l'écho de mes propres paroles, si dures, presque accusatrices.

J'ai l'impression d'être la pire des ordures – une vraie pourriture.

Il y a quelques heures à peine, je me caressais au téléphone en écoutant le son de sa voix. Je ne vaux pas mieux que les salauds qui l'ont insultée.

Le truc, c'est que ça me fait mal de l'entendre parler de cet autre mec, de l'entendre fonder des espoirs sur un nom qui n'est pas le mien et fonder son avenir sur un nom qui n'est pas le sien.

Une vague de honte me prend à la gorge et me met en colère. Je suis furieux du silence de Caroline, alors je continue à déblatérer des horreurs.

— Il n'y a rien d'extraordinaire sur ces photos, tu sais : une chatte, un cul, des nichons… Ce n'est pas la fin du monde, putain ! Tu crois peut-être que tu es une martyre, mais il y a des milliers de filles qui se retrouvent à poil sur Internet, et ça m'étonnerait qu'elles passent leur temps à se lamenter parce qu'un pauvre type se paluche devant son écran.

Silence.

Dans le joli quartier bien tranquille où habite Caroline, tout le monde dort déjà. Je me sens d'autant plus sale. Elle vit dans le genre d'environnement que j'aimerais offrir à Frankie, un endroit sûr et sans danger.

La seule menace, ici, ce soir – la seule chose qui vient rompre le confort de Caroline, c'est moi.

Je lui jette un regard en coin. Elle a l'air choquée, comme si je l'avais giflée.

En un sens, c'est vrai.

Le pire, c'est que je n'ai aucune raison de lui en vouloir. D'ailleurs, ce n'est pas contre elle que je suis en colère, c'est contre le reste du monde.

Ça me met en rage qu'une histoire aussi sordide soit possible et qu'elle soit arrivée à Caroline, qu'elle l'ait blessée à ce point.

Ça me met en rage que le sexe ne puisse pas être une simple source de plaisir, mais que tout le reste y soit mêlé – argent, pouvoir, malheur…

J'en veux à Caroline parce que je la veux, elle, ce qui est parfaitement stupide.

Toute cette histoire est ridicule.

Je me lève en poussant un soupir et me mets à arpenter le toit de cette maison gigantesque où Caroline a grandi, à l'abri du danger, exposée uniquement à la connerie perverse de son imbécile d'ex. Il vient sans doute du même milieu qu'elle et n'a pas réfléchi avant de foutre en l'air la vie de Caroline.

Je reviens vers elle.

— Je suis désolé, Caro. Ce n'était pas ce que… Je suis désolé, d'accord ?

Elle secoue la tête sans me regarder.

— Je n'utilisais jamais ces mots-là, tu sais.

— Quels mots ?

— Chatte, crache-t-elle avec dégoût. Bite, nichons… Ce genre de vocabulaire n'avait rien à voir avec moi. Tu comprends ?

Elle se tourne vers moi, les yeux brillants de larmes.

— Je ne veux plus que ces mots me salissent.

Je m'assieds à quelques mètres d'elle. Je ne sais pas quoi lui dire.

— J'ai perdu quelque chose que je ne pourrai plus jamais retrouver, poursuit-elle à mi-voix. Je comprends bien ce que tu dis… La Terre ne s'arrête pas de tourner à cause d'une poignée de photos de mauvais goût. Et pourtant… J'ai lu tout ce que ces connards ont écrit sur moi, et maintenant ça fait partie de moi. Je suis une sale pute frigide qui aime sucer des bites et se faire gicler à la figure. Tous ces mots si crus et vulgaires qui ne me concernaient pas du tout avant, ils me prennent la tête, maintenant. Ça parasite tout. Chaque fois que je ressens quelque chose, que j'ai envie d'un mec, que je… quand je suis excitée ou que je voudrais que quelqu'un m'embrasse… C'est sans issue, parce que je serai tout le temps en train d'y penser, soit pour essayer de les oublier, soit pour essayer de les apprivoiser. C'est ridicule, je sais, mais c'est trop tard, je ne peux plus les effacer.

Malheureusement, je ne comprends que trop bien ce qu'elle veut dire. Chaque fois que je suis avec une femme, que je la séduis d'un sourire, que je la fais jouir avec ma langue, je ne peux pas m'empêcher de me demander ce qu'elle attend réellement de moi – et ce que je vais obtenir en échange.

C'est le problème, quand on se sert du sexe comme d'une monnaie d'échange. Tout finit par ressembler à une transaction.

— Tu voudrais que quelqu'un t'embrasse ? Je veux dire : c'est théorique ou… ?

Elle resserre les bras autour de ses genoux.

— Non, ce n'est pas théorique.

— Tu parles de Scott ?

— Oui. Enfin, peut-être. Je ne l'ai vu qu'une fois, mais pourquoi pas ? Ce n'est pas juste que tout soit gâché avant même d'avoir commencé.

— Rien n'est gâché, Caro.

— Pourtant, c'est l'impression que j'ai.

— Je suis désolé. Ce n'est pas cool.

— Non, en effet.

Elle trace le contour de sa rotule du bout des doigts.

— On a discuté dix minutes, pas plus, mais c'était sympa. C'était facile. Tu comprends ? Quinn m'a passé son numéro mais… je ne veux pas penser à lui en ces termes. Je voudrais le dissocier de tous ces noms d'organes dégueus, pourtant je sais bien que c'est impossible.

— Effectivement, ça me paraît compliqué.

Elle me regarde droit dans les yeux un instant avant de baisser la tête.

— Ce matin, j'avais presque l'impression que j'allais enfin y arriver – que j'allais réussir à l'appeler pour lui proposer qu'on se voie après les vacances. Et puis… je dois t'avouer que tu as complètement ruiné cette idée.

J'entends un sourire dans sa voix, timide mais bien présent.

— J'ai été con et j'en suis désolé, mais je ne vois pas vraiment en quoi j'ai ruiné ton idée d'appeler Scott. Il va falloir que tu m'expliques.

— Je n'y arriverai jamais. Je vais devenir bonne sœur, ce sera beaucoup plus simple.

— Ce serait dommage.

Je la vois sourire franchement, même si elle garde la tête baissée.

— Tant pis. C'est la seule solution.

— Sœur Caroline, sainte patronne des victimes d'Internet.

Elle relève la tête. Je suis captivé par la blancheur de ses dents, par ses lèvres. J'ai une idée merveilleuse et délirante, qu'il faut absolument que je taise.

Je pourrais t'embrasser, moi.

Je pourrais te faire oublier ces putains de photos à la con.

Je pourrais effacer cette humiliation, te montrer ce que c'est, le plaisir, te montrer à quoi tu devrais penser quand tu es dans les bras d'un homme.

Je pourrais.

— Il te plaît beaucoup, ce Scott ?

Elle a déjà fait son choix. Je ne fais pas le poids.

— Il est chouette.

— Seulement chouette ? Ce n'est pas très excitant, tout ça.

— Arrête ! Ne commence pas à le critiquer. C'est un type super. Enfin, potentiellement. J'ai l'impression.

— Dommage qu'il soit moche.

— Ce n'est pas vrai, il est carrément beau. Demande à Quinn, elle est d'accord.

— Quinn aime les filles.

— Pas seulement, elle est bi.

— Ah bon ?

— Tu ne savais pas ?

Je fais « non » de la tête.

— Bref, elle aime aussi les garçons et elle trouve Scott super beau.

— Dans ce cas, appelle-le et embrasse-le à la première occasion. Tu verras bien ce qui se passe.

Je surveille son visage parce que je veux mémoriser sa réaction à une telle suggestion. Je veux pouvoir y repenser chaque fois que j'aurai besoin de me rappeler à l'ordre.

Caroline ne m'appartient pas. Je ne pourrai jamais la toucher. Point final.

— Tu as raison, dit-elle. C'est une très bonne idée.

Malheureusement, l'expression de son visage ne risque pas d'aider mes bonnes résolutions.

— Ma pauvre ! Tu en fais, une tête ! On dirait que tu parles de lécher une limace.

— Laisse-moi tranquille. Je fais des efforts.

Je n'ai aucune envie de la laisser tranquille. La brillante idée que j'ai eue m'est montée à la tête, amplifiée par les effets du cannabis.

Plus rien n'existe vraiment en dehors de cet océan noir où nous dérivons, Caroline et moi.

Je me sens plus léger quand elle sourit. Quand je la taquine comme ça, j'ai l'impression d'être une personne à part entière. Pas seulement un fils et un frère, un employé ou un coup d'un soir. Je deviens plus qu'un étudiant, qu'un imposteur, qu'une flèche lancée vers sa cible. J'ai l'impression que je compte pour elle.

L'impression que je compte pour moi-même, aussi, et pas seulement pour ce que je peux apporter à quelqu'un d'autre.

— Si je t'avais suggéré de lui tailler une pipe d'entrée de jeu, je comprendrais ta réaction, mais je parlais juste d'un bisou. Comment tu peux faire une tête pareille à l'idée d'embrasser quelqu'un qui te plaît ?

— C'est compliqué. Et puis, d'abord, tais-toi.

— Je me tairai quand tu auras répondu à ma question.

— Non. Je ne vois même pas pourquoi on parle de ça, de toute façon.

— Parce que tu as fumé, alors tu es désinhibée.

— Ce n'est pas vrai.

— Si, c'est vrai. On vient de discuter de ta chatte. Il n'y a plus d'inhibition qui tienne.

Elle éclate de rire et se cache le visage dans les mains.

— C'est ta faute !

Je ne devrais pas insister, mais je ne peux pas m'en empêcher – pas quand je suis dans cet état-là.

Au bout d'un instant, je remarque que les épaules de Caroline sont agitées de soubresauts. Je ne sais pas quand elle a arrêté de rire et qu'elle s'est mise à pleurer. À vrai dire, je ne suis pas sûr qu'elle ait arrêté. J'ai l'impression que son rire et ses larmes se confondent.

Tout ce que je sais, c'est que, quand elle relève la tête et me regarde, les yeux brillants, toutes les étoiles s'y reflètent.

Caroline abrite les étoiles, et nous sommes seuls dans l'univers.

Je plane.

Et pas seulement parce que j'ai fumé.

Parce que je suis amoureux d'elle.

— Ça aussi, Caroline, dis-je en me penchant vers elle. Ça aussi, c'est entièrement ma faute.

Quand nos lèvres se touchent, elle inspire brusquement, et c'est tout. Il ne se passe rien d'autre pendant peut-être une seconde – ou peut-être une éternité. Le temps devient imprévisible quand on est stone. Le sexe devient à la fois plus fort et plus ténu, parce qu'on perçoit tout de façon beaucoup plus intense. Le moindre cheveu, le moindre souffle, le moindre battement de cœur, le moindre frémissement. C'est déroutant. Je suis étonné de trouver les lèvres de Caroline si sèches et pourtant si douces. Ce baiser est comme une poignée de main, une prise de contact, pour dire bonjour. Ce n'est pas un baiser sexy. Intéressant, plutôt.

— C'est trop bizarre, dit-elle tout contre ma bouche.

— C'est toi qui es bizarre.

— Non, c'est toi !

Je passe ma langue sur sa lèvre inférieure, et Caroline s'allonge à moitié, en appui sur ses coudes.

Je suis le mouvement et donne un nouveau petit coup de langue.

— C'est toujours bizarre ?

— Tu es en train de me lécher, murmure-t-elle.

— Oui. Ça te plaît ?

Elle ferme les yeux.

— Je pense que…

J'attire sa lèvre entre les miennes et la mords doucement. Je la trouve plus charnue que je ne m'y attendais. J'ai envie de recommencer cette expérience partout sur son corps, lécher, goûter, mordiller, tester. Je veux la dévorer petit bout par petit bout.

— Ne pense pas. Tes pensées ne sont pas tes amies.

— Toi non plus, tu n'es pas mon ami.

— Très drôle.

Je passe la main sous sa nuque, le pouce en dessous de sa mâchoire, et lui incline doucement la tête pour pouvoir l'embrasser pleinement.

Ne fais pas ça, m'avertit une voix dans ma tête. Je désobéis.

Ma langue rencontre la sienne. Nos dents s'entrechoquent légèrement, et Caroline émet un drôle de bruit qui serait sans doute un petit rire si elle n'était pas trop occupée à plonger les doigts dans mes cheveux et à me rendre mon baiser.

Si nous étions amis, ce serait dégoûtant – un échange incongru de salive.

Mais, justement, nous ne sommes pas amis.

Et c'est fantastique.

Je l'embrasse avec force, lui inclinant la tête au gré de mes assauts.

Je l'embrasse en douceur, passe la langue le long de l'écart entre ses incisives, puis je me recule pour la laisser prendre le contrôle et me montrer ce qu'elle aime – ce qu'elle veut.

Elle veut ce baiser. Peut-être est-ce seulement pour ce soir et pour de mauvaises raisons, mais je préfère ne pas y penser. Je suis en train d'embrasser Caroline. Il n'y a rien à penser.

Nous tombons dans une espèce de transe. Seules nos bouches se touchent, au rythme de douces caresses dans les cheveux, le cou… Je bande, mais rien ne presse. Ce baiser n'est pas un préliminaire, c'est un baiser à part entière, comme des vagues lentes et infinies. C'est un baiser parfait.

— C'est toujours bizarre ?

— Trop bizarre !

Caroline sourit et m'attire contre elle.

Nous nous embrassons, l'instant est parfait, jusqu'à ce qu'une vive lumière passe sur le visage de Caroline. Des phares dans l'allée.

— Merde ! C'est mon père.

Son petit balcon à la *Roméo et Juliette* est pile à la bonne hauteur pour que je puisse me laisser tomber dans le jardin.

Ma voiture est pile au bon endroit pour que je puisse filer sans me faire remarquer.

En revanche, le trajet entre Ankeny et Putnam est à la fois beaucoup trop court pour que je parvienne à comprendre ce qui s'est passé et beaucoup trop long, parce que le souvenir des lèvres de Caroline est un supplice infernal.

J'ai l'impression de ne pas reconnaître mon appartement en arrivant. Il me paraît petit, froid et moche.

Je m'enferme dans ma chambre et me laisse tomber sur mon lit, usé, épuisé.

Mon téléphone sonne. Je suis presque décidé à ne pas répondre parce que je suis sûr que c'est Caroline.

Je ne peux pas lui parler. Il faut d'abord que je recouvre mes esprits et que je démêle toute cette histoire. Je veux comprendre pourquoi, quand je suis monté dans ma voiture et que j'ai contourné la maison tout doucement, les phares éteints, avant de sortir dans la rue, j'étais partagé entre le désir de ne pas me faire pincer et une espèce de déception honteuse et furieuse, parce que Caroline m'avait demandé de partir comme un voleur.

Je regarde quand même qui m'appelle, au cas où. C'est ma mère.

— Salut, ça va ?

C'est Frankie qui me répond.

— Papa est là.

Mon cœur bondit dans ma poitrine. Je me redresse si vite que j'en ai le vertige. J'appuie une main sur mon front et ferme les yeux.

— Où es-tu ?

— À la maison, chez Bo. Il est… Il ne veut pas partir, West. Fais-le partir, s'il te plaît !

Frankie parle d'une voix aiguë et éraillée, comme si elle était au bord des larmes.

Frankie ne pleure jamais.

— Respire, ma puce, ça va aller. Tu es dans la maison ?

— Oui.

— Et lui, il est dehors ?

— Oui. J'ai fermé la porte à clé, mais il tape super fort. J'ai peur, West ! Il va tout casser !

Maintenant qu'elle le dit, j'entends des coups sourds et insistants. J'ai beau être à trois mille kilomètres, ça me fiche une trouille bleue. Je me rappelle la dernière fois que mon père est venu brailler devant notre mobil-home.

« Michelle ! Ouvre cette porte ! C'est chez moi, ici ! Laisse-moi entrer, espèce de salope ! »

Ma mère m'a dit qu'il était saoul, qu'il était en colère, qu'il ne le pensait pas vraiment et que, de toute façon, elle ne le laisserait jamais me faire le moindre mal.

Moins de quarante-huit heures plus tard, elle l'a invité dans sa chambre, et il ne s'est pas gêné pour me faire du mal.

— West ? dit Frankie d'une toute petite voix. J'ai peur, West.

J'ai les mains qui tremblent sous l'effet de l'adrénaline. Je recule sur mon lit afin de m'adosser au mur. J'ai besoin de m'appuyer à quelque chose.

— Je sais, ma puce, mais ne t'inquiète pas. Elle est solide, la porte, il n'arrivera pas à la casser comme ça. Où sont maman et Bo ?

— Ils sont sortis.

Ce qui veut dire qu'ils sont allés boire. Il n'est que 22 heures dans l'Oregon. Ils ne sont pas près de rentrer.

— Est-ce que tu sais si la porte de derrière est fermée à clé ?

— N… non.

— Bon. Alors tu vas aller voir et, s'il le faut, tu vas la verrouiller. D'accord ?

— D'accord, mais…

— Va t'occuper de la porte de derrière, Frankie. Chaque chose en son temps.

Elle s'éloigne de l'entrée. Je n'entends presque plus mon père qui tambourine et hurle, je ne perçois que le souffle haletant de ma petite sœur terrifiée. Je m'efforce de respirer lentement, profondément.

Quand elle était petite et qu'elle faisait des cauchemars, elle venait se pelotonner sous ma couette, et on respirait en rythme jusqu'à ce qu'on se rendorme.

— Ça y est, dit-elle.

— Tu as bien vérifié les deux verrous ?

— Oui.

— Bon, c'est bien. Maintenant je voudrais que tu ailles faire le tour des fenêtres.

— Pourquoi ? demande-t-elle.

— Juste pour être sûre qu'elles sont toutes bien fermées.

Bo est un grand paranoïaque. Il croit dur comme fer à toutes les théories du complot qui existent. Il faut dire aussi qu'il fait pousser du cannabis dans une clairière de la forêt derrière chez lui et qu'il est gardien de prison, ce qui signifie que, régulièrement, des types qui le détestent sont relâchés dans la nature. Bref, sa maison est un petit ranch de plain-pied, mais il a équipé toutes les portes et les fenêtres d'énormes verrous.

Je murmure des paroles rassurantes à ma sœur.

— Ça va aller, ma puce. Il ne va rien te faire. Il ne peut pas entrer de force.

J'aimerais y croire moi-même, mais, à vrai dire, je n'en sais rien. Je ne suis pas là-bas, avec elle. Je me retiens de lui demander des détails.

— J'ai bien vérifié partout, toutes les fenêtres sont fermées.

— C'est bien, ma chérie. Maintenant, éloigne-toi le plus possible de la porte, comme ça, tu ne l'entendras plus.

— Il pleure, West.

— Ne fais pas attention à lui.

— Mais ça me fait de la peine pour lui.

— Il ne faut pas. C'est sa faute, ce qui lui arrive. Va te mettre dans la baignoire. D'accord ?

— Pourquoi ?

— Parce que tu ne l'entendras plus du tout. Ce sera comme si tu étais dans une bulle.

— N'importe quoi !

— Dis donc, chipie, c'est toi qui m'as appelé à l'aide, je te signale.

Elle rit doucement au bout du fil. De mon côté, je reste crispé. Je ne trouve pas le courage de sourire.

J'entends le bruit du rideau de douche, puis la respiration de Frankie.

— Ça y est, ma puce ?

— Oui.

Je l'imagine avec les bras autour des genoux – comme Caroline sur le toit – en chemise de nuit, avec ses longs cheveux bruns qui lui tombent dans le dos, ses petites jambes toutes maigrichonnes couvertes de piqûres de moustiques et d'égratignures, et ses pieds nus aux orteils tout terreux.

C'est à ça qu'elle ressemblait cet été, mais nous sommes en novembre et, la dernière fois que j'ai parlé à ma mère, elle m'a dit qu'il neigeait. Ça fait trois mois que je n'ai pas vu ma sœur.

— Tu veux que j'appelle la police ? me demande-t-elle.

Je pense aux plantes de Bo. La récolte est passée. La dernière fois qu'on a discuté, il m'a dit qu'il laissait mûrir les têtes d'*indica*[1], mais qu'il n'allait pas tarder à descendre en Californie pour tout vendre.

Il ne stocke jamais rien dans la maison. Il connaît la loi. C'est lui qui m'a appris l'importance de savoir calculer ses risques. Quand on se déplace avec du matos, il faut toujours se limiter de façon à pouvoir plaider la simple possession si on se fait choper.

Cela dit, rien ne me garantit qu'il suit ses conseils à la lettre, et ça m'ennuierait de le mettre dans la merde à cause

1. Type de cannabis. (*NdT.*)

de mon père. S'il se retrouve en taule, ma mère risque de perdre son emploi aussi, et alors on sera tous fichus.

Frankie n'est qu'une petite fille sans défense, blottie dans la baignoire.

— Non, ce n'est pas la peine. Raconte-moi ce qui s'est passé, ma puce.

— J'étais en train de regarder la télé. Maman m'a dit d'aller me coucher à 21 heures, mais le film était trop bien, et puis je savais qu'elle rentrerait tard, alors j'ai regardé jusqu'au bout. C'est là que papa est venu frapper à la porte. Il frappe tellement fort, West !

— Est-ce que tu lui as ouvert ?

— Non. Maman me l'a interdit.

— Maman sait qu'il est en ville ?

— On l'a croisé dans la rue. Il habite dans le mobil-home.

— Non ! Frankie, dis-moi que c'est une blague.

— Ce n'est pas une blague, West. Il a dit que c'était chez lui et qu'on n'avait pas le droit de l'empêcher d'y vivre.

— Quelle enflure ! Et Hailey, elle vit où ?

— Elle a emménagé avec son copain.

J'ai payé le loyer du mobile-home pour toute l'année scolaire et j'y ai installé ma cousine Hailey, histoire que Frankie et ma mère aient un point de chute au cas où ça tournerait mal avec Bo. Évidemment, je n'avais pas pensé à ça. Je n'aurais jamais imaginé que je me retrouverais à héberger ce fils de pute à mes frais, lui permettant au passage d'aller terroriser ma petite sœur.

Je plie les jambes et plante les talons dans le matelas. Les coudes sur les genoux, je baisse la tête et ferme les yeux. J'aimerais être là pour l'aider.

J'aimerais être à ma place.

— Qu'est-ce qu'il raconte ? dis-je.

— Comment ça ? Là, maintenant ?

— Non, quand il est arrivé. Qu'est-ce qu'il t'a dit ?

— Il a dit : « Viens me voir, ma petite chérie, ton papa veut te parler. » Après il a traité maman de salope, puis il s'est excusé en disant qu'il était triste parce qu'elle lui avait brisé le cœur, et bla-bla-bla…

— Ne va surtout pas le voir, Frankie.

— Je sais ! Je ne suis pas débile ! s'esclaffe-t-elle.

— Il avait l'air en colère ?

— Il avait surtout l'air bourré.

— Ah bon ?

— Oui, il marmonnait dans sa barbe.

— Pfff…

Elle se tait un instant.

— Je n'entends plus rien.

Elle semble avoir retrouvé son calme maintenant qu'elle est en sécurité dans la salle de bains, loin de l'entrée. Et puis, elle aime bien en savoir davantage que moi, être celle qui me donne des informations, pour une fois.

— Je vais aller voir si son pick-up est toujours là.

— Fais attention, quand même.

— Oui, promis.

J'entends le rideau de douche, puis les pas de Frankie.

— Ouf, il est parti.

— Bon, tant mieux. Dans le doute, n'ouvre pas les portes ni les fenêtres. D'accord ?

— D'accord.

On se tait. Je l'écoute respirer.

— Reste encore un peu avec moi, West.

Elle ne s'endort qu'au bout de plusieurs heures. On regarde un film – le même – en discutant de tout et de rien – ses disputes avec ses copines, son nouveau serre-tête, un film qui va bientôt sortir et que maman a promis de l'emmener voir lors de son prochain jour de congé parce que le chanteur préféré de Frankie joue dedans.

Quand, enfin, je raccroche, Frankie respire doucement, paisiblement.

Tout va bien. Elle est en sécurité.

Moi, en revanche, j'ai l'impression de tomber en chute libre, et je ne trouve rien à quoi me retenir.

Décembre

Caroline

Je me demande régulièrement comment j'ai pu ne pas voir ce qui se trouvait juste sous mon nez.

Tout le monde s'en était rendu compte. Ça aurait dû être évident. Cette nuit-là, sur le toit… J'ai passé des heures entières à me toucher les lèvres du bout des doigts parce qu'elles me paraissaient gonflées, différentes. J'ai passé des journées entières à ne penser qu'à cet instant.

Notre accord était parfaitement ridicule. Ça aussi, j'aurais dû m'en rendre compte.

L'impatience avec laquelle j'attendais que Bridget aille en cours, le mardi et le jeudi matin, pour guetter l'arrivée de West. Ses deux coups frappés à la porte. Deux petits coups brefs, toujours. J'allais lui ouvrir, l'estomac noué, soulagée de le trouver là alors que je craignais le jour où il arrêterait de venir.

Pourtant il revenait s'allonger sur mon lit, faire courir ses mains et sa bouche sur mon corps, faire jouer son souffle dans mon cou, tantôt brûlant et tantôt froid. Pendant ce temps, j'essayais de faire comme si mon cœur n'était pas imprégné du goût, des parfums et de la voix de West.

Je ne sais pas comment j'ai pu ne pas comprendre. J'avais peur, sans doute.

Je n'aurais jamais cru que la peur puisse laisser place à une telle extase.

Ça fait une semaine qu'il m'évite. Plus : dix jours.

Je ne m'en suis pas rendu compte tout de suite. J'avais le cerveau embrumé par cette expérience inexplicable. Le lendemain, mon père m'a emmenée prendre un brunch. Il voulait qu'on discute de mon avenir. La conversation était plus décousue que jamais. Une partie de moi approuvait avec enthousiasme – *Oui ! Trop bien ! Je vais me trouver un super stage pour cet été !* –, tandis que j'essayais de faire taire le chœur des pervers d'Internet, qui objectait : *Pas tant que ta chatte se promène partout sur le Net !*

Pendant ce temps, la partie de mon cerveau récemment consacrée à West Leavitt couinait comme une débile – *Oh putain ! J'ai fumé de l'herbe avec West et on s'est embrassés sur le toit ! Oh putain !*

Le résultat, c'est que j'ai passé le repas à répondre à côté de la plaque – sauf quand j'oubliais carrément de répondre. À la fin, mon père me regardait d'un drôle d'air. Il se demandait sans doute pourquoi j'étais aussi bizarre.

Je suis retournée à Putnam dans l'après-midi et j'ai envoyé un texto à West en arrivant. Il m'a répondu :

Cool.

Cool.

Sérieusement ?

Sur le moment, je me suis dit qu'il valait sans doute mieux qu'il ne se montre pas trop pressé. On avait sûrement besoin d'un peu de temps pour réfléchir à la portée de ce… de cet épisode sur le toit. Je dois avouer que, après ma longue conversation avec mon père, j'avais envie d'être un peu seule pour décider de ce que je voulais vraiment.

J'ai regardé des films nazes avec Bridget, je suis allée chez Quinn avec Krishna pour boire des bières en rigolant devant des séries.

J'ai évité de trop penser à ce que je faisais.

Je ne suis pas retournée à la boulangerie. Normalement, j'y vais le mardi soir, mais West ne m'a pas envoyé son message habituel pour me demander si je comptais passer. Je suis donc restée dans ma chambre et j'ai dormi – toute la nuit, comme tout le monde.

Pareil le mercredi.

Le jeudi, je lui ai envoyé quatre textos, auxquels il n'a pas répondu.

Le vendredi, je lui en ai envoyé un cinquième.

Allô, West ? Ici la Terre !

Il lui a fallu trois heures pour m'écrire :

Désolé. Je suis débordé.

Samedi, rien.

Dimanche, je suis allée à l'entraînement de rugby – où j'ai réussi mon premier vrai plaquage –, puis j'ai passé l'après-midi avec Quinn et Bridget. Quand j'ai demandé à Quinn si elle avait vu West pendant la semaine, elle m'a répondu :

— Oui. Pourquoi ?

Pour rien.

Lundi, tous les trucs désagréables auxquels je n'avais pas envie de penser ont refait surface. J'étais mal. Le chœur des pervers braillait de plus en plus fort.

« Tu savais très bien ce que tu faisais en l'invitant à venir chez toi, petite pute. Tu voulais qu'il te baise sur le toit, hein ? C'est pour ça que tu lui as demandé d'apporter de l'herbe ! »

Était-ce vraiment ce que je voulais ? Je ne sais plus. Je ne m'en souviens pas. Tout est tellement embrouillé dans ma tête.

Lundi soir, j'ai craqué et j'ai tout raconté à Bridget. Elle était furieuse contre West.

— Il n'a pas le droit de te traiter comme ça ! C'est dégueulasse !

Bref, elle m'a convaincue de lui téléphoner. J'ai laissé un message énervé sur boîte vocale, puis je lui ai envoyé un texto où j'exigeais qu'il me rappelle. Bridget m'a pris mon portable des mains et l'a traité de connard. Je lui ai envoyé un message d'excuse, mais il n'a pas réagi.

Après ça, je n'ai pas réussi à dormir. Tandis que Bridget ronflait doucement au-dessus de ma tête, j'ai écrit à West.

Je me sens super mal à cause de ce qui s'est passé sur le toit.

Je me sens sale.

J'ai honte.

Pourquoi tu refuses de me parler ?

Le lendemain, j'ai regretté ces messages mélodramatiques, mais c'était trop tard.

Le mal était fait.

Il me répond mardi après mes cours du matin. Je suis allongée sur le ventre, occupée à me regarder les ongles en essayant de me motiver pour aller déjeuner.

On n'a rien fait de sale.

Ça alors ! Une phrase complète !

Alors pourquoi tu m'évites ?

Je ne t'évite pas, j'ai du travail.

Ça ne t'a jamais empêché de m'écrire.

Désolé.

J'attends un peu pour voir s'il va me fournir une meilleure explication. En vain. J'en ai marre de ces conneries, marre de lui.

Je suis en colère contre moi, aussi. Qu'est-ce qui me prend ? Quand Nate m'a joué son sale tour, je ne me suis pas effondrée. J'ai réagi. Or là, après un seul baiser de West, j'en suis réduite à le supplier par texto ?

Hors de question !

Je suis dans ma chambre. J'attends des explications. Tout de suite.

J'ai cours.

Je regarde ma montre.

Seulement dans une heure.

S'ensuit un long silence. Je remonte le fil de notre conversation en essayant de reconnaître ma voix dans ces messages exigeants – en essayant de reconnaître le West qui m'a massé la nuque dans son appartement, qui a posé la main sur ma cuisse en me demandant ce qu'il était censé faire de moi. Le West qui m'a dit « c'est entièrement ma faute » avant de m'embrasser.

Il finit par répondre.

OK.

J'attends.

Enfin, j'enfile mon jean préféré, je me brosse les cheveux, puis j'attends.

Au bout d'une éternité et demie, West frappe deux coups brefs à la porte. Je vais lui ouvrir et… Je ne sais pas. Je ne sais plus. Ses yeux clairs sont ceux de West, son visage est celui de West, et… Comment ai-je pu passer dix jours sans le voir ? Comment ai-je pu oublier l'effet qu'il me fait ?

J'ai envie de m'appuyer contre lui, d'entrelacer mes doigts aux siens, de déposer de petits baisers sur ses paupières et de l'accueillir dans ma chambre.

Je me retiens. Je ne suis pas complètement folle. Pourtant le désir lancinant que j'éprouve me pèse, comme une main posée sur ma tête qui essaierait de me noyer.

Ce désir lancinant et magnifique…

Je détourne le regard dans l'espoir de recouvrer mes esprits. West porte un manteau qui a l'air gris à première vue, mais je me rends compte que c'est en fait un motif de chevrons noirs et blancs. Je me demande où il a déniché un truc pareil. On pourrait croire qu'il est allé fouiller dans le placard de mon grand-père. Je devrais trouver ça bizarre – moche, même –, pourtant, sur West, c'est sexy, comme tout ce qu'il porte.

— J'aime bien ton manteau.

Il me regarde d'un air vide, comme si j'étais une inconnue ou presque – la fille qui valide sa carte d'étudiant à la cafétéria.

— Merci.

Je recule. Il n'est jamais entré dans ma chambre. C'est étrange, dès qu'il s'avance à l'intérieur, elle paraît minuscule.

— Tu veux que je te débarrasse ?

Sans répondre, il retire son manteau de grand-père et le jette sur le canapé avant de s'asseoir à côté.

Puis il se tourne vers moi en haussant un sourcil, comme pour dire : « Alors ? »

Je m'assieds sur mon lit et prends mon oreiller sur mes genoux. Je joue nerveusement avec un coin de la taie – celle avec les Schtroumpfs dessus. Ce sont des Schtroumpfs ironiques, mais peut-être que c'est comme les pantalons à baleines vertes ironiques : une impossibilité métaphysique.

Je me rappelle pourquoi j'ai fait venir West. J'ai embrassé Nate, et, depuis, il a publié de photos pornos de moi sur Internet. J'ai embrassé West et, depuis, il refuse de me parler. Ça suffit, les conneries !

— C'est quoi, ton problème ?

— Je n'ai pas de problème.

— Si. Tu m'en veux.

— Non.

Il garde les yeux rivés sur le parquet, comme si tous les secrets de l'univers étaient contenus là.

— Je te dégoûte ?

— Non.

— Tu regrettes de m'avoir embrassée ?

Il croise mon regard pendant une fraction de seconde avant de reporter son attention sur le parquet.

— Oui.

Puis il relève la tête et dit :

— Enfin, non.

— Il faut savoir. Oui ou non ?

— Les deux.

— Qu'est-ce que je suis censée faire de cette réponse, West ?

Il soupire. Ses cheveux lui tombent devant les yeux. Il joint les mains entre ses genoux, et j'aperçois le bracelet qui porte les lettres de son nom, symbole de tout ce qu'il refuse de me dire.

— Je t'avais prévenue. Depuis le début, je t'avais dit comment ça se passerait.

— Oui. Tu avais dit que tu ne me toucherais pas.

Il hoche la tête sans pour autant me regarder.

— Et pourtant tu m'as touchée.

— Oui, merci, je sais.

— Ne me parle pas sur ce ton, West ! Tu n'as pas le droit de me traiter comme ça. On était deux, sur ce toit, et on était deux à s'embrasser.

— Oui, mais un seul de nous deux a dû se sauver par le balcon.

— C'est pour ça que tu m'en veux ?

— Mais non ! Je ne t'en veux pas, putain !

Il ose enfin me regarder, mais ça ne m'aide pas beaucoup. Je vois bien qu'il est en colère, mais, si ce n'est pas contre moi, alors contre qui ?

— Ah bon ? Vraiment ?

Il se lève et se met à arpenter la chambre. Il observe les lits superposés, le bureau de Bridget – vide –, puis le mien – couvert de livres et de classeurs. Il prend le cadre où j'ai mis la photo de ma remise des diplômes, celle où je suis avec mon père et mes sœurs.

— Tu veux savoir ce que je lui ai dit ? lance-t-il en reposant le cadre.

— À qui ? À mon père ?

Il croise les bras.

— Je lui ai dit : « Ah, c'est votre fille ? » Je venais de te porter jusqu'à ton lit. J'étais penché sur toi et je regardais ton décolleté. Je lui ai dit : « Je suis dans la chambre juste en face. Je sens que je vais passer une bonne année. Vive les campus mixtes ! »

Il parle de sa voix de dealer vulgaire et visqueux, cette voix qui ne lui ressemble pas du tout si on le connaît, mais qui fait très bien illusion. J'imagine sans mal l'effet que ça a dû faire à mon père. Il a dû croire que sa petite fille chérie allait passer un an à trois mètres d'un violeur potentiel ou, au mieux, d'un sale con libidineux.

Je comprends mieux sa réaction. C'est un miracle qu'il ait fini par me laisser à Putnam.

— Pourquoi tu as fait ça ?

— Pour que tu aies une bonne raison de ne pas m'approcher.

— Ça, j'ai compris, mais pourquoi ? Et n'essaie pas de me servir des conneries du genre « On ne vient pas du même monde » ou « Je suis trop noble pour te faire ça, Caro. »

Il fait une grimace et va se poster près de la fenêtre, dos à moi.

— Je ne suis pas noble, Caro.

— Alors tu es quoi ?

Pas de réponse. L'horloge de Bridget, aux couleurs de Putnam College, égrène les secondes dans le silence de la pièce. Soudain West fait volte-face.

— Je suis égoïste. OK ? J'ai des projets pour mon avenir, et tu n'en fais pas partie. Tu n'en feras jamais partie, Caro, alors je préfère te garder à distance pour pouvoir me concentrer sur ce qui compte vraiment.

Ce qui compte vraiment, et dont je ne fais pas partie.

Je baisse les yeux et examine la Schtroumpfette, avec ses cheveux jaunes bouffants, sa petite robe et ses chaussures de pouffiasse. J'ai envie de la frapper. J'ai envie de me frapper, moi, en plein où ça fait mal, là où les mots de West ont ravivé la vieille blessure au creux de ma poitrine, là où il ne cesse de me meurtrir sans même s'en rendre compte, parce qu'il s'en fout.

Il n'essaie même pas de me faire du mal. Il est tout simplement égoïste.

— Ne fais pas cette tête-là, Caro.

— Je fais la tête que je veux, dis-je en articulant lentement et calmement.

Je ne veux pas qu'il voie à quel point il m'a blessée.

Je retourne mon oreiller et suis du doigt le contour du bonnet du Schtroumpf à lunettes. C'est celui auquel je m'identifie le plus.

— Caro…

— Tu ferais mieux de partir.

Il prend son manteau et se dirige vers la porte. J'attends de l'entendre s'ouvrir et se refermer derrière lui. J'attends que commence ma vie sans West.

Sauf qu'il s'arrête devant la porte, pose les mains à plat dessus et donne trois coups de pied dans le battant, tellement violents que je sursaute.

J'ai la chair de poule.

Ce déchaînement soudain est comme une sirène, le signal que quelque chose vient de commencer – quelque chose d'irrémédiable.

West me fait face.

— Je n'ai pas envie de partir, Caroline. C'est justement ça, mon problème ! Je ne veux pas partir.

— Alors qu'est-ce que tu veux, West ?

Je suis au bord des larmes. Je crie presque parce que je ne sais pas ce qu'il veut. Je ne l'ai jamais su.

Il revient vers moi, jette son manteau sur le lit de Bridget et pose les mains sur les tubes métalliques au-dessus de ma tête. Il a les jambes écartées, les pieds de chaque côté des miens, et il me bloque la lumière. Son visage est dans l'ombre, mais quand il dit : « Je veux t'embrasser, Caro », j'entends la douceur de sa bouche. Je crois presque la sentir contre la mienne.

West rapproche son pied du mien et touche mon genou avec sa jambe.

— Je pourrais te raconter que c'est parce que je veux te prouver que tu n'es pas déglinguée ou bonne pour le couvent, pour te prouver que tu es belle et sexy et que tu n'es absolument pas sale, ou alors seulement dans le sens coquin du terme. Je pourrais te dire tout ça sans mentir, mais la vérité, c'est que je suis égoïste et que j'ai envie de toi. Je ne sais pas comment m'en empêcher et j'en ai marre d'essayer.

Il se déplace légèrement et libère la lumière, qui éclaire ses oreilles et me laisse voir ses yeux. Ils sont durs, brillants, animés d'une expression que je connais bien, mais que, jusqu'à présent, je ne savais pas nommer.

C'est du désir. Pur et avide.

C'est l'expression que prend West quand il a faim de quelque chose.

Il a faim de moi.

Je n'arrive pas à réfléchir. J'arrive à peine à respirer et à regarder West.

— J'ai envie de toi depuis le début, depuis que je t'ai vue. J'ai envie de toi ici, maintenant, alors que je te fais horreur. À moi aussi, je me fais horreur, alors je ne comprends pas comment tu peux être aussi patiente avec moi. Pourtant, même là, alors que je me déteste et que tu es en colère contre moi, je n'ai qu'une envie, c'est de t'allonger sur ce lit, de te déshabiller et de me perdre en toi, loin, puis encore plus loin, jusqu'à ne plus savoir ce qui est moi et ce qui est toi.

Il s'accroupit, croise les bras sur mes genoux et se penche vers moi. Il s'approche tout près, si près que nos nez se frôlent. Je voudrais détourner la tête, mais ça m'est impossible. Quand il parle, ses lèvres effleurent les miennes, presque comme un baiser.

— Voilà ce que je veux, Caroline. Voilà ce que je ne t'avais jamais dit. Chaque fois que je ferme les yeux, je vois ton visage. Pendant les vacances, quand tu m'as téléphoné, je me suis branlé en écoutant ta voix au téléphone. Je ne suis qu'un sale con égoïste et je ne te mérite pas. Je n'ai rien à t'offrir, même pas une place dans ma vie, et pourtant j'ai envie de toi.

Je ne bouge plus. Je n'ose plus. Je m'imprègne de ses paroles.

Je ne cherche même pas à en mesurer toute la portée, pas encore. Il va me falloir un moment pour comprendre ce que ça signifie vraiment. Là, tout de suite, je m'en fiche. J'ai besoin de sentir le poids de ses paroles sur ma peau, partout en moi, parce que son désir – cette faim vorace – m'enveloppe complètement et que mon cœur brûle de s'en nourrir.

Je veux son désir tout en moi. Loin, puis encore plus loin.

Voilà ce que je fais pendant qu'il attend ma réaction. J'enroule ses mots autour de mon cœur même si je sais que je ne devrais pas, parce que ce ne sont pas les mots qu'il faut. C'est dangereux. J'ai tellement envie de West que je suis prête à me contenter des miettes qu'il veut bien m'accorder, d'accepter ces bribes profanes et insensées, et d'y entendre des mots d'amour.

C'est n'importe quoi. C'est fou et c'est mal.

Et je m'en fiche. Je m'en fous complètement.

— West ?

— Oui.

Nos lèvres s'effleurent par petites touches légères quand nous parlons – puis quand nous nous taisons, ce qui signifie sans doute que c'est devenu un baiser, même si je n'ai pas encore admis que j'en avais envie, moi aussi.

— Tu es un très mauvais ami.

— On n'est pas amis, Caro.

Ses mains. Je sens ses mains sur mon visage, ses doigts dans mes cheveux, son pouce sous mon oreille.

— Tu ferais le pire copain de toute l'histoire de l'humanité.

Il se laisse tomber à genoux et passe un bras autour de mes hanches pour m'attirer plus près, si bien que je glisserais du lit s'il n'était pas là pour me retenir. Les lèvres entrouvertes, il lèche les miennes du bout de sa langue brûlante, comme pour que je le laisse entrer.

— Je ne veux pas être ton copain.

— Alors, quoi. Quoi.

Ce n'est pas une question. Je suis incapable de me concentrer suffisamment pour lui demander quoi que ce soit. Je me laisse lentement tomber vers lui, me fraie un chemin entre ses coudes, entre ses bras, pour le serrer tout contre moi. J'ouvre la bouche à ses caresses. Mon sang bat fort entre mes jambes. Je suis trempée et je plane. Je suis perdue, je suis stupide, et je ne connais rien de meilleur que ça.

West se redresse et passe un genou entre mes pieds. Me prenant les fesses à deux mains, il me fait avancer vers lui, à cheval sur sa cuisse. Il m'embrasse avec force, si fort que ça fait presque mal, mais je m'en fiche. Tout ce que je veux, c'est le sentir encore plus près. Je m'en fiche jusqu'à ce qu'il referme le poing dans mes cheveux et me renverse la tête en arrière pour me mordiller le cou. Brusquement je vois la lampe au plafond, dont la lumière blanche m'éblouit. Je ferme les yeux, mais l'écho de cet éclat persiste sous mes paupières.

Comme le flash d'un appareil photo.

C'est de la folie.

Ce n'est pas prudent.

— West.

— Caroline…

— Arrête.

Il arrête.

Il redresse la tête, les yeux voilés de désir, les paupières lourdes. Il a les lèvres gonflées, la peau rougie sous sa barbe naissante, et je sens une légère brûlure dans mon cou, à l'endroit où il a frotté son menton. Je voudrais qu'il recommence, qu'il fasse ça partout sur mon corps, qu'il me laisse des marques de son passage, qu'il me fasse frémir et gémir, puis qu'il apaise mes souffrances. Je ne me reconnais pas. Je ne sais plus qui je suis.

— J'ai besoin de…

Il pose les mains sur mes épaules pour m'écarter de lui et me maintient à bout de bras.

— Tu as besoin de quoi ?

— De règles. De limites. J'ai besoin de savoir… ce qui se passe.

Il baisse la tête, mais son regard s'arrête sur ma poitrine. Un grand sourire se dessine sur ses lèvres quand il voit mes tétons, qui pointent très nettement sous mon tee-shirt.

— West, arrête !

— Tu as envie de moi, toi aussi.

— Tais-toi.

— Je parie que ta culotte est toute mouillée.

— Et toi, je parie que tu bandes.

— Un peu, oui. J'ai l'impression de me trimballer le marteau de Thor dans mon caleçon ! déclare-t-il en riant.

— Il a un nom, ce marteau, non ?

West dit quelque chose qui ressemble à « mieux le nuire ».

— Comment ça s'écrit ?

— M-j-ö-l-l-n-i-r.

— Sérieux ? Comment tu sais ça ?

— La question que je me pose, moi, c'est : pourquoi on parle de ça ?

— Parce que les mecs adorent parler de leur gros marteau ?

— Et de ce qu'ils aimeraient faire avec, ajoute West.

Je m'éloigne un peu.

— Oui. Alors…

West s'assied à côté de moi, mais me laisse réfléchir en silence.

Je réfléchis donc. Je pense à lui, avec son marteau à la main.

— Tu as vraiment fait ça quand on était au téléphone ?

Il me sourit d'un air penaud. Ça ne lui arrive pas souvent d'avoir l'air penaud.

— C'est vrai ? Tu ne dis pas ça pour me flatter ?

— Si je voulais te flatter, je te dirais que tu as de beaux yeux ou que ton tee-shirt te va bien… Un compliment, quoi.

Je baisse les yeux et souris.

Je réfléchis à ce dont j'ai envie et à ce dont j'ai besoin, à ce que je peux supporter et à ce dont je peux me passer.

Peut-être que je suis traumatisée. Peut-être que je suis complètement folle.

Tout ce que je sais, c'est que je veux West. Je veux tout ce qu'il a à me donner.

De toute façon, s'il me promettait une relation classique, je ne pourrais pas l'accepter. Comme me l'a rappelé mon père, je dois préparer mon avenir. Et puis je dois soigner ma réputation, ce qui ne risque pas d'arriver si je m'affiche avec le dealer du campus.

Je ne veux pas sortir avec West. Je veux qu'il me montre ce que c'est que d'aller plus loin.

Encore plus loin. Jusqu'au bout.

— Bon, dis-je. Voilà ce qu'on va faire.

Deux fois par semaine, le mardi et le jeudi, de 10 heures à 10 h 50, pendant que Bridget est en cours. West a une heure de libre et je n'ai plus rien avant le déjeuner.

On ne sort pas ensemble. On n'en parle à personne.

Telles sont les règles que nous nous sommes fixées.

Je passe la journée du mercredi dans un état second. J'ai l'impression de maîtriser la situation, mais, régulièrement, mon cerveau se débranche sans que je puisse rien y faire. Bridget n'arrête pas de me demander ce qui s'est passé avec

West, mais je ne peux rien lui révéler. Nous avons passé un accord, lui et moi. De toute façon, je ne vois pas bien ce que je pourrais lui raconter. Que j'ai décidé de devenir le plan cul de West ? Qu'il s'est dévoué pour me guérir de mon traumatisme et m'initier aux plaisirs de la chair ?

Je suis bien consciente que n'importe qui d'autre trouverait cette idée désastreuse. Bridget essaierait de me dissuader. Mon père en ferait une crise cardiaque. Le chœur des pervers, naturellement, me répète que je ne suis qu'une salope qui a besoin d'un bon coup de bite.

Leurs commentaires ne me font plus grand-chose.

Je sais comment se comportent les gentilles fifilles bien polies. Je sais que ce n'est pas comme ça.

Néanmoins, j'inscris ça dans mon emploi du temps : deux périodes de cinquante minutes que j'arrondis à une heure sur mon calendrier et que je colore en orange, parce que je trouve que ça lui va bien. J'écris « WEST », tout en majuscules.

Noël approchant, on accroche une guirlande électrique autour de la fenêtre de notre chambre, et je vais en acheter une deuxième que j'enroule autour des montants du lit. Dès que Bridget part en classe, j'éteins le plafonnier et me glisse sous ma couette, à la lumière des ampoules vertes, rouges, bleues, jaunes et orange.

Je ferme les yeux et effleure mon ventre du bout des doigts en pensant à West.

Je n'ai jamais été aussi excitée de toute ma vie.

Il arrive juste après son cours. Il frappe deux coups à la porte puis entre sans attendre. Il a son manteau de grand-père, un cahier et un manuel sous le bras. Il n'ose pas croiser mon regard.

— J'ai pensé à un truc, déclare-t-il de but en blanc.

Oh merde.

— Je ne veux pas te… t'empêcher d'avancer, alors je me suis dit que… qu'il faut qu'on se mette d'accord tout de suite. On arrêtera dès que tu seras prête pour quelque chose de normal. OK?

— Comment ça?

— Scott. Promets-moi que, quand tu te sentiras prête à sortir avec lui – ou avec un type comme lui, qui pourra t'emmener dîner au restaurant et que tu pourras présenter à ton père –, tu me préviendras. D'accord? Et on arrêtera tout.

West est debout au milieu de ma chambre. J'ai du mal à me rappeler à quoi ressemble Scott ou à comprendre pourquoi je pourrais vouloir autre chose que ça, là, tout de suite. Ce que je comprends, en revanche, c'est que West essaie de faire ce qu'il faut, étant donné les circonstances.

C'est ça que j'adore, chez lui. Il prétend ne pas être noble, pourtant il a un code de l'honneur bien à lui. Il a autant besoin de règles et de limites que moi.

Avant de se lancer dans cette aventure, on a besoin de l'étiqueter et de la ranger bien soigneusement à sa place, pour savoir à quoi s'en tenir.

— D'accord.

Alors il retire ses bottes et les range à côté de la porte. C'est la première fois que je le vois sans ses chaussures. Il porte des chaussettes grises toutes simples. Je n'ai aucune raison de brûler d'excitation en les apercevant. Et pourtant…

Il pose ses affaires sur le canapé, suspend son manteau au dossier de ma chaise, puis sort son téléphone de sa poche et le place au coin de mon bureau, juste à côté de mon oreiller.

Je vais mettre la tête sur cet oreiller. West va m'embrasser. Il n'aura qu'à lever les yeux pour voir combien de temps il nous reste.

Cinquante minutes. Ça me semblait tout à fait raisonnable, mardi – ni trop long ni trop court. Maintenant j'ai l'impression que c'est une éternité. Jusqu'ici, on s'est uniquement embrassés. Personne ne passe cinquante minutes à s'embrasser.

On est complètement fous.

Je jette un coup d'œil à West pour me rassurer, mais ça ne m'aide pas beaucoup. Tête basse, il observe le sol, au même endroit que la dernière fois.

Regarde-moi ! Moi !

Il ne bouge pas, alors je m'avance vers lui et me plante pile sur la latte du parquet qu'il observe si fixement.

Je mets les pieds dessus parce que, folie ou pas, je me suis préparée à cet instant. J'ai branché les guirlandes lumineuses. J'ai enfilé mon jean préféré, un tee-shirt blanc moulant que je n'ose pas porter en cours, un joli soutien-gorge… Je me suis brossé les cheveux.

Je n'ai pas mis de chaussettes, en revanche. Je veux que West voie mes pieds, mes ongles vernis de rose, et qu'il m'imagine toute nue. Je veux qu'il avoue son désir, une fois de plus, même si je sais bien que je ne devrais pas avoir besoin de ça pour le croire. La façon dont il m'a attrapée pour m'attirer contre lui, mardi… J'ai chaud rien que d'y penser.

J'ai chaud en le voyant relever la tête lentement. Il observe d'abord mes pieds, puis mes jambes, mes hanches, mes seins… mes lèvres. Il a les yeux brillants, affamés.

Le problème, c'est que ni lui ni moi n'osons faire le premier pas.

On pourrait passer pour un couple de puceaux, à première vue, ce qui est plutôt drôle étant donné mon statut de star d'Internet malgré moi. Quant à West… Je ne connais rien de son passé, mais je suis à peu près sûre qu'il n'est pas puceau.

Sûre à quatre-vingt-dix pour cent.

Il s'assied sur mon lit.

— Viens là, Caro.

Je m'installe à côté de lui, ma cuisse contre la sienne. J'ai envie d'observer son visage.

Alors je tourne la tête et le regarde parce que, pendant ces cinquante minutes, j'en ai le droit. Je ne sais pas exactement jusqu'où s'étendent mes droits, mais je sais que ça, ça m'est permis.

West est magnifique. Les guirlandes éclairent doucement son visage – une pommette bleue, une oreille rouge… Il a les yeux brillants, légèrement plissés. Un mot me vient à l'esprit : « avide ». J'ai l'impression que, quoi que je fasse, il va s'en saisir, s'en délecter et s'enfuir avec.

J'adore le savoir avide de moi, parce que je reconnais cette sensation. La frustration de ne pas pouvoir le toucher, de devoir sans cesse réprimer cette impulsion.

Maintenant, justement, j'ai le droit d'y laisser libre cours.

Dès que je formule cette pensée, je m'enhardis à effleurer son cou du bout des doigts. Je caresse sa barbe naissante du dos de la main et écoute crisser ses poils, jusqu'à ce que je rencontre un endroit où sa peau est douce et satinée.

— J'ai le droit de faire ça ?

La question que je me pose réellement, c'est : *Qu'est-ce que j'ai le droit d'espérer ? Qu'est-ce que tu comptes m'accorder ?*

West sourit, avec un petit souffle bref qui n'est pas vraiment un rire. Une preuve de satisfaction, peut-être.

— Oui.

Il passe un doigt horizontalement à la naissance de mes seins.

— Au-dessus de cette ligne.

Je prends une lente inspiration. Ma peau me brûle et me picote dans son sillage.

Il me caresse doucement le bras, puis passe le pouce sur mon poignet.

— Et là, aussi.

— Qu'est-ce qu'il y a, là ?

— C'est là que je vais te toucher.

— C'est tout ?

Il m'observe longuement, de la tête aux pieds. Ma sensualité endormie se réveille soudain et crie famine.

Il me tapote légèrement le genou.

— Et de là jusqu'en bas.

Je pose le front sur son épaule en me retenant de grommeler. Il compte éviter tous les meilleurs endroits !

— Y a-t-il une raison tordue à ce choix que je ne comprends pas ?

Il passe la main dans mes cheveux et me force gentiment à relever la tête pour croiser son regard.

— Non. C'est simplement… ce dont j'ai envie.

Il semble sur ses gardes, comme si cet aveu lui demandait un effort. J'ai la soudaine certitude qu'il n'a pas toujours eu le loisir de fixer les limites de ses relations, de faire ce qu'il voulait.

Je me demande à qui il a eu affaire avant moi, et dans quelles circonstances.

— Tu veux que je fasse pareil ? dis-je en traçant une ligne sur son torse, le long de son bras jusqu'à son poignet, jusqu'à son bracelet, et, enfin, en posant la main sur son genou.

— Pourquoi pas ?

Je sens les muscles de sa cuisse se contracter sous mes doigts. J'ai envie de promener ma paume ouverte sur le coton de son jean et de remonter lentement le long de sa cuisse, jusqu'à sa hanche, puis de décider où aller. Je veux explorer son corps.

— Ou alors tu me laisses faire, reprend-il. Fais-moi confiance.

J'essaie de trouver une repartie futée ou drôle, mais ces trois petits mots, « fais-moi confiance », me paralysent complètement.

Je repense, en vrac, à tout ce qui pourrait miner ma confiance. Mauvaise haleine et mauvaises odeurs, braguettes coincées et morsures indélicates. Les mots étranges sur le panneau d'information accroché à la porte des douches, ces mots dont je n'ai toujours pas cherché la définition dans le dictionnaire... J'ignore ce qu'ils impliquent réellement. J'ignore combien de filles West a connues, mais j'éprouve brusquement le besoin de tout savoir sur elles afin de pouvoir me comparer – et m'humilier.

J'ai des préservatifs dans le tiroir de mon bureau, mais ils ne sont peut-être pas à la bonne taille.

« Fais-moi confiance. »

Pourtant mon cerveau refuse de se taire. La dernière fois qu'on s'est embrassés, j'avais fumé. C'était différent. Cette fois je n'ai pas d'excuse, aucun moyen d'échapper à son regard, à ses yeux qui semblent tout voir.

C'était pareil avec Nate, surtout au début. Ça s'est amélioré avec le temps, mais j'ai toujours eu tendance à me torturer pour rien dans ces situations. J'ai fini par me rendre compte que tout allait beaucoup mieux après un verre ou deux, donc j'ai commencé à me débrouiller pour qu'on se voie essentiellement après des soirées bien arrosées.

Je ne suis pas sûre d'avoir déjà échangé des baisers à 10 heures du matin, en plein jour.

Ça ne m'inspire pas confiance. Je ne me fais pas confiance.

Je bredouille :

— On devrait peut-être mettre de la musique.

West soupire.

Puis il me repousse sur le lit.

Je me retrouve allongée sur le dos, sous West, sous le regard de ses yeux couleur de fumée, sous cette bouche trop grande au sourire vaguement arrogant.

— Fais-moi confiance, insiste-t-il avant de m'embrasser.

Brusquement, tout va bien.

Mieux que bien.

Les baisers de West n'ont rien à voir avec ceux de Nate. Sa bouche est chaude, sûre d'elle, et elle m'ordonne de me taire, de cesser de réfléchir et de me contenter de sentir.

J'obéis. Je n'ai pas le choix. Quand West m'embrasse, je ne sais plus rien faire d'autre.

On s'embrasse. Le temps passe, et on s'embrasse.

J'aimerais trouver les mots pour exprimer tout ce que je ressens. La danse liquide et brûlante de nos deux langues ; nos lèvres douces qui se cherchent et se trouvent, se quittent puis se retrouvent ; ce battement magnifique entre mes jambes ; ce brouillard qui m'enveloppe ; ce désir lancinant.

Il y a tant de façons de s'embrasser ! On ne me l'avait jamais dit ! Je veux toutes les essayer !

Alors je les essaie toutes et je m'en délecte.

Je me délecte de West, de sa bouche, de son poids, de son parfum.

On s'embrasse.

Les lignes que nous avons tracées ne comptent plus vraiment. Ce ne sont que des marques au crayon qui nous aident à contenir ce truc énorme qui nous arrive et qui deviendrait vite effrayant si on le laissait nous échapper.

J'embrasse West et je promène mes doigts dans ses cheveux, dans son cou, le long de ses épaules. J'agrippe son dos quand il plonge la langue dans ma bouche, je trouve sa taille et glisse les mains sous sa chemise pour goûter la douce chaleur de sa peau.

C'est lui. C'est son grand corps sur le mien, qui m'écrase, et dont je ne serai jamais rassasiée. Il était tellement distant et, maintenant, il est là. Il a une main sous ma tête et l'autre sur mon épaule, les doigts crispés sur mon tee-shirt parce qu'il voudrait s'aventurer plus bas mais ne se l'autorise pas.

C'est lui. Ce sont ses yeux dont le bleu n'est qu'un cercle mince autour de ses pupilles dilatées, ses cils si longs, ses paupières alourdies de désir.

C'est lui qui appuie son front contre le mien, le temps de reprendre son souffle.

Je flotte dans une chaleur paresseuse. Je suis avec West, en sécurité, au calme, après des semaines passées dans la peur, seule avec ces voix qui hurlaient dans ma tête. Des mois, même. West m'a jeté un sort et m'a entraînée dans un univers merveilleux où je pourrais l'embrasser pour toujours et ne plus rien désirer d'autre.

On a droit à cinquante minutes.

Cette réflexion résonne comme un claquement de doigts sous mon crâne. Combien de temps nous reste-t-il ? Mes lèvres sont toutes gonflées, presque douloureuses, et, en même temps, si douces. Je n'ai pas souvenir de baisers si longs, si passionnés. On a bien dû passer de longs moments à s'embrasser, avec Nate, au début… Pourtant, quand je repense à nos premiers mois ensemble, je me rappelle surtout nos disputes. On commençait par s'embrasser, puis Nate voulait aller plus loin mais je refusais, alors il se faisait dur et distant et se mettait à râler.

« Tu ne sais pas ce que c'est, Caroline. »

West est appuyé sur ses coudes, les hanches et les jambes à côté de moi. Je ne sais pas s'il bande. Je n'y ai même pas pensé. J'étais perdue dans nos baisers – et je ne sais pas ce que c'est.

« Allumeuse ! », me crient les pervers en chœur. Ils ont raison, une fois de plus. Je ne me suis même pas préoccupée de West.

Je redresse la tête pour regarder l'heure sur son téléphone. Il nous reste dix minutes. Ça fait plus d'une demi-heure qu'on s'embrasse. Dix minutes, ce n'est pas beaucoup, mais ça devrait suffire pour soulager West.

Cette idée me met mal à l'aise.

— West, est-ce que tu… ?

— Mmm ?

Il dépose de légers baisers dans mon cou, sans vraiment faire attention à ma tentative de question.

Je trouve le cuir de sa ceinture et fais glisser mes doigts jusqu'à la boucle métallique, solide et menaçante.

Je commence à dégager la lanière.

West m'arrête en posant doucement la main sur la mienne.

— Qu'est-ce que tu fais ?

— Si tu… Enfin, tu as bientôt cours, alors…

West se redresse et s'assied sur le lit, les épaules voûtées pour ne pas se cogner au matelas du haut.

— Alors quoi ?

— Alors je ne veux pas que tu… Laisse tomber, dis-je en soupirant.

Il me prend gentiment le menton et m'oblige à croiser son regard. C'est agaçant, cette habitude de vouloir tout le temps que je le regarde.

— Fais-moi confiance, Caro. J'ai besoin de… Je tiens à ce que tout se passe bien. Je veux que tu me parles, que tu me dises ce que tu aimes. Il ne s'agit pas d'essayer de deviner ce qui ferait plaisir à l'autre ou de se forcer à faire quoi que ce soit. J'ai besoin que tu me dises, Caro.

Je ne peux pas lui refuser ça – pas s'il en a tant besoin. Alors, même si ça me fait horreur, il faut que je lui avoue.

— Je pensais que… c'était peut-être trop dur de t'infliger ça. Tous ces baisers… Je me disais que tu bandais peut-être et que, comme il ne nous restait que quelques minutes, j'avais intérêt à… te soulager.

West m'observe, les sourcils froncés. Je n'arrive pas à savoir s'il est en colère ou surpris, s'il ne comprend pas ou s'il préférerait être ailleurs, avec une fille normale et pas une tarée névrosée.

Puis il se penche vers moi et m'attire tout contre lui. Il dépose un baiser dans mes cheveux, juste derrière mon oreille.

— Il a vraiment été odieux avec toi, hein ?

J'hésite à nier ou à lui demander de qui il parle, mais je tremble comme une feuille et j'ai un arrière-goût amer dans la bouche.

Alors oui, il faut croire qu'il a vraiment été odieux.

— Je vais devoir y aller, reprend West d'une voix douce. Je n'en ai pas envie du tout, mais je n'ai pas le choix.

— Je sais.

— J'adore t'embrasser, Caro.

Il me dépose un baiser dans le cou, un bras passé autour de ma taille. Sa main repose sur ma hanche. Son poids est parfait, rassurant.

— Est-ce que ça te plaît, à toi ?

— Oui !

— Bon.

Il pose ses lèvres sur mon épaule, juste au-dessus du col de mon tee-shirt, puis juste en dessous de mon oreille, où son souffle me fait frissonner. Il trouve ma bouche. Son baiser est brûlant, passionné, parfait.

— Tu aimes ça ? demande-t-il dans un grondement plus excitant qu'une caresse.

— Oui…

— Bon. Tu aimes ça, moi aussi, il n'y a rien à ajouter – rien à soulager. Il n'y a que nous, Caro.

Il m'embrasse de nouveau, et j'en oublie de me demander s'il dit la vérité. Je passe les bras autour de son cou, plonge les doigts dans ses cheveux, suis le contour de son oreille et lui rends son baiser avec fougue. Dans notre grotte éclairée de guirlandes de Noël, un baiser en entraîne un autre.

Il n'y a rien à ajouter.

Puis l'heure arrive. Il me faut un moment pour comprendre que le « bip-bip » que j'entends vient du téléphone de West.

— Tu avais mis un réveil ?

— Oui. Je savais que, sinon, je n'arriverais jamais à m'arrêter.

Il s'écarte de moi à regret et se penche pour éteindre la sonnerie. Puis il se lève, rajuste sa ceinture et enfile ses bottes.

Quand il relève la tête, je vois ses paupières encore lourdes, son regard sexy, ses lèvres gonflées et ses joues rougies. Ça me fait un effet fou de le voir comme ça. Un spasme sourd entre mes jambes envoie des ondes de chaleur jusque dans mon ventre, jusqu'au bout de mes seins. Je regrette de ne pas avoir déboutonné sa chemise pour voir sa peau et me presser contre son torse nu.

La prochaine fois.

Pourvu qu'il y ait une prochaine fois !

—Tu passes à la boulangerie, ce soir ? me demande-t-il.

—Oui.

—Cool. Je reviendrai mardi matin, alors. Enfin, si c'est ce que tu veux.

—Oui, c'est ce que je veux.

Il prend son manteau et se prépare à partir, mais s'immobilise, la main sur la poignée de la porte.

—Au fait, Caro.

—Oui ?

—Juste pour info : le marteau de Thor est toujours là.

Puis il s'en va. Quand Bridget revient de cours, il flotte encore sur mes lèvres un sourire niais.

Mardi.

Cinquante minutes.

Dehors, le ciel est gris et triste. Il neige – une espèce de bruine glaciale et vicieuse qui fouette le visage. J'ai mis un album de Bing Crosby, juste pour le plaisir de voir West secouer la tête en se moquant de mes goûts musicaux.

Ses cheveux sont humides et froids, son nez est gelé contre le mien, mais ses lèvres sont chaudes. Son sourire l'est encore plus. Nous avons cette pièce sombre pour nous, ce lit nimbé de couleur, nos pieds entremêlés, le corps de West contre le mien.

Nous avons ces baisers, lents et profonds, de plus en plus profonds.

Je remonte son tee-shirt et suis la ligne de son échine. Les muscles de ses épaules se contractent sous mes mains. Je descends le long du matelas, ce qui fait remonter mon petit haut. On s'embrasse, et je me rapproche de lui jusqu'à ce que nos ventres se touchent.

Tu sens ça ? Ta peau contre la mienne ?

Moi, je le sens partout.

J'en ai envie. J'ai envie de toi.

Je lui caresse les côtés, les épaules, passe les mains dans les manches de son tee-shirt jusqu'à l'endroit où ses biceps ne me laissent plus de place. Il appuie ses hanches contre ma cuisse, et je sens la légère morsure de sa boucle de ceinture. Je plante mes ongles dans sa peau et descends encore un peu le long de son corps, pour sentir son membre raide entre mes jambes.

Je veux avoir la preuve de ce que je lui fais, de cette chaleur qui nous anime.

Quand je trouve le bon angle, il pousse un grognement et me mord légèrement la lèvre, à bout de souffle, les yeux réduits à deux fentes.

— Caroline…

Je soulève les hanches pour venir à la rencontre de cette bosse dure sous son jean. J'adore sentir que je l'excite. J'adore ce poids, cette chaleur, ces baisers qui se font plus pressants tandis que nos mouvements se calent sur un rythme parfait.

Ce n'est pas du sexe. C'est encore mieux.

C'est West.

Jeudi.

J'ai mis mon tee-shirt ridicule qui tombe sur l'épaule. C'est fait pour être porté par-dessus un débardeur, mais West ne le sait pas. Dès qu'on s'allonge sur mon lit et qu'on commence à s'embrasser, le coton glisse et dévoile la bretelle de mon soutien-gorge, ainsi que le haut du bonnet.

Un soupçon de dentelle rouge.

Allez, West, laisse-toi tenter.

Tout va plus vite, cette fois. Son premier baiser est fougueux, affamé, et j'en suis heureuse parce qu'il m'a manqué. Tout ça, ça m'a manqué. Je ne pense à rien d'autre depuis deux jours. Les gestes de West sont fébriles. Il me caresse les bras, passe les doigts dans mes cheveux, puis le long de mes bras de nouveau, comme s'il était impatient.

Ça ne suffit plus. Ces limites qu'il a tracées sur mon corps s'effacent peu à peu. J'en veux davantage et je sais que lui aussi.

Je n'ai pas besoin de ruser pour l'attirer entre mes jambes, cette fois. J'attrape sa boucle de ceinture et, aussitôt, il est sur moi, aussi dur et chaud que dans mon souvenir, mais encore mieux. Tellement mieux ! Je fonds quand il se redresse brusquement sur les coudes pour me regarder. Dans cette lumière, ses yeux n'ont plus aucun secret. Mon ventre est dénudé, on voit la moitié de mon soutien-gorge. Les mains tremblantes, West me saisit les poignets et les croise au-dessus de ma tête, sur l'oreiller.

Je ne me suis jamais sentie aussi désirable. C'est comme une drogue, une excitation délicieuse qui court dans mes veines et me fait sourire. J'ai l'impression d'être forte, d'exercer un pouvoir.

Fais quelque chose, l'implorent mes hanches impatientes. *Fais quelque chose avant que je craque.*

Brusquement il se penche sur moi et m'embrasse. Il donne un puissant coup de reins – un vrai, si puissant que je renverse la tête en arrière. Je cambre le dos pour venir à sa rencontre. Je suis trempée. Je voudrais sentir ses doigts sur moi, sa main entière à l'intérieur de mon jean – de ma culotte. Je veux sa bouche sur mes seins. Je veux qu'on passe la demi-heure qu'il nous reste à s'explorer mutuellement.

— S'il te plaît, West...

Il souffle dans mon cou, me lèche lentement le lobe de l'oreille, puis le mordille délicatement.

— Ce n'est pas un vrai tee-shirt, ce truc.

Je souris.

— S'il te plaît...

Il se redresse.

— Retire-le.

Avec plaisir.

Je m'exécute, impatiente, et soudain ses mains sont partout.

Partout à la fois, plus d'une fois.

Mon soutien-gorge s'ouvre à l'avant. Je montre l'astuce à West. Aussitôt, la dentelle rouge disparaît et il m'embrasse, avec son tee-shirt à morsure de requin qui m'agace tant et sa paume chaude sur mon sein. Ses longs doigts forts, ses mains magnifiques, intelligentes, qui savent exactement quoi faire. Exactement…

— Enlève ça, dis-je en soulevant son tee-shirt.

Il obéit, le jette par terre et revient s'allonger sur moi, torse nu, sa peau contre la mienne.

Oh, mon Dieu ! C'est la plus belle chose qui soit jamais arrivée à qui que ce soit dans toute l'histoire de l'univers !

Je lui caresse lentement le dos. Il dépose des baisers le long de mon cou, puis plus bas.

Un bref coup de langue sur mon téton, et je meurs.

Nous ne sommes plus qu'un fouillis de mains et de bras enchevêtrés, de peaux satinées sous les lumières de couleur, de moiteur excitée dans cette chambre surchauffée. Nous sommes devenus nos baisers, nos hanches qui ondulent de concert, qui font monter la tension.

— Attends, ça doit te gêner.

West se redresse le temps de retirer sa ceinture avec un claquement sec et de la lancer au sol, comme un cow-boy avec son fouet. Ce sont les quatre secondes les plus sexy de ma vie.

Je regrette presque la morsure de sa boucle métallique, mais pas pour longtemps, parce que West me caresse les seins. Il me regarde, observe mes réactions et ajuste ses mouvements, ses doigts et sa langue sur mes tétons, son érection qui durcit entre mes jambes, pile contre mon clitoris. Je halète, éperdue, absolument trempée. Ça me prend par surprise parce que je n'avais encore jamais joui comme ça avec un garçon – purement sous l'effet de la friction, à travers mon jean. Ça n'avait jamais été aussi facile. Je ne reconnais pas ce glissement imperceptible du plaisir à l'extase – une extase presque insupportable –, mais West comprend, lui. Il trouve l'angle parfait et vient appuyer juste à l'endroit où il faut, avec juste assez de force. Je m'abandonne à l'expertise de son poids dur et chaud, de ses mains et de sa bouche... Sa bouche !

Quand le réveil sonne, j'en suis encore à tenter de reprendre mon souffle, et West sourit comme si je venais de lui faire un cadeau.

J'ai pourtant l'impression que c'est lui qui m'a offert quelque chose – et je ne parle pas de mon orgasme, même s'il était magnifique.

Il m'a montré à quel point ça pouvait être facile.

Il me le prouve une deuxième fois avant de partir, avec la cuisse entre mes jambes et les lèvres sur mes seins. Je me dis qu'il va être en retard en cours, mais je suis sur un petit nuage. Je sens des gouttes de sueur perler sur ma lèvre. Il les cueille d'un coup de langue avant de me dire au revoir.

Il enfile ses bottes et me jette un dernier coup d'œil, les paupières lourdes. Je suis à moitié nue et à moitié morte de plaisir.

Je ne me suis jamais sentie aussi belle.

Ce sont les cinquante minutes les plus courtes de ma vie.

La fin du semestre arrive sans que j'y sois préparée. C'est bizarre de penser que, en septembre, c'était un véritable supplice de continuer d'avancer tête haute, jour après jour. Je ne saurais pas dire quand ça a changé, mais je suis certaine que West y est pour quelque chose.

C'est la dernière semaine avant les vacances, ce qui signifie que les emplois du temps sont chamboulés. On n'a plus cours, seulement quelques examens.

Ce qui veut dire pas de séances de West le mardi et le jeudi matin non plus.

Le pire, c'est que je ne vais pas le voir pendant un mois. Il rentre chez lui, dans l'Oregon. Mon père nous emmène à Saint-Martin pour Noël avec Janelle et son fiancé. Après, je vais rester avec lui à Ankeny jusqu'à ce que les cours reprennent. L'an dernier, j'avais passé le plus clair de mes vacances avec Nate. Là, j'ai l'impression qu'un vide béant m'attend.

Heureusement, West continue à travailler pendant cette dernière semaine, donc je le vois à la boulangerie, à la bibliothèque et chez lui. Ces derniers temps, Bridget et moi traînons souvent avec Krishna et Quinn – ainsi qu'avec West quand il est dans les parages. On forme une petite troupe soudée, tous les cinq.

Je ne m'étais pas rendu compte à quel point ça me manquait, d'avoir un groupe d'amis. Il y a un petit côté imprévisible, un potentiel – toujours quelque chose à faire, à dire, des conversations toujours riches. Au début de l'année, je ne voyais quasiment que Bridget. C'était chouette, mais on s'était enfermées dans une sorte de forteresse.

Maintenant, quand je traverse le campus, il m'arrive souvent de croiser Quinn. Elle essaie de me convaincre d'acheter de vraies chaussures de rugby à crampons. Elle organise une grosse fête au retour des vacances et me demande de lui donner un coup de main. Elle gère le club de rugby seule depuis l'an dernier, et j'ai l'impression qu'elle aimerait bien m'attirer du côté obscur.

Souvent, quand je sors de latin, je croise Krishna. On va dans la même direction en discutant de tout et de rien – ce qu'il a regardé à la télé, le colis que sa mère lui a envoyé, ses projets pour Noël…

Les photos sont toujours en ligne, mais elles n'envahissent plus ma vie. Je reçois enfin un rapport de l'entreprise chargée de les faire disparaître – un pauvre document d'une page qui ne fournit presque aucun détail. Au lieu de m'en agacer, j'éprouve un sincère soulagement que ce soit devenu le problème de quelqu'un d'autre.

À présent, c'est West qui occupe l'essentiel de mes pensées. Il ruine ma concentration quand j'essaie de réviser à la bibliothèque. Il suffit qu'il passe près de moi avec son chariot, ses écouteurs dans les oreilles, un sourcil haussé en guise de « bonjour ».

Il suffit d'un regard, d'un sourire, et je suis fichue. Je me revois dans mon lit, à la lumière des guirlandes. Sous lui.

Mardi, à l'heure où il devrait arriver, je me surprends à regarder le lit toutes les cinq minutes, étonnée qu'il me manque autant – déjà. Le lendemain, je vais le rejoindre à la boulangerie, mais je ne peux pas le toucher parce que Krishna est là. C'est défendu, de toute façon.

Assise dans mon recoin, je révise mes conjugaisons latines et, quand je relève la tête, il me regarde, posté derrière le plan de travail.

Il a de la farine sur le nez et jusqu'aux coudes.

Je vois le bas de son jean et ses bottes tandis qu'il mesure les ingrédients, qu'il racle le fond des bols et qu'il manipule des sacs de vingt-cinq kilos de farine. Je ne peux m'empêcher de penser à une scène que j'ai vue dans un film, où un homme et une femme font l'amour dans une cuisine, avec la femme assise sur la table, tout habillés.

Je suis certaine que ça irait à l'encontre des règles sanitaires, mais ça ne me dérangerait pas vraiment.

— Qu'est-ce que tu fais, après ? me demande West.

La fin de son service approche. Krishna est déjà parti. Il a terminé tous ses examens et prend la route pour Chicago tôt demain matin.

— Je vais faire une petite sieste avant d'attaquer mon essai de littérature.

— C'est le dernier truc que tu as à rendre, pas vrai ?

— Oui, c'est pour vendredi.

— Tu vas réussir à dormir ?

S'il dit ça, c'est parce que la famille de Bridget vient la chercher demain matin. Enfin, son père, la nouvelle femme de son père et les enfants de cette dernière. Ça va être le souk pendant quelques heures.

— J'espère.

— Tu peux squatter notre canapé, si tu veux, et même rédiger ton essai à l'appartement.

— C'est vrai ?

— Bien sûr.

West fait la vaisselle. Je m'endors peu à peu, la tête posée contre le socle de l'évier. Je me réveille à deux reprises, quand des étudiants viennent acheter quelques grammes d'herbe à West, puis quand il fait tomber un récipient par terre.

Sur le chemin de son appartement, j'ai l'impression d'être saoule. Je m'endors sur le canapé pendant qu'il prend une douche et je suis à peine consciente qu'il vient étendre une couverture sur moi et déposer un baiser sur ma tempe.

— Bonne nuit, Caro.

Je me réveille en frissonnant.

La couverture est tombée, et il fait froid dans l'appartement. Dehors, c'est une vraie tempête de neige. Je pense à Krishna, dans sa voiture. J'espère qu'il est prudent sur la route. À en juger par la lumière, il est déjà tard. Avec un peu de chance, il est arrivé.

Je ramasse la couverture, m'enroule dedans et me lève.

Encore endormie, je me tiens sur le seuil de la chambre de West.

Il forme une bosse sous sa couette – et sous un couvre-lit d'enfant bleu nuit avec des fusées et des planètes dessinées dessus. Un jour, je lui ai demandé s'il l'avait trouvé dans une brocante. « C'est le mien, je l'ai apporté avec moi », m'a-t-il répondu en me regardant bizarrement, comme si c'était la chose la plus naturelle du monde – comme si tout le monde prenait son couvre-lit et l'emportait avec soi à l'université.

Tous les étudiants que je connais s'efforcent de se donner des airs d'adultes, mais pas West.

Ce n'est pourtant plus un gamin. Je me demande même s'il en a jamais été un.

Je n'arrive pas à imaginer son enfance. Je n'arrive pas à imaginer sa vie en dehors de Putnam.

Sa chambre est presque vide. Ni décorations ni guirlandes de Noël. Rien n'indique que quelqu'un l'aime ou qu'il aime qui que ce soit.

Ce n'est pas très encourageant, mais on est jeudi. D'après son réveil, il est 9 heures du matin. Je suis pieds nus dans sa chambre, emmitouflée dans une couverture bleue, et je me sens courageuse.

Il m'a invitée, après tout.

Je m'approche du lit et retire mon jean.

Je soulève la couette et, tout doucement, je m'installe derrière lui.

Je passe un bras autour de sa taille et plie les genoux pour les caler derrière les siens. Les poils de ses jambes me chatouillent les cuisses. L'espace d'un instant, je me demande si j'ai raison de faire ça ou s'il va m'en vouloir d'avoir pris cette liberté.

C'est West qui m'a proposé de venir, sachant que nous serions seuls. Nous sommes sur le point de nous dire au revoir avant d'être séparés pour une longue période d'un mois.

Surtout, je m'accorde cette liberté parce que c'est là que j'ai envie d'être : tout contre West.

Je pose la tête sur son oreiller. Je le sens respirer doucement. Il est chaud et solide, rassurant et dangereusement essentiel.

Je ferme les yeux. Il sent le pain et le savon.

Je flotte.

Quand je me réveille, nos positions sont inversées. Il est lové tout contre moi, et ça change tout.

Il est réveillé, lui aussi.

Bien réveillé.

— Caroline, dit-il d'une voix rauque que je n'avais encore jamais entendue.

— Mmm ?

— Tu es dans mon lit.

— Oui. Tu avais l'air bien au chaud.

— On est jeudi. Il est 10 heures.

Je roule sur le dos, et, aussitôt, West vient s'allonger sur moi et me lève les bras au-dessus de la tête. Nos regards se croisent. Nos bouches se trouvent.

Notre baiser est lent, paresseux mais insistant.

« Tu es dans mon lit. »

C'est un baiser dans le lit de West.

Je porte un tee-shirt tout bête et un soutien-gorge blanc sans intérêt. J'ai sans doute besoin d'une bonne douche et d'un coup de brosse à dents.

West m'embrasse comme si j'étais un délice.

Il me déshabille lentement, comme s'il s'attendait à découvrir un trésor insensé, puis il me caresse en souriant, l'air de dire : « C'est toi, c'est enfin toi. »

Il retire son tee-shirt. Sa peau est douce et dorée, son torse mince et musclé. Je lèche son bras, mords son épaule… Il est propre et vivant sous ma langue. Parfait.

Un instant plus tard, il ne porte plus que son boxer et moi ma culotte. Je me tords de désir. Je n'aurais jamais cru dire ça un jour, mais je me tords physiquement, de façon éhontée. West ne me laisse pas d'autre choix. Nos langues se livrent une guerre impérieuse. Les mains sur ses fesses, je l'attire plus près de moi, toujours plus près.

Je suis tellement excitée que ma culotte doit déjà être toute mouillée. Je sens le sexe de West appuyer contre moi et s'avancer peu à peu, en de lents coups de reins. Seules deux minces couches de tissu nous séparent, un rien de coton trempé et glissant. Nos hanches dansent au même rythme que nos bouches, nos langues, notre désir.

J'ai besoin de lui. Je ne sais plus penser. Je passe les mains sous l'élastique de son boxer et sens les muscles de ses fesses se tendre sous mes paumes.

— Caro ! murmure-t-il contre mon cou. Arrête…

Je retire mes mains, découragée, mais West se redresse et dépose des baisers entre mes sourcils froncés, puis sur mon nez, sur mon menton, sur mes lèvres.

— Non, n'arrête pas. Ce n'est pas ce que je voulais dire. C'est simplement que… tu vas me rendre dingue.

— Justement, j'ai envie de te rendre dingue.

J'ai envie de te sentir en moi. Loin, puis encore plus loin. S'il te plaît…

Les mots se bousculent sur ma langue, mais je ne peux me résoudre à les prononcer tout haut. Je ne peux pas lui demander ça.

— Je veux te faire jouir, Caro.

Je n'ai pas d'objection.

Il me caresse lentement la jambe en remontant vers l'intérieur de ma cuisse, et je laisse échapper une espèce de couinement. Ça doit lui plaire car il m'embrasse avec une fougue redoublée. Il pose la main dans mon cou et la fait glisser jusqu'à mon épaule, puis le long de ma clavicule et, très lentement, passe sur mon sein en effleurant mon téton avant de descendre toujours plus bas, jusqu'à ma taille, mon nombril, puis jusqu'à l'endroit où nos corps se rejoignent.

— J'ai besoin de te sentir.

— Oui ! S'il te plaît…

Il se décale sur le côté et s'appuie sur un coude, tout en gardant une jambe passée par-dessus ma cuisse. Je sens son souffle sur mon oreille tandis qu'il me caresse les seins avec le dos de la main. Il s'amuse à dessiner des cercles, des spirales, et je suis sur le point de le gifler tant je brûle d'impatience.

— West, s'il te plaît !

Heureusement il cède et fait glisser sa paume ouverte sur mon ventre, avec une lenteur insupportable. Il passe sur mon nombril et atteint l'élastique de ma culotte – un truc débile à rayures rouges et blanches, avec des branches de houx et un Père Noël dessinés dessus. La pire culotte de mon tiroir.

Je ne savais pas que je serais ici ce matin. Je n'aurais pas osé espérer ça. Ces doigts qui soulèvent délicatement l'élastique pour s'aventurer sous le coton avec une expertise délicieuse.

Je n'aurais jamais imaginé la sensation de la main de West contre mon sexe, de ses doigts entre mes lèvres, jouant à l'entrée de mon corps, le son de sa voix, comme un compliment enroué.

— Oh, Caro…

Il glisse un doigt en moi, puis un deuxième et un troisième. Je pousse un gémissement. Il appuie son pouce contre mon clitoris, et je cambre le dos, merveilleusement choquée.

Ce sont des gestes que j'ai déjà vécus, pourtant tout est nouveau et totalement incomparable. C'est tellement bon que ça me fait mal.

— Tu aimes ça, hein ? me demande-t-il dans un souffle.

Je pousse un miaulement digne d'une chatte en chaleur. Il me regarde avec un sourire tellement arrogant que je lève la main pour lui donner une gifle joueuse, mais il change l'angle de ses doigts. Je me retrouve à l'attraper par les cheveux pour l'attirer contre moi. Je l'embrasse si violemment que je me mords la langue, mais je m'en moque. Je ne réfléchis plus, pas tant que West fait jouer son pouce contre mon clitoris en de petits cercles. Il appuie juste un peu trop fort, et je découvre que c'est précisément ce que j'aime.

Le rythme de sa main est devenu infernal et menace de me faire voler en éclats.

— Oui, ma belle, dit-il quand je détourne la tête parce que je n'arrive plus à me concentrer.

Je m'agite comme un animal, essoufflée, hors d'haleine.

— Oh oui, ma belle, c'est ça !

Ma jouissance est terrible, effrayante, une tension qui monte lentement, inexorablement, jusqu'à ce que le plaisir, presque douloureux, me terrasse. West m'accompagne jusqu'au bout, sans cesser de m'observer. Je suis emportée par l'extase la plus pure – une lame de fond qui m'attrape et me soulève.

Je flotte.

— Waouh…, dis-je quand je recouvre enfin l'usage de la parole.

Ma voix est à peine audible. Des gouttes de sueur perlent au creux de mes coudes, à mes aisselles et à mes tempes. J'ai les cuisses trempées et je sens l'odeur de mon sexe – de mon plaisir.

« Ta petite odeur de crevette », m'a dit Nate, un jour. Il aimait bien se moquer.

Va te faire foutre, Nate, pensé-je en silence mais sans grande rancœur. Je m'en fiche complètement.

Je me sens tellement bien.

Ce n'était pas comme ça, avec Nate. J'arrivais à jouir, mais c'était une sorte de but qu'il fallait atteindre laborieusement avant de pouvoir passer aux choses sérieuses. Ça n'avait rien à voir avec cette… cette joie pure et simple que nous partageons, West et moi. C'est le résultat naturel de notre désir, pas le produit de nos efforts combinés.

— Caro ? Tu es de retour parmi nous ?

West est allongé à côté de moi, la main posée sur mon ventre. Pauvre main, elle doit être épuisée. Je la tapote affectueusement, puis j'entremêle mes doigts aux siens.

West sourit et se laisse glisser à côté de moi, la tête sur l'oreiller. Je suis trop fatiguée pour faire autre chose que le regarder. Son visage, son torse, son ventre, son boxer gris foncé avec cette bosse qui m'intrigue et cette tache humide qui m'intrigue encore plus.

Je ne l'ai jamais touché là. Je n'ose pas, de peur qu'il y ait des règles tacites que j'ignore. J'attends peut-être que quelqu'un me donne un mode d'emploi intitulé *Le Pénis de West pour les nulles*, que je pourrais potasser jusqu'à me sentir à la hauteur…

Ça suffit, les conneries!

Dans son lit, dans ce cocon, j'ai le droit de le toucher, le droit d'apprécier sa brusque inspiration, ses paupières alourdies, ses dents blanches qui mordent sa lèvre.

J'ai le droit de suivre du bout des doigts la ligne de poils qui descend le long de son ventre, de me lover tout contre lui pour sentir sa peau sur la mienne et presser mes seins contre son torse. Je passe la main sous l'élastique de son boxer.

Il est dur, chaud, impressionnant.

— Tu es brûlant!

Il éclate de rire.

Enfin, je crois. C'est un son étranglé, comme s'il avait un peu mal. J'ai envie de le soigner.

Je referme la main sur son sexe et le caresse doucement en observant son visage pour guetter ses réactions. Ce n'est pas la première fois que je fais ça, mais je tiens absolument à être à la hauteur, à lui donner un plaisir égal à celui qu'il m'a offert.

Quand mes gestes se font un peu plus insistants, il rejette la tête en arrière, bouche bée.

Bon. Ça a l'air de fonctionner. Je continue lentement, jusqu'à ce qu'il émette un bruit que je me dois de décrire comme un grognement mais que je trouve tellement sexy que je pourrais en mourir. Je passe la paume sur son gland pour y cueillir les quelques gouttes qui y perlent avant de reprendre mes caresses. Soudain West referme la main à la base de son sexe.

— Euh, je… Est-ce que tu veux que je… ?

— Tu es parfaite, Caro. C'est trop bon, continue comme ça.

Je recommence donc à alterner de longs mouvements et des passages de ma paume au bout de sa verge pour mieux la rendre glissante. West remue les hanches de plus en plus fort, et je vois ses joues s'empourprer. J'adore ça. Je l'observe, avide de preuves qu'il aime ce que je lui fais. Je l'embrasse dans l'espoir de précipiter l'extase, comme il a fait pour moi, mais il a perdu tout talent, sans doute parce qu'il n'arrive plus à se concentrer.

Ça me fait sourire.

J'accélère mes caresses. Son visage est tendu, crispé, magnifique.

— Caroline…

Il se couvre les yeux avec son avant-bras libre et referme son autre main sur la mienne pour m'imposer son rythme. Il serre beaucoup plus fort que je ne l'aurais osé seule.

— Oui, ma belle, comme ça ; ne t'arrête pas. Je vais jouir !

Je n'arrive pas à décider ce que je préfère regarder, alors je regarde tout. Nos mains, son sexe qui dépasse de son boxer, l'extrémité tout juste visible au creux de ma paume, ses hanches qui se soulèvent du matelas, l'expression de vulnérabilité sur son visage quand il répand sa semence sur nos mains, sur son ventre et sur ma hanche. J'écoute ses gémissements rauques et je trouve ça terriblement excitant, sale et magnifique.

Quand son orgasme se calme, il baisse le bras qui lui couvrait les yeux et me serre contre lui, fort. Il lâche ma main, le visage détendu. Je remonte la couette sur nous.

Le vent souffle au-dehors. Les flocons de neige tapent à la fenêtre, timidement.

Je repense aux centaines de photos que j'ai vues sur le Net – tous ces sexes turgescents et couverts de sperme.

Puis je pense à ce que nous venons de faire, West et moi. À quoi cela ressemblerait-il en photo ?

À rien. Une photo ne capturerait que l'ombre de ce que nous sommes ensemble – que des morceaux, or ce ne sont pas les morceaux qui comptent.

C'est le total. West et moi en action, en sensations.

West a raison : les photos racontent des mensonges. Je ne comprends pas pourquoi je n'ai pas saisi ça plus tôt. Ce n'est pas moi, sur Internet. Ce ne sont que des clichés débiles. Un mensonge que Nate ressent le besoin de clamer sur le Net.

Ces photos parlent de lui. Elles n'ont rien à voir avec moi.

— Ça va ? me demande West.

Je ne l'avais encore jamais vu aussi détendu. Je dépose un baiser au coin de sa bouche, et il me décoche ce demi-sourire qui me fait fondre.

— Oui ! C'était bon…

Il sourit de plus belle.

— Pourtant c'était sale. Tu es une cochonne, Caroline Piasecki, comme les pires d'entre nous.

Je l'embrasse sur le menton. J'embrasse son sourire coquin.

— Oui, et c'est bien meilleur que ce que je croyais.

Il éclate de rire – un rire aussi doux que son visage.

— Quand même… je ferais bien d'aller me nettoyer.

Il se lève et va dans la salle de bains, s'arrêtant au passage pour attraper un jean. Il me lance une serviette pour que je m'essuie, puis j'entends l'eau du robinet couler.

— Tu as faim ? lance-t-il par la porte ouverte. J'ai du bouillon de poule aux vermicelles et j'ai pris un pain au levain.

Je regarde le réveil, surprise de voir l'heure qu'il est. Nos cinquante minutes sont passées, mais nulle sonnerie ne nous a interrompus, cette fois.

— Oui, c'est parfait !

Je me blottis sous la couette et m'accorde trois minutes pour faire le plein de souvenirs avant le long mois qui s'annonce.

— Je t'ai apporté quelque chose, au fait.

West est assis au bord du lit ; il enfile ses chaussettes pour aller me faire du bouillon de poule aux vermicelles, ce que je trouve absolument craquant. Je sais, ça ne demande pas beaucoup d'efforts, mais quand même.

— Je n'ai besoin de rien, dit-il d'une voix un peu tendue.

Quand il me jette un bref coup d'œil, c'est d'un air un peu méfiant, mais je ne me laisse pas impressionner. Peut-être que West n'a pas l'habitude de recevoir des cadeaux. Je me redresse pour l'embrasser dans le cou. Mes seins frôlent son bras.

— Ne fais pas ton grincheux. Ne bouge pas, je reviens.

Je vais dans le salon, vêtue seulement de ma culotte de Noël, et me penche pour fouiller dans mon sac en remuant les fesses parce que je sais que West me voit et que je me sens tellement bien. Tellement heureuse.

Je retourne dans la chambre et lui tends le livre que je lui ai acheté, emballé dans du papier cadeau à têtes de rênes et surmonté d'un gros nœud doré. Il le pose sur ses genoux d'un air hésitant, à moins qu'il n'attende que je lui donne la carte que je tiens dans l'autre main. Je lui passe donc la carte.

Il commence par ouvrir l'enveloppe d'un geste vif, puis la renverse au-dessus de sa main. La carte en tombe, et les dix billets de vingt dollars s'éparpillent sur le papier cadeau.

— Qu'est-ce que c'est ?

Question toute simple. Pourtant la façon dont il dit ça me fait frémir.

Quelque chose ne va pas.

Ça ne va pas du tout, et je me sens soudain toute petite et affolée. J'ai soudain honte d'être debout devant lui, presque nue, alors que lui est habillé et qu'il a le visage fermé.

Je me détourne et cherche mon soutien-gorge du regard.

— Tu étais censé déballer le cadeau en premier. Quelle idée de commencer par la carte !

— C'est logique, pourtant.

J'ai trouvé mon soutien-gorge et je suis en train de le passer quand West referme la main sur mon mollet.

— Caroline. C'est quoi, cet argent ?

Il parle très lentement, en détachant chaque syllabe. Son visage est un masque de colère pure.

Qu'est-ce qu'il s'imagine ? Que je lui donne une somme pareille par pitié ?

— C'est mon premier remboursement, pour le prêt.

Je ferais mieux de me taire, mais, face à ce regard furieux, je bredouille lamentablement :

— Je suis désolée, je sais que ce n'est pas tout à fait assez. Avec Noël, je n'ai pas réussi à économiser plus que ça. J'espère que tu ne fais pas partie de ces gens qui considèrent que les livres ne sont pas des cadeaux dignes de ce nom, parce que j'ai offert des livres à tout le monde, cette année. Le tien, c'est un truc sur la science du pain. Il y a même un chapitre où… Quoi ?

Il s'est radouci. Son soulagement est palpable.

— Mais enfin, West ! Qu'est-ce que tu croyais ?

Il ne répond pas. J'attends en silence pendant qu'il déballe le livre et le feuillette rapidement. Je doute qu'il remarquerait si c'était écrit en latin ou si les pages étaient blanches. West a besoin d'un peu de temps pour se ressaisir, et ça me gêne de rester plantée là, à le regarder faire, alors qu'il préférerait sans doute être seul.

— C'est super, merci, dit-il après une longue minute. Tu n'es pas obligée de me rembourser, tu sais.

— Si, bien sûr. C'était un prêt.

Il lève enfin les yeux vers moi.

— Je préfère pas.

Je ne sais pas quoi dire tellement je suis abasourdie. West pose le livre à côté de lui et met les mains sur mes hanches. Il m'attire entre ses genoux et appuie la joue contre mon ventre.

— S'il te plaît, Caro, ne me rembourse pas.

Il passe les mains sur mes fesses. Je suis toujours un peu secouée par ce qui vient de se produire, mais les caresses de West effacent mes craintes et me font tout oublier. Il le sait, le salaud.

— Je n'ai pas de cadeau pour toi, murmure-t-il.

— Ce n'est pas grave.

— Je t'ai déjà dit que j'adorais cette culotte ?

— Ah bon ? Pourquoi ?

— Parce que c'est toi qui la portes.

Je ris doucement. Ne sachant pas quoi faire de mes mains, je les pose sur sa tête.

— Tu n'étais pas censé me faire de la soupe ? Ça pourrait être ça, mon cadeau de Noël.

Il passe un doigt dans l'élastique de ma culotte et la fait descendre tout en suivant le mouvement avec son nez.

— J'ai une meilleure idée.

Je lui donne une petite tape sur l'épaule – une de ces tapes qui se transforment en caresses.

— West…

Il s'est passé quelque chose. J'aimerais lui demander quoi, mais la vérité, c'est que je redoute sa réponse. Et puis il a les mains dans ma culotte. Ses grandes paumes chaudes sur mes fesses, son souffle qui me chatouille et me donne envie de sentir sa langue sur mon clitoris. Je n'ai jamais trop apprécié ça, jusqu'ici, mais tout est différent, avec West.

Avec lui, j'ai la certitude que je vais aimer ça.

— Reviens te coucher, Caro.

J'obéis.

Et j'adore ça.

Dans la soirée, quelqu'un vient sonner à la porte.

Le vent s'est calmé, mais il neige toujours. Je suis installée sur le canapé de West. Mon ordinateur me réchauffe les cuisses. Je réfléchis à la poésie romantique, l'esprit occupé par des images de vases grecs anciens et de sommets du mont Blanc. Je regarde la tête de West qui, assis par terre à côté de moi, fait des exercices pour se préparer à son examen de physique. Je me demande si c'est ça, le sublime – cette douceur qui me réchauffe tout entière, l'affection que j'éprouve pour ses oreilles trop petites, l'envie irrésistible de plonger les doigts dans ses cheveux pendant que je réfléchis à mon prochain paragraphe.

Je trouve bizarre que quelqu'un vienne sonner à sa porte. Qui peut bien vouloir sortir par un temps pareil ? Et puis, qui d'autre que West et moi peut bien vouloir être ici ?

West se lève presque aussitôt et sort son téléphone de sa poche.

Ah oui, c'est vrai, c'est un dealer.

— Tu attends quelqu'un ?

Il y a eu beaucoup de passage à la boulangerie, hier soir. Tous les étudiants voulaient avoir de quoi supporter des dîners en famille ou de quoi faire la fête avec leurs amis du lycée.

— Non.

Il va ouvrir la porte et se place de façon à m'empêcher de voir dehors. Il habite au premier étage, au-dessus d'un magasin de prêt-à-porter. Le palier n'est pas immense et, de là où je suis, j'ai une meilleure vue que depuis mon recoin à la boulangerie. Je distingue deux silhouettes à la porte.

Je ne sais pas bien pourquoi je me lève. Parce que j'ai envie de rester proche de lui, aujourd'hui. Parce que je n'ai plus très envie de fermer les yeux sur ce qui me gêne.

Ça va sans doute vous paraître étrange, mais c'est également à cause du sexe de West. Je m'explique : j'avais peur de le toucher sans avoir reçu des instructions précises au préalable. J'avais peur de ne pas être à la hauteur. Et pourtant ça s'est plutôt bien passé.

Eh bien, j'ai encore plus peur de cette facette de sa personnalité – ce West qui enfreint la loi et pourrait finir en prison. Je ne sais même pas pourquoi il fait ça. Est-ce uniquement pour l'argent ? Parce qu'il en a envie ? Parce qu'il veut prouver qu'il n'a pas peur ?

Peut-être que ça lui plaît, tout simplement. C'est un domaine d'expertise qui m'est totalement inconnu, un vocabulaire que j'ignore, une véritable science. Il y a aussi cette voix traînante qu'il adopte dans ces cas-là. Je crois que c'est pour ça que je lui ai demandé d'apporter de l'herbe quand il est venu me voir à Thanksgiving : parce que je veux connaître toutes ses facettes, même celles qui me font peur.

Évidemment, je ne réfléchis pas à tout ça sur le moment. Je m'approche, passe la tête sous son bras, souriante, une main à sa taille. J'annonce que cette soirée est la nôtre, qu'il est mien.

Puis je m'immobilise et mon sourire s'évanouit.

Josh parle avec West. Adossé à la balustrade, emmitouflé dans son manteau en laine avec, autour du cou, l'écharpe que je lui ai offerte à Noël dernier, j'aperçois Nate.

Il a l'air aussi choqué que moi. Il fronce les sourcils et pince les lèvres en une expression de douleur, puis il se ressaisit. Il tente d'afficher de l'indifférence, mais je ne suis pas dupe.

La conversation s'arrête.

— Salut, dis-je sur un ton enjoué.

Je ne sais pas quel rôle adopter, alors je joue la décontraction, histoire de dissiper le malaise.

— Vous êtes venus chercher de quoi passer de bonnes vacances ?

— Ils ne trouveront rien ici, dit West sur un ton cassant en s'adressant à Josh. Qu'est-ce que tu ne comprends pas dans « Envoie-moi un texto d'abord » et « Ne te pointe jamais chez moi » ?

Josh relève le menton.

— On était dans le coin, alors on s'est dit que tu serais peut-être là, avec les examens et tout.

West secoue la tête.

— Tu connais les règles.

— Oui, mais…

— Il n'y a pas de « mais » qui tienne. Soit tu respectes les règles, soit tu dégages.

— On veut t'acheter trente grammes, déclare Nate.

Accoudé à la balustrade, il fait sa tête de premier de la classe. Je reconnais bien cette expression, c'est celle qu'il adoptait quand il voulait me convaincre de faire quelque chose qui me déplaisait.

West ne m'a jamais regardée comme ça.

— Marshall m'a fait goûter ce que tu lui avais vendu, poursuit Nate. C'est du bon matos. Il m'a dit que tu lui faisais les quinze grammes pour 150 dollars.

— Je ne te vends rien du tout, à toi.

— Je suis prêt à te payer 400 dollars les trente grammes.

Nate dit ça d'un air calculateur, presque amusé, comme s'il voulait trouver le prix qui ferait céder West pour pouvoir ensuite afficher un mépris bien-pensant envers le pauvre dealer trop fauché qui n'a pas su résister à son offre.

Je n'en reviens pas. J'ai vu l'état dans lequel il était quand West lui a collé son poing dans la figure. Je n'arrive pas à croire qu'il ait osé venir ici, surtout avec ce petit air supérieur.

— Je me suis peut-être mal exprimé, rétorque West avec colère. Je refuse de te vendre quoi que ce soit, quel que soit le prix que tu me proposes. Toi aussi, tu peux te chercher un autre fournisseur, dit-il en s'adressant à Josh. Je ne veux plus te voir.

Nate crispe les mâchoires.

— Espèce de connard !

— Enculé !

— Ah non, ça, ce serait plutôt le domaine de Caroline.

J'ai tout juste le temps de voir la réaction de West – cette onde de colère qui le tend comme un arc.

J'ai tout juste le temps de penser :

Oh, merde !

Puis tout arrive très vite. West fonce sur Nate en me repoussant à l'intérieur de l'appartement. Je l'attrape par la taille pour tenter d'éviter une nouvelle bagarre – pas à cause de moi, pas ce soir.

— Ne te mêle pas de ça, lance-t-il en me repoussant vers la porte.

Mais le sol est glissant, et je trébuche. Je me cogne la tempe à quelque chose de dur. Des étoiles dansent dans mon champ de vision. Ce n'est donc pas qu'une métaphore. Je vois Nate contre la balustrade, West penché sur lui, tandis que Josh essaie de les séparer. West lève le poing...

Je ne crois pas que ce soit sa faute. Vraiment.

Quelques secondes plus tard, West est debout sur le palier de l'escalier de secours. Il se masse les phalanges d'un air absent, les chaussettes mouillées, et Nate est agenouillé en bas des marches. Une main sur les côtes, il crache du sang sur la neige.

On ferait mieux d'appeler une ambulance.

Je sais encore marcher.

Ne t'avise plus de t'approcher d'elle.

Elle ne t'appartient pas, connard.

Elle n'appartient à personne. Tu as eu ta chance et tu as tout gâché.

J'aurais aimé la garder un peu plus longtemps. Tu sais ce qui me manque le plus ? Son petit trou du cul bien serré. Tu l'as déjà baisée par là ?

Dégage-moi ce connard ou je ne réponds plus de mes actes.

Viens, Nate, on y va.

Tu vas le regretter, mon pote.

Je me laisse glisser au sol, appuyée contre le montant de la porte, et secoue la tête en cillant. Il fait froid.

Je regrette de m'être levée de ce canapé. West est accroupi devant moi, les traits animés d'une intensité qui me fait frémir.

— Oh, merde. Ça va, Caro ?

— Ouais.

Il m'aide à me relever et referme la porte derrière nous. J'aperçois Nate et Josh dans la neige. Nate boite. Il est peut-être réellement blessé.

C'est tellement moche, ce qui vient de se passer ! Et c'est ma faute.

Je déteste ça.

Les autres trouvent peut-être ce genre de scène à leur goût. Sauf que, dans les films où un type défend l'honneur de sa belle à coups de poing, la fille ne se fait jamais cogner au passage. Elle ne court pas vers la salle de bains, pliée de douleur, pour aller vomir du bouillon de poule aux vermicelles.

Clairement, je n'ai pas l'étoffe d'une héroïne. Je fais tout de travers.

J'entends West entrer dans la pièce derrière moi. Je ne sais pas ce qu'il veut. Quand je l'ai rejoint à la porte, avant même que je voie qui était là, il s'est crispé – dès que j'ai passé un bras autour de sa taille.

Ça m'a fait mal. Le reste n'a fait que remuer le couteau dans la plaie.

Je repense au cadeau que je lui ai fait, avec son gros nœud doré ; je repense aux deux cents dollars dans l'enveloppe.

Qu'est-ce qu'il a cru que ça signifiait ?

Ça aussi, c'était moche, mais il ne veut pas que je sache, ce qui ne me rassure pas vraiment.

Je suis en train de tomber amoureuse d'un type qui vend de la drogue, qui exprime sa colère avec ses poings et qui connaît mon corps mieux que moi-même.

Rectificatif : je suis déjà amoureuse – de West, qui aime fixer ses propres règles et qui n'aime pas que je lui donne de l'argent dans une enveloppe après l'avoir fait jouir dans ma main.

J'ignore qui il est vraiment. J'ignore tout de son passé, parce qu'il ne me dit rien, mais son présent est assez laid pour me faire regretter amèrement ma naïveté.

Je tremble comme une feuille, secouée de sanglots, agrippée à la cuvette de porcelaine froide.

West s'accroupit à côté de moi.

— Je vais examiner ta tête. D'accord ?

Je le laisse faire, même si je suis malade de chagrin, autant pour lui que pour moi. Même si je me déteste.

Recroquevillée sur le sol de sa salle de bains, je pose la tête sur ses genoux pendant qu'il me touche doucement la tempe, s'assure que je ne souffre pas de traumatisme, puis me serre dans ses bras, adossé au mur froid.

Il y a quelque chose qui cloche, chez lui comme chez moi, pourtant je ne veux pas qu'il me lâche. Jamais.

Noël

West

Ma mère adore Le Magicien d'Oz. Quand j'étais petit, elle a trouvé des rideaux à carreaux bleus et blancs, qu'elle a accrochés à toutes les fenêtres du mobil-home. Tout le reste avait l'air usé et minable, par comparaison. C'était quelques mois après la dernière disparition en date de mon père, et elle portait toujours les chaussures rouges à paillettes qu'il lui avait offertes. C'étaient des sandales avec une grosse lanière devant et un talon compensé en liège qui ressemblait à un gros bout de fromage.

Elle adorait ces chaussures. Elle les portait tout le temps, même si elle n'arrêtait pas de se tordre les chevilles avec. Un soir elle les a mises pour aller boire avec papa. Elle est revenue trois jours plus tard avec de nouvelles fringues, un tatouage de Toto, le chien du *Magicien d'Oz*, à la cheville, et un verre à tequila avec écrit « Reno » dessus. Elle m'a donné le verre en souvenir.

Quand papa est parti, il a pris la voiture et maman a perdu son travail parce qu'elle ne trouvait personne qui puisse l'emmener en ville à l'heure. Elle plaisantait en disant qu'elle devrait essayer de claquer des talons en répétant : « On n'est jamais aussi bien que chez soi. »

Puis elle jetait un regard circulaire au mobil-home, d'un air déçu, en disant : « Rien à faire, c'est toujours aussi merdique, ici. » Si je me trouvais près d'elle à ce moment-là, elle me donnait un petit coup d'épaule. « Au moins on est tous les deux, hein, Westie ? »

Toutes ses blagues étaient du même genre. Elle soulignait avec autodérision le fait que former une équipe était source de réconfort. Plus qu'une équipe, une famille.

« On n'est jamais mieux que chez soi. »

Sauf qu'on ne peut plus retourner chez soi une fois qu'on en est parti pour de bon. C'est quelque chose que j'ai appris à Putnam.

Tout change. Soi-même, on change. Tu montes dans ta voiture et tu regardes les silhouettes de ta mère et de ta petite sœur disparaître dans le rétroviseur, en te disant que tout sera à sa place quand tu reviendras, comme si tu partais juste faire les courses ou travailler au golf pour deux parcours de dix-huit trous d'affilée.

Sauf que ça ne fonctionne pas comme ça. Tu prends l'avion. Tu atterris à Portland, tu fais du stop jusqu'à Coos Bay, où tu attends ta sœur à la sortie de l'école pour lui faire une surprise. Et puis, quand un groupe de gamins te passe devant, tu ne la reconnais même pas.

Elle porte des vêtements que tu n'as jamais vus. Elle a les oreilles percées. Son visage a changé.

Le pire, c'est qu'elle ne te reconnaît pas non plus. Elle ne te jette même pas un regard. Il faut que tu l'attrapes par la manche en appelant son nom.

Je ne me suis jamais senti aussi déchiré que pendant ces vacances.

Une partie de moi vivait dans l'Oregon, avec Frankie, maman et Bo. J'étais mal à l'aise, inquiet, frustré, sur mes gardes, mais au moins j'étais chez moi.

Tout le reste de moi était avec Caroline.

Je rentre me coucher après mon dernier examen et me réveille parce que quelqu'un frappe des coups secs à ma porte.

Caroline est partie – elle doit déjà être dans l'avion pour les Caraïbes avec sa famille –, donc je sais que ça n'annonce rien de bon.

J'attends ça depuis que j'ai poussé Nate dans l'escalier, hier.

C'est évident qu'il va chercher à se venger. Je l'ai humilié, à deux reprises.

Elle est à moi !

Voilà ce que j'avais en tête quand j'ai frappé ce connard. Je me moque bien des conséquences. Il est hors de question que je laisse qui que ce soit insulter Caroline comme ça, devant moi, sur le pas de ma porte.

Le pire, c'est que je savais, dès le début, qu'elle allait brouiller mes priorités – m'embrouiller les idées. Je le savais, mais, maintenant que le mal est fait, j'adore ça.

C'est parfait. Je veux qu'elle vienne vivre avec moi, qu'elle dorme dans mon lit, qu'elle se lave avec mon savon, qu'elle traîne dans mon salon vêtue d'un de mes vieux tee-shirts. Je veux me réveiller à côté d'elle, frotter ma queue entre ses fesses, la dévorer pour le petit déjeuner, cacher mon visage entre ses seins et jouir sur sa hanche.

Je suis à deux doigts de me transformer en l'un de ces pauvres mecs tellement gagas de leur copine qu'ils font tout ce qu'elle leur demande avec un grand sourire idiot.

Je suis complètement fou de cette fille. Elle me tient à sa merci.

C'est pour ça que, quand on vient frapper des coups sévères à ma porte, je suis presque soulagé. Je ne me supporte plus. Je ne supporte pas de savoir qu'elle s'est cogné la tête à cause de moi, de repenser au bruit sinistre de ses haut-le-cœur.

Une fois qu'elle s'est endormie, j'ai envoyé un texto à Bo pour lui dire que je risquais d'échouer en taule avant le début des vacances.

Ne laisse entrer personne. Sans mandat, ils n'ont pas le droit.

Le temps que je mette mes chaussures, les coups sont devenus plus forts et plus rapides, mais je prends quand même soin de marquer où j'en suis dans la lecture du livre que Caro m'a offert et de le ranger dans mon sac.

C'est un bon bouquin. Je ne veux pas qu'il s'abîme.

Il y a deux types à ma porte, un grand blond baraqué avec des cheveux frisés, en uniforme de la police de Putnam, et un type noir, plus petit et plus frêle, qui porte un polo rouge avec un écusson indiquant « Putnam College Security ».

— West Leavitt ? me demande le grand blond.

— Oui.

— Je suis le lieutenant Jason Morrow, de Putnam PD, et voici Kevin Yates, des services de sécurité du campus.

Nous avons reçu un appel anonyme nous informant que vous procédiez à la vente illégale de cannabis. Nous allons devoir fouiller votre appartement.

Je vois bien, à sa façon de s'exprimer, que, d'habitude, ça suffit. Ils viennent frapper à la porte d'étudiants impressionnables deux ou trois fois par an, demandent à entrer bien poliment, et on leur ouvre la porte sans même oser protester.

Ils ne trouveraient rien dans mon appartement. Contrairement à ce que semble croire Nate, je ne suis pas complètement débile. Si je me faisais choper avec toutes mes réserves d'herbe, je serais dans la merde. Les flics n'auraient aucun mal à prouver que je revends. Personne ne pourrait fumer des quantités pareilles et continuer à fonctionner normalement. J'ai planqué mon stock dans un casier du gymnase. J'y passe deux ou trois fois par semaine, je fais quelques tours de piste, un peu de musculation, je prends une douche, puis je prélève quelques grammes, mais jamais assez pour m'attirer des ennuis.

Je n'ai rien fait pousser sur le campus depuis le début de l'année dernière. C'était surtout pour me faire une réputation, histoire de lancer les affaires. J'ai tout plié après la première récolte. C'était trop risqué.

Je sais exactement ce que je fais. Je connais mes droits.

— Non, dis-je au policier.

Non, il ne peut pas entrer.

Et non, je ne peux plus me sortir de là.

Je suis pris au piège, par ma propre faute, et j'ai un mois loin d'ici – loin d'elle – pour trouver une issue.

Ma mère arrive derrière moi et passe les bras autour de ma taille. Elle tente de m'embrasser sur la joue, mais n'atteint que le bord de ma casquette, près de mon oreille.

— Maman, arrête ! Tu sens la viande bouillie.

Elle vient de terminer son service à la cafétéria de la prison. Je n'y ai jamais mis les pieds, mais, à en juger par l'odeur qui imprègne ses vêtements, je ne rate rien.

Malgré ça, je ne suis pas mécontent que ma mère m'embrasse. Sous son uniforme, je perçois des effluves fleuris de savon ou de crème. La salle de bains de Bo est envahie de produits de beauté.

Ça fait tellement longtemps que je suis parti que c'est ce que j'ai remarqué en premier, à mon arrivée : les odeurs. Le vieux tabac, le parfum d'ambiance du diffuseur branché à une prise, la bouffée d'air douceâtre qui s'est échappée du canapé quand je me suis assis – un mélange de poils de chien et de mousse usée, le tout agrémenté de Febreze.

Quand je suis entré et que ma mère m'a serré contre elle, j'ai senti ma gorge se nouer et picoter – une réaction qui ressemblait autant à l'arrivée de larmes qu'à un début d'allergie. Le petit garçon en moi pensait : *Maman !* tandis que je résistais à l'envie de la repousser pour mettre un peu de distance entre nous.

— Je n'y peux rien, c'est tellement bon de t'avoir à la maison après tout ce temps !

— Lâche-le un peu, le pauvre, râle Bo, assis à la table de la cuisine. Il est trop vieux pour ces conneries, maintenant.

Maman me retire ma casquette et ébouriffe mes cheveux aplatis.

— Mais c'est mon bébé ! Tu as dîné, Westie ? Tu veux que je te prépare quelque chose ? Un cake à la viande ?

Elle n'arrête pas de me proposer tous mes plats préférés.

— C'est gentil, mais j'ai déjà mangé. On s'est offert un burger avec Frankie en sortant de la clinique.

Bo relève la tête.

— De la clinique ? Pourquoi ?

Il était absent quand on est partis et n'est revenu qu'après nous. C'est normal qu'il ne sache pas.

— Elle avait besoin d'une visite médicale.

Il se tourne vers ma mère, les yeux plissés.

— Tu l'as envoyée se faire vacciner, la petite ?

Ma mère cille rapidement, et je me rends compte qu'elle m'a mêlé malgré moi à une situation compliquée. Elle m'a dit que Frankie avait besoin d'un certificat médical pour pouvoir faire du foot en salle à partir de janvier. Quand on est arrivés à la clinique, l'infirmière m'a dit que Frankie était en retard pour son rappel de vaccin contre l'hépatite et que, si on ne le faisait pas à temps, elle risquerait d'être exclue de l'école à la rentrée prochaine.

J'ai cru que ma mère avait oublié, tout simplement. C'est pris en charge par la sécurité sociale, alors j'ai donné mon accord.

J'avais complètement oublié la paranoïa de Bo. Il a un livre sur les vaccins, qui explique que ça fait plus de mal que de bien à cause de tous les additifs contenus dedans. Une fois lancé sur le sujet, il est capable de parler d'immunité grégaire et de taux d'aluminium sanguin pendant des heures.

— Est-ce que tu as fait vacciner Frankie ? me demande ma mère.

La première chose qu'a faite ma sœur quand ma mère est arrivée, ç'a été de lui montrer fièrement son pansement.

Je lui jette un regard furieux, et elle me fait son pauvre petit sourire faiblard.

S'il te plaît, West, j'ai besoin que tu sois de mon côté.

Sauf que je ne veux pas qu'il y ait deux côtés adverses – pas entre ma mère et Bo.

— J'ai suivi les conseils de l'infirmière.

Bo attrape son paquet de Camel, l'ouvre et en sort la dernière cigarette en fronçant les sourcils. Il ne s'énerve pas facilement. Si ma mère et lui finissent par se disputer à ce sujet, ce ne sera pas tout de suite.

Mais je sais aussi qu'il ne risque pas d'oublier.

— Je vais me prendre un Coca, dit ma mère en se dirigeant vers le frigo. West, tu veux quelque chose ?

— Oui, je veux bien une bière.

— Tu peux me sortir un nouveau paquet du congélateur, s'il te plaît ? demande Bo.

— Tu as entamé celui-ci ce matin, non ? rétorque ma mère.

— Et alors ?

— Et alors, tu es censé réduire, je te rappelle. C'est mauvais pour Frankie.

Cette dernière est dans le salon, mais la maison est toute petite, et elle a entendu.

— Tu es même censé arrêter, Bo ! crie-t-elle.

— La semaine prochaine, peut-être, grommelle-t-il.

Ma mère me sort une bière sans lui en proposer. Quand elle décapsule la bouteille et me demande si je veux un verre, il se lève d'un air dégoûté.

— Où tu vas ?

— Dans la serre.

Il passe à côté du congélateur et y prend un paquet de cigarettes.

— Tu as dîné ?

— Oui.

Il sort par la porte de derrière, et ma mère le suit du regard avec une moue attristée. Ça la vieillit. Elle n'a que trente-sept ans, mais son uniforme ne la met pas en valeur, et son visage est déjà ridé, marqué par une déception qui ne la quitte jamais.

Elle déteste cet uniforme. Elle ne va pas tarder à aller prendre une douche, enfiler un jean moulant et un joli petit haut, se coiffer et se maquiller, pour essayer de rappeler à elle cette jeunesse qui lui échappe.

Je l'ai toujours considérée davantage comme une copine qui avait le permis de conduire que comme une figure d'autorité. C'est le genre de personne dont les défauts crèvent les yeux, mais qu'on ne peut pas s'empêcher d'aimer parce qu'elle a bon cœur et qu'elle ne cesse de se le faire piétiner.

Malheureusement, ce n'est pas la première fois que Bo va s'enfermer dans sa serre en râlant depuis que je suis arrivé. Il y a quelque chose qui cloche entre eux.

Il y a beaucoup de choses qui clochent. Des trucs auxquels je ne m'attendais pas. Je voudrais recoller le

Formica au coin du plan de travail. Plusieurs morceaux de Scotch jauni témoignent des vagues efforts de Bo pour improviser une réparation de fortune, mais, quand je fouille dans les tiroirs à la recherche d'un tube de glu, je tombe sur une enveloppe pleine de billets de banque et je me fais l'effet d'un voleur.

Je voudrais dissuader Frankie de lire le livre qu'elle a commencé parce que je me souviens que des filles de ma classe se le passaient, au lycée. Je sais que c'est plein d'histoires d'incestes, de scènes de cul et de trucs sales qu'elle est encore trop jeune pour comprendre. Pourtant je n'ai rien à dire, Frankie est la fille de ma mère, pas la mienne.

Rien n'est à moi, ici.

Je me dis que c'est parce que je n'ai jamais habité dans cette maison. Quand maman a emménagé avec Bo, un peu avant que je parte à Putnam, je suis resté au mobil-home. Ça m'est déjà arrivé de dormir sur le canapé, ici, mais je ne me suis jamais senti chez moi.

Chez moi, c'est mon mobil-home, et mon père s'y est installé, maintenant.

— Qu'est-ce qui se passe, avec Bo ?

Ma mère écarte cette question d'un geste. Elle attrape un Zippo et le fait tourner entre ses doigts en le tapant doucement contre la table.

— Rien. Il ne dort pas assez, c'est tout. Il déteste travailler de nuit, ça le rend grincheux.

— Il est de jour, la semaine prochaine. Non ?

— Si.

Elle s'assied sur la chaise qu'occupait Bo, retire les sabots de son uniforme et les lance sur le tas de chaussures à côté de la porte de derrière. Elle remue les orteils pour attirer mon attention sur ses chaussettes. Ce sont celles que je lui ai offertes à Noël, avec des petits chiens qui ressemblent à Toto, dessus.

Je souris.

— Je les adore, dit-elle.

Elle pose les coudes sur la table et reprend le briquet, qu'elle allume et éteint à trois reprises. Ses yeux brillent d'un éclat rusé, et je devine qu'elle a quelque chose derrière la tête.

— C'est la première fois que je t'ai pour moi toute seule depuis que tu es rentré. Raconte-moi comment ça se passe, là-bas.

— Oh, il n'y a pas grand-chose à raconter.

— Demande-lui de te parler de sa copine ! crie Frankie depuis le salon, d'une voix suraiguë.

Ma mère sourit.

— Je le savais, que tu avais quelqu'un ! Je comprends mieux pourquoi tu ne me rappelles jamais quand je te laisse des messages.

— Je te rappelle toujours.

Elle lève les yeux au ciel et rallume le briquet.

— Oui, quand tu n'es pas en train de travailler, râle-t-elle en insistant sur ce dernier mot d'un air suspicieux.

Comme si je travaillais dans l'unique but d'éviter ses coups de fil !

Je lui envoie plus de la moitié de ce que je gagne. C'est sans doute ce qui lui a permis de s'acheter tous ces magazines posés sur la table basse, dans le salon.

— Montre-moi une photo d'elle.

— Je n'ai pas de copine.

— Si ! s'écrie Frankie, debout sur le seuil de la cuisine, ravie. Même qu'elle lui a envoyé une photo d'elle en maillot de bain !

Et merde !

— Non, c'est à toi qu'elle a envoyé sa photo, Frankie.

C'est la vérité. Quand je suis entré dans le salon, un peu plus tôt, j'ai trouvé Frankie en train d'écrire à Caroline depuis mon téléphone. Caroline venait de partager une photo de vacances où on la voit en maillot de bain, un bras passé autour des épaules d'une fille un peu plus robuste qu'elle – sa sœur Janelle. Elles sourient, les cheveux mouillés.

Il faut que j'arrête de lui écrire – et de regarder cette photo.

Il faut que je compartimente ma vie parce que mes problèmes ici sont beaucoup plus graves. Ce sont eux qui devraient me préoccuper. Ma sœur qui a des mauvaises notes à l'école et qui ne semble pas comprendre le concept de vie privée. Ma sœur dont la poitrine a commencé à pousser et qui porte un soutien-gorge et des petits hauts pour souligner cette nouvelle féminité. Je devrais m'inquiéter de ce qui se passe entre Bo et ma mère. Il faudrait que je sache si Wyatt Leavitt a quelque chose à voir là-dedans.

Quand j'ai demandé à ma mère si elle l'avait vu, elle m'a dit non mais n'a pas osé croiser mon regard, puis elle s'est mise à parler sur ce ton faussement enjoué qui trahit toujours ses mensonges.

Je ne devrais pas passer mon temps à me demander si Caroline passe de bonnes vacances, à me demander quand je vais pouvoir m'isoler un quart d'heure pour pouvoir l'appeler, ou à chercher un moyen de me retrouver seul dans la maison suffisamment longtemps pour pouvoir lui parler en privé, déboutonner mon jean et me caresser en l'écoutant.

— Montre-moi ! dit ma mère.

— Non.

Frankie s'approche en douce dans mon dos et me pique mon téléphone dans la poche arrière de mon jean. Je l'attrape et la chatouille tout en essayant de récupérer mon portable. Je la pince juste assez fort pour qu'elle crie « aïe ! » entre deux éclats de rire.

— Maman, attrape !

Elle lance le téléphone, et j'ai juste le temps d'apercevoir des textos affichés avant qu'il tombe par terre et glisse sous la table. Je me mets à genoux et tends la main pour le saisir, en même temps que ma mère. Frankie est debout dans un coin de la cuisine. C'est bizarre. Elles rigolent, toutes les deux, pourtant, quand ma mère me pousse pour m'écarter, elle y met toutes ses forces. Quand elle atteint le téléphone et saute sur ses pieds en criant à Frankie de ne pas me laisser approcher, ça n'a pas l'air d'un jeu.

Ce n'est pas drôle.

Je contourne Frankie sans mal, saisis le poignet de ma mère et lui arrache l'appareil des mains. Je suis hors d'haleine, brûlant d'une furie contenue, animé d'une rage bouillonnante qui n'a rien à voir avec elles.

— Oh, ça va ! Détends-toi, West, râle ma mère.

Ses yeux brillent d'une lueur blessée et, quand je me retourne vers Frankie, elle a un mouvement de recul.

Je voudrais fuir cette maison et aller faire une longue promenade le long de l'autoroute, dans le noir. Je voudrais passer mes nerfs sur quelque chose, mais je ne peux m'en prendre qu'à moi-même. C'est moi qui n'ai pas su tracer les frontières de ma vie assez clairement pour empêcher ce genre de triste farce.

J'inspire profondément, puis expire lentement.

C'est ici que se trouve ma famille. C'est chez moi.

Je suis à ma place, ici.

Si je n'en ai pas l'impression, c'est parce que je m'y prends mal. Je suis en train de me fermer à ma mère et à ma sœur, or je ne peux pas me le permettre. Si je perds ça, qu'est-ce qu'il me reste ?

J'active l'écran de mon téléphone et trouve la photo, puis je la tends à ma mère, qui s'adoucit aussitôt.

— C'est celle de droite ou… ?

— C'est la plus jolie des deux. Elle s'appelle Caroline.

Tu fais quoi ?

Elle me répond aussitôt.

Rien.

Quel genre de rien ?

Vautrée dans le canapé devant un film.
Quel film ?
The Breakfast Club. J'ai vu quatre cents films avec Molly Ringwald, aujourd'hui.
Pourquoi ?
C'était la collection de ma mère. Je les regarde, de temps en temps.

Une pause, puis elle reprend.
Mon père est au travail. Je m'ennuie. C'est nul, les vacances.
Ouais.

J'hésite un instant.
Je t'appelle.

Je suis allongé sur le canapé, seul à la maison. Le nouvel an est passé, Frankie a repris l'école. Bo travaille de jour, et ma mère aussi. Pour la première fois depuis que je suis arrivé ici, je suis au calme.

Je bande avant même que le téléphone sonne.

— Salut, dit-elle.

— Salut.

Un silence, puis un petit rire doux, un peu gêné.

— C'est bizarre, murmure-t-elle.

— Qu'est-ce qui est bizarre ?

Je l'imagine qui se mord la lèvre en détournant le visage.

Je vois d'ici sa gorge qui rougit, ses seins qui se soulèvent en rythme avec son souffle.

— Tu sais, le moment où Judd Nelson est dans le placard et où Molly Ringwald s'y enferme avec lui.

— Il joue lequel, Judd Nelson, déjà ?

— C'est celui avec les cheveux longs et la chemise en flanelle.

— Ah oui, le rebelle.

— Voilà, et Molly Ringwald, c'est…

— Je vois laquelle c'est.

Caroline rit, un peu nerveuse.

— J'en suis justement à cette scène-là.

— Et alors ?

— C'est le meilleur moment du film. Elle avec son joli petit chemisier en soie rose et ses cheveux bien coiffés, toute bien tirée à quatre épingles… Sauf que, maintenant qu'elle se retrouve dans le placard avec lui…

J'éclate de rire. Je commence à comprendre où elle veut en venir.

— Je pensais que tu préférerais l'autre mec.

— Qui ça ? Anthony Michael Hall ?

— Non, le catcheur.

— Emilio Estevez ? Beurk !

— Il ressemble à Nate, avec les cheveux plus courts.

Bref silence au bout de la ligne.

— Oh, putain ! C'est vrai, tu as raison !

Elle a l'air tellement horrifiée que ça me fait rire.

— J'ai toujours préféré Judd, reprend-elle, même au moment où il crache en l'air et ravale sa salive.

— Aurais-tu un faible pour les rebelles ?

— Pas du tout ! rétorque-t-elle sur un ton faussement outré.

J'entends le sourire dans sa voix.

— Il n'y a pas de mal à ça, tu sais. Peut-être que je craque pour les riches filles à papa.

— Peut-être…

— Qu'est-ce qu'elle porte, là, ma riche fille à papa ?

De nouveau, ce rire nerveux. Je perçois un léger changement, comme un cliquetis sur la ligne, un alignement de données numériques.

Qu'est-ce que tu portes, Caro ?

Le signal qui donne le départ. Je suis sur les starting-blocks, le jean déboutonné, la main posée sur mon boxer. Je ne la glisserai à l'intérieur qu'une fois certain que Caroline joue le jeu.

— J'ai mis mon joli petit chemisier en soie rose.

Je perçois le changement dans sa voix aussi. Elle veut jouer.

Je passe la main sous l'élastique de mon boxer.

— Ça et ma longue jupe droite marron, avec des bottes assorties, ajoute-t-elle.

— Tu as des bottes ?

— Bien sûr, comme toute fille qui se respecte.

Je referme le poing et entame de lents mouvements.

— Il faudra que tu me les montres.

— Pourquoi ?

— J'adore les bottes.

Je me tends. C'est à la fois terrible et délicieux. Je la sens dans chaque muscle de mon corps.

— Oh, soupire-t-elle.

— Eh, riche petite fille ?

— Mmm ?

— Coupe le son de la télé.

J'attends et commence à trouver mon rythme. Les bruits de fond disparaissent, et j'entends le souffle de Caroline.

— À ton avis, qu'est-ce qu'ils font, dans ce placard ? Une fois qu'ils se retrouvent hors champ ?

Elle ne répond pas tout de suite.

— Je ne m'étais jamais vraiment posé la question.

— Tu veux qu'on y réfléchisse ensemble ?

— Pourquoi pas ?

— Où sont tes mains ?

— Euh… Je n'ai pas envie de te le dire.

— Mets-les à un endroit intéressant.

J'entends un petit bruit sourd, entre un reniflement et un rire. Je lui laisse quelques secondes avant de murmurer :

— Je crois qu'ils ont commencé par s'embrasser.

— Oui…

— Puis leur baiser est devenu de plus en plus torride, et il l'a allongée sur le banc.

— C'est un grand placard, mais je ne suis pas sûre qu'il y ait un banc dedans.

— Si, il y a un banc. Un long banc sans dossier, où il peut l'allonger avant de s'agenouiller devant elle et de relever sa jupe.

— C'est une longue jupe droite, tu sais. Je doute qu'il y arrive.

— Il est très doué avec les jupes. Il n'est pas obligé de la retirer. Il se contente de la remonter. Elle sent un courant d'air sur ses cuisses et commence à s'inquiéter qu'on les surprenne. En même temps, cette idée l'excite – l'idée que quelqu'un ouvre le placard et trouve la gentille fille à papa allongée sur ce banc, les jambes écartées, tandis que ce jeune rebelle est à genoux devant elle en train de l'embrasser, de la caresser…

— Où est-ce qu'il la caresse ?

— Partout sauf là où elle en a le plus envie.

Caroline inspire profondément, avec un petit frisson étranglé. Je reconnais ce son. Je l'ai déjà vue en train de le faire, et ce souvenir fait courir une vague brûlante sous ma peau. Je passe la paume sur mon gland avant de refermer le poing et de redescendre lentement jusqu'à la base de mon sexe, en serrant fort.

— Qu'est-ce que tu fais, Caro ?

— Qu'est-ce que tu voudrais que je fasse ?

— Je veux te savoir allongée sur le dos, la jupe relevée jusqu'à tes hanches et les jambes écartées.

J'entends un souffle murmuré.

— Tu es déjà comme ça, hein, coquine ?

— Peut-être…

— C'est bien.

— Et toi, qu'est-ce que tu fais ?

— Je crois que tu le sais déjà.

— Comme la dernière fois ? À Thanksgiving ?

— Oui.

Je l'entends respirer un peu plus fort.

— Il a sorti son joli chemisier de sa jupe et effleure son ventre du bout des lèvres. Il descend tout doucement…

— Elle est un peu tendue.

— Ah bon ? Pourquoi ?

— Parce qu'elle n'a encore jamais fait ça. C'est la première fois.

— Il adore son odeur, la douceur de sa peau à l'intérieur de ses cuisses. Sa peau si pâle, comme un secret. Elle porte une culotte jaune toute simple. Est-ce qu'elle est mouillée, cette culotte, Caroline ?

Elle pousse une sorte de couinement, et je serre le poing un peu plus fort. J'adore ce petit couinement.

— Dis-moi, Caroline.

— Oui.

— Ah, j'en étais sûr. Sa culotte est toute mouillée. Il va s'asseoir à cheval sur le banc et se pencher pour mettre son nez à l'endroit où c'est mouillé.

— C'est un peu sale.

— Oui, il est un peu sale. C'est pour ça qu'il lui plaît.

— Pas seulement.

— C'est l'une des raisons. Ça l'excite. Elle adore savoir qu'il pense à elle quand elle n'est pas là, et que ça le fait bander – savoir qu'il jouit en l'imaginant, quand il est dans son lit ou sous sa douche, alors qu'il ne l'a jamais touchée.

— Oh…, gémit-elle.

Je souris.

— Et elle ? Pourquoi elle lui plaît, à lui ?

Je dois réfléchir avant de répondre. Ce n'est pas facile avec ma main sur ma queue, mais j'y arrive plus ou moins.

— Ça lui plaît qu'elle ignore des trucs qu'il sait, lui, et qu'elle n'ait pas vu ce qu'il y a de pire dans la vie.

— Elle en a peut-être vu plus qu'il ne croit.

— Peut-être, mais elle donne quand même l'impression que rien de vraiment mauvais ne peut lui arriver.

— Elle n'aimerait pas du tout, s'il lui disait que c'est pour ça qu'elle lui plaît. Je crois qu'elle serait déçue.

— Oh, c'est seulement une des raisons. Ce n'est même pas la plus importante, d'ailleurs.

— C'est quoi, la plus importante ?

Je m'efforce de penser au film plutôt qu'à Caroline sur son canapé, à demi nue, une main entre les jambes.

— C'est le fait qu'elle soit là, avec lui, dans ce placard. Elle est courageuse, une fois qu'elle décide de ce qu'elle veut. Elle a un côté indomptable.

— Et ça lui plaît, ce côté indomptable ?

— Oui !

De qui on parle, là ?

Je ne sais plus très bien. Je plane complètement et j'ai l'impression que je risque d'en dire trop, pourtant je n'arrive pas à m'inquiéter.

— West ?

— Oui ?

— Qu'est-ce qu'il fait, ensuite ?

— Il appuie sa langue contre elle, à travers sa culotte. Il passe les mains sous l'élastique, la maintient allongée sur le banc et la lèche jusqu'à ce que sa culotte soit complètement trempée et qu'elle soit prête à en mourir.

— Il aime ça ?

— Il adore ! Il adore lui faire du bien, lui faire perdre la tête pour qu'elle arrêter de penser, qu'elle oublie tout à part les sensations qu'il lui procure. Il aime beaucoup cette culotte, aussi – cette petite culotte jaune, toute simple–, mais il en veut davantage. Au lieu de la retirer, il se contente de la pousser sur le côté, juste assez pour pouvoir glisser sa langue entre ses lèvres toutes gonflées et sur son clitoris. C'est tout soyeux, tout mouillé. Il n'en peut plus. Il presse son visage entre ses jambes et la lèche. Il a le menton trempé.

— West !

— Il adore son goût sur sa langue.

— West, je n'en peux plus !

Moi non plus, je n'en peux plus. Je pense à Caroline, son sexe si doux sous mes doigts, sous ma langue. Ses cuisses serrées autour de ma tête, ses mains dans mes cheveux, ses mains sur ma queue. C'est trop.

— J'ai envie de toi, Caro ! J'ai tellement envie de toi !

— Je suis là.

— Non, justement. Je voudrais t'avoir avec moi, sur ce canapé, toute nue. Je veux te goûter, te lécher, te caresser. Je te veux…

Elle halète au téléphone.

— Vas-y, Caro. Imagine que c'est ma main entre tes cuisses. Fais-toi jouir. Je veux t'entendre.

— West…

— Oui ?

— Toi aussi.

— J'y suis presque.

Après ça, ce n'est plus qu'un dialogue de souffles, de gémissements, de grognements étouffés.

Je sais ce qu'elle fait. Je l'imagine. Ses seins rougis, ses tétons dressés, ses yeux fermés, sa bouche ouverte, son visage crispé en cette expression de plaisir.

Je me caresse de plus en plus vite, comme elle, comme si un fil intangible nous reliait. Il n'y a rien de réel là-dedans, rien de vrai, rien de normal, pourtant c'est là. Je n'y peux rien. Je ne veux plus rien faire d'autre que ça. Il n'y a plus que Caroline.

— Maintenant ! gémit-elle dans un souffle.

Je m'envole avec elle en poussant un grognement. Je jouis sur ma main – et un peu sur le canapé, que je vais devoir nettoyer, mais ce n'est pas grave. Caroline essaie de ne pas faire de bruit, mais je l'entends quand même et j'adore ça – ces petits miaulements contenus.

Je perds pied, un peu. Je repose la tête en arrière, ferme les yeux et écoute le souffle de Caroline. Je me perds…

Pourtant, après, j'ai l'étrange impression de m'être retrouvé.

Il est tard. Je traverse le jardin en direction de la serre de Bo tout en essayant d'éviter les crottes de chien. Je regrette de ne pas avoir allumé la lampe du porche.

Je marche sur quelque chose de mou.

— Et merde !

J'essaie de nettoyer ma botte dans l'herbe, en vain. L'odeur m'attaque les narines et me fait grimacer de dégoût. Je trouve un bâton et essaie de racler entre les crampons de ma semelle, mais ça ne suffit pas. Je finis par aller ouvrir le robinet du jardin et par placer mon pouce sur le tuyau d'arrosage pour augmenter la pression. J'arrive enfin à nettoyer ma botte, en projetant des salissures un peu partout au passage.

Quand je termine, j'ai le jean qui me colle aux mollets. J'ai froid. J'en ai marre. Je suis écœuré de tout.

Je retourne à la fac dans une semaine, et ma vie n'est qu'un vaste merdier.

J'ouvre la porte de la serre, mais ne vois pas Bo tout de suite. J'inspire lentement pour essayer de me calmer. J'ai besoin de toute ma tête pour aborder cette conversation. Ce n'est pas la faute de Bo si j'ai marché dans une crotte de chien. Ce n'est pas sa faute non plus si je n'ai pas encore eu l'occasion de lui parler.

Ce n'est jamais le bon moment. Soit il est au travail, soit ma mère est là, soit Frankie a besoin que je l'aide à faire ses devoirs…

Presque tous les soirs, Bo va s'enfermer dans sa serre et y reste pendant plusieurs heures. C'est son refuge, l'endroit où il peut échapper au fils de sa copine, qui squatte son canapé, mange à sa table et se trouve toujours dans ses pattes.

Pourtant il faut absolument que je lui parle, parce que je pars bientôt et que personne d'autre ne peut me répondre.

J'entends de la musique à l'arrière et me laisse guider par le son. Bo est appuyé contre la paroi de verre et souffle la fumée de sa cigarette à travers un carreau cassé.

Je reconnais la chanson. C'est du Metallica. Bo est fan de tous ces vieux groupes de métal, mais maman ne supporte pas ça.

La serre est une vieille carcasse toute rouillée à laquelle il manque quelques vitres, mais Bo adore cet endroit. Il adore jardiner, faire pousser des trucs – et pas seulement l'herbe qu'il cultive dans la forêt. Il a planté toutes sortes de légumes dans sa serre. Il parle d'acheter un lyophilisateur pour faire des réserves en prévision du déclin de notre civilisation, mais, pour l'instant, il se contente de placer des cageots de tomates, de courgettes et de poivrons au bord de la route avec un panneau qui dit : « Servez-vous. »

Bo est un petit homme trapu et grisonnant avec le crâne rasé et le torse velu. Je le sais parce qu'il a toujours quelques boutons de sa chemise ouverts. Quand il porte son uniforme de gardien de prison, avec sa ceinture alourdie par sa radio, son téléphone, sa matraque et son Beretta, il est franchement intimidant.

C'est le genre de mec qu'il ne faut pas chercher. Une fois, je l'ai vu se battre dans un bar. Il a démoli le type qui l'avait provoqué, vite fait, bien fait.

C'est en partie grâce à lui que je suis à Putnam. Je lui fais confiance. Je sais qu'il tient à garder son boulot, qu'il prend soin de ma mère et de Frankie, et qu'il ne risque pas de se transformer en connard ou en pervers chaque fois que j'ai le dos tourné.

Il les aime vraiment, toutes les deux.

En revanche, je ne suis pas sûr des sentiments de ma mère. Il a dû l'inviter à sortir plusieurs fois avant qu'elle accepte. Il a dû lui faire la cour pendant des mois avant qu'elle accepte de passer la nuit chez lui. Elle apprécie sa compagnie et elle aime bien sa maison, mais je ne suis pas sûr qu'elle s'imagine vieillir avec lui.

Je crois qu'elle est encore accro à mon père – à cette espèce d'excitation malsaine et dangereuse qu'elle ne ressent qu'avec lui.

« Je suis tombée amoureuse de lui à la seconde où je l'ai vu, m'a-t-elle confié un jour. J'avais quinze ans. Il a débarqué en ville avec sa grosse moto, et le monde s'est arrêté de tourner. »

Bo ne peut pas rivaliser avec ça. Personne ne ferait le poids.

Je le sais, parce que c'est exactement ce que j'ai ressenti quand j'ai rencontré Caroline. C'est ce que je ressens toujours, d'ailleurs. S'il existe un moyen d'étouffer un tel sentiment, je ne l'ai pas encore trouvé.

Bo tapote sa cigarette contre le verre cassé pour faire tomber la cendre dans les mauvaises herbes à l'extérieur.

— Qu'est-ce qui s'est passé, avec les flics ? me demande-t-il.

Il sait déjà qu'ils sont venus frapper à ma porte et que je ne les ai pas laissés entrer. Ce qu'il veut savoir, c'est ce que j'ai fait pour attirer leur attention.

— La fille avec qui je sors... Elle a un ex qui ne m'aime pas beaucoup.

— Qu'est-ce que tu lui as fait, à son ex, à part lui piquer sa copine ?

— Je ne lui ai rien piqué du tout, ils étaient déjà séparés.

Ce n'est peut-être pas tout à fait vrai. L'année dernière, ils étaient encore ensemble, mais ça ne m'a pas empêché d'observer Caroline, d'attirer son attention, de la troubler.

Nate s'en est bien rendu compte. Il me déteste depuis le début.

Sa haine est entièrement justifiée.

— Je lui suis rentré dans le lard parce qu'il l'avait insultée.

Bo tire sur sa cigarette, les yeux plissés. Il attend la suite.

— On s'est accrochés deux fois. La deuxième, ça s'est mal terminé pour lui.

Je repense à Caroline en train de vomir dans mes toilettes, à la vive douleur dans ma main quand j'ai frappé Nate – son visage d'abord, puis ses côtes.

Je désigne le paquet de cigarettes qui dépasse de la poche de Bo.

— Je peux t'en taxer une ?

Il hausse un sourcil. Je ne fume pas, mais ça ne veut pas dire que j'en suis incapable. J'ai besoin de l'espèce de clarté que m'apporte la nicotine. J'ai besoin de réfléchir. J'ai besoin d'être prudent.

Bo me tend une cigarette et, quand je la porte à mes lèvres, il allume son Zippo et approche la flamme.

— Il a de quoi porter plainte contre toi ?

— Je l'ai poussé dans l'escalier de secours. Il s'est peut-être fêlé une côte. Ça peut me valoir une inculpation pour coups et blessures, surtout s'il est allé à l'hôpital après.

— Il y avait des témoins ?

— Son pote, et Caroline.

Bo hoche la tête.

— Son pote est un client, dis-je.

— Régulier ?

— Oui.

— Donc tu penses que c'est lui qui a appelé les flics.

— Sans doute, oui. Ça pourrait être n'importe qui, mais c'est l'explication la plus probable. Tu penses qu'ils vont revenir avec un mandat ?

— Oui.

Je pince les lèvres et tire sur ma clope. J'aime bien le froissement du papier qui se consume. J'apprécie d'avoir cette faible lumière rouge à regarder, de sentir la pression de mes poumons tandis que je retiens mon souffle.

Ça fait du bien d'avoir quelqu'un à qui parler.

— Tu penses que je devrais arrêter ? Faire profil bas pendant un semestre ?

— Oui, si tu peux t'en passer financièrement.

J'hésite. Je prends une bouffée, puis je rassemble mon courage.

— J'envoie l'essentiel de ce que je gagne à maman, tu sais.

Bo émet un drôle de bruit, une espèce de rire peiné. Il ne semble pas surpris, pourtant. C'est un rire de résignation.

Il garde le silence pendant un long moment. Il fume sa cigarette jusqu'au filtre puis écrase le mégot sur le sol meuble de la serre.

— Elle n'a aucune raison de te pomper ton fric. Elle n'en a pas vraiment besoin.

— Alors qu'est-ce qu'elle fait de tout cet argent ?

Il hausse les épaules.

J'insiste.

— Tu n'en as pas une petite idée ?

— Elle achète des conneries. Des petits cadeaux dont je n'ai pas besoin, des tas de fringues pour elle et pour Frankie. Je crois bien qu'elle a donné de l'argent à ta cousine pour qu'elle aille se faire avorter, mais elle refuse de m'en parler.

Je digère tout ça en silence.

— Elle va voir ta grand-mère une fois par semaine, aussi.

Il ne s'agit pas de la mère de ma mère, qui vivait en Californie mais qui est morte, maintenant. Non, Bo parle de la mère de mon père.

Ça veut dire que la vieille querelle qui opposait ma mère à la famille de mon père depuis dix ans a été enterrée sans que ma mère daigne m'en informer. Ça veut dire que l'argent que j'ai gagné sert à acheter des trucs à la famille de mon père – des trucs dont ils n'ont même pas forcément besoin –, parce que ma mère est comme ça. Si elle a de l'argent, elle n'hésite pas à le donner à n'importe qui, pour n'importe quoi.

Et, si j'ai de l'argent, elle estime qu'il lui appartient.

— Il est revenu ?

Je n'ai pas besoin de préciser de qui je parle. Bo me comprend, et je suis soulagé de pouvoir évoquer ce qui m'inquiète sans devoir entrer dans les détails douloureux qui rôdent juste sous la surface.

Plus je reste ici, plus il devient évident que tout est en train de partir en vrille.

À moins de dix kilomètres d'ici, dans un mobil-home pourri où personne n'irait habiter par choix, il y a un homme qui a les mêmes yeux que moi, la même bouche – un homme qui arrive à tout foutre en l'air rien que par sa présence.

— Une fois, répond Bo. J'ai sorti ma carabine et je lui ai dit de ne plus revenir.

— Qu'est-ce qu'il veut ?

Bo me jette un regard blasé. Question stupide. Mon père veut toujours la même chose. Il veut tout ce que ma mère a à offrir. Son cœur, son cul, son argent, sa fierté…

Il veut la loyauté de Frankie.

Il veut se mettre tout le monde dans la poche et se faire plaindre. « Il a eu des coups durs, le pauvre, mais, au fond, c'est un type bien. Ça me fait plaisir qu'il se soit sorti de toutes ces galères et que ça aille mieux pour lui, maintenant. » Voilà le genre de conneries qu'il aimerait entendre à son sujet.

Il veut séduire ma mère, lui faire du charme jusqu'à ce qu'elle oublie de quoi il est capable, pour mieux lui balancer un gros coup de poing dans le ventre ensuite.

La dernière fois que j'ai vu mon père, il m'a battu comme un chien. Il m'a craché dessus et il s'est barré en me laissant par terre, plié en deux de douleur.

Je ne comprends pas comment ma mère peut être aussi aveugle.

— Est-ce qu'elle est allée le voir ?

Bo garde le silence si longtemps que je commence à croire qu'il ne répondra pas. Il s'avance vers un banc, essuie un peu de terreau renversé, attrape délicatement les feuilles mortes d'une plante entre son pouce et son index.

— Pendant que j'étais en Californie pour vendre ma récolte.

— Elle te l'a avoué ?

Son visage s'assombrit.

— Tu crois bien que je l'aurais déjà foutue à la porte ! Non, c'est un type que je connais qui m'en a parlé, mais ta mère nie en bloc.

— Tu ne la crois pas ?

— Je ne suis pas sûr de ce que je crois, mais tu sais ce qui va se passer si j'apprends qu'elle le voit dans mon dos.

Oui. Je sais.

Ma mère va se retrouver à la rue, et elle l'aura bien mérité.

Sauf que Frankie n'a rien fait de mal, elle. Bo ne va pas élever une gamine de neuf ans qui n'est pas sa fille. Pas s'il n'a plus ma mère dans son lit.

Il se tourne vers moi et vient poser une main sur mon épaule.

— J'aimerais que les choses soient différentes.

Je n'arrive pas à croiser son regard. Je finis ma cigarette en observant les étoiles.

Le passé menace de nous tomber dessus, comme une enclume suspendue à une corde élimée.

À côté, il y a une femme qui tient un couteau bien aiguisé. Il suffirait d'un faux mouvement pour qu'elle fiche tout en l'air. Mon avenir. Celui de Frankie. Bo. Elle-même.

Le pire, c'est que je ne peux rien faire pour l'arrêter.

Frankie arrive derrière le dossier du canapé et passe un bras autour de mon cou, m'étranglant presque au passage.

— T'es vraiment obligé de partir ?

Je renverse la tête en arrière et l'attrape par la taille pour la faire basculer sur le canapé avec moi.

Elle est tellement légère ! On dirait que ses os sont creux, comme ceux d'un oiseau. Je la chatouille jusqu'à ce qu'elle pousse des hurlements.

— Arrête, West ! Pitié, pitié, arrête ! West !

Je la relâche, et elle s'échappe vers l'autre bout du canapé. J'observe ses jambes toutes maigres dans son jean serré, ses grosses chaussettes, son tee-shirt à manches longues avec de petites fermetures Éclair sur les épaules, que je ne trouve approprié ni à son âge ni aux températures hivernales.

Maman et Bo sont partis travailler. Je suis seul avec Frankie et j'ai un bus à prendre si je ne veux pas rater mon avion pour retourner dans l'Iowa.

Je sens que je vais devoir revenir bientôt.

Depuis ma conversation avec Bo, j'ai l'impression d'entendre une horloge égrener les secondes. Les aiguilles tournent de plus en plus vite, comme dans un film.

Ma mère ne tient pas en place, ses gestes sont fébriles, ses réponses évasives.

Dans quelques semaines – quelques mois, si j'ai de la chance –, je vais recevoir un coup de fil de sa part et devoir rentrer en catastrophe. La vérité, c'est que je n'ai pas absolument besoin de retourner à Putnam.

Je n'ai jamais vraiment eu besoin d'y aller.

Je suis parti en me disant que je faisais tout ça pour Frankie et pour ma mère, mais je me serais sans doute mieux occupé d'elles si j'étais resté ici. J'aurais pu m'inscrire à la fac du coin, garder un œil sur Frankie et empêcher mon père de s'installer dans mon mobil-home.

Je suis allé à Putnam parce que j'en avais envie.

Je voulais voir de quoi je serais capable si je n'étais pas coincé dans ce trou paumé – ce que je pouvais espérer accomplir.

Tout ce que tu veux! me dirait Caroline. *Tu pourrais faire tout ce que tu veux.*

Le pire, c'est qu'elle y croit vraiment.

Elle ne comprendrait jamais que je puisse trouver ça égoïste, que je me sente coupable d'être parti – et de m'apprêter à repartir – alors qu'ici tout va mal.

Frankie me sourit, essoufflée. Je remarque sa clavicule qui dépasse du col de son tee-shirt, ses lèvres gercées, ses dents un peu trop grandes dans son petit visage mince. Elle a du noir autour des yeux et de longues boucles d'oreilles qui touchent presque ses épaules.

Elle a neuf ans.

Elle a besoin de quelqu'un qui lui impose des limites, qui l'envoie se coucher tôt, qui l'empêche de passer trop de temps au téléphone et qui lui explique qu'elle est encore trop jeune pour se maquiller.

Elle a besoin que je la force à faire ses devoirs et que je rappelle sans cesse à ma mère de s'occuper d'elle. Ma mère est très douée pour oublier ses responsabilités.

Frankie a besoin de moi.

Une rancœur sourde et amère me serre le cœur.

Si seulement il existait un moyen de me détacher d'elle ! Si seulement je pouvais me montrer aussi froid et déloyal que mon père ! Je retournerais à Putnam sans remords et je ne reviendrais plus jamais. Je me contenterais d'envoyer une carte à Frankie pour son anniversaire.

Je deviendrais le West de Caroline, étudiant promis à un brillant avenir.

— Tu vas me manquer, me dit ma sœur.

Je ferme les yeux, les poings crispés.

Je t'abandonnerais si je le pouvais.

J'aimerais en être capable.

Pourtant, quand je rouvre les yeux, j'inspire profondément et je dis :

— Toi aussi, tu vas me manquer. Je reviens dans quelques mois. Je t'emmènerai quelque part en vacances. D'accord ? À Portland, par exemple. C'est cool, Portland.

— Et pourquoi pas San Francisco ? Il paraît que c'est encore plus cool. Keisha m'a dit qu'il y avait des phoques, là-bas, et même un magasin qui vend plein de sortes de chocolats différents !

— San Francisco ? Pourquoi pas ? On pourrait faire du camping dans le parc national, sur la route.

— Ah non ! C'est nul, le camping !

— Tu en as déjà fait ?

— Je connais le principe. On dort par terre, on ne se lave pas, et il y a des araignées partout. Non merci !

Moi non plus, je n'ai jamais fait de camping mais, si je n'emmène pas Frankie camper, qui le fera ?

— On pourrait faire rôtir des chamallows sur un feu de bois. Et puis, la plupart des terrains sont équipés de douches.

— Oh ! J'adore les feux de bois. Je veux bien faire du camping s'il y a une douche et que tu me promets de tuer toutes les araignées.

— Je m'en chargerai, promis.

Je me charge de tout – araignées, cauchemars, devoirs, mon père… Rien ne me fait peur.

Je n'ai pas le choix.

Je me lève.

— Viens me faire un câlin avant que j'y aille.

Elle bondit vers moi et me serre dans ses bras.

Je l'embrasse sur le haut de la tête. Ses cheveux sont soyeux et sentent l'arôme chimique de la fraise. Ma rancœur disparaît sans laisser de traces.

Frankie m'accompagne jusqu'au bout de l'allée en parlant de San Francisco.

Elle me regarde m'éloigner et, chaque fois que je me retourne, elle me fait de grands signes de la main.

C'est ma petite sœur. Je ne peux pas échapper à ce lien.

La ville est à huit kilomètres, mais j'ai de la chance : un des voisins de Bo me prend en stop.

Je regarde par la vitre le paysage plat, blanc, beige et brun, le ciel inlassablement bleu.

Ça ne ressemble pas à l'Iowa. Ça me ressemble, à moi. Ces couleurs sont les miennes, cette terre poussiéreuse est ancrée en moi, incrustée dans mon cœur.

Je ne peux pas continuer à être deux personnes à la fois. Les aiguilles tournent de plus en plus vite, la catastrophe approche, et je refuse de mentir à Caroline. Je ne peux pas lui faire croire que je suis uniquement le West qui étudie à Putnam. Je n'ai pas le droit d'être ce type-là.

J'appartiens à Frankie.

Je ne peux pas veiller sur ma sœur et continuer à voir Caroline. J'aimerais pouvoir concilier les deux, mais je sais que c'est illusoire.

Chaque fois que j'embrasse Caroline, je l'entraîne un peu plus loin – tellement loin que je l'ai amenée avec moi quand je suis revenu ici.

« C'est ma copine, ai-je dit à ma mère en lui montrant la photo. La plus jolie des deux. »

Allongé sur le canapé de Bo, j'ai dit à Caroline que j'avais envie d'elle, que j'aurais voulu qu'elle soit là.

Tout ça, c'était illusoire. Je n'imagine pas faire coexister ma mère, Frankie et Caroline dans le même univers.

Je me suis foutu dans un beau pétrin. Ma vie n'est qu'un infernal merdier.

Caroline est en moi, pourtant je dois m'en séparer.

Janvier

Caroline

Les vacances de Noël m'ont paru interminables. J'ai fait la grasse matinée, j'ai traîné en pantoufles dans la maison. Le reste du monde travaillait, s'activait, mais moi je n'avais rien à faire.

J'ai enchaîné environ six millions de parties de démineur. Je sais, c'est nul, mais je n'avais même pas le courage de m'intéresser à un jeu contenant plus d'un niveau ou demandant une stratégie un peu complexe.

Ces quelques semaines ont été éprouvantes. Noël aux Caraïbes… J'ai dû passer mon temps à me forcer à sourire, à discuter de mes cours et de mes amis sans mentionner West, la boulangerie ou les photos.

C'est épuisant, de mentir. Et si ma vie devenait un mensonge permanent ?

J'ai dit à mon père que je m'étais mise au rugby. Évidemment, il voit d'un mauvais œil le fait que je pratique un sport de contact.

— Tu devrais plutôt essayer le golf.

— Papa, j'ai horreur du golf.

— Ah bon ? Pourquoi ?

Quand je pense au golf, je pense à West. Ça fait des années qu'il travaille comme caddy, donc il doit savoir quel fer tendre aux joueurs selon les situations. Il doit porter un uniforme. Je l'imagine en chemisette blanche et short kaki. Il doit être si différent.

J'ai fait le tour des clubs de golf de l'Oregon sur Google maps, en essayant de deviner dans lequel il travaille.

J'ai reçu mes résultats : deux A et deux A –. mon père les a affichés sur le frigo.

Il m'a demandé si je comptais voir Nate et, quand je lui ai rappelé que nous étions séparés, il m'a dit : « Vous étiez amis avant de sortir ensemble. Ce serait dommage de vous fâcher. »

Dommage ou pas, je me suis abstenue d'appeler Nate. J'ai fait une sieste de quatre heures, à la place.

Mon père m'a emmenée dîner au restaurant pour le nouvel an et m'a gracieusement autorisée à boire une coupe de champagne, comme si c'était une folle extravagance. Quelques jours plus tard, il m'a tendu sa carte de crédit en m'encourageant à aller m'offrir « un petit plaisir », parce que j'ai eu de bonnes notes et qu'il est tellement fier de moi.

Quand je lui ai montré le pull en cachemire que j'avais choisi – bleu clair, exactement de la même nuance que les yeux de West –, il m'a embrassée sur la tempe, a posé la main sur mon épaule puis m'a laissée regarder des films nazes toute seule dans le salon.

Chaque soir, une fois que mon père était couché, j'attendais que West m'appelle, baignée dans la lumière bleutée de la télé.

Parfois je m'endormais, épuisée de ne rien faire. En revanche, dès que le téléphone sonnait, je me réveillais, je riais, je m'animais, je m'échauffais.

Je rougissais, plantais mes dents dans la chair de mon pouce, murmurais des mots que je n'aurais jamais cru faire miens.

« Envie de toi. » « Besoin de toi. » « Te sentir en moi. » « West… »

Il me soufflait parfois ce qu'il voulait m'entendre dire – des trucs coquins, cochons, qui ne me paraissaient pas sales du tout avec lui, sans doute parce qu'ils étaient vrais, sincères.

Pourtant il y avait aussi des choses que je n'arrivais pas à lui dire.

Tu me manques.

Je t'aime.

Je croyais sans doute que j'aurais tout le temps, que le moment viendrait, que tout serait différent quand on se reverrait après les vacances, qu'on serait encore plus proches qu'au téléphone. Je croyais qu'on serait enfin ensemble, pour de vrai.

Je n'avais pas encore compris que, quand toute ta vie est un mensonge, tu n'as droit à rien de réel.

Quand on s'entoure de faux-semblants, tout ce qu'il y a de vrai finit toujours par tomber en miettes.

Ça fait à peine une heure que je suis rentrée à Putnam, mais je me trouve déjà devant l'appartement de West.

Je n'y peux rien, il faut que je le voie.

J'aurais voulu aller l'attendre à la sortie de l'avion, mais il arrivait tard à Des Moines et, de toute façon, il avait laissé sa voiture à l'aéroport. J'ai dû me contenter de trouver l'horaire de son vol et de l'imaginer en train d'atterrir, à vingt minutes d'Ankeny à peine. Je l'ai imaginé faire la route seul jusqu'à Putnam, dans le noir.

Ce matin, j'ai promis à mon père que je resterais déjeuner après être allée essayer ma robe de demoiselle d'honneur avec Janelle. Elle n'a pas cessé de me poser des questions pour savoir si je m'étais remise de ma rupture avec Nate. « Tu devrais chercher à rencontrer du monde, m'a-t-elle répété au moins six fois. Ce n'est pas bon de se concentrer uniquement sur les cours. »

Mon père, lui, m'a conseillé de ne pas me précipiter.

Pendant ce temps-là, je pensais à West, à une heure de voiture de chez moi, presque à portée de main.

J'ai envie de monter les marches quatre à quatre, mais je me force à ralentir parce qu'il gèle toujours. Je frappe à la porte, le cœur battant, le souffle court. Ça fait des semaines que j'attends ce moment. J'ai passé mes vacances à imaginer nos retrouvailles, nos baisers. West qui me plaque contre le mur, qui appuie ses hanches contre les miennes tandis que je lui caresse les bras, le dos… Je me perds en lui, aussi sûrement que j'étais perdue dans mes pensées, pendant un mois.

Il vient m'ouvrir.

Rien ne se passe comme prévu.

Son visage est impassible, aussi gris et froid que le ciel.

J'attends qu'il me reconnaisse, qu'il me sourie, mais il dit tout juste « salut » du bout des lèvres, et je me rends compte qu'il m'a reconnue. C'est donc l'accueil qu'il me réserve.

Il ne me fait pas signe d'entrer. Il est habillé comme pour aller travailler au restaurant – pantalon noir, chemise blanche, chaussures de ville bien cirées. Il est tellement beau qu'il me fait un peu peur, avec ce regard glacial.

— Salut. Tu es rentré.

J'ai une furieuse envie de regarder le nom sur la sonnerie pour m'assurer que j'ai bien frappé à la bonne porte – que je me trouve bien dans la bonne dimension.

— Je suis rentré.

— Tu as fait bon voyage ?

Argh ! On devrait déjà être en train de s'embrasser !

Il se détourne pour attraper son manteau dans le placard.

— Oui, pas mal. Il faut que j'y aille, je ne veux pas être en retard au restaurant.

— Mais… on est jeudi.

— On m'a proposé de faire un service supplémentaire, j'ai accepté.

— Je peux t'accompagner ?

Il hausse les épaules, comme si ça lui était complètement égal.

Je ne comprends rien. Il y a deux jours, il me disait qu'il voulait m'arracher mes vêtements et me baiser jusqu'à ce qu'on tremble tous les deux, puis recommencer doucement, tendrement, et me regarder jouir.

Il a dit ça. Il y a deux jours. Je n'ai pas rêvé.

Il sort et passe à côté de moi. Il sent la laine et le dentifrice et ne me regarde même pas.

Je descends l'escalier à sa suite.

Il porte un bonnet que je n'avais jamais vu, noir avec des rayures gris foncé. Je regarde l'endroit où ses cheveux sortent de sous la laine, dans sa nuque, et j'ai envie de le caresser à cet endroit précis.

Son humeur bizarre m'en empêche. Elle crée un fossé entre nous – ou, plutôt, un mur de granit.

Son humeur me crie de le laisser tranquille, et ça me rappelle la dernière fois qu'il s'est fermé comme ça. C'était il y a plusieurs semaines.

J'avais presque oublié. Toutes ces règles que nous nous sommes imposées, je croyais qu'elles s'étaient évaporées pendant les vacances, au cours de ces conversations enflammées où on se disait tout ce qu'on avait envie de se faire, de se donner.

Clairement les règles s'appliquent de nouveau, même si je ne suis plus très sûre de savoir en quoi elles consistent.

— Qu'est-ce qui ne va pas ?

— Rien.

— Ah bon ? Tu as l'air un peu distant.

Il tourne la tête vers moi, les mains dans les poches de son manteau. Je le vois tressaillir.

— Il faut croire que je n'ai pas envie de parler.

Pourtant ça ne te gênait pas de parler, avant-hier, au téléphone.

Tu m'as donné deux orgasmes avant de raccrocher.

Je t'ai entendu jouir, toi aussi.

Qu'est-ce qui t'arrive, putain ?

Je devrais sans doute lui balancer tout ça à la figure, mais je viens de passer un mois à réprimer tout ce que j'avais envie de lui dire. West est la seule personne à qui j'aie pu parler librement de toutes les vacances, mais, même avec lui, je me censure.

J'ai la gorge nouée.

On arrive à une intersection. Un passage a été creusé au milieu du trottoir, et la neige accumulée sur les bords arrive à hauteur de ma taille. Le verglas craque sous mes pas. Le restaurant est un peu plus loin sur la droite.

Il commence déjà à faire nuit, même s'il n'est que 16 heures. Le monde est sombre et menaçant autour de moi. Une voiture passe, et le crissement de la neige sous les pneus me fait frissonner.

Il fait froid. Tellement froid…

— Tu fais quoi, après ?

— Je finis tard.

Il ne me dit pas à quelle heure. Il ne m'invite pas à venir le rejoindre chez lui.

Sa manie d'afficher une expression parfaitement neutre, c'est un truc qu'il a appris pour esquiver les conversations difficiles. Ça me rend folle parce que je ne sais pas dissimuler mes émotions, moi, et parce que je n'ai rien fait pour mériter ça.

Ça me rappelle le jour où j'ai voulu le gifler, à la bibliothèque.

Sa façon d'être, ce jour-là… Ça, c'était West, et c'était moi. On était réellement nous, tendus, en colère, impulsifs… sincères. Aujourd'hui, en revanche, West fait exprès de jouer le connard indifférent.

— C'est quoi, ton emploi du temps, ce semestre ?

Il hausse les épaules.

— Je ne sais pas. Je ne l'ai pas appris par cœur.

Je perçois une nuance méprisante dans sa voix.

Je ne me suis pas empressé de l'apprendre par cœur, contrairement à toi.

C'est la première fois que West se moque de moi.

Il y a vraiment quelque chose qui cloche.

Je me donne un coup de pied au derrière et le retiens par la manche, en plein milieu du trottoir.

— Il t'est arrivé quelque chose ? Hier soir, ou pendant le voyage ?

C'est peu probable, mais je tiens à lui accorder le bénéfice du doute. Il a peut-être une bonne raison d'être dans cet état-là.

— Mais non, je t'ai déjà dit : tout va bien.

— Alors pourquoi tu es comme ça ?

— Comme quoi ?

Je lui plante un doigt dans le biceps en affrontant son regard vide.

— Comme *ça* !

Il lève les yeux au ciel. Enfin, pas complètement, mais il prend un air agacé, comme si j'étais juste une pauvre fille qui venait de l'accoster dans la rue et qui ne voulait plus le lâcher.

— Je crois que tu t'es fait des idées sur nous.

— Comment ça ?

— Tu ne peux pas débarquer chez moi sans prévenir. On ne sera jamais comme ça, toi et moi.

On ne sera jamais comme ça.

C'est donc ça, la raison de son petit manège détestable.

— Tu veux reprendre tes distances.

Il refuse toujours de croiser mon regard. Je me dis d'abord que ça fait partie de son petit jeu, pour me donner le rôle de la pouffe hystérique et pleurnicharde, puis je me rends compte qu'il a les yeux brillants et qu'il a du mal à déglutir.

C'est d'une voix enrouée qu'il me dit :

— Je vais être très occupé, c'est tout. J'ai plus de matières qu'au premier semestre et je vais travailler un soir supplémentaire à la boulangerie, alors je ne pense pas que…

— Pour qui tu te prends ?!

— Quoi ?

— C'est bien avec toi que j'ai parlé au téléphone avant-hier ? Et la veille ? Et le jour d'avant ? Et tous les après-midi où il n'y avait personne à la maison ? C'était toi ou c'était un mec qui avait la même voix que toi ?

— Tu sais très bien que c'était moi.

— Alors à quoi tu joues ?

Il croise les bras, incapable de me regarder.

— Je préférerais qu'on arrête cette histoire.

— « Cette histoire » ?

— Nous.

— Tu es en train de me larguer, c'est ça ?

— On n'a jamais été ensemble.

Ces quelques mots heurtent le sol entre nous, et je regarde l'endroit où ils atterrissent, aux pieds de West, dans la neige sale et verglacée. Il se tient bien droit, tout raide, les jambes écartées, les bras croisés. Derrière lui, le restaurant est illuminé, comme un port dans la tempête.

Il avait tout prévu. Ça faisait partie de son plan.

Pourtant, il a beau essayer, il n'arrivera pas à me convaincre que ça ne lui fait pas mal, à lui aussi.

On n'a jamais été ensemble.

On n'est pas amis.

Il y a moins de quarante-huit heures, il me disait qu'il avait envie de mettre la tête entre mes jambes et de faire jouer sa langue jusqu'à ce que mes cuisses en tremblent. Je ne sais pas ce qui s'est passé, ce qui a changé. Il ne s'est pas donné la peine de me le dire.

Après tout, il ne me dit jamais rien.

Je devrais être en colère, mais je suis surtout surprise et terriblement déçue. Je pensais qu'on serait déjà dans son lit, nus, rayonnants, qu'il enfilerait un préservatif pour que je puisse enfin – enfin ! – le sentir en moi.

Au lieu de ça, il est tellement distant que je ne retrouve plus le garçon que je connais dans les traits de son visage.

— C'est ça, dis-je en regardant l'endroit où ces quelques mots pathétiques sont allés s'écraser. On n'a jamais été ensemble.

Il jette un coup d'œil au restaurant derrière lui.

— Il faut que j'y aille.

Je devrais le laisser partir.

Je devrais lui dire d'aller se faire foutre.

Mais j'ai besoin de m'accrocher à quelque chose, d'avoir une idée de ce qui va se passer ensuite.

— Quand est-ce qu'on se voit… ? À la boulangerie ? Ou est-ce que tu comptes venir à la soirée du club de rugby, samedi ?

— Oh, je suis sûr qu'on va se croiser.

— OK. Super. Génial, West.

Il fronce les sourcils. Peut-être que j'ai réussi à l'atteindre malgré sa cuirasse.

Peut-être que ce sont les larmes brûlantes qui roulent le long de mes joues et tombent dans mon cou, déjà glaciales.

— Je te souhaite une excellente soirée, West. Tu as raison, on se croisera un de ces jours. Heureusement qu'on n'était pas amis parce que, sinon, tu me manquerais peut-être. Ce serait encore pire si on avait été ensemble. Je serais dégoûtée. Encore heureux qu'on ne l'ait jamais été, hein ? Je ne sais pas ce qui m'a pris de croire le contraire. Tu as raison, c'est pourtant évident. Je ne vois pas du tout ce qui a pu m'induire en erreur. C'est peut-être toutes ces heures passées à se faire jouir au téléphone, ça a embrouillé ma pauvre petite cervelle de fille. Ou alors c'est toutes ces nuits qu'on a partagées à la boulangerie. À moins que ce ne soit la fois où j'ai dormi dans ton lit et où tu m'as serrée dans tes bras pendant que je pleurais sur le carrelage de ta salle de bains. Au temps pour moi, West, c'était pourtant flagrant qu'il n'y avait rien entre nous.

— Caroline…

Je recule, glisse sur le verglas et tombe sur le coccyx. La douleur fait redoubler mes larmes. West me tend la main pour m'aider, mais je le repousse.

— C'est bon. Ça va. Passe une bonne soirée.

Je me relève tant bien que mal, et tant pis si son regard s'est adouci. Tant pis si son visage reflète toute la douleur que je ressens. Je ne le laisserai plus m'atteindre.

Je tourne les talons avant que mes émotions me rattrapent.

Je marche de plus en plus vite, puis je me mets à courir parce que, si je m'autorise à analyser ce qui vient de se passer, je vais être obligée de conclure qu'il m'a brisé le cœur exprès, sans même daigner m'expliquer pourquoi.

La fête du club de rugby est absolument mythique.

Comme pour les matchs, il y a trois mi-temps. La première, c'est une soirée juste pour l'équipe, au Rawlins Lounge. Puis, à 21 heures, la grosse fête commence au Minnehan Center, et tout le campus est invité. Il y a toujours beaucoup de monde, parce que c'est la première soirée après les vacances de Noël et parce que la bonne musique et la bonne bière coulent à flots.

C'est ce qui se passe entre les deux qui rend cette soirée mythique. Le challenge de la turlute.

J'ai raté ça, l'an dernier. Je devais avoir le nez dans mes bouquins, une fois de plus. Cette année, je tiens à être là. J'ai aidé Quinn à tout organiser, à décorer le Minnehan Center en découpant des posters de joueuses de rugby en pleine action pour les coller un peu partout. Il y a aussi une peinture murale qui est censée représenter une mêlée mais qui ressemble davantage à une orgie lesbienne. On a de la chance que l'administration de Putnam College ne vienne pas inspecter les lieux, parce que c'est chaud.

Vraiment chaud.

Quinn compte l'emporter pour la mettre dans sa chambre après la soirée.

J'ai fait du guacamole et des cookies pour la petite fête de l'équipe, mais personne n'a faim. On a soif. Quinn a apporté douze litres de jus de fruits et trois grosses bouteilles de vodka. On mélange ça directement dans les gobelets. La vodka me brûle l'estomac, comme toujours, mais je bois mon verre sans rechigner tout en observant les autres, qui dansent.

Je ne veux pas trop boire parce que j'ai peur de faire un truc stupide, comme aller frapper à la porte de West pour lui crier dessus.

Pour lui dire que, même si je sais très bien qu'il ne va jamais aux soirées et qu'il veut « arrêter cette histoire », j'aimerais qu'il soit ici avec moi ce soir.

Pour pouvoir l'engueuler.

Et peut-être l'embrasser.

Alors je me retiens de boire six verres d'affilée, comme mon instinct me le souffle, et je sirote gentiment comme une gentille fifille à papa. Quand Quinn essaie de m'entraîner dans un concours de danse figurative, je lui souris mais refuse poliment.

Je regarde Bridget et Krishna qui rigolent, de l'autre côté de la piste. Ils ne sont pas censés être là, mais ils nous ont aidées à tout préparer, Quinn et moi, et puis personne n'a d'objection, de toute façon.

Je regarde Quinn qui ondule de long en large en imitant une méduse, parce que c'est l'animal qu'elle a tiré au sort pour sa danse.

Je regarde la porte, même si je sais qu'il ne viendra pas. Il n'était pas invité à cette fête et, si je lui avais demandé de venir, il aurait refusé.

Je reste plantée là et je regarde ma vie passer sous mon nez parce que je suis une gentille petite fille riche qui respecte les règles et n'ose jamais rien faire d'un peu couillu. Ça n'est pas près de changer si je ne me secoue pas.

On laisse la salle dans un état déplorable et on enfile nos manteaux, nos écharpes et nos bonnets avant de sortir dans la nuit nuageuse. Il fait à peine plus de zéro degré, la neige est bien épaisse. On suit la vieille voie ferrée en direction du terrain de rugby, jusqu'à l'endroit que Bridget et moi avons soigneusement déblayé, derrière le Minnehan Center. Sur une quinzaine de mètres, les rails débarrassés de neige brillent sous la lune.

Il y a déjà du monde qui attend, essentiellement les amis, copains et copines de joueuses. On sort des bouteilles de nos sacs à dos, ainsi que des verres à *shots* en plastique, que j'aligne sur les rails. La foule de plus en plus dense se rassemble autour de nous. J'ai à la main une grosse enveloppe pleine de petites coupures parce que je suis censée tenir la caisse. Enfin, Quinn s'agenouille devant les rails et crie :

— Allez, les filles ! On se met en rang !

Brusquement, je n'ai plus envie de tenir la caisse.

J'ai envie de jouer, moi aussi.

J'aperçois Krishna et lui fais signe de me rejoindre.

— Tiens, c'est toi qui fais la banque, dis-je en lui remettant l'enveloppe.

— OK, mais je veux être ton premier client, en échange.

— Ça marche. Quinn, tu peux compter sur moi aussi !

— Génial ! On a une nouvelle vierge pour notre challenge de la turlute !

L'idée que je puisse être une vierge de la turlute est parfaitement absurde, mais personne ici n'aurait l'idée de se moquer de moi.

Quinn se déplace un peu pour me faire de la place, pose un verre devant moi sur les rails et fait signe à tout le monde de s'approcher.

— OK ! Vous connaissez la règle ! Pour 10 dollars, vous avez droit à deux turlutes, une pour vous, et une pour la féroce et fantastique joueuse de rugby qui vous fait face. Vous payez la demoiselle de votre choix, et elle vous autorise à lui glisser votre billet dans le décolleté. C'est très coquin, tout ça. Au coup de sifflet, vous devez boire votre *shot* sans les mains, du premier coup ! Si vous recrachez ou que vous vous en mettez partout comme de gros cochons, vous retournez faire la queue. Si votre joueuse de rugby recrache ou s'en renverse dessus, vous avez le droit de lui reprendre votre billet. Si vous avalez tous les deux comme des pros de la turlute, vous avez le droit de remettre un billet de dix dollars en jeu sans faire la queue. Vous connaissez tous Krishna ?

Tout le monde se tourne vers Krishna et hoche la tête.

— Super. Si vous avez besoin de monnaie, c'est à lui qu'il faut vous adresser. Je le nomme également arbitre de pas-touche. Ceci est un jeu, qui vise à rassembler des fonds pour financer le club de rugby. Certes, ça s'appelle le challenge de la turlute, certes, c'est un peu coquin sur les bords, mais si l'un d'entre vous se permet de mettre la main où il ne faut pas ou d'insulter qui que ce soit – bref, de jouer au con –, Krishna sera là pour lui botter le cul, avec une quinzaine de joueuses de rugby en colère pour lui prêter main-forte. Personne ne doit se sentir menacé ou méprisé, ici. Compris ?

Tout le monde hoche la tête en applaudissant et en riant. Notre public est content, nous sommes contentes. Apparemment, nous ne sommes pas les seules à avoir commencé la fête depuis déjà quelques heures.

— Génial ! C'est parti ! Où est ma siffleuse ?

La siffleuse, c'est Bridget, qui s'est fait embarquer là-dedans, elle aussi. La première rangée de clients paie et s'agenouille en face de nous, de l'autre côté des rails.

— Les mains dans le dos, tout le monde ! crie Bridget.

Je mets les doigts dans les poches arrière de mon jean histoire de ne pas être tentée.

Krishna me fait un clin d'œil.

— Allez, les filles, on avale ! crie Bridget avant de donner un coup de sifflet.

Je baisse la tête. Ce n'est déjà pas facile de garder l'équilibre en me baissant pour approcher mon visage des rails, mais, en plus, je dois ouvrir la bouche en grand pour attraper le verre entre mes lèvres. J'en ai mal aux mâchoires. Quand je redresse la tête d'un geste sec, les yeux fermés, je perçois un violent éclat de lumière sur ma gauche – peut-être un flash, ou peut-être juste le reflet des lampadaires sur les rails.

Je m'imagine, vue de l'extérieur : la tête renversée en arrière, les yeux fermés, la bouche ouverte.

L'alcool me glisse au fond de la gorge – Baileys, Kahlúa et chantilly. C'est brûlant et froid à la fois, bizarre et déroutant. Je réprime un haut-le cœur. Les larmes me montent aux yeux. Il m'est impossible de ne pas repenser aux mains de Nate crispées dans mes cheveux, qui me faisaient mal, tandis qu'il s'avançait trop loin en moi, au point de presque me faire vomir.

Ce n'est pas drôle. Vraiment pas drôle.

Pourtant, quand je rouvre les yeux, personne ne pose la main sur moi. Quinn est agenouillée à ma droite, Bridget sourit, son sifflet à la main. Face à moi, Krishna est mort de rire. Il s'est tout renversé sur sa veste en cuir noir.

— C'est dégueulasse, votre truc ! glousse-t-il, hilare.

— T'as perdu, Krish ! lance Quinn. Tu retournes faire la queue.

C'est bizarre. Je ne suis ni bourrée, ni traumatisée, ni folle.

Je ne suis ni une salope, ni une connasse frigide, ni une pauvre fille naïve.

Je suis une fille qui vient de boire un *shot* sans les mains sur un rail de chemin de fer, qui rigole avec ses amis et qui savoure la chaleur crémeuse qui se répand dans tout son corps.

C'est peut-être débile, mais je me sens bien. Je suis même plutôt heureuse.

Mes deux clients suivants sont des mecs que je ne connais pas. J'avale mon deuxième verre comme une grande, mais je m'étrangle avec le troisième. Pourtant, quand j'essaie de rendre son billet au type en face de moi, il refuse gentiment. Alors je le laisse retenter le coup aussitôt, même s'il a perdu et qu'il devrait théoriquement retourner faire la queue. Cette fois, c'est lui qui s'en met partout. Il a le menton et le manteau couverts de liquide blanchâtre, et on éclate de rire tellement c'est crade.

— Je m'appelle Aaron, au fait, dit-il en me tendant la main.

Je la serre. Elle est toute poisseuse.

— Moi, c'est Caroline.

— Oui, je sais, dit-il en me souriant.

Je décide qu'il n'y a aucun sous-entendu là-dedans. Il connaît mon nom, c'est tout.

— On se croisera peut-être à la fête, tout à l'heure, lance-t-il en se relevant, les genoux de son jean un peu mouillés.

On se croisera peut-être.

Il y a un autre type après lui, puis je reconnais la paire de cuisses qui s'installe en face de moi.

C'est Scott.

— Salut, dit-il.

— Salut !

— Quelle coïncidence.

J'éclate de rire. Enfin, ça ressemble plutôt à un petit grognement porcin. J'ai bu… euh… quelques verres. Cinq ou six. Je crois. Ils ne sont pas gros, et Quinn m'a appris à mettre beaucoup de chantilly pour éviter de me faire trop mal. Il y a quelques années, une des joueuses a fait un coma éthylique et a fini à l'hôpital. Une autre des filles devrait bientôt venir prendre la relève, mais je me sens encore bien. Mieux que bien, même.

— Tu ne t'attendais pas à me voir ?

— Euh… C'est une question piège ? demande-t-il en cillant.

— Allez, messieurs, on paie ! crie Bridget.

Scott tend la main, un billet de dix dollars entre l'index et le majeur.

— Où est-ce que je suis censé le mettre ?

J'ai de l'argent qui dépasse des poches de mon manteau, plus un billet de 20 coincé dans mon écharpe et qui me chatouille l'oreille. Je lève les yeux au ciel en prenant un air faussement blasé.

— Tu me le mets où tu veux, grand fou.

On pouffe comme des idiots, tous les deux.

Scott met le billet dans ma poche.

Je me demande s'il a bu, lui aussi.

Je me demande pourquoi il est venu – s'il pensait me trouver là, s'il l'espérait.

Une des joueuses pose un verre sur chacun des rails devant nous.

Bridget siffle.

— Allez, hop ! On avale !

J'ouvre grand la bouche, baisse la tête, attrape mon *shot* et déglutis. Je n'ai plus les larmes aux yeux. J'ai les lèvres toutes collantes. Mes mains sont gelées. Scott boit son *shot* proprement et sort un autre billet de son portefeuille.

— Il faut que je recommence, c'est ça ?

— Tu n'es pas obligé, mais tu as le droit.

— C'est plus qu'un droit, c'est un privilège.

Je lui souris.

— Tout à fait d'accord ! En plus, c'est pour une bonne cause.

Cette fois, il glisse le billet dans mon manteau, juste en dessous de mon écharpe et, quand il referme la main autour du col, il effleure mon pull, tout doucement, une bonne dizaine de centimètres au-dessus de la naissance de mes seins.

Pourtant je croise son regard et comprends la portée de son geste. Il voit très bien que j'ai compris.

Le coup de sifflet retentit.

J'avale de travers et commence à tousser. Je pose les mains sur les rails glacés pour garder l'équilibre. Du coin de l'œil, j'aperçois des mouvements vifs, une vague d'agressivité.

— Ce n'est pas ton tour, mon pote, dit Krishna.

— Je m'en fous.

Je reconnais cette voix.

Je relève les yeux et vois West, un genou à terre en face de moi.

Il a dû doubler tout le monde et pousser Scott, ce qui n'est absolument pas autorisé. Si c'était quelqu'un d'autre qui avait fait ça, Krishna l'aurait dégagé vite fait, mais c'est West, et ils sont amis.

C'est West, et il a quelque chose à dire.

Il a la mâchoire crispée, les sourcils froncés, la bouche pincée. Je me demande depuis combien de temps il observe la scène – et de quel droit il se permet d'intervenir comme ça.

Je vois ses maxillaires se contracter sous sa peau.

— Tu veux une turlute ? dis-je.

— Non.

Je croise les bras avec une moue autoritaire.

— Ici, c'est le challenge de la turlute. C'est ça ou rien.

Quelqu'un place deux verres sur les rails entre nous.

— Messieurs, il est temps de payer ! crie Bridget.

Les sourcils froncés, West sort un billet de son portefeuille et me le tend.

— Je garde les mains dans le dos, c'est toi qui dois me le mettre.

— Je refuse de faire ça.

— C'est pourtant ce que tout le monde a fait.

Il hésite, et j'ai l'impression qu'il va se dégonfler. Il a l'air inquiet, comme s'il avait peur que je fasse tout ça contre mon gré.

Je ne suis pas sûre moi-même de ce qui m'a motivée à participer, mais j'ai envie de lui dire que, parfois, il est bon de suivre son intuition, de croire que des jeux puérils mais joyeux peuvent remonter le moral et que les trucs vraiment sales nous alerteront tout de suite.

J'ai envie de lui dire de me faire un peu confiance, de lui rappeler que, si je suis ici ce soir, c'est parce que je l'ai voulu, et que je n'ai pas besoin de lui pour prendre des décisions à ma place.

Il n'a pas le droit de me commander.

On n'a jamais été ensemble. On n'était pas amis. Et je n'ai pas passé chaque minute de solitude, depuis deux jours, à ruminer sa trahison, furieuse, le cœur brisé.

Derrière lui, Scott attend. Mon gentil Scott, plein d'espoir, ordinaire et possible. Voilà un garçon que je pourrais présenter à mon père. Si ça se trouve, il est venu de Carson exprès pour me voir, ce soir.

Quel dommage que ce ne soit pas lui que je veux.

Je me penche vers West, lui attrape le poignet et approche sa main de ma poitrine.

— Tiens, tu n'as qu'à le mettre là, par exemple.

Il croise mon regard, puis glisse le billet sous mon manteau, juste entre mes seins. Ses longs doigts fins laissent une brûlure dans leur sillage.

Je n'ai pas été aussi près de lui depuis plus d'un mois. Pas physiquement, seulement dans mes rêves, dans mon lit, dans le noir, quand je repensais au son de sa voix à mon oreille, à la chaleur de son corps, à la douceur de sa langue.

Le coup de sifflet retentit.

— Allez, hop !

Je garde les yeux rivés sur West tandis que je me penche pour saisir mon verre entre mes lèvres. Il ne boit pas. Il se contente de m'observer.

J'avale.

Quand je rouvre les yeux, il m'observe toujours.

Peut-être est-ce parce que j'ai trop bu, mais j'en doute. Je crois surtout que c'est parce que j'en ai marre de toujours faire ce que les autres attendent de moi. J'en ai marre d'avoir peur de ce que je veux.

Peur de ce qui pourrait arriver.

C'est déjà arrivé.

Alors je me penche par-dessus les rails, les fesses tendues en arrière, j'attrape le verre de West et l'avale d'une gorgée.

Puis je le repose, regarde West droit dans les yeux et me lèche lentement les lèvres.

Il n'en faut pas plus.

West agrippe mon manteau à deux mains et m'attire à lui. Nos bouches se rencontrent.

C'est le baiser le plus obscène de ma vie. Dur, profond, brûlant, sucré et collant – un peu sale.

West n'a donc pas besoin de parler pour faire comprendre ce qu'il a à dire.

Tu es à moi! me signifie sa bouche. *À moi!*

Sauf que c'est faux. Je n'appartiens qu'à moi-même. Je fais ce que je veux. Je referme les poings dans ses cheveux et tire brutalement, je lui égratigne le cou, je le punis de n'avoir pas compris que je ne lui appartenais pas, je le punis d'avoir fait ça – ou peut-être de ne pas l'avoir fait plus tôt. Je le punis de me torturer sans cesse.

On s'embrasse, et j'ai vaguement conscience que quelqu'un applaudit et siffle – peut-être même plus d'une personne. Je m'en fiche. Les mains crispées sur les hanches de West, je l'entends répéter mon nom. Enfin, il rompt notre baiser et appuie son front contre le mien, à bout de souffle.

Puis il se relève et me laisse là, toute seule, dans le froid.

Il jette un regard noir à Scott et s'en va.

Ce n'est qu'à ce moment-là que je me rends compte de la colère incandescente qui fait rage dans mon cœur.

Je suis en jean et soutien-gorge et je danse au milieu d'une foule de filles à demi nues, luisantes de sueur et heureuses d'être là.

Je suis ivre et je me sens bien. J'en ai marre de laisser des mecs se prononcer sur mon corps.

Nate a voulu me faire passer pour une salope, et je l'ai cru.

West a voulu déclarer à tout le campus que je lui appartenais, et je l'ai laissé faire. J'ai fondu, j'ai cédé à ses baisers, mais maintenant je suis hors de moi. J'en ai assez. Ça suffit !

Je danse avec Quinn. Elle me donne de petits coups de hanche de temps en temps, quand elle ne me prend pas la main pour me faire tourner sous son bras. À côté de nous, deux filles s'embrassent fougueusement. Bridget danse avec Krishna, une bière à la main.

La popularité des soirées rugby ne s'explique pas seulement par le challenge de la turlute. Elle tient aussi à la pile de tee-shirts entreposés à côté des baffles. Soutiens-gorge de sport, en coton, en dentelle… il y en a pour tous les goûts. Il y a des filles un peu dodues, des filles un peu trop maigres, des filles absolument parfaites, et tout le monde s'en fout. On est là pour danser, et on est là pour s'épauler.

À un moment, on commence une chorégraphie que je n'avais encore jamais vue. Les pas ne sont pas compliqués, mais je n'arrive pas à les retenir. Je passe mon temps à partir dans le mauvais sens, à foncer dans les autres, à tourner un peu trop vite et à perdre l'équilibre, avant de le retrouver. Quand je tombe, on me rattrape et on m'aide à me remettre sur mes pieds. Je me cogne à des corps qui me maintiennent debout, confiante, entourée d'une foule de bras levés, de visages qui rient, qui font des grimaces sous la lumière de la boule à facettes.

Je ne suis ni une fille à papa ni une salope. Je suis vivante, je suis là et je danse.

J'aime tout le monde autour de moi, et tout le monde m'aime. Nous formons une masse solidaire de corps chauds et luisants, jeunes et sexy, et aucune de ces filles ne me fera jamais de mal.

Je bois, je m'amuse, je danse, je respire. Je vis.

Je suis en plein milieu de la piste, en plein milieu du monde. Par moments, j'ai l'impression de l'apercevoir, adossé à un mur.

Ses bottes et ses jambes croisées aux chevilles, ses paupières lourdes, son regard attentif.

Il me semble apercevoir de temps en temps un pantalon à baleines vertes, un sourire méprisant, une fossette qui m'a fait croire que je ne craignais rien alors que je n'aurais jamais dû lui faire confiance, même si ses parents étaient très gentils et qu'il avait de bonnes manières.

Je suis en colère, alors je danse.

Qu'ils aillent se faire foutre.

Tous les deux.

—Je ne veux pas le voir.

—Chut !

—Quoi ? chuchoté-je.

Je trébuche sur un truc, et Quinn me retient par le coude. On est dans l'appartement de West. Je n'ai pas complètement dessaoulé, mais je suis suffisamment sobre pour savoir que c'est une mauvaise idée.

—Rien ne t'oblige à le voir, intervient Krishna. Il dort déjà. Par contre, ce serait bien que tu te taises, un peu.

Quinn allume la télé, qui se met à hurler si fort que j'en tombe sur le cul.

—Waouh, dis-je, assise par terre.

—Oups ! fait-elle en riant.

Krishna essaie de lui prendre la télécommande des mains, mais elle ne se laisse pas faire. Je me dis que je ferais peut-être mieux de partir, mais Bridget m'aide à me relever et me passe une bouteille d'eau bien froide. Alors je bois sagement, savourant chaque gorgée.

Le bruit cesse enfin. Je reconnais l'odeur de l'appartement de West, et ça me rappelle plein de souvenirs dont je ne veux plus. Sauf que si, évidemment, je les veux. Je le veux, lui. Il n'y a rien à faire.

L'eau fraîche apaise ma soif, et c'est déjà pas mal. Mes sentiments devront attendre un autre soir.

J'ouvre les yeux parce que je me sens basculer. Mon équilibre est franchement précaire, ce qui m'apparaît beaucoup plus nettement maintenant que nous ne sommes plus au milieu de la piste de danse. Bridget est juste devant moi. Elle se penche devant mon visage et repousse une mèche de mes cheveux derrière mon oreille. Je dois me retenir à un placard pour ne pas basculer sous l'effet de son haleine houblonnée.

— Pourquoi vous m'avez amenée ici ? Je ne veux pas le voir !

J'essaie de chuchoter, mais j'ai surtout l'impression de chougner.

— Je sais, ma puce, je sais. On ne savait pas quoi faire de toi. Tu as besoin de dessaouler et tu parlais beaucoup trop fort pour qu'on te ramène dans notre chambre.

Elle m'entraîne vers le canapé, où Quinn et Krishna ont déjà pris place. On s'installe, et je pose la tête sur les genoux de Bridget, qui me passe les doigts dans les cheveux. Un léger courant d'air frais m'effleure la nuque.

On regarde un film débile, un truc avec des courses-poursuites et des explosions. Alors que je commence à m'endormir, on vient nous livrer trois grosses boîtes de *nachos*. Je m'assieds par terre, calée entre le canapé et les parpaings de la table basse, et, deux secondes plus tard, j'ai la bouche pleine de chips et de sauce au fromage.

— Mmm, c'est trop bon !

— Pense à mâcher, quand même, me dit Krishna. Tu sais que tout ça va repasser en sens inverse dans quelques heures.

— Mais non ! intervient Quinn.

Ils sont encore en train de discuter fort sérieusement de la probabilité que je vomisse avant la fin de la nuit quand la porte d'entrée s'ouvre brusquement. West nous dévisage d'un air hébété pendant quelques secondes avant que Krishna réagisse.

— Oh merde !

— Sympa, l'accueil.

West se penche pour délacer ses bottes pleines de neige et disparaît de mon champ de vision. Je suis allongée par terre, couverte de miettes de *nachos*, avec sans doute de la sauce au fromage tout autour de la bouche. Je m'en fous. Il ne m'a pas vue.

— Je croyais que tu étais dans ta chambre et que tu dormais déjà, reprend Krishna.

— Je ne dors pas.

— Oui, je vois ça. Tu étais au bar ?

J'entends une botte tomber par terre.

— Ouais.

J'entends West tomber par terre.

— Aïe, putain !

— T'es bourré, mon pote.

— Sans blague.

Krishna se tourne vers Quinn, les yeux écarquillés. Elle lui fait signe de faire dégager West et de l'emmener dans sa chambre. Il se lève, une boîte de *nachos* à la main, ce qui est une grave erreur tactique. West aperçoit les chips.

— Oh, vous avez des trucs à grignoter !

Il s'approche de la table basse, mais s'immobilise en me voyant.

— Faut que je te parle.

— J'ai pas envie de te parler, dis-je.

— Je m'en doute. Écoute…

Il s'interrompt et regarde Bridget, Quinn et Krishna.

— Vous pourriez dégager et nous laisser seuls un moment ?

— Il est 3 heures du matin, objecte Quinn.

— Et il neige, renchérit Bridget.

Krishna croise les bras.

— On est responsables de Caroline, ce soir.

— Je sais très bien être responsable, rétorque West.

— T'es bourré.

— Et alors ?

— Et alors, tu n'es pas foutu d'enlever tes chaussures sans te casser la gueule. Il est hors de question que je laisse Caro seule avec toi.

— Eh, je suis là, je vous signale ! Je suis bien vivante et j'ai encore tous mes neurones. Je suis capable de décider de ce que je veux faire.

— Dans ce cas, je l'emmène avec moi.

— Je refuse de la laisser toute seule, insiste Krishna.

— OK, restez ici. Je veux juste aller dans ma chambre.

— Eh ! Peut-être que je n'ai pas envie de…

Je me retrouve la tête en bas, l'épaule de West au creux de mon ventre. J'ai besoin de me concentrer parce que j'ai les yeux qui piquent et que j'ai un peu peur de lui vomir dans le dos.

Ce salaud m'a attrapée sans me demander mon avis et m'a jetée sur son épaule comme un sac à patates !

Le con !

Il me pose par terre et je me cogne au mur. Il referme à clé la porte de sa chambre.

Il va me le payer !

— Espèce de grosse brute ! Pour qui tu te prends ? Ça va pas, non ?

Il s'approche de son bureau, sort son portefeuille de sa poche et le range dans un tiroir. Il retire son manteau, défait la fermeture de son sweat à capuche, puis ouvre un autre tiroir, dont il sort un paquet de préservatifs. Il en détache un, qu'il met dans la poche de son jean.

— Qu'est-ce que tu fais, là ?

— T'occupe.

— « T'occupe » ? Dis donc, espèce de sauvage, tu veux bien arrêter de te comporter comme un gros con des cavernes qui croit qu'il peut m'embrasser comme ça, sans prévenir, me balancer sur son épaule pour m'emmener dans sa chambre et sortir une capote d'un tiroir comme s'il avait la moindre chance de s'en servir ? Tu crois peut-être que tu peux m'appeler chaque fois que t'as envie de te branler au téléphone et me jeter ensuite ? Tu crois que…

— Caroline, il faut qu'on parle, dit-il d'une voix posée en s'asseyant sur son lit. Tu pourrais arrêter de hurler cinq minutes ?

— Je ne hurle pas ! dis-je en hurlant.

Bon, d'accord.

Je me tourne vers le mur, le visage caché dans les mains parce qu'il m'est trop douloureux de le regarder.

J'ai besoin d'être en colère parce que, sinon, il ne me restera plus que ma déception et mes regrets, et je ne peux pas me permettre de les laisser refaire surface. Ils m'ont déjà trop fait souffrir, pendant trop longtemps.

J'entends les ressorts de son matelas grincer, et ce bruit me serre la poitrine, parce que je me souviens. Les mains de West sur mon corps, sa bouche… Mes yeux s'emplissent de larmes. Je m'en veux d'être aussi faible.

— Caroline.

Il est juste derrière moi. Je l'ai déjà entendu prononcer mon nom de cette voix grave et étouffée, juste avant l'orgasme. C'est en est trop. C'est infernal – mon cœur qui bondit vers lui, mon corps qui réagit, alors même que je m'accroche à ma colère et tente de ravaler mes larmes.

— Arrête.

Il ne m'écoute pas. Il pose une main sur le mur et l'autre au bas de mon dos. Il se penche sur moi, la bouche tout près de mon oreille, si près que je sens la chaleur de son corps, si près que je risque de me laisser entraîner si je n'ai pas la force de résister.

— S'il te plaît, dit-il.

On frappe à la porte.

— Caroline ? Ça va ? demande Quinn.

Je les imagine tous les trois, sur le seuil, inquiets pour moi.

Je repense à cette soirée passée à danser, entourée de gens qui m'aiment.

Je ne suis pas faible. Je ne suis peut-être pas tout à fait sobre – quoique, ça progresse –, mais je suis forte.

J'inspire profondément et je puise dans ces réserves de force.

Puis je relève la tête et fais face à West.

— Oui, ça va, dis-je assez fort pour que mes amis m'entendent de l'autre côté de la porte. Je lui accorde dix minutes.

— Tu es sûre ? demande Krishna.

— Retournez regarder votre film ! lance West.

Quelques secondes plus tard, le son de la télé augmente.

Alors on reste plantés là et on se regarde, West et moi. Son visage si parfaitement asymétrique, sa bouche trop grande, si arrogante, qui sait me faire fondre d'un sourire, me faire perdre la tête et me faire croire que je n'ai besoin de rien d'autre que lui pour vivre.

Sa bouche est un mensonge.

Je le mets en pièces, petit à petit. Son menton, ses pommettes, son nez, ses sourcils… ses yeux si clairs, aux pupilles si dilatées. Ses yeux cernés.

Ce n'est qu'un visage. Le visage de West.

Son souffle n'est qu'un souffle, qui sent l'alcool.

Ce n'est qu'un homme. Ce n'est pas un problème que je me dois de résoudre. Ce n'est ni une obligation ni un besoin. Ce n'est pas de l'amour. Ce n'est peut-être même pas mon ami.

J'arriverais presque à m'en convaincre.

— Qu'est-ce que tu veux, West ?

Il ouvre la bouche, fronce les sourcils, se masse la nuque et baisse la tête avec un soupir.

— Eh oui…, dis-je.

C'est évident, maintenant. Je ne sais pas si c'est la fausse sagesse de toutes les turlutes et de toutes les bières que j'ai bues ou si c'est ma colère qui m'éclaircit les idées, mais j'ai l'impression que tous les faux-semblants sont tombés. Tous les petits mensonges rassurants derrière lesquels je m'étais cachée se sont fait piétiner sur la piste de danse. Je me sens sereine, et j'ai compris des choses que je n'avais même pas vues jusqu'à présent.

Cette vérité toute simple, par exemple : West ne sait pas ce qu'il veut.

— C'est ça, ton problème, pas vrai ?

Je repense au beau discours qu'il m'a fait, dans ma chambre, il y a quelques semaines.

« J'ai envie de toi depuis le début, depuis que je t'ai vue. Je n'ai qu'une envie, c'est de t'allonger sur ce lit, de te déshabiller et de me perdre en toi, loin, puis encore plus loin, jusqu'à ne plus savoir ce qui est moi et ce qui est toi. »

Il a beau dire, il n'est toujours pas décidé. Il a peur, et il continue à dessiner des limites au crayon tout autour de nous.

Je pourrais lui dire que c'est trop tard – trop tard depuis longtemps, peut-être même depuis le début.

Au lieu de ça, je lance :

— J'en ai marre d'attendre que tu te décides.

Il redresse la tête et me regarde avec, dans les yeux, une lueur de rébellion, une prière.

— J'en ai marre que tu te comportes comme si j'étais ta chose. Ça a peut-être été le cas jusqu'ici, j'ai joué le jeu, j'ai respecté tes règles bien gentiment, mais c'est fini, tout ça. Ce n'est pas un jeu, et ce n'est pas à toi de décider de…

— Caro…

— Je parle, West ! Toi, tu la fermes et tu m'écoutes. J'ai été patiente avec toi, mais même ma patience a des limites. Tu n'as pas le droit de débarquer comme ça et de doubler les autres pour m'embrasser devant tout le monde – alors que tu m'as larguée comme un connard sans rien m'expliquer, après avoir passé des mois à refuser d'admettre qu'il y avait quelque chose entre nous, même devant nos amis –, puis de te barrer sans rien dire comme si tu avais fini ta petite démonstration. Tu n'as pas le droit de me balancer sur ton épaule et de me traîner dans ta chambre sans même me demander mon avis, puis de mettre une capote dans ta poche parce que, on ne sait jamais, t'auras peut-être envie de me baiser plus tard. Non, West ! Tu n'as pas le droit de faire ça. C'est dégueulasse. On aurait pu être amis, tu sais. J'étais même prête à jouer le jeu du plan cul. Je me serais sans doute trop attachée et tu aurais fini par me briser le cœur, mais… et alors ? Je n'aurais pas été la première, et c'était à moi de décider si je voulais courir ce risque. Mais non, c'est toi qui m'as demandé de te prévenir si un jour j'étais prête à voir d'autres mecs, et c'est toi qui m'as larguée comme un lâche après les vacances, comme si rien de ce qu'on s'était dit ou fait au téléphone n'avait réellement d'importance, alors ne va surtout pas croire que tu peux débarquer comme ça et jouer le mec jaloux, alors que tu n'as jamais été mon mec, putain!

Je lui plante mon index dans le torse tout en parlant, et il n'est pas impossible que je sois en larmes, mais je refuse d'examiner tout ça de trop près. J'ai besoin de dire tout ce que j'ai sur le cœur. C'est un soulagement immense de lui balancer ses quatre vérités à la figure, de le frapper avec ces mots que je taisais depuis trop longtemps.

— Je suis désolé, dit-il.

— Tu peux, oui! Tu t'es comporté comme un vrai salaud avec moi. Je t'ai laissé faire jusqu'à maintenant, mais c'est fini, ces conneries. Il va falloir que tu te décides. Si tu veux de moi, ose le dire.

Il prend mon visage entre ses mains. Je n'entends plus rien, assourdie par le sang qui bat à mes tempes au rythme de ma furie. Je devrais m'en aller, j'ai dit ce que j'avais à dire, mais il me tient à la merci de ses mains et de son regard.

Je pensais tout ce que je viens de déclarer, pourtant il n'y a nulle part au monde où je préférerais être qu'ici.

— Tu n'es qu'un lâche, West.

J'ai la voix enrouée, la gorge nouée par cette révélation.

— Je sais, dit-il.

— Et un menteur.

— Je sais.

— Tu t'es bien foutu de moi.

— Non, souffle-t-il en secouant la tête. Ce n'est pas vrai, je n'ai jamais... Ça n'a jamais été mon intention. Je ne peux pas, c'est tout.

— Tu ne peux pas quoi?

Il secoue la tête de nouveau, et nos nez s'effleurent. Il ne m'embrasse pas. Il approche son visage du mien, appuie sa joue contre la mienne et fait crisser sa barbe naissante contre mon menton.

J'ai besoin de toi.

Voilà ce qu'il essaie de me dire.

J'ai envie de toi.

Moi aussi, j'ai envie de lui – besoin de lui –, mais ce n'est pas juste. Je mérite plus que ça. Ça ne me suffit pas.

— Je ne peux pas, répète-t-il.

— Je ne sais même pas de quoi tu parles.

Ma voix s'est adoucie, mon cœur aussi. Malgré ma colère, je tiens à lui, même si je ne devrais pas. C'est peut-être idiot, mais je vois bien qu'il a mal et je saigne pour lui.

— Comment est-ce que je pourrais savoir alors que tu ne me dis jamais rien ?

— Je sais, souffle-t-il. Je suis désolé.

Je repousse ses mains et j'attrape son visage comme il l'a fait avec moi. Je veux l'obliger à me regarder, à m'écouter. Je plonge les mains dans ses cheveux.

— Tu peux me parler, tu sais. Je peux tout entendre, West. Tu sais que je suis de ton côté. Si seulement tu voulais bien me parler…

Je laisse ma phrase en suspens et j'imagine tout ce que ça impliquerait.

Je ferais mieux de me taire, mais l'alcool qui m'a éclairci les idées me pousse à la franchise, et je ne peux pas ne pas lui dire.

Je le regarde dans les yeux.

— Alors on pourrait s'allonger sur ce lit, se glisser sous cette couette, se déshabiller entièrement et être ensemble pour de bon. Je pourrais enfin te sentir en moi, loin, puis encore plus loin. Ce serait magnifique, et tu le sais, West. Tu le sais aussi bien que moi.

— Ce serait incroyable...

Je passe le pouce le long de son sourcil.

— Oui, incroyable...

Je passe mes bras autour de lui et le serre doucement contre moi, le visage enfoui dans son cou, parce que j'ai l'impression que c'est ce dont il a besoin. Je suis sûre que personne d'autre que moi ne lui a fait de câlin depuis qu'il est arrivé dans l'Iowa. Dans l'Oregon... Qui sait ? Je suis peut-être la seule personne à lui faire de vrais câlins.

Alors je le serre de toutes mes forces. Il tremble contre moi. Il tremble comme une feuille.

J'ai mal pour lui, et c'est un sentiment nouveau. Pour la première fois depuis que je le connais, je n'ai pas l'impression qu'il a toutes les cartes en main. Pour la première fois, je me dis qu'il est peut-être encore plus abîmé que moi.

Je l'embrasse sur la joue. Je lui caresse le dos, parce qu'il est fort, chaud et large, et parce que je serais bien incapable de m'en empêcher.

Puis je le lâche. Je recule d'un pas, croise son regard et relève le menton.

— C'est plus loin ou rien. À toi de décider.

Cette fois, c'est moi qui tourne les talons et m'en vais.

Février

West

Janvier a cédé la place à février.

Je me suis débarrassé de mon stock d'herbe. Sans les visites de Caroline, la boulangerie me paraissait morte. Je travaillais vite et je révisais mes cours pendant que la pâte montait, en écoutant le grésillement des néons.

Je m'ennuyais. J'étais malheureux.

Il s'est passé trois semaines sans que je voie Caroline et, malgré tout, elle restait étroitement mêlée au tissu de ma vie. Tout me parlait d'elle, mes souvenirs, mes rêves, mes pensées… J'ai compris qu'il ne suffit pas de vouloir extraire quelqu'un de sa vie pour y parvenir.

Je ne voulais pas lui faire de mal.

Je ne voulais pas lui donner le pouvoir de me réduire en poussière.

Je ne voulais pas l'attirer dans mon lit puis la quitter comme si ça ne comptait pas – comme si elle ne comptait pas.

Tout ce que je voulais, c'était être avec elle, tout le temps, chaque jour, même si je savais que je devais partir et que je ne la méritais pas.

« C'est plus loin ou rien », m'a-t-elle dit avant de sortir de ma chambre et de ma vie.

J'ai eu trop peur de choisir – trop peur pour la suivre, lui dire tout ce qu'elle voulait entendre et la supplier à genoux s'il le fallait.

J'étais trop emmêlé dans toutes ces questions sans réponse.

Qu'est-ce qui se passe si tu cours après l'amour de ta vie et qu'il te réduit en miettes ?

Qu'est-ce qui se passe si tu n'oses pas lui courir après et que tu te rends compte que tu es déjà fichu ?

Qu'est-ce qui se passe quand tu comprends qu'il n'y a pas de bonne solution – seulement toi et la fille que tu aimes et redoutes à la fois ? Une bombe à retardement, une mère à qui tu ne peux pas faire confiance, une sœur qui a besoin de toi, un père déterminé à foutre en l'air tout ce que tu accomplis de bien.

Je n'ai pas eu le courage de foncer plus loin, mais je n'avais pas vraiment réfléchi à l'autre possibilité.

Plus loin ou rien.

À moi de décider.

Il faudrait vraiment être con pour choisir rien.

La fumée m'emplit les poumons. Ça fait tellement longtemps que je n'ai pas fumé, la nicotine me monte instantanément à la tête.

Je sens que ça ne va pas adoucir mon humeur, au contraire. Ma rancœur s'exacerbe, et ma bouche se tord en une grimace involontaire.

Je prends une nouvelle bouffée.

Je suis sous le porche à l'arrière du restaurant, le temps d'une pause-cigarette. C'est la Saint-Valentin, j'ai besoin de souffler un peu. Il fait froid, et j'entends des bruits étouffés en provenance des cuisines.

Les pourboires sont généreux, ce soir. Je devrais être content de travailler, pourtant je suis d'une humeur de dogue.

Ça fait vingt-deux jours que je n'ai pas vu Caroline.

Je vois mon reflet furieux dans la fenêtre obscurcie.

Je ressemble à mon père.

Dans le premier souvenir que j'ai de lui, il avait l'âge que j'ai maintenant. Il m'avait acheté un tricycle avec Spider-Man sur la selle. Je le trouvais trop cool. Mon père, pas le tricycle, même si j'aime beaucoup Spider-Man.

Mon père et ma mère passaient leur temps à s'embrasser, à se toucher. Je n'avais pas le droit d'aller dormir dans le lit de ma mère quand mon père était de passage. Ils faisaient plein de bruit, là-dedans, alors je fermais les yeux de toutes mes forces et je pensais à autre chose. Je dormais sur le canapé, dans mon vieux sac de couchage en Nylon vert. Je frottais mon menton contre le tissu satiné en pensant à la vie de rêve qu'on aurait, tous les trois, une fois que mon père et ma mère seraient mariés.

Les enfants qui avaient deux parents vivaient dans des vraies maisons, avec jardin. J'avais compris ça en observant les enfants qui avaient tout ce que je voulais, à l'école. Leur dénominateur commun, c'était qu'ils avaient un papa en plus de leur maman – un monsieur avec une alliance et un métier, qui venait assister aux concerts de l'école et les filmait en faisant de grands signes.

J'entendais le lit de mes parents taper un rythme rapide contre la cloison à moins de deux mètres de moi. Leurs voix se mêlaient en un murmure urgent, peiné.

Je me disais que j'aurais bientôt un petit chien pour aller avec le chaton que mon père avait rapporté une semaine auparavant, comme ça.

Je me disais que, bientôt, tout serait parfait.

Évidemment, ça n'a pas duré. Ça ne durait jamais. Mon père se mettait en colère, et ma mère ne parvenait pas à le calmer. Cette fois-là, il lui a reproché de dépenser trop d'argent pour un chemisier qu'elle avait acheté. Elle s'est défendue, alors il lui a dit d'arrêter de râler, et il a fini par hurler qu'on n'était que des putains de parasites, elle et moi.

Il a pris le volant alors qu'il était saoul, il a démarré en faisant voler des graviers partout, et il est parti tellement vite qu'il a écrasé le chaton.

Il s'est arrêté quand il s'en est rendu compte. Je me suis jeté à genoux à côté de la pauvre bête. Mon père est sorti de la voiture et s'est approché pour regarder.

Pauvre chaton. C'était horrible, pourtant je n'arrivais pas à détourner les yeux. Ma mère était appuyée contre la porte du mobil-home. Elle sanglotait comme si c'était elle que mon père avait renversée. J'observais le chaton qui essayait de respirer tant bien que mal, alors que, visiblement, sa cage thoracique était broyée.

Je nous croyais unis. Je croyais que mon père était aussi désolé que moi pour cette pauvre bête, qu'il essayait de respirer pour elle, pris de remords et de l'espoir un peu fou qu'elle se remette miraculeusement.

Je le croyais vraiment, jusqu'à ce que mon père donne un grand coup de pied dans le chaton.

Il respirait encore, mais mon père l'a envoyé valser d'un coup de pied tellement violent qu'il a décollé du sol et roulé sous le mobil-home du voisin, trop loin pour que j'espère le récupérer.

Son cadavre allait mettre des semaines à se décomposer, mais ça, je ne le savais pas encore.

« Arrête de chialer, putain. C'était qu'un chat », m'a dit mon père.

Puis il est remonté dans sa voiture, il a refermé la portière et il est parti en trombe. Je ne lui en ai même pas voulu. C'est à ma mère que j'ai reproché la dispute, sa colère, le chaton.

Je n'ai pas tout de suite haï mon père, mais j'ai compris que nous n'étions pas pareils, lui et moi.

Mon père est un homme capable de donner un coup de pied à un chaton blessé.

Pas moi.

Ma mère ne semble pas saisir la différence. Ce matin, elle m'a envoyé un texto qui disait :

Joyeuse Saint-Valentin à l'amour de ma vie !

J'ai crispé le poing sur mon téléphone pour me retenir de l'exploser contre le mur.

L'amour de sa vie.

C'est mon père qu'elle appelle comme ça, quand elle est avec lui. Wyatt Leavitt, l'amour de sa vie, son vagabond au grand cœur.

« La passion, il n'y a que ça de vrai, m'a-t-elle dit la première fois qu'il est revenu. Tu es encore trop jeune pour comprendre, Westie, mais la passion… c'est notre raison d'être. Sans passion… » Je me souviens qu'elle s'est tue un instant, les yeux au plafond, comme si elle espérait y trouver les mots adéquats. « Sans passion, on n'est que des animaux. »

Sauf que le mec dont elle parlait n'allait pas tarder à lui donner des coups de poing dans le ventre et à me cogner assez fort pour me fendre la lèvre parce que j'osais m'interposer, tenter de protéger ma mère qu'il giflait à la volée en la traitant de tous les noms pendant qu'elle l'implorait de ne pas lui faire de mal.

« Non, mon chéri, s'il te plaît ! »

L'amour de sa vie.

Et je lui ressemble trait pour trait, à ce connard.

Notre maître d'hôtel, Jessica, passe la tête par la porte.

— La table numéro seize a demandé l'addition, les clients de la huit ont l'air prêts à commander, et j'ai noté les desserts pour la douze à ta place. Si tu ne te remets pas tout de suite au travail, je demande à Sheila qu'elle te vire.

— J'arrive.

J'écrase ma cigarette avec le talon de ma chaussure et je retourne à l'intérieur.

Jessica me tient la porte et me toise d'un air sévère.

J'apporte l'addition à la seize, je prends les commandes de la huit et j'apporte les desserts de la douze. Pendant tout ce temps, les mots de ma mère résonnent sous mon crâne, comme une perceuse entre mes yeux.

« L'amour de ma vie. »

J'ai passé presque dix ans de mon existence à essayer d'être le genre d'homme que mon père aurait dû être – un homme qui fait passer sa famille avant tout, qui se démène pour la santé, la sécurité et le bonheur des siens.

Je n'ai jamais voulu de cet amour-là, qui ronge et détruit, comme mon père a détruit ma mère.

Pourtant, ce soir, encore plus nettement que les vingt-deux autres soirs que j'ai passés sans Caroline, je me dis qu'il y a peut-être un moyen d'aimer sans se laisser submerger.

Un de mes collègues passe à côté de moi en disant :

— Jessica veut que tu t'occupes de la six.

— OK, merci.

J'apporte une carafe d'eau à la table et je reconnais ma prof d'économie. C'est une dame rondouillarde qui, un jour, a amené ses quatre enfants à un groupe de travaux dirigés et les a installés dans un coin, devant une grosse boîte de donuts. Ce soir, elle est en compagnie de son mari et porte une jolie robe. Elle me reconnaît et me flatte gentiment.

— Ce jeune homme était un de mes meilleurs étudiants, au semestre dernier.

Elle dit qu'elle espère me retrouver dans son séminaire l'année prochaine.

Je prends leur commande et leur souhaite une joyeuse Saint-Valentin.

Je l'aime bien, alors je fais un effort pour que mon sourire ait l'air sincère.

J'emporte la commande en cuisine et en ressors avec les entrées d'une table de quatre. Je passe la porte avec trois assiettes sur le bras droit, la quatrième dans la main gauche. Je repense à une autre Saint-Valentin avec une autre femme assez âgée pour être ma mère.

Il y a deux ans, jour pour jour, j'entrais dans la maison des Tomlinson pour la première fois. Mme Tomlinson avait loué les services d'un chef cuisinier pour qu'il vienne leur préparer un repas aux chandelles à domicile, et elle m'avait demandé de venir faire le service, pour la modique somme de 200 dollars.

J'ai donc passé deux heures à les regarder manger, cet homme qui m'avait pris sous son aile et la femme qu'il avait épousée, l'amour de sa vie.

Cet homme possédait tout ce que je désirais – carrière, fortune, respectabilité, sécurité.

Mme T. portait une robe noire au décolleté impressionnant, dont ses seins menaçaient de s'échapper à tout moment. Elle ruisselait de diamants – à ses oreilles, à son cou, à ses doigts – et elle ne cessait de minauder en rappelant des anecdotes de leur mariage.

« C'était le plus beau jour de ma vie ! »

Une semaine plus tard, je la baisais dans leur lit. Elle voulait que je la prenne comme une chienne, alors je suis passé derrière elle, je lui ai agrippé les hanches et je l'ai tisonnée jusqu'à ce qu'elle empoigne les draps comme une furie et qu'elle jouisse en cambrant le dos et en poussant des miaulements de chat sauvage.

Je ne cherchais ni son plaisir ni le mien. Je l'ai prise comme une brute.

Comme un animal.

L'amour de ma mère est un désastre, et j'étais moi-même mal barré jusqu'à ce que je rencontre Caroline.

En arrivant à Putnam, je croyais que l'amour était une preuve de faiblesse et que le sexe était une monnaie d'échange. J'avais peut-être raison. Avec le recul, je ne trouve pas si étonnant que mes sentiments pour Caroline m'aient fait flipper.

J'ai eu peur que, en allant plus loin avec elle, je me retrouve captif d'un courant qui ferait de moi un être éperdu et aveuglé, comme ma mère. J'ai eu peur de me laisser charmer par Caroline, d'envoyer valser mes priorités et de museler mon bon sens, parce que je craignais que ça me rabaisse au niveau de mon père et de ma mère. J'aurais perdu tout respect pour moi-même.

Et pourtant, aujourd'hui, je sers des steaks, des salades et des galettes de quinoa à des dizaines de couples tout en m'efforçant de sourire alors que je déteste ça. Je déteste tout quand je ne suis pas avec Caroline. Je n'arrête pas de me dire :

Qu'est-ce qu'il te faut ? Un coup de massue sur la tête ? Un panneau en lettres de néon ?

J'aime Caroline. Je suis fou d'elle. Je veux tout ce qu'elle a à m'offrir, et ça ne s'arrêtera jamais. Je le sais.

Je ne suis pas mon père.

J'ai beau lui ressembler, je n'ai rien à voir avec lui. Ça fait longtemps que je l'ai compris.

Peut-être que j'ai besoin de me faire à l'idée que je ne suis pas ma mère non plus.

Je ne suis pas amoureux d'une fille qui ne me mérite pas. Je ne me laisse pas dévorer par ma passion comme si c'était une drogue dure à laquelle je me vouais corps et âme.

J'ai attendu plus d'un an avant d'embrasser Caroline. J'ai eu largement le temps de l'observer, d'apprendre qui elle est.

C'est une fille bien, intelligente, courageuse.

Très honnêtement, je suis content qu'elle m'ait dit mes quatre vérités. J'ai été odieux avec elle, et elle ne s'est pas laissé faire. La femme que j'aime est assez forte pour exiger que je la traite comme elle le mérite.

Jusqu'ici, je n'ai pas été à la hauteur. Je ne lui ai rien révélé sur moi, sur ma vie, sur ma famille, sur mon passé, parce que j'avais peur qu'elle se serve de ces confidences pour trouver mes failles et m'anéantir.

Sauf que j'ai compris quelque chose de primordial : Caroline ne ferait jamais ça. Elle n'est ni mon père ni mon ennemi.

C'est Caroline.

Ces trois semaines sans elle n'ont fait que confirmer ce que j'ai appris pendant les dix-huit mois passés à la côtoyer. Caroline est une fille géniale. Je suis amoureux d'elle. La passion, c'est formidable.

Mon amour pour Caroline ne m'a pas anéanti.

Je sais toujours qui je suis, et je ne suis ni mon père ni ma mère.

Si je me retrouve obligé de rentrer chez moi, je rentrerai, c'est la seule solution envisageable.

Je ne sais pas ce qui va se passer d'ici là – et pas seulement entre Caroline et moi. Je risque peut-être de devoir partir demain. Je peux aussi entrer dans un magasin et me faire tuer par un braqueur fou. On va peut-être tous mourir d'un virus fulgurant.

En attendant, ce soir, c'est la Saint-Valentin.

Peut-être que, demain, ce sera la fin du monde. Si c'est le cas, je vais tout faire pour que la fin du monde nous trouve ensemble dans mon lit, Caroline et moi, avec ses cheveux sur mon oreiller et mes mains sur ses fesses.

Je sais, je suis un grand romantique.

J'arrive devant sa porte avec une douzaine de roses rouges un peu minables, que j'ai trouvées à la station-service. Je sens la sueur et la vapeur du lave-vaisselle. Elle est en pyjama et plisse les yeux face aux néons du couloir.

Je l'ai réveillée.

J'ai réveillé Bridget.

Si je reste là encore longtemps, je vais finir par réveiller tout le couloir, mais je m'en fous.

— Qu'est-ce que tu veux savoir ?

— Quoi ? demande-t-elle d'une voix endormie.

— Dis-moi ce que tu veux savoir. Pose-moi toutes les questions que tu veux, je te promets d'y répondre. Je suis un livre ouvert.

Ses cheveux sont tout emmêlés au sommet de sa tête. J'ai envie d'y passer les doigts pour les lisser, de la prendre dans mes bras, de l'embrasser.

C'est encore trop tôt, même si mon plan fonctionne. Si ça ne marche pas… Je préfère ne pas y penser.

— Tu es un livre ouvert, répète-t-elle.

Je sens qu'elle commence à se réveiller. Elle injecte une bonne dose de scepticisme dans ces quelques mots.

— Dis-moi tout ce que tu veux savoir.

— Et si tu commençais par me dire pourquoi tu te pointes à ma porte à… Il est quelle heure ?

— Vingt-trois heures trente-cinq.

— À 23 h 35 le soir de la Saint-Valentin, alors…

C'est à ce moment précis qu'elle aperçoit mon pauvre bouquet. Elle hausse un sourcil.

— … alors que tu ne m'as pas donné signe de vie depuis presque un mois.

— Vingt-deux jours.

— Tu as compté ?

— Je peux te dire combien d'heures ça fait, aussi, si tu veux.

— West ? Pourquoi tu es venu ?

— Parce que, quand il s'agit de toi, je deviens complètement con – encore plus que tu ne crois, de plein de façons que tu n'imagines même pas.

Ça la déride presque. Je vois ses lèvres remuer légèrement à la commissure. Elle ne s'autorise pas encore à sourire, mais c'est un bon début. Alors je poursuis :

— Écoute, je n'avais pas l'intention de te réveiller. Je serais venu plus tôt si j'avais pu, mais j'étais au restaurant, et il y a un couple qui est arrivé juste avant 22 heures et qui a pris tout son temps pour dîner. J'aurais pu attendre demain, mais…

… mais je n'en pouvais plus.

… mais j'avais besoin de te voir.

… mais, une fois que j'avais pris ma décision, je ne voulais pas patienter une seconde de plus.

— Je t'ai apporté des roses, dis-je en lui tendant le bouquet.

C'est la seule chose que je lui ai jamais offerte. Elles sont rouge sang, et c'est tellement kitsch qu'elle est obligée de trouver ça touchant. Du moins, je l'espère.

— Je vois ça.

J'attends qu'elle ajoute quelque chose, qu'elle me donne un indice. Elle se frotte le visage pour se réveiller – comme après tant de nuits passées à la boulangerie.

— OK, dit-elle. Très bien, monsieur Je-Suis-Un-Livre-Ouvert. D'où est-ce que tu viens ?

— De l'Oregon.

— Ça, je le sais, andouille. De quelle ville ?

— Silt.

— Il y a une ville qui s'appelle Silt ?

— Oui.

— C'est comment ?

— C'est près de Coos Bay, sur la côte. C'est assez joli, Coos. Il y a pas mal de touristes. Silt est à l'intérieur des terres. C'est…

… un trou paumé et tout pourri.

— Disons qu'il n'y a pas grand-chose à voir, conclus-je.

— Tu as des parents ou tu es le fruit d'une génération spontanée ?

Je sais qu'elle ne plaisante qu'à moitié. Mes parents sont un sujet sensible entre nous, et il lui a fallu moins d'une minute pour mettre le doigt dessus.

— Tout le monde a des parents, Caro.

— N'oublie pas que tu as aussi le droit de lui claquer la porte au nez, Caro, lance Bridget de sous sa couette.

J'hésite un instant, puis je me lance.

— Là-bas, je vis avec ma mère. Mon père… La plupart du temps, il n'est pas dans les parages, ce qui vaut mieux pour tout le monde. Il n'est pas… Enfin, ça vaut mieux, quoi.

Caroline croise mon regard, les sourcils légèrement froncés. C'est l'expression qu'elle a, en cours, et je sais qu'elle m'écoute assez attentivement pour comprendre tout ce que je ne dis pas.

— Comment elle s'appelle ?

— Ma mère ? Michelle.

— Elle et ton père sont mariés ?

— Non.

— Leavitt, c'est son nom à elle ou… ?

— Non, c'est celui de mon père.

— Tu as d'autres frères et sœurs ?

— Non, juste Frankie. Je t'en ai parlé.

— Pas vraiment, non.

Elle a raison, une fois de plus.

— Je t'en parlerai, si tu veux.

Elle incline la tête sur le côté.

— Quelle est ta couleur préférée ?

— Le vert.

— Tes meilleures vacances, c'était où ?

— On n'allait nulle part… Je dirais la Californie.

— Le plus beau cadeau que tu aies jamais reçu ?

— Le livre que tu m'as offert.

Elle écarquille très légèrement les yeux.

— C'est juste un livre – qui parle du pain.

— Je l'ai trouvé super.

— Quel genre de cadeau tu reçois, d'habitude ?

— Des fringues, des trucs dont j'ai besoin. Des gadgets débiles que ma mère trouve drôles mais qui ne me font jamais rire. Bo m'a offert une petite bouteille de whisky, à Noël.

— C'est qui, Bo ?

— Le copain de ma mère. Frankie et elle vivent avec lui en ce moment.

— Pourquoi tu m'as larguée après les vacances ?

Je ne m'attendais pas à cette question. Je jette un coup d'œil à la chambre obscure derrière elle.

— Si je te promets de tout te dire, est-ce que tu accepterais de venir chez moi ?

Elle ne répond pas tout de suite. Elle me prend le bouquet des mains, défait l'emballage transparent afin de pouvoir sentir les fleurs, puis les étudie un instant.

— Si c'est juste une ruse à deux balles pour tirer un coup le soir de la Saint-Valentin, oublie tout de suite.

— Non, ce n'est pas ça du tout.

Après un long moment, elle finit par relever la tête.

J'ai vu mille expressions sur son visage – prudence, espoir, courage, colère, joie et déception. Je l'ai vue pleurer. Je l'ai vue douce et vulnérable, les lèvres gonflées par mes baisers. Cette expression-là, en revanche, je ne l'ai vue qu'une seule fois, la première fois que je l'ai invitée à entrer dans la boulangerie.

Elle a peur – peur de ce qui pourrait arriver.

Et elle en a envie quand même.

— C'est quoi, alors ?

J'aimerais trouver la réponse parfaite, les mots qui sauraient raconter ces dix-huit mois entre elle et moi, tout ce temps passé à l'observer, à attendre, les nuits sans sommeil, les heures partagées à la boulangerie, à pétrir la pâte à pain en riant aux éclats. Chacun de mes rêves où elle a fait une apparition. Chaque fois que j'ai souri en entendant sa voix ou en recevant un message d'elle. Chacun des soirs où je l'ai appelée au téléphone et où j'ai murmuré tous mes désirs jusqu'à la faire gémir de plaisir.

J'ai beau la connaître par cœur, je ne sais pas comment lui faire comprendre pourquoi je suis là, devant sa porte, hésitant, dérouté, et pourtant absolument sûr que je suis ici à ma place.

C'est elle que je veux – plus que tous mes projets, plus que mon besoin de prouver ma valeur et de suivre les règles que je me suis fixées. Je veux être avec elle.

J'en ai besoin. Il le faut.

Je ne veux plus perdre de temps à réfléchir – pas alors que je risque de devoir partir en catastrophe.

— Je veux être ton petit ami.

Aussitôt je m'en veux de ne pas avoir trouvé de meilleure formule. « Ton petit ami ». C'est pire que naze ! J'ai l'impression d'être un gamin maladroit. Je n'avais jamais dit ça, avant.

Caroline me dévisage de ses grands yeux bruns, attentive, compréhensive et…

Oh, merde, elle a pitié de moi !

Trop tard. C'est fichu. Tu aurais dû te décider plus tôt.

Pourtant, c'est d'une voix douce qu'elle dit :

— Attends-moi une seconde.

Je reste donc planté dans le couloir, accroché à l'hameçon que Caroline tient au bout de sa ligne, curieux de voir où elle compte me mener.

J'entends un bruit de clés, puis Caroline reparaît avec son manteau et son porte-clés autour de l'index. Ses bottes sont à côté de la porte. Elle les enfile par-dessus son pantalon de pyjama.

— Ne m'attends pas, Bridget, lance-t-elle avant de refermer la porte derrière elle.

Elle la verrouille soigneusement, puis se tourne vers moi.

Elle vient avec moi.

Son visage est tout près du mien, son corps si proche que les fleurs se froissent légèrement entre nos deux manteaux.

— On prend ma voiture ? demande-t-elle.

Je la regarde sans répondre, interdit. Je ne sais pas ce que j'ai dit pour mériter une chance pareille.

Peut-être que Caroline est un cadeau du ciel – une façon de me dédommager de tout ce que mon père m'a fait subir.

J'accepte volontiers ce cadeau.

— West ?

— Est-ce que ça veut dire oui ?

Elle hausse les épaules lentement, ce qui fait bruisser les fleurs.

— Est-ce que je t'ai déjà dit non ?

— Une fois.

Elle sourit, ce sourire ressemble aux rayons roses et orange que j'aperçois au bout de la ruelle quand je sors de la boulangerie au petit matin.

J'ai passé ma vie dans le noir. J'étais solitaire, entièrement focalisé sur un but unique, à la recherche d'une vie qui promettait de satisfaire tous mes désirs, jusqu'à ce que Caroline débarque et chamboule tout.

C'est plus loin ou rien. Ma nouvelle devise.

— Je ne t'ai pas dit non, corrige-t-elle. Je t'ai botté le cul et je t'ai demandé de te décider. Et regarde ! dit-elle en agitant le bouquet de fleurs sous mon nez. Ça a marché ! Je me fais courtiser à coups de roses rouges !

— C'est ça que tu voulais, hein ? Que je te fasse la cour, à l'ancienne ?

— Peut-être… en partie.

Je me penche vers elle, déjà plus sûr de moi.

— Ma belle, je vais te faire la cour jusqu'à ce que tu n'aies plus la force de marcher.

— Des promesses, toujours des promesses…

Elle ferme les yeux quand je l'embrasse, mais je garde les miens bien ouverts.

Je veux voir le soleil se lever.

Ça devrait sans doute me faire bizarre de suivre Caroline jusqu'à sa voiture dans la nuit noire et glaciale, de monter à côté d'elle et de me laisser conduire jusque chez moi, avec le chauffage à fond. Il n'y a personne dans les rues.

Nous montons l'escalier, retirons nos chaussures et les posons à côté de la porte, puis traversons le salon pour aller dans ma chambre. Je suspends mon manteau au dossier de ma chaise et m'assieds sur mon lit, adossé au mur, les jambes tendues.

Caroline hésite un instant avant de m'imiter.

On reste un moment en silence, assis côte à côte sur mon lit, et j'attends la catastrophe – j'attends qu'un problème survienne. Pourtant, tout ce que je ressens, c'est un immense soulagement. J'ai l'impression que, jusqu'ici, je traînais derrière moi tout le poids de mes misères, et que je marche enfin libre.

Je me tourne un petit peu pour pouvoir la regarder.

Ses cheveux sont toujours emmêlés, elle a une poussière au coin de l'œil, et sa lèvre inférieure est marquée d'une espèce d'ellipse, comme sous l'effet d'une gerçure – ou d'une morsure.

Justement, tandis que je la regarde, elle referme les dents dessus d'un air pensif. Quand elle la relâche, je vois de petites marques blanches qui redeviennent roses aussitôt.

J'ai envie de la dévorer.

Je suis presque sûr que ce n'est pas encore le moment.

— Il faut que tu me dises tout ce que tu as besoin t'entendre, Caro. Je sais que tu veux discuter, mais je ne suis pas sûr de… Je ne connais rien à tout ça.

De nouveau, je suis surpris par l'intensité de mon soulagement. C'est merveilleux de pouvoir admettre que je suis complètement ignorant dans un domaine.

— Quand tu dis « tout ça », tu parles des filles ? demande Caroline, taquine.

— Ha ! Tu aimerais bien, pas vrai ?

— Oui, j'avoue. Ça me ferait très plaisir de t'entendre dire que tu n'y connais rien aux filles.

— Pourtant tu ne t'es jamais plainte de mes compétences en la matière.

— Ah, mais c'était différent. J'étais en convalescence et tu m'aidais pour l'aspect pratique.

— Quoi ? Tu crois que je suis le genre de bon élève qui ne sait pas appliquer ses connaissances au monde réel ?

Elle me fait face et appuie l'épaule contre le mur.

— Ce que je crois, c'est que tu n'as jamais eu de petite amie.

— C'est vrai, dis-je. J'ai déjà été avec des filles, mais jamais…

Je réfléchis à la façon de formuler ça, puis je me rappelle que je suis avec Caroline. J'ai le droit à l'erreur. J'aurai le droit de recommencer si ma première tentative ne me satisfait pas.

— Tu es la première pour qui j'éprouve ce que j'éprouve.

Je craignais que, en lui faisant cet aveu, je lui confie une partie de moi et me mette à sa merci.

C'est un peu le cas.

Pourtant il n'y a rien à craindre.

J'ai plutôt l'impression que… que je m'étais barricadé derrière un mur de débris ramassés sur le bord de la route et qui ont fini par former une carapace censée me protéger. Ce que je donne à Caroline, ce n'est pas une partie de moi, arrachée à mon intégrité, c'est un morceau de cette carapace qui formait comme une seconde peau.

Je n'ai plus besoin de ça. Je n'ai aucune raison de me protéger contre Caroline.

Elle sourit, les yeux rivés sur ses mains, qui sont posées sur le matelas juste à côté des miennes. Elle remue les doigts jusqu'à ce qu'ils recouvrent les miens.

— Tu veux savoir ce qui m'a décidée, tout à l'heure ? dit-elle.

— Oui. C'est quoi ?

— Quand tu as dit « petit ami », répond-elle en me jetant un bref coup d'œil. C'est pour ça que je t'ai suivi, parce que tu as osé le dire.

— J'aurais dû le dire il y a longtemps.

Si seulement j'en avais été capable ! Si seulement je n'avais pas perdu tout ce temps, toutes ces nuits que j'aurais pu passer avec elle !

— Ami, petit ami… Tu mérites les deux.

Elle lève la main et me caresse doucement le front, la tempe, la joue, puis elle referme le poing pour faire passer le dos de ses doigts sur ma bouche.

— Tu es vraiment prêt à répondre à toutes mes questions ?

— Oui, dis-je dans un souffle.

Sa peau effleure mes lèvres et me chatouille très légèrement.

— Si je te demandais pourquoi tu t'es froissé quand je t'ai donné l'argent à Noël… ?

Elle a vraiment le chic pour appuyer là où ça fait mal.

— Oui. Si tu me le demandais.

Elle m'observe un instant en silence.

— Et si je te demandais pourquoi tu es venu me chercher dans ma voiture, le premier soir, à la boulangerie ?

Je hoche la tête et lui prends la main pour déposer un baiser au creux de sa paume. Je suis tellement heureux qu'elle soit ici, avec moi.

— Si je te demandais combien de… copines tu as eues ?

Je lui embrasse l'intérieur du poignet.

— Oui.

— Si je te demandais ce que tu ressens pour moi ?

— Oui.

Je me dis qu'elle le sait déjà, qu'elle l'a compris. C'est évident dans mon regard – dans nos regards. Si ce n'était pas si évident, nos chemins se seraient déjà séparés depuis longtemps. On ne se serait pas infligé une telle torture.

Je l'aime, je suis fou d'elle et j'ai envie d'elle.

Si elle me demande, je lui dirai.

Là, tout de suite, je ne dis rien, parce qu'elle a les yeux rivés sur mes lèvres et que je n'en peux plus d'attendre. Alors je me penche et je l'embrasse dans le cou. Je trouve son pouls et passe ma langue dessus en imaginant le sang brûlant qui coule sous sa peau. Je suis flatté de sentir son cœur battre un peu plus vite et plus fort.

J'ai peur qu'elle me demande d'arrêter, mais elle ne dit rien, alors je continue et l'embrasse le long de sa mâchoire, jusque sous son oreille. J'embrasse ses paupières et son nez, ses pommettes, son menton.

Je place une main au creux de son dos et l'encourage à s'allonger sur le lit.

Je l'embrasse.

La saveur de sa bouche m'avait tellement manqué…

Je l'embrasse, et elle me laisse faire. Elle passe les bras autour de ma taille et me caresse le dos, de plus en plus bas. Je suis sur elle, les hanches au-dessus des siennes, dur là où elle est tendre et douce. Ce n'était pas mon intention, mais ses lèvres, ses baisers formulent l'accueil que j'ai attendu toute ma vie, ses bras sont l'ancrage dont j'ai tellement besoin. Je suis chez moi contre son corps.

Nous sommes parfaits ensemble. Peut-être que je m'y suis mal pris, mais ça ne fait rien.

Nous sommes bien.

— Dis-moi ce que tu veux entendre, Caro.

Il doit forcément me rester des obstacles à surmonter. Ça ne peut pas être aussi simple que ça. Rien n'est jamais aussi simple, dans ma vie.

Caroline me repousse et se redresse, alors je m'écarte et m'agenouille sur le lit. Je me prépare à répondre à toutes les questions qu'elle a énumérées tout à l'heure. Certaines réponses risquent de lui déplaire, surtout la toute première. Caroline risque de ne plus jamais vouloir m'embrasser, après ça, ce qui signifie sans doute que je me dois de lui dire.

Non ?

Je ne suis plus sûr de rien.

Sans un mot, Caroline soulève le bas de son tee-shirt, le fait passer par-dessus sa tête et l'envoie voler dans ma chambre.

Elle ne porte pas de soutien-gorge.

Ce n'est vraiment pas juste. J'ai déjà du mal à respecter l'éthique de cette situation… Comment suis-je censé réfléchir alors que Caroline me tend les bras, avec ses seins nus dont les pointes se dressent lentement au contact de l'air frais ?

— Je devrais sans doute… On devrait… discuter, non ? Enfin, si tu veux. Non ?

— Non. On a assez parlé à mon goût, et tu es beaucoup trop habillé.

Elle déboutonne ma chemise, en commençant par le bas, tandis que je lui tiens la taille en la dévorant des yeux, comme si c'était la première fois que je voyais un corps de femme. Caroline n'est pas juste une femme. Elle a toujours été à part.

Elle s'interrompt et claque des doigts sous mon nez.

— Eh, c'est ici, que ça se passe.

Je cille et secoue la tête.

— Pardon.

— Et moi qui croyais que je t'avais manqué.

Je l'embrasse sur le front.

— Oh oui, tu m'as manqué.

Elle défait mon dernier bouton.

— Allez, enlève-moi ça.

— Tu es sûre ?

Elle se met à genoux et se redresse, si bien qu'elle me dépasse. Elle met les mains sur mes épaules et me regarde droit dans les yeux.

— Tout ce que j'avais besoin d'entendre, c'est que tu me répondrais si j'avais quelque chose à te demander. J'avais besoin de savoir que tu me faisais confiance.

— Je t'ai toujours fait confiance.

— Non. Quand tu refuses de partager quoi que ce soit avec quelqu'un, ce n'est pas de la confiance. Maintenant enlève ta chemise.

J'obéis, mais hésite à retirer mon tee-shirt. J'ai passé la soirée à courir dans tous les sens.

— Je sens mauvais…

Elle prend un air faussement agacé et attrape le bas de mon tee-shirt, alors je lève les bras et la laisse faire. Quand je rouvre les yeux, ses seins s'agitent sous mon nez. Je n'ai pas le choix. Il faut que je les touche.

J'avais oublié à quel point sa peau est douce ! Je la caresse doucement, referme les paumes et presse légèrement. Je n'avais pas oublié sa saveur, en revanche, ni la sensation de son téton contre mon palais. Elle pousse un léger gémissement. Je la renverse sur le dos et m'allonge sur elle, sans la moindre délicatesse. Je l'embrasse, la lèche, la mordille, la caresse, tout en me frottant contre sa cuisse, contre sa hanche, entre ses jambes, comme un gamin maladroit et surexcité.

C'est un peu le cas : je me sens jeune et stupide, et je n'en reviens pas de la chance que j'ai.

Caroline n'est guère plus subtile que moi. Elle m'agrippe à pleines mains – les cheveux, les fesses, les hanches. Elle me griffe le dos. Malgré ça, je fais une dernière tentative pour répondre à ses interrogations.

— Caro, tu voulais savoir…

Elle passe la main le long de mon érection, et je me tais. Mon cerveau s'enraie. Je ne perçois plus que les mouvements de sa main.

— Plus tard, souffle-t-elle.

Ce sera plus tard, alors.

Elle me renverse sur le dos et s'installe à califourchon sur moi, pile où il faut. Elle entame de lents mouvements qui font remuer ses seins en rythme devant mon visage. Je suis le mec le plus chanceux de la Terre.

Je lui suce les tétons. Sa peau est si pâle, si douce. Je sens la pointe de son sein se durcir sous ma langue tandis que je pince gentiment l'autre, qui s'assombrit visiblement. Elle a les yeux fermés, et sa gorge s'empourpre petit à petit. Les ondulations de ses hanches deviennent presque insupportables. Ça fait trop longtemps que je n'ai pas joui. Pendant mes premiers jours de solitude, je me suis branlé comme un furieux, comme pour évacuer ma rage, mais je me suis vite calmé. Ça ne m'intéressait plus.

Depuis, j'ai perdu l'habitude.

Une fois de plus, j'ai l'impression d'être dans la peau d'un gamin de quatorze ans.

J'attrape Caroline par les hanches pour l'immobiliser.

Elle proteste d'un gémissement et remue contre moi.

— Arrête. Sérieusement. Je ne vais pas tenir.

— C'est trop bon.

— Je sais, justement. Si tu continues, je vais…

Elle me prend les poignets, me force à la lâcher, et place mes mains sur ses seins.

— Alors vas-y.

— Tu veux me faire jouir dans mon pantalon ?

Elle ferme lentement les yeux. Je titille ses tétons avec les pouces, et elle prend une inspiration tremblante, comme si je lui faisais un peu mal. J'adore ça. Puis elle reprend ses ondulations avec encore plus de force.

— Caro, je suis sérieux.

— Moi aussi, je suis très sérieuse.

— Ça va être sale.

— Il faut bien que tu le laves, ce pantalon, non ?

— Si, mais quand même.

— Je te nettoierai. Avec ma langue.

La discussion est close. Mon torse se couvre de chair de poule, preuve que je ne vais plus tenir très longtemps. Je passe une main dans son dos et l'attire contre moi. Je l'embrasse furieusement quand mes jambes se contractent et que je dois rejeter la tête en arrière sous la violence de ma jouissance. Je ferme les yeux. Le bout de mon sexe est devenu hyper sensible, c'en est presque insupportable. Je sens chaque spasme, chaque sursaut et soubresaut qui projette du liquide chaud et glissant contre ma peau, tandis que Caroline ralentit et me dépose de légers baisers dans le cou et le long de la clavicule.

Oh putain… !

Je pose une main sur sa nuque, et elle rit doucement, le visage caché au creux de mon épaule.

— J'ai bien aimé le bruit que tu as fait, souffle-t-elle.

— Tais-toi.

— On aurait dit que tu agonisais.

— Caro, arrête !

— Ça avait l'air douloureux.

— Pas douloureux, non. Ce n'est pas le mot que j'emploierais.

Je la sens glousser contre mon torse.

— On va s'occuper de toi dans une minute, dis-je d'une voix toute bizarre. Rira bien qui rira le dernier.

Ça la fait glousser de plus belle, et je la regarde. C'est parfaitement absurde.

On est ridicules, Caroline et moi.

Ridicules et heureux.

Une fois que j'ai repris mon souffle, je me rends compte que je ne suis qu'un gros con qui pense avec sa bite. Je me suis laissé entraîner par mes sensations sans même me préoccuper de Caroline.

Je lui caresse lentement le dos. Ses muscles sont noués sous ma paume. Elle est tendue.

— Et toi ? Tu y étais presque ?

Elle rit doucement.

— Presque.

À sa place, je serais frustrée. D'abord elle me demande de me décider et je disparais de la circulation pendant trois semaines, puis, quand je me réveille, je la persuade de venir chez moi mais je jouis dans mon froc en la laissant en plan ?

— Je suis nul.

Elle croise les mains sur mon torse et pose le menton dessus, souriante.

— Je ne dirais pas ça. J'ai bien aimé te voir complètement perdre la tête, sur la fin.

— J'imagine…

— Non, je suis sérieuse. C'est toujours toi qui donnes le rythme, d'habitude. Tu m'as fait jouir au moins un million de fois, alors que moi…

Elle détourne le visage, un peu gênée.

— J'adore te faire jouir, Caro.

Elle s'allonge à côté de moi et sourit timidement à mon torse. Elle me caresse doucement le ventre.

— Moi aussi, j'adore te faire jouir. Vraiment.

— Ça a l'air de te surprendre.

— Disons que ça n'a pas toujours été le cas, par le passé.

Je l'aurais deviné.

— Ce n'est pas que... Enfin, ce n'était pas si terrible, mais...

— Ce n'est pas comparable.

— Non.

Elle trouve ma ceinture et dégage la boucle.

— Je t'ai promis de te nettoyer avec ma langue...

— Tu n'es pas obligée, tu sais.

— Et si j'en ai envie ?

— Dans ce cas, fais-toi plaisir, dis-je en lui prenant le menton pour l'obliger à me regarder, mais si tu n'en as pas envie, que ce soit ce soir ou un autre soir, ce n'est pas grave du tout. Je sais que tu aimes bien faire des listes et des plannings, mais il n'est écrit nulle part qu'on est censés faire tel ou tel truc, dans tel ou tel ordre. On est bien, là, comme ça... Mieux que bien, même, c'est carrément exquis !

Elle frotte le nez au creux de mon cou et y dépose un baiser. Je n'aurais jamais cru apprécier ce genre de petit geste de la part d'une fille, mais je veux bien que Caroline passe la nuit entière à me câliner comme ça. Ça me rappelle un peu l'époque où Frankie venait me réveiller en pleine nuit, après un cauchemar, et qu'elle se glissait sous ma couette. C'est tout simple. C'est confortable.

— Merci, dit-elle.

— Tu n'as pas à me remercier. Tu sais aussi bien que moi que je suis un gros con.

Elle me serre un peu plus fort.

— Non, ce n'est pas vrai. Tu es génial. Bon, d'accord, il t'arrive de jouer au con, mais tu es quand même surtout génial.

Elle se tait pendant un moment, et je réfléchis à cette douce harmonie qu'on partage, elle et moi. Je n'ai jamais ressenti ça avec personne. Je n'ai jamais été aussi proche d'une autre fille.

Je suis content que ce soit nouveau pour elle aussi. Ce n'est pas très généreux de ma part, parce que ça veut dire que je me réjouis de savoir que ça se passait mal avec Nate, mais tant pis.

Je suis heureux que ce soit aussi incomparable pour elle que pour moi.

Au bout de quelques minutes, je sens sa main s'aventurer le long de mon ventre. Elle déboutonne mon pantalon et baisse la fermeture Éclair. Je soulève les hanches pour qu'elle puisse faire glisser mon pantalon. Elle passe un doigt sous l'élastique de mon boxer et le suit lentement, ce qui me fait tressaillir. Je devrais vite être opérationnel de nouveau.

— Enlève ça, dis-je en refermant le poing sur son bas de pyjama.

Elle s'exécute pendant que je retire mon boxer. Elle est encore un peu timide et garde sa culotte – violette, avec une bordure en dentelle.

— Joli, dis-je.

Ça la fait sourire. Elle jette un coup d'œil nerveux à mon entrejambe et commence à descendre le long de mon corps, mais je la rattrape et la serre contre moi pour pouvoir l'embrasser. J'adore sentir sa peau sur la mienne, des pieds à la tête, à peine séparés par un petit morceau de coton et de dentelle. Je l'embrasse lentement, paresseusement. Je veux prendre le temps de savourer ma chance de l'avoir là, dans mes bras.

Quand elle s'écarte enfin, mon sexe est dur, et elle ondule des hanches contre moi.

Elle commence à tracer une ligne de baisers le long de mon ventre.

— Laisse-moi te faire jouir. C'est mon tour.

— Je tiens toujours mes promesses.

Je ne vois plus que ses cheveux et je n'arrive pas à savoir si elle plaisante ou pas.

— Tu n'es pas obligée, vraiment.

— West ? Ta gueule.

Elle descend très lentement. Elle va me rendre fou, avec ces petits regards timides qu'elle me jette de temps en temps. J'en arrive presque à croire qu'elle ne sait pas comment s'y prendre, mais, au premier contact de sa langue, une brève caresse taquine autour de mon gland, je crois mourir.

— Coquine…, dis-je d'une voix étranglée.

Elle sourit, puis sort sa langue rose et pointue et entreprend de me nettoyer.

Je crispe les mains sur les draps pour résister à la tentation de les enfouir dans ses cheveux. On a beaucoup joué, Caroline et moi, mais, ce soir, c'est différent, et je ne veux pas tout gâcher. Je ne veux surtout pas la choquer ou la traumatiser. Elle peut faire ce qu'elle veut de moi, mais je refuse de lui imposer quoi que ce soit.

Ce n'est pourtant pas facile de rester immobile, de me retenir de lui montrer exactement ce dont j'ai envie. Elle referme le poing à la base de mon sexe, tout près d'un endroit où j'aimerais qu'elle appuie mais qu'elle n'effleure même pas. Elle lèche et suce longuement le dessous de ma verge, et j'adore ça, mais elle n'insiste pas autant qu'elle pourrait à la base de mon gland, où ça me rend fou.

Je lâche les draps et passe les mains sur ses épaules, dans son cou, dans ses cheveux, sans jamais l'agripper, même si ça me demande un effort surhumain.

Elle me caresse les testicules sans cesser de faire jouer sa bouche le long de mon sexe. C'est bon, j'aime beaucoup ça, mais c'est tellement... poli.

Elle redresse la tête et s'approche de moi, jusqu'à ce que son visage ne soit qu'à quelques centimètres du mien.

— Eh !

— Quoi ?

— Je n'ai pas le mode d'emploi. Dis-moi ce que tu veux.

— Ce que tu fais, c'est très bien.

Je cambre le dos avant même de comprendre ce qui m'arrive. Elle m'a pincé le téton. Méchamment.

— Aïe ! Ça fait mal !

— Dis-moi ce que tu veux, West.

Elle a les yeux légèrement plissés, la bouche tendue en une expression décidée, comme quand elle est en cours.

Caroline, sûre d'elle et mécontente que je l'empêche de profiter pleinement de cette leçon.

J'adore quand elle est comme ça.

— Suce-moi fort. Vraiment fort.

Elle me décoche son petit sourire satisfait.

— Merci, dit-elle en inclinant la tête, avant de s'éloigner de nouveau. Continue à me donner des indications, sinon je remonte dans ma voiture et je te laisse tout seul avec ta main droite. À moins que ce ne soit la gauche, puisque tu es gaucher ?

Je suppose que je ne suis pas obligé de répondre à cette question-là. Pas alors que Caroline est en train de redescendre le long de mon corps, les fesses en l'air. J'aurais envie de les empoigner et de l'installer à cheval sur moi pour pouvoir faire jouer ma langue contre elle et la sentir dégouliner sur moi tandis qu'elle me suce.

Je lui ai dit plein de trucs comme ça au téléphone, quand j'étais trop excité pour me contenir et que trois mille kilomètres nous séparaient. C'est différent maintenant qu'elle est là, dans ma chambre. Est-ce qu'elle aime vraiment ça, ou est-ce qu'elle se force pour me faire plaisir ? Qu'est-ce que j'ai le droit de demander à une fille comme Caroline ?

Quand elle referme la main sur ma verge, je lui montre où et comment me serrer en tirant.

— Là, comme ça.

Elle comprend vite, et se remet à me sucer, en m'aspirant dans sa bouche tout en faisant jouer sa langue tout autour de mon gland, jusqu'à la base.

— Oh putain, Caro !

Elle se recule juste le temps de faire remarquer :

— Ah, j'aime mieux ça.

C'est Caroline. Elle est absolument unique.

Elle est incroyable.

Elle me suce fort, me lèche en insistant comme je lui ai montré, jusqu'à ce que je me cambre en soulevant les hanches, les jambes raidies, le sexe si dur que je ne vais pas tarder à exploser. Cette fois, quand Caroline referme la main sur mes testicules, je montre où appuyer, juste derrière. Elle comprend vite.

— Tourne-toi, dis-je.

Je ne suis pas sûr qu'elle m'ait entendu.

Je ne suis pas sûr que les sons qui sortent de ma bouche soient intelligibles.

— Caroline, je… Est-ce que tu peux… Gaaah…

— Pardon ? fait-elle, taquine.

Je me redresse et l'attrape pour la serrer contre moi. Elle a les lèvres luisantes de salive, et je l'embrasse avec force tout en passant la main dans sa culotte et en glissant mes doigts en elle. Elle est brûlante, toute trempée et toute soyeuse.

Oh, putain…

— West…, gémit-elle contre ma bouche.

— Tourne-toi.

— Quoi ?

— Tourne-toi. Mets-toi à cheval sur moi, comme ça, et continue ce que tu faisais.

— Mais je… On ne pourrait pas faire l'amour, maintenant ?

Je reste sur le cul, l'espace d'une seconde, puis je rassemble deux ou trois neurones et dis :

— Caro, on est déjà en train de faire l'amour.

Ses joues déjà rosies s'empourprent violemment. C'est trop mignon. On est là, dans mon lit, j'ai la main dans sa culotte, et elle ondule doucement des hanches pour venir à la rencontre de mes doigts, au moment même où elle me pose cette question, les cheveux épars sur ses épaules, plus belle que jamais, et elle est soudain intimidée ?

— Qu'est-ce que tu croyais qu'on faisait ?

— Je sais, West. Je ne sais pas combien de fois Quinn m'a répété qu'on n'a pas besoin d'un pénis pour faire l'amour, mais… Enfin, je veux dire, je croyais qu'on allait enfin faire l'amour… ton pénis dans mon vagin, quoi.

Je hausse un sourcil.

— Mon pénis dans ton vagin ?

— Ne te moque pas de moi.

— Je ne me moque pas du tout. Au contraire, c'est la chose la plus romantique qu'on m'ait jamais dite.

— Arrête ! dit-elle en riant.

Je retire ma main et la fais basculer sur le dos, puis je la regarde droit dans les yeux et déclare, le plus sérieusement du monde :

— Caro, j'adorerais mettre mon pénis dans ton vagin.

Elle me donne une tape sur l'épaule, puis je l'embrasse, puis… Et puis, soudain, c'est comme si on avait arrêté de jouer. Notre baiser devient de plus en plus intense, presque brutal. Caroline m'attrape à pleines mains et m'attire contre elle, tout contre elle, en soulevant les hanches à ma rencontre pour que je pèse pile où elle veut.

J'aime beaucoup sa culotte à dentelle, mais ça suffit. Je me redresse, la retire, puis je me penche sur Caroline, lui écarte les genoux, cache mon visage entre ses jambes et la savoure jusqu'à ce qu'elle pousse ses petits miaulements éperdus que j'adore.

— West ! gémit-elle.

J'ai compris. Elle veut me sentir, enfin, et si je ne suis pas en elle dans trente secondes, mon univers risque de s'effondrer.

— Attends une seconde. Ne bouge pas !

Je me lève, attrape une capote dans mon tiroir, déchire l'emballage et l'enfile, sans quitter Caroline des yeux. Caroline, allongée sur mon lit, les jambes écartées, luisante de désir, offerte, son corps, sa bouche, son sourire, ses yeux…

— J'ai froid, West…

— J'arrive.

Je reviens m'allonger sur elle et fais glisser mon sexe entre ses lèvres tout en l'embrassant. Elle me serre dans ses bras.

— Tu es sûre ?

— Je suis sûre.

Je passe une main entre nous pour me guider, trouver l'angle parfait.

Je la pénètre enfin, tout doucement, très lentement, parce que je ne veux pas lui faire mal, parce que ça fait longtemps, pour elle comme pour moi, et parce que je ne voudrais surtout pas jouir avant même d'avoir commencé.

Je veux prendre le temps d'observer son visage. Ça peut paraître débile, mais c'est super romantique. Incomparable.

C'est Caroline.

Une fois que je suis entièrement en elle, elle me regarde droit dans les yeux, et je l'embrasse. Je ne bouge plus. Ça fait tellement longtemps que j'ai envie d'elle – que j'ai envie de ça – sans oser croire que ce serait possible un jour !

C'est une véritable torture – la plus douce torture qui soit.

C'est ça, le sexe, quand on s'y prend comme il faut.

Quand on fait l'amour.

C'est incroyable.

Je prends le visage de Caroline entre mes mains et lui caresse les cheveux, écartant ceux qui se sont collés à son front moite.

— Ça va ?

Moi qui pensais que rien ne pouvait être meilleur que ça… Il suffit que Caro sourie pour que je change d'avis. Puis elle remue doucement les hanches, et c'est encore meilleur. C'est incroyable. Je retiens mon souffle, les yeux fermés.

— Ça va même très bien.

— Bon.

Je ne suis pas encore prêt à bouger. On m'a souvent félicité pour mon endurance, mais ça, c'était quand je n'éprouvais rien de particulier. Avec Caroline, je vais devoir me concentrer pour ne pas devenir le champion de l'éjaculation précoce.

— West ? demande-t-elle en ondulant doucement.

— Mmm ?

— Tu comptes me baiser un jour ?

— Je t'ai déjà dit que je n'aimais pas les femmes autoritaires ?

Elle recule lentement les hanches pour pouvoir donner un coup de reins contre moi. Elle ouvre la bouche en un « Oh ! » silencieux, presque surpris, puis sourit et recommence en me regardant droit dans les yeux, l'air ravie de sa découverte.

— Pourtant… tu m'aimes bien… moi, halète-t-elle sans cesser de remuer.

Je perds toute retenue. Je me mets en mouvement, et Caroline m'accompagne. Je lui suce les seins, l'embrasse dans le cou, derrière l'oreille, partout où je sais qu'elle aime ça. Je plonge en elle en savourant chaque poussée, la façon dont son corps se contracte autour de moi, ses gémissements, nos corps glissants, l'odeur du sexe, meilleure que le plus suave des parfums, l'odeur de sa sueur.

— Tu crois que tu peux jouir comme ça ?

— Je… sais pas, souffle-t-elle.

Je passe une main sous ses fesses pour la soulever légèrement. Elle pousse un petit couinement.

— Oh oui ! Plus fort !

Je ne demande qu'à obéir.

J'accélère et n'hésite plus à venir m'appuyer contre elle avec force. Je laisse libre cours à mon désir, à ma faim, et elle m'accueille avec joie. Elle en veut davantage. Elle remonte les jambes le long de mon torse et plante les talons dans mes fesses en se dressant vers moi.

— Oh, West ! Oh, c'est trop bon ! Oh oui !

Je suis surpris qu'elle s'exprime aussi librement, aussi fort, et j'adore ça.

— Je continue comme ça ?

Ma question est inutile. Elle s'agite sur l'oreiller et repose les talons sur le matelas pour venir appuyer encore plus fort contre moi, encore plus vite.

— S'il te plaît, West ! S'il te plaît !

Elle me supplie toujours avant de jouir. Ça aussi, j'adore. J'adore lui faire perdre la tête jusqu'à ce qu'elle abandonne toute fierté et m'implore d'abréger son supplice.

— Tu es tellement sexy…

On bouge d'un même rythme, de plus en plus rapide, de plus en plus fou, et je n'ai pas les mots pour décrire la suite. Je me perds en Caroline jusqu'à ce qu'il n'y ait plus nulle part où aller, jusqu'à ce que la frontière entre elle et moi se brouille. Il ne reste plus que nous, nos corps, cette chaleur incandescente et ce plaisir si fulgurant qu'il en est forcément dangereux, mais je m'en fous. Je ne pense plus.

Je me perds en Caroline, plus loin, encore plus loin, toujours plus loin, et j'atteins le centre de quelque chose qui nous dépasse tous les deux.

Elle se contracte autour de moi. Je pousse un grognement. Elle me serre contre elle. Je l'embrasse.

Sa voix se brise sur un gémissement, un son si beau, si vulnérable. Une joie sauvage me parcourt. Elle ferme les yeux, crispe ses bras autour de moi, et mon cœur s'ouvre à elle quand je vois son visage s'illuminer de plaisir.

Mars

Caroline

On a eu droit à cinq semaines.

Je m'étais gentiment moquée de West parce qu'il avait compté les jours pendant qu'on était séparés, alors même que j'avais passé tout ce temps-là à me morfondre parce qu'il me manquait. En revanche, pendant qu'on était ensemble – les deux dernières semaines de février et les trois premières de mars –, j'avais l'impression que chaque jour était une fête. Chaque jour était une source d'émerveillement digne d'être célébrée et inscrite dans un calendrier secret.

Nos nuits à la boulangerie. Une douche à son appartement, un repas pris en vitesse dans la cuisine, en chuchotant pour ne pas réveiller Krishna. Nos matins dans le lit de West, nos mains, nos lèvres, et le rythme magnifique de son corps contre le mien, dans le mien.

Depuis le début, la démarche de West, sa façon de bouger, me rend folle, mais c'est encore plus délectable quand il est en moi. C'est incomparable.

Je n'aurais jamais imaginé que ça puisse être comme ça – aussi sale et aussi bon à la fois. Si merveilleux, si parfait.

Pendant cinq semaines, on a été inséparables. J'ai repris mes habitudes de vampire. Je faisais la sieste l'après-midi et je me réveillais au milieu de la nuit pour aller le rejoindre à la boulangerie. J'allais réviser à la bibliothèque chaque fois qu'il y était. Je m'installais à une table isolée, dans un coin du troisième étage, et j'attendais qu'il ait tout un chariot de périodiques à ranger. Je plongeais les doigts dans ses cheveux quand il se glissait sous mon bureau et je me mordais le pouce pour me retenir de crier quand il me faisait jouir avec ses doigts, avec sa langue – un plaisir défendu, scandaleux et délicieux.

Il m'embrassait devant tout le monde à la cafétéria. Je lui prenais la main quand on traversait le campus. On faisait la course le long des voies de chemin de fer, chacun sur un rail, tout en essayant de se pousser pour se faire tomber.

Ce furent les meilleures semaines de ma vie. Au plus froid de février, alors que tout autour de nous était gelé, j'avais West, et nous étions beaux et lumineux, amis et amants. On riait tout le temps, à tel point que j'avais souvent mal aux joues, mal au ventre, et je devais le supplier d'arrêter parce c'était insupportablement bon.

Je l'aimais.

Je ne lui ai pas dit, mais c'était évident – à mes yeux, aux siens.

Aux yeux de tous ceux qui nous voyaient ensemble.

West est assis au bord du lit, penché sur son téléphone. Il a cours à 8 heures. Je ne commence pas avant 9 heures, mais je suis debout quand même. West avait une idée derrière la tête. Bon, d'accord, pas derrière la tête. Je me suis réveillée avec sa bouche contre ma nuque, sa main brûlante sur mon ventre, son érection contre mes fesses.

— Bonjour ?

Je n'étais même pas sûre que ce soit le matin.

— Mmm...

Il n'a pas eu besoin d'en dire davantage. Ce « mmm » si grave, si sexy, a le don de résonner jusque entre mes jambes. C'est tout West, ce « mmm ». Il n'en faut pas plus pour me faire fondre.

Je ne vais quand même pas me plaindre qu'un mec aussi beau et gentil me réveille par des caresses expertes.

Certainement pas.

Il a glissé une main dans ma culotte et introduit un doigt, puis deux, jusqu'à ce que je gémisse doucement. Alors il m'a fait rouler et m'a passé un oreiller sous le ventre, puis il m'a prise par-derrière, une main contre mon clitoris, tout en me déposant des baisers dans la nuque et sur les épaules. J'ai joui tellement fort que j'ai vu des étoiles.

Il est resté allongé sur moi un moment, comme un paresseux géant, puis il est allé se doucher. Maintenant, il a les cheveux mouillés et l'odeur du savon se mêle à celle de sa peau. Je suis toujours blottie sous la couette, détendue, et il sifflote tout en me caressant la jambe d'une main et en faisant défiler ses messages de l'autre.

— Qui est-ce qui t'écrit ?

— Frankie.

— Qu'est-ce qu'elle raconte ?

— Elle a piqué le téléphone de ma mère et elle a pris une tonne de selfies.

— Fais voir ?

Je passe la tête sous son bras, et il me montre son téléphone.

— Elle est trop mignonne !

Elle lui ressemble beaucoup. On dirait une version miniature de West, avec des joues toutes rondes, un petit menton pointu, du crayon noir autour des yeux et un tee-shirt à paillettes. Elle adore se prendre en photo. West a dû m'en montrer une bonne trentaine au cours des trois dernières semaines. Il se montre aussi franc et ouvert qu'il me l'a promis. Il m'a longuement parlé de Frankie, de sa mère et de Bo, de son père…

Je pense qu'il y a encore des choses qu'il ne me dit pas – des trucs qui touchent au sexe et à l'argent que je lui ai donné dans une enveloppe à Noël, par exemple –, mais j'en sais suffisamment. Je n'ai pas besoin de connaître tous les détails de sa vie pour le comprendre.

Parfois, je compare ce que la vie m'a donné et ce qu'il a dû encaisser, lui. Je le vois travailler sans arrêt et ça me met dans une colère noire, mais West n'aime pas parler de ça, alors je n'insiste pas.

« C'est la vie, c'est comme ça. Tu as faim ? », a-t-il dit la dernière fois que j'ai parlé d'injustice.

Il fronce les sourcils en étudiant la photo de Frankie.

— Pourquoi elle a ce truc noir autour des yeux ? Je n'aime pas ça.

— Ça s'appelle du maquillage, dis-je en y regardant de plus près. Elle est douée, je n'arrive jamais à faire un tracé aussi précis, moi.

— Tu ne te maquilles pas comme ça, toi.

— Pas tous les jours, mais pour sortir, oui.

Il fait la grimace.

— Elle est trop jeune pour ça.

— Elle expérimente, c'est tout. J'étais pareille, à son âge. J'étais très impatiente de porter du rouge à lèvres et un soutien-gorge.

— Oui, mais tu étais en sécurité à Ankeny. Ce n'est pas le cas de Frankie. Il faut qu'elle fasse attention, sinon elle va se retrouver avec un gros plouc bon à rien qui va la mettre en cloque avant même qu'elle ait eu le temps de décider de ce qu'elle veut faire dans la vie.

Je le regarde écrire un texto.

Débarbouille-toi, putain. T'as pas besoin de ça pour être jolie.

— Charmant.

— Je suis son grand frère, pas son petit copain.

Moi, je trouve qu'il se comporte plutôt comme un père, avec elle.

West se lève et s'étire avant d'aller poser son téléphone sur son bureau.

— Tu peux me passer le mien, s'il te plaît ? J'ai proposé à Bridget qu'on prenne notre petit déjeuner ensemble, hier.

Il me lance mon téléphone, puis enfile un jean et un tee-shirt. Je regarde son torse et son ventre disparaître sous le coton avec, comme toujours, un petit pincement au cœur.

Quand je croise les yeux de West, je vois qu'il me sourit d'un air malicieux.

— Qu'est-ce qui t'amuse, comme ça ?

— Toi. On dirait que tu es déjà prête pour un deuxième round.

J'active l'écran de mon téléphone.

— Je dormais à moitié pour le premier.

— Oh, tu avais l'air bien réveillée, sur la fin. J'ai cru que j'allais devoir te coller un oreiller sur la tête pour éviter que tes hurlements ne réveillent Krishna.

— Tu m'aurais étouffée à tous les coups, tellement tu étais concentré sur ta petite affaire.

— Ma petite affaire ? répète-t-il d'un air offensé.

J'adore le faire réagir comme ça.

— Ben oui, tu sais : quand tu me grimpes dessus en grognant comme un sanglier. Des fois, je me demande pourquoi je supporte ça, dis-je sans quitter mon écran des yeux.

Je ne vois pas venir l'attaque. Il m'attrape par la cheville et m'attire à lui. La couette vient avec moi, et je suis tout emmêlée, prise de fou rire. Il s'allonge sur moi et pose un coude de chaque côté de ma tête.

— Alors, comme ça, je te grimpe dessus en grognant comme un sanglier, hein ? Tu mériterais une bonne fessée, vilaine !

— Essaie un peu, pour voir !

— J'aimerais bien, rétorque-t-il, les yeux brillants. Malheureusement, j'ai cours. Tu viens à la bibliothèque, cet après-midi ? demande-t-il avant de m'embrasser.

— Oui, mais je dois retrouver mon groupe de recherche après le déjeuner. On sera au rez-de-chaussée.

— Monte me voir, après.

Il veut que j'aille le rejoindre au troisième étage – notre étage.

Un jour, on va se faire surprendre, et il va perdre son boulot.

Il prétend que le jeu en vaut la chandelle.

— D'accord.

Un dernier baiser, et je sens une bosse prometteuse contre ma hanche. Puis West se relève et attrape son sac à dos pendant que je vérifie mes appels en absence.

Il y en a beaucoup. J'ai mis mon téléphone en mode silencieux, hier soir, et je l'ai laissé au fond de mon sac.

Tous les appels proviennent du même numéro – celui de mon père.

— À tout à l'heure, ma puce !

Mon père a essayé de me joindre à 21 heures, puis à 21 h 30, puis à 22 heures, puis à 22 h 15, puis à 23 h 30, et enfin ce matin à 6 heures.

Mon estomac se noue.

— Eh ! Je n'ai pas droit à un petit mot d'adieu de ma chérie ?

Je relève la tête. West se tient dans l'encadrement de la porte, une main appuyée sur le chambranle.

— Mon père a essayé de m'appeler six fois entre hier soir et ce matin.

— Euh… c'est beaucoup.

— Ouais.

« Mauvaise nouvelle, sale pute ! », me crie le chœur des pervers d'Internet.

Je les avais presque oubliés, ceux-là. Je m'étais détendue et laissé aller à croire que tout allait bien.

Je n'ai pas le courage d'écouter les messages que mon père m'a laissés sur ma boîte vocale, alors je regarde mes mails. J'en ai reçu une cinquantaine au cours de la nuit, essentiellement des adresses que je ne connais pas, avec des sujets menaçants.

Je vois aussi l'adresse de mon père.

Appelle-moi de toute urgence.

Ma sœur Janelle qui m'écrit tout en majuscules.

IL FAUT QUE JE TE PARLE.

Je n'ouvre aucun des messages.

Je tape mon nom dans le moteur de recherche.

Caroline Piasecki. Recherche avancée. Se limiter aux dernières vingt-quatre heures.

La liste des résultats est interminable. Je reconnais les pires sites de porno – les mêmes photos.

Ça recommence.

Ça ne devrait pas, mais ça recommence.

West se tient derrière moi, les mains posées sur mes épaules. Je baisse la tête, et mes cheveux tombent sur mes épaules, cachant l'écran du téléphone. J'aimerais pouvoir trouver une meilleure cachette que ça, un autre monde où je pourrais emmener West. Un monde tout neuf.

— Ça s'annonce mal, dit-il.

Ce n'est pas une question. Il a très bien compris.

— Ouais, ça s'annonce très mal.

Et ça va aller de mal en pis.

J'entre dans le bureau de mon père, armée jusqu'aux dents.

West m'attend dans la voiture, garée le long du trottoir, au bout de l'allée. Je m'en veux un peu de le laisser là, mais il m'a rassurée en me disant que je ne peux pas me battre sur tous les fronts à la fois. Il a raison. Ce serait un peu rude de ma part de présenter West à mon père le jour même où il apprend l'existence des photos.

Le simple fait de savoir que West est là, avec moi, m'aide beaucoup.

On n'est pas allés en cours ce matin, et il a appelé la bibliothèque pour se faire porter pâle. Je doute qu'il ait séché une seule heure de classe depuis le début de l'année et je suis absolument certaine qu'il n'a jamais manqué de se présenter à son travail, alors j'apprécie d'autant plus son geste. Et puis, j'ai besoin de lui. Il n'est pas super habile avec un ordinateur, mais il est très doué pour me calmer, moi. Il est resté à mes côtés pendant les quelques heures que ça m'a pris d'imprimer tous les tableaux que je m'étais faits à l'automne, de faire une recherche approfondie sur Google jusqu'à ce que mes yeux me piquent. Il m'a tenu la main pendant que je rageais et fulminais devant l'étendue de l'attaque menée par Nate.

C'est pire que la dernière fois – bien pire.

Les photos ont refait leur apparition sur tous les pires sites imaginables, accompagnées de mon nom et de mes coordonnées, évidemment. Je suis blindée, maintenant, ça ne me fait plus grand-chose de les voir.

Ce qui me choque, c'est le reste.

Des messages haineux sur ma page Facebook, des mails envoyés à mon adresse de l'université par des inconnus qui menacent de me violer, de m'enculer, de me donner des coups de poing dans la chatte. Mon compte Twitter a été piraté et envoie des liens vers ma vulve. Pour couronner le tout, mes professeurs ont été mêlés à ça. Trois d'entre eux m'ont écrit, visiblement inquiets, et le bureau de la vie étudiante a laissé sur mon répondeur un message me priant de prendre rendez-vous dès que possible.

En six heures, je suis passée de la douleur à la colère, du dégoût à la peur, de la résignation à la rage la plus pure – cinquante kilos d'émotions furieuses et contradictoires. Je suis triste, écœurée, anéantie.

Mais West est à mes côtés.

Il n'est pas le seul, d'ailleurs. Bridget est arrivée à 9 heures, après son premier cours, accompagnée de Quinn. Elles ont appelé Krishna, qui a installé son ordinateur, le mien et celui de Quinn en réseau dans le salon. En moins d'une heure, il a lancé une vaste recherche pour traquer toutes les occurrences de mes photos et faire des sauvegardes pour accumuler des preuves. Quinn, Bridget et lui font des captures d'écran, tout en enrôlant un pote de labo de Krishna qui maîtrise parfaitement le sujet. Tous ensemble, nous passons au peigne fin le règlement intérieur de Putnam pour déterminer combien de règles Nate a enfreintes et de quels recours nous disposons.

Je suis anéantie, mais mes amis sont de mon côté, et ça aide. Ça fait toute la différence.

C'est le pote de Krishna qui découvre l'origine du problème. Bien planqué sur un des sites dont aucun modérateur ne surveille le contenu – un de ces sites où les pires ploucs se laissent aller à leurs instincts pervers –, il y a un fil d'actualité sur moi. Outre l'inévitable lien vers mes photos, accompagné d'une remarque somme toute banale sur le fait que je suis une grosse salope frigide, il s'y trouve une question, qui a lancé l'offensive : « Qu'est-ce qu'on pourrait faire pour donner une bonne leçon à cette sale pute ? »

Ils sont des dizaines à avoir pris les armes. Pendant que j'étais à la boulangerie avec West, pendant que je dormais dans ses bras, pendant qu'on faisait l'amour, des inconnus menaient une attaque en règle contre moi. Juste pour le plaisir.

Si ça m'était arrivé sept mois plus tôt, je me serais effondrée. Mes professeurs, mes sœurs, mes tantes – peut-être même mes grands-parents –, tous ont reçu ces images immondes dans leurs boîtes de réception, par mail, sur Facebook, sur Twitter… C'est horrible. Ça me tue. Ça me donne envie de pleurer si je m'autorise à y penser, si je réfléchis à ce que ça signifie pour mon avenir – pour le restant de mes jours.

Mais, surtout, ça me rend folle de rage.

Je suis prête à me battre. J'ai un dossier de fichiers sous le bras, mon ordinateur portable dans mon sac, West garé au bout de l'allée.

En face de moi, mon père est assis dans un gros fauteuil en cuir près de la fenêtre, son ordinateur sur les genoux, les lunettes remontées dans ses cheveux grisonnants, ce qui ébouriffe quelque peu son apparence si digne d'ordinaire. J'étudie son visage si familier – ses épais sourcils bruns, ce nez en patate dont a hérité Janelle mais qui m'a été épargné, ce double menton dont je ne me souvenais pas. Il a pris du poids – sans doute trop de passages au fast-food.

Il m'a appelée et m'a demandé de rentrer à la maison, alors je suis rentrée.

J'ai les paumes moites quand je m'assieds dans l'autre fauteuil près de la fenêtre. Encore maintenant, mes pieds touchent à peine le sol. Ça me rappelle toutes les punitions que j'ai pu recevoir, petite, les pieds suspendus dans le vide. Je connais le nombre exact de rivets en bronze le long du bras de son fauteuil – neuf pour l'accoudoir, douze le long du pied. J'ai eu le temps d'étudier chaque ride du cuir, chaque motif du tapis – tout pour ne pas croiser son regard.

Aujourd'hui, je me tiens bien droite, les mains jointes entre mes genoux. J'ai relevé mes cheveux en queue-de-cheval ; je porte un jean et le pull en cachemire que je me suis offert avec sa carte de crédit. Mon pull couleur des yeux de West. Mon armure.

J'attends calmement qu'il prenne la parole. Janelle minaude, Alison pleure. Moi, je suis celle qui arrive armée d'arguments logiques, de manœuvres défensives, de possibles contre-attaques.

Je suis celle qui se bat.

Pendant des mois, je n'ai pas osé parce que j'avais trop peur. J'essayais de vivre dans une bulle – cette même bulle que Nate a fait éclater en août. Je refusais d'y croire.

J'ai essayé de me convaincre que je pouvais réparer cette faille. Un peu d'enduit, un coup de peinture, et il n'y paraîtrait plus. Je pourrais continuer de faire comme si tout allait bien.

Rien n'allait bien.

Ma bulle a éclaté depuis longtemps.

Sauf que, maintenant que je ne vis plus dans une bulle, j'ai découvert le rugby, j'ai réappris à faire la fête et je me suis fait de nouveaux amis qui se fichent complètement de ces photos. En quittant ma bulle, je suis entrée dans un univers fait de nuits à la boulangerie, de conversations torrides au téléphone, de longues siestes dans les bras d'un homme qui sent le pain frais et le savon, et qui me montre jour après jour que je compte pour lui, quel que soit mon passé, mon vécu.

Le monde n'a pas changé, il y a toujours des connards qui détestent les femmes, des minables qui n'hésitent pas à s'en prendre à une inconnue, pour la simple raison qu'elle est de sexe féminin et qu'ils ont besoin de compenser leur complexe d'infériorité de pauvres nazes au cerveau atrophié.

Le monde n'a pas changé, mais moi, si.

Hors de ma bulle, il y a la vie. West.

Je suis bien, ici. Je compte y rester.

Mon père clique sur quelque chose, referme son ordinateur puis relève la tête.

— Caroline.

Il ne dit rien d'autre pendant un instant. Seulement mon nom, parce qu'il faut toujours commencer par identifier l'accusé.

— J'ai reçu un coup de fil de ta tante Margaret, hier soir. Elle a vu quelque chose de franchement inquiétant sur ta page Facebook, et elle voulait savoir si j'étais au courant.

Je reconnais mes yeux dans les siens, bruns et empreints de sympathie. Il parle calmement, en articulant chaque syllabe. Il ne crie jamais quand il est dans son bureau. Il juge. Nous entrons ici comme des accusées, et il délivre son verdict sur un ton posé et raisonnable.

— Naturellement, je ne voyais pas de quoi elle parlait, alors elle m'a envoyé le lien en question, pour que je constate par moi-même. Ça m'a conduit vers un site où…

Il se racle la gorge. Jusque-là, rien n'avait trahi sa gêne.

— … où j'ai vu plusieurs photos de toi, dévêtue, dans des postures compromettantes – sexuellement explicites. Certains des clichés ne montrent pas de visage, mais…

Il détourne le regard un instant.

— … mais il y en a au moins un où l'on peut t'identifier sans erreur possible. J'ai cliqué sur un deuxième lien et ai trouvé plus ou moins le même contenu. J'imagine donc que les autres sites sont du même acabit.

Il se tait, et je me demande s'il attend une réaction de ma part. Qu'est-ce que je pourrais lui dire ?

Oui, c'est bien moi.

En train de tailler une pipe à Nate.

En train de me caresser.

À cheval sur lui, le visage couvert de son sperme.

Oui.

C'est ta petite fille, ta petite chérie dont tu es si fier.

Je garde le silence. C'est encore plus difficile que je ne l'imaginais. Je craignais le dégoût de mon père, son jugement. Je n'avais pas anticipé son chagrin.

Son visage et ses yeux sont empreints de douleur.

Il est triste à cause de moi – pour moi –, et ça m'est insupportable.

— Bon, dit-il en croisant les mains sur son ventre – sur le gilet beige tout usé qu'il porte par-dessus sa chemise. Raconte-moi ce qui s'est passé.

Je prends une profonde inspiration et j'imagine qu'un fil invisible relie le sommet de ma tête au plafond. C'est un exercice que nous avait appris le chef de chœur, au lycée, et que je trouve bien utile quand je veux paraître parfaitement calme et sûre de moi.

— C'est Nate qui a pris ces photos, quand on était encore ensemble. Il… il les a mises en ligne peu de temps après que je l'ai quitté.

Mon père pince les lèvres, ce qui creuse les rides de chaque côté de sa bouche, comme s'il s'efforçait de mettre son impatience entre parenthèses.

— Si mes souvenirs sont bons, vous vous êtes séparés juste avant la rentrée universitaire, en août. C'est bien ça ?

— Oui. Nate a posté les photos fin août.

— Tu sais que c'est lui.

— Je ne peux pas le prouver. Elles ont été envoyées anonymement à tous les sites qui les ont hébergées. Nate nie en être responsable.

— Caroline, dit mon père en se penchant légèrement vers moi. Nous sommes en mars.

— Je sais.

— Raconte-moi ce qui s'est passé entre le mois d'août et maintenant.

— J'ai entrepris une recherche systématique pour retirer les photos. J'ai envoyé des courriers à tous les sites concernés en exigeant qu'ils suppriment ces liens, sous peine de poursuites…

Mon père émet un petit grognement. Il n'aime pas qu'on joue aux avocats de salon.

— J'ai fait tout ce que j'ai pu pour essayer de les faire disparaître. J'ai même employé les services d'une entreprise censée blanchir ma réputation – en ligne, je veux dire. Ils promettaient de faire reculer ces liens associés à mon nom dans les moteurs de recherche pour que seuls les résultats traditionnels, officiels, s'affichent.

Sauf que ça fait des semaines que je n'ai pas eu de leurs nouvelles, et que les quelques rapports qu'ils m'ont fait parvenir étaient franchement légers. Si ça se trouve, c'est une bande d'escrocs – ou d'incompétents.

Si ça se trouve, j'ai jeté par la fenêtre mille cinq cents dollars qui appartenaient à West.

Combien d'heures de travail et d'efforts ai-je gaspillés dans le but de pouvoir me cacher dans ma chambre en m'apitoyant sur mon sort ?

Ce fichu prêt figure en bonne place dans la liste de mes regrets.

— Cette nouvelle attaque est différente, poursuis-je. Elle est partie d'un forum – d'un fil d'actualité sans doute lancé par Nate et auquel se sont agrégés de nombreux inconnus. Je ne connais pas leur identité, mais les photos ont été diffusées sur tellement de sites et de médias sociaux différents que ça me paraît illusoire d'espérer les faire disparaître. Je préfère concentrer mes efforts sur…

— Tu ne vas même pas essayer de les retirer ? As-tu la moindre idée de ce qui risque d'arriver si ces photos continuent de circuler ?

— Oui, papa, j'en ai une idée assez nette.

— Tu vas avoir beaucoup de mal à poursuivre tes études de droit, et je ne parle même pas d'entrer à Yale ou Harvard. Même si tu parviens à obtenir des lettres de recommandation de tes professeurs, les comités qui examinent les candidatures font des recherches sur les étudiants qui postulent, que ce soit pour les stages, les bourses ou même un futur emploi. Si tu ne fais rien, tu perds tes chances d'aller étudier à Oxford ou dans une autre université britannique, le Rhodes Trust et les Marshall Scholarships ne te sélectionneront pas dans ces conditions. Il faut absolument que tu fasses disparaître ces photos. Tu aurais dû m'en parler dès le début, Caroline. Nous aurions pu limiter la casse.

La casse.

Qu'est-ce qui est cassé, exactement ? Qui ?

— Je ne suis pas cassée.

— Ce n'est pas ce que je voulais dire.

— Un peu, si. Tu parles de tout ça, de mon avenir, comme si c'était un truc immaculé que j'ai abîmé par négligence, comme si tu m'avais envoyée jouer dehors dans une jolie robe blanche et que je m'étais roulée dans la boue.

Il fronce les sourcils.

— Je ne suis pas une oie blanche, papa. Mais ce n'est pas moi qui ai pris ces photos, ce n'est pas moi qui les ai mises en ligne, et ce n'est pas moi non plus qui ai raconté toutes ces horreurs à mon sujet. C'est Nate, le responsable.

— Tu n'as aucun moyen d'être sûre que c'est lui.

— OK, si tu veux. C'est peut-être quelqu'un d'autre que lui, mais ce qui compte, c'est que ce n'est pas moi.

Il pousse un petit grognement et tourne la tête vers la fenêtre et le jardin. Nous habitons dans le plus joli quartier d'Ankeny, au milieu d'un beau terrain ombragé dont je devais tondre la pelouse si je voulais avoir l'autorisation de sortir le week-end, quand j'étais au lycée. Aujourd'hui, je n'y vois qu'un bout de terre brune avec encore des plaques de neige verglacée ici et là.

Ce n'est plus mon jardin.

Cette maison n'est plus la mienne.

Je ne suis plus une enfant.

— Est-ce que tu as signalé cet incident à l'administration de Putnam ? Tu as porté plainte ?

— Pas encore, mais j'en ai l'intention.

— Tu soupçonnes Nate d'avoir mis ces photos en ligne après votre séparation parce qu'il était mécontent. Penses-tu que quelque chose ait pu déclencher cette deuxième salve ? A-t-il de nouvelles raisons de t'en vouloir ?

Oui, et cette raison, c'est West. Depuis plusieurs semaines, on s'affiche ensemble dans le campus comme un couple d'amoureux fous l'un de l'autre.

Je repense à ce que Nate m'a dit à la soirée de l'Alliance LBGT, quand il m'a bloqué le passage. Il prétendait s'inquiéter pour moi et m'a dit qu'on était encore amis – qu'on serait toujours amis.

Qu'est-ce qu'il voulait, exactement, le soir où il a débarqué chez West avec Josh en déclarant vouloir acheter de l'herbe ? Cherchait-il à prouver qu'il valait mieux que West, qu'il était plus digne de moi ?

— Je crois qu'il ne s'est pas encore remis de notre rupture.

— Je vois…

Mon père se tait un long moment, et je subis le bruit de l'horloge qui égrène les secondes, en attente du verdict.

— Il va falloir que j'en parle à Dick, dit-il enfin. Il sait sans doute quelle est la meilleure procédure à suivre dans des cas comme celui-ci.

Dick Schaffer est un ami de mon père. Il est procureur.

— Je me suis renseignée, et j'ai rendez-vous au bureau de la vie étudiante tout à l'heure. Je vais leur demander quels sont les recours possibles. Il n'est pas illégal de publier des photos sexuellement explicites à condition que lesdites photos représentent des personnes majeures et qu'elles soient la propriété de celui ou celle qui les met en ligne – c'est-à-dire qu'elles n'ont pas été volées ou extorquées. La police ne va pas pouvoir faire grand-chose contre Nate. En revanche, si on l'attaque pour viol des clauses…

— Si on l'attaque ? répète mon père en plissant les yeux.

— Oui. Ce qu'il a mis en ligne hier… S'il l'a fait depuis le réseau de l'université, ça représente une violation de plusieurs clauses du règlement intérieur. Si j'arrive à obtenir une audience, alors il y a des chances que…

Mon père se lève brusquement et va poser son ordinateur sur son bureau – métal brossé sur acajou. Puis il croise les mains dans le dos et commence à faire les cent pas dans la pièce, absorbé dans ses pensées.

J'ai perdu le fil de mon argumentation, mais, de toute façon, je ne suis pas sûre qu'il m'écoutait.

Je ne sais plus quoi dire pour retenir son attention.

— Tu te souviens de ce que je t'ai dit le jour de tes quinze ans, quand je t'ai autorisée à te créer un compte Facebook ? me demande-t-il enfin.

— Oui.

Il fait tourner son index pour que je répète ce qu'il m'a dit ce jour-là.

— Tu m'as dit de faire attention à ce que j'y mettais, parce qu'Internet est un forum public et que tout ce qui s'y retrouve reste disponible à jamais.

— Et j'ai ajouté que tu devais être particulièrement prudente, encore plus que tes sœurs, parce que tu envisageais déjà une carrière de juriste. Tu voulais devenir une figure d'autorité, de respectabilité. Un leader politique.

C'est vrai.

Et je le veux toujours.

— Est-ce là le comportement d'un leader, Caroline ?

Cette question me donne le tournis, l'espace de quelques secondes. Elle déclenche une vague de feu qui rugit dans mes veines, une émotion que je ne reconnais pas tout de suite.

Il y a moins d'un an, j'ignorais que quelques mots pouvaient suffire à faire basculer mon univers.

Un texto qui dit : « Oh putain ! »

Une question cinglante de mon père : « Est-ce là le comportement d'un leader ? »

La réponse vient du plus profond de ma poitrine, de l'endroit où la blessure qui m'a été infligée ne cesse de se rouvrir. Malgré tout ce qu'il a souffert, mon cœur refuse de céder et de déposer les armes.

Oui ! me crie-t-il. *Justement ! C'est* ça, *le comportement d'un leader !*

S'il y a bien une chose que j'ai apprise au cours de mon enfance passée à lire les biographies des grandes figures historiques, c'est que ceux qui contribuent à changer le monde n'y parviennent pas *en dépit* des difficultés qu'ils rencontrent, mais *grâce* à ces difficultés. Pour être un leader et inspirer le respect, il ne suffit pas de suivre bien sagement les conseils de son papa sans jamais dévier du droit chemin. Il ne suffit pas d'être intelligente, jolie et polie. On n'inspire pas le respect en restant dans sa bulle.

Il faut vivre pour espérer mener et inspirer les autres. Depuis quelques mois, je suis enfin vivante. Je suis tombée amoureuse d'un garçon auquel mon père m'a interdit de parler. Non, pas un garçon – un homme. Un homme intelligent qui travaille dur et ne rate jamais une heure de cours, sauf quand j'ai besoin de son aide.

Un dealer. Un bagarreur.

Mais également un fils et un frère, un amant doux et généreux – un mec formidable.

Au cours de cette année, j'ai commencé à comprendre qui je suis – et ce que je veux. C'est ce que j'ai toujours voulu. La seule qui a changé, c'est moi.

Les leaders vivent, grandissent, apprennent. Ils croisent des dragons et essuient des brûlures, puis ils forgent leurs armes dans ces mêmes flammes et reprennent la bataille de plus belle.

Voilà ce que je veux faire. Voilà qui je veux être – pas une petite fille terrorisée qui se laisse gronder dans le bureau de son père.

Je veux être indomptable.

Alors je me lève, moi aussi. Je vais me planter au beau milieu du tapis et je croise les bras, comme mon père. Je laisse transparaître mon dégoût quand je lui demande :

— Qu'est-ce que tu entends par « là » ?

— Pardon ?

— Tu viens de dire : « Est-ce là le comportement d'un leader ? » Qu'est-ce que tu sous-entends ? Est-ce que tu me demandes si les leaders ont des relations sexuelles consensuelles avec leur partenaire de longue date ? La réponse est oui. Est-ce qu'il leur arrive de se faire trahir ? Oui, tout le temps. La vraie question, c'est…

— C'était une question de jugement ! m'interrompt-il. Ce n'est pas pour rien que tu ne verras pas de photos du président des États-Unis dans ce genre de posture, Caroline ! C'est parce que…

— C'est parce que Monica Lewinsky n'avait pas encore d'iPhone, papa ! Tu te moques de moi, là ? Tu sais combien de sénateurs se sont fait pincer pour avoir envoyé des photos de leur bite à des stagiaires du Capitole ?

— Justement, tu n'aurais pas dû suivre leur exemple.

Cette repartie me prend de court et me coupe le souffle.

Je n'aurais pas dû.

J'aurais dû me méfier. Ma relation avec Nate était une erreur, depuis le début, et j'aurais dû me rendre compte que je n'étais pas avec lui pour les bonnes raisons. Je devais sans cesse faire des efforts pour obtenir son approbation, il ne tenait pas à moi autant qu'il l'aurait dû, et j'aurais dû savoir que ce n'était pas normal. Je crois que c'était précisément comme ça qu'il me tenait – en me faisant croire que je ne le satisferais jamais entièrement, qu'il m'avait accordé une faveur en me choisissant, mais que j'étais un peu trop intello, un peu trop naïve, et que je devais donc sans cesse faire mes preuves et justifier son intérêt pour moi.

J'ai fini par comprendre, et c'est pour ça que je l'ai quitté – parce que j'ai pris confiance en moi, à Putnam, et parce que je me suis rendu compte que je pouvais espérer rencontrer quelqu'un de mieux que Nate. Quelqu'un comme West.

Mon seul tort, c'est de l'avoir compris trop tard.

« Fais attention à ce que tu mets sur Internet. Ne te laisse pas traiter comme une victime, sinon, tu ne pourras t'en prendre qu'à toi-même. »

Combien de fois ai-je entendu ce refrain ?

Je savais que ces photos étaient une mauvaise idée. J'avais le sexe de Nate dans la bouche quand il a attrapé son téléphone et pris la première d'entre elles. Je n'étais pas en mesure de protester, mais je n'ai pas trouvé ça sexy. Ce n'était pas un secret dangereux mais excitant entre mon amant et moi. Ça m'a choquée. Ça m'a gênée.

Pourtant j'ai décidé de lui donner ce qu'il désirait, parce que je voulais qu'il soit gentil avec moi. Je voulais le satisfaire pour qu'il soit fier de moi et qu'il me traite comme s'il m'aimait.

Il a pris sa photo. Il a joui dans ma bouche.

Après, il a continué. Une, deux, trois, quatre photos… J'avais le décolleté tout poisseux, j'avais mal au cœur et à la mâchoire… Je n'ai pas eu le courage de protester. Je l'ai laissé faire.

J'avais dix-huit ans et je croyais que je l'aimais. J'aurais dû me méfier.

Certes.

J'ai été trop naïve, mais je ne mérite pas de me faire menacer, insulter, humilier, juger.

Je ne mérite pas d'être privée de mon avenir.

— Je lui faisais confiance.

— Tu n'aurais pas dû, s'entête mon père. Tu crois vraiment que le professeur Donaldson va pouvoir t'écrire une lettre de recommandation vantant ton intelligence et tes facultés de discernement après avoir vu ces photos ?

— Non, j'en doute.

— Tu crois que tu vas réussir à décrocher un stage cet été ? Une bourse pour aller étudier à l'étranger ?

— Je sais bien que c'est gênant, mais…

— C'est plus que gênant ; c'est catastrophique. Tu as entaché ton nom à jamais, Caroline. C'est comme si tu avais un casier judiciaire, maintenant. Tout ça parce que tu n'as pas réfléchi !

— C'est Nate qui a mis ces photos en ligne, papa !

— C'est toi qui l'as laissé les prendre.

— Je lui faisais confiance !

Il s'esclaffe d'un air dégoûté et s'essuie la bouche en se détournant de moi.

— Tu aurais dû te méfier, dit-il en me regardant, plus triste que fâché. Je pensais que tu avais plus de jugeote que ça. Je suis déçu, Caroline. Ces photos… Je suis écœuré. Déçu et écœuré.

Quelque chose se brise en moi quand je l'entends dire ça.

Ça me fait mal.

Pourtant, cette chose qui se brise, ce n'est pas mon cœur. C'est l'ombre de la petite fille à son papa qui espérait mériter son amour en étant toujours parfaite, irréprochable. Je voulais qu'il m'aime plus que tout, pour toujours, parce que je croyais que son amour me rendrait forte.

Alors ça me fait mal de savoir que je le dégoûte, de me dire qu'il ne m'aimera plus jamais comme avant – si tant est qu'il parvienne à m'aimer tout court.

Mais je n'ai pas besoin de son amour pour être forte.

Je le suis déjà.

En m'attaquant à ce problème, j'ai de quoi m'occuper pour le restant de mes jours, et ça en vaut la peine.

— Je suis désolée que tu sois déçu, mais je suis humaine, papa. J'ai dix-neuf ans. Il m'arrive de commettre des erreurs. Alors je me dis que… tu as peut-être raison, j'aurais peut-être dû t'en parler dès le début. Je comprends que ce soit difficile pour toi. J'ai eu sept mois pour réfléchir à tout ça alors que, toi, tu as à peine eu plus de sept heures.

Je m'approche de lui et pose la main sur son bras.

Tant pis s'il a un mouvement de recul – et si mon cœur se serre.

Je ne suis pas dégoûtante. Je suis sa fille.

— Justement, papa, j'ai eu le temps d'y réfléchir, et j'ai compris une chose. Ces photos, et tous les messages qui vont avec… ça représente un acte de haine. C'est quelqu'un qui se venge contre moi alors que je ne lui ai jamais rien fait de mal. Je n'ai absolument pas mérité ça. Qu'est-ce que ça voudrait dire, d'ailleurs ? Que, parce que j'ai laissé quelqu'un prendre des photos de moi toute nue, je mérite que des inconnus m'insultent et me menacent publiquement ? Est-ce que tu es en train de me dire que, parce que je n'ai pas empêché Nate d'attraper son téléphone au mauvais moment, je mérite tout ce qui m'arrive ? Tout ce qui va continuer à m'arriver ? J'ai mérité cette attaque parce que je l'avais bien cherché ? C'est ça que tu es en train de me dire ? Tu te rends compte ?!

— Je n'ai jamais dit que tu l'avais bien cherché, se défend mon père d'une voix qui se brise.

— Si, papa. C'est exactement ce que tu as dit.

Mon père m'a appris que la première chose à faire pour obtenir ce que l'on veut, c'est d'identifier cette chose avec précision. Une fois qu'on en est sûr, il ne reste plus qu'à foncer.

Alors je le force à me regarder, à m'écouter.

— C'est précisément ce que tu as dit.

Je me suis emparée de cette affaire et j'en ai fait ma force – peu importe si ça ne lui plaît pas.

Je compte bien m'en servir, quoi qu'il en dise.

Je m'en servirai jusqu'à ce que tout le monde m'entende.

West se lève dès qu'il me voit sortir de la pièce.

Il m'a attendue à la réception du bureau de la vie étudiante, assis dans un fauteuil rose aussi étroit que haut, beaucoup trop petit pour lui et, surtout, complètement ridicule.

La réunion a duré plus d'une heure, mais il n'a pas bougé d'un pouce. La seule différence que je remarque, ce sont ses cheveux. Ils sont dressés en sortes de pics parallèles, et il me faut un moment pour comprendre que c'est parce que West a dû passer les doigts dedans à plus d'une reprise.

On dirait une prairie de printemps.

— Comment ça s'est passé ?

Il m'effleure le coude quand j'arrive à sa hauteur, puis passe le bras autour de ma taille et, d'une légère pression au creux de mon dos, me guide vers la porte.

Les bureaux de la vie étudiante occupent une partie du sous-sol d'un bâtiment administratif. C'est un dédale de couloirs blancs où je me perds régulièrement, pourtant je suis à peu près sûre qu'on est arrivés par l'autre côté.

— Pas trop mal. Enfin, je crois. Je leur ai expliqué l'essentiel de la situation, ils m'ont posé des questions, puis je leur ai remis une copie de tous les fichiers que j'ai imprimés. Ils ont convoqué Nate. On verra bien ce que ça donne.

West se rembrunit.

— C'est tout ? On attend de voir ce que ça donne ?

Il est comme ça depuis qu'on est partis de chez mon père – cassant, sarcastique. Il croyait sans doute que, puisque je suis dans mon droit, tout le monde serait forcément de mon côté. Comme si c'était aussi simple !

De mon côté, j'ai compris que je n'obtiendrais rien sans me battre.

— Ben oui. Qu'est-ce que tu croyais ? Qu'ils allaient l'attacher à un cheval et le traîner tout autour du campus ?

Ma plaisanterie ne suffit pas à le dérider. Je passe le doigt entre ses sourcils froncés.

— Qu'est-ce qui t'arrive ?

— Rien. Tu as faim ? Tu n'as rien mangé depuis ce matin. Et puis tu as besoin de te reposer. Je préférerais que tu dormes cette nuit, au lieu de venir à la boulangerie avec moi.

Je m'arrête.

— West ?

— Quoi ?

— Qu'est-ce qu'il y a ?

Il y a clairement quelque chose qui cloche, et il ne s'agit pas seulement du résultat de ma réunion. West ressemble à un gros nuage orageux, sombre et menaçant, chargé d'électricité. Je le sens quand je m'approche de lui, et ça me rappelle le jour où je suis allée le trouver dans la bibliothèque, après sa bagarre avec Nate. Il vibre presque sous l'effet d'une violence contenue, comme des atomes avant la fission.

— Rien, tout va bien.

Je me plante devant lui, le prends par les bras et me dresse sur la pointe des pieds pour l'embrasser. Il reste immobile comme une souche et, quand je repose les talons par terre, il tente de me sourire, mais le résultat est tellement pathétique que j'ai presque envie de le gifler.

— Oui, je vois ça. Tu es en pleine forme. C'était le baiser le plus torride de l'année. J'ai du mal à me retenir de te plaquer contre un mur pour faire des folies de ton corps.

Rien. Pas de réaction. Pas même une lueur d'humour dans ses yeux.

— Viens, dit-il en me prenant par la main.

— Je ne bougerai pas tant que tu ne m'auras pas dit ce qui te tracasse.

— Pas ici, s'il te plaît.

— Pourquoi ? On est tout seuls.

Il jette un bref coup d'œil par-dessus mon épaule.

— Merde !

Soudain, je comprends la raison de cette tension qui l'anime. Je me retourne. La vue de Nate, au bout du couloir, ne fait que confirmer mon intuition.

— Tu savais qu'il était dans les parages ?

West ne me répond pas. Il a peut-être entendu quelqu'un en parler, ou alors la réceptionniste le lui a dit pendant que j'attendais.

— Ce n'est pas grave, West. C'est gentil de t'inquiéter pour moi, mais, de toute façon, il faudra bien que je le croise un jour ou l'autre, alors…

Je me tais. West ne m'écoute pas.

Je croise son regard et comprends que, s'il voulait me faire sortir par l'autre côté du bâtiment, ce n'était pas pour me protéger – enfin, pas directement.

Il a les joues en feu et les yeux plissés.

Il a l'air meurtrier.

— N'y pense même pas, dis-je. Je te l'interdis, West.

— Tu ferais mieux d'y aller, Caro.

Nate nous a vus. Il est à une dizaine de mètres de nous quand il s'immobilise.

Je suis sûre que, s'il était plus près, je verrais de la peur dans son regard.

— Arrête. C'est un coup à te faire virer de la fac.

J'ai la main posée sur son torse et je sens son cœur galoper sous ma paume. Je ne suis même pas sûre qu'il m'entende. J'en ai marre. J'ai assez parlé dans le vide pour aujourd'hui. Mon père, le responsable des étudiants et le délégué du campus, pendant la réunion… et maintenant West.

— Vas-y, Caroline. Ne m'attends pas.

Il me repousse sur le côté et s'avance lentement vers sa proie. Il ne va pas se contenter de frapper Nate, j'en ai la certitude. Il va le tabasser jusqu'à ce que quelqu'un l'arrête. Il va l'envoyer à l'hôpital, ou pire.

Je devrais m'inquiéter pour West – ou peut-être même pour Nate –, pourtant c'est surtout de la colère que je ressens.

West m'a déjà fait le coup deux fois. Je refuse de le laisser se comporter comme un chien qui pisse contre un arbre pour marquer son territoire.

J'attrape sa chemise et entends un bruit de tissu qui se déchire.

West se retourne.

— C'est ma bataille, West. Pas la tienne.

— Sors d'ici si tu ne veux pas voir.

— Tu te crois où, là ? Dans un film de kung-fu ? Arrête tes conneries.

— Lâche-moi, Caro.

— Ça ne servirait à rien, West. Tu risques de finir en taule, et moi, je ne serai pas plus avancée, sauf que je ne pourrai même plus compter sur toi. C'est débile.

Il essaie de me faire lâcher prise, mais je tiens bon, alors il déboutonne sa chemise et la retire. Comme ça, en plein milieu du couloir de la vie étudiante. Il enlève sa chemise et s'avance vers Nate d'un pas menaçant.

Je lâche mon sac et lui fonce dessus.

Mes progrès en rugby sont plutôt minces, mais j'ai au moins appris à faire un plaquage digne de ce nom. Ma chute disgracieuse contre les jambes de West n'en est pas un, cela dit. Je me cogne à ses cuisses, passe les bras autour de ses genoux et me laisse glisser jusqu'à ses chevilles, sans réussir à le faire tomber.

Pourtant je ne me démonte pas. Je suis tenace. S'il veut se battre avec Nate, il devra le faire avec une entrave en forme de Caroline. Tant pis si ma posture manque quelque peu de dignité.

— Caro, lâche-moi.

— Pas question.

Les mains sur les hanches, il lance un regard noir à Nate, qui ricane méchamment. C'est vrai qu'il mériterait un bon coup de poing dans le nez, ce con.

Ce n'est pas une raison. J'ai clairement exprimé mon opinion sur le sujet quand j'ai vomi des vermicelles dans les toilettes de West. La violence, ça me dégoûte. Je ne veux pas y être mêlée.

— C'est entre lui et moi, Caro, insiste West.

— Non, justement !

— Il m'a dénoncé aux flics.

— Oui, et ce n'était qu'une manœuvre parmi tant d'autres dans une guerre entre *lui* et *moi* ! Tu sais très bien que je déteste que tu te battes. Ça ne sert à rien, c'est juste une excuse pour te défouler, et même ça, ce n'est pas juste. Tu crois que je n'ai pas besoin de me défouler, moi ? Pourtant je ne m'amuse pas à aller frapper les gens. Je comprends ta colère, West, dis-je un peu plus calmement en levant les yeux vers lui. Je sais que tu veux m'aider, mais tu ne peux pas. Pas comme ça, en tout cas. Ça ne ferait qu'empirer la situation.

Je vois dans son regard le moment où il comprend – peut-être pas tant ce que je dis que le fait que je suis agrippée à ses chevilles. Il n'arrivera à rien dans ces conditions.

Nate comprend, lui aussi. Il tourne les talons et entre dans le bureau de la vie étudiante.

West pousse un profond soupir qui résonne dans le couloir.

Au bout de quelques secondes, alors que je commence à mesurer le ridicule de la situation – je suis dans les pattes d'un type torse nu –, il me tend la main.

— Viens, dit-il.

Sa paume est chaude et moite contre la mienne. Il me relève d'une poigne de fer, puis prend mon visage entre ses mains.

— Tu es à moi, Caro. Il t'a fait du mal, alors je veux le faire souffrir.

— Je sais.

— C'est la seule chose que je peux faire pour toi.

— C'est faux. Ce n'est pas comme ça que tu peux m'aider. J'ai besoin que tu me fasses confiance. C'est ma bataille, à moi.

— C'est un peu la mienne aussi, quand même.

Je tourne la tête pour déposer un baiser au creux de sa paume. Je sens son pouls sous mes lèvres.

— Un peu, parce qu'on forme une équipe, dis-je en souriant, mais c'est moi qui commande.

— Genre ! s'esclaffe-t-il en riant.

— C'est ça, rigole… Tu m'aurais vue, dans cette salle de réunion. Je les ai bien secoués.

— Ça, je n'en doute pas.

— West ?

Je lève les yeux vers lui et y trouve une douceur nouvelle.

— J'ai besoin que tu croies en moi. Il va y avoir des moments où tu seras le seul, alors j'ai besoin de savoir que toi, au moins, tu me crois capable de remporter cette bataille à ma façon.

— Je n'ai jamais dit que tu n'en étais pas capable, mais…

— Ce n'est pas tout, dis-je. J'ai besoin de savoir que, quoi qu'il arrive, tu me laisseras me battre toute seule comme une grande, même si ce n'est pas évident, et même si ça va à l'encontre de ce que tu veux.

West jette un coup d'œil à la porte derrière laquelle Nate a disparu.

— West, regarde-moi.

J'attends qu'il cède pour poursuivre :

— Un jour ou l'autre, tu vas te retrouver dans la même situation, nez à nez avec Nate alors que je ne serai pas dans les parages pour t'empêcher de lui casser la gueule. Je veux que tu me promettes de te contenir.

— Caro.

— S'il te plaît.

Je lui caresse la joue, le cou… Il est sur le fil du rasoir, terriblement dangereux, et il faut absolument que je le ramène à la raison. Je sens que cette décision constitue l'un de ces moments où tout peut basculer.

Je ne pourrai pas rester avec lui s'il ne me laisse pas mener mes propres batailles.

Il pose sa main sur la mienne, au creux de son cou et de son épaule.

J'adore ses yeux. J'adore la façon dont il me regarde, ce qu'il voit en moi, ce que nous sommes, tous les deux.

— Ça me fait mal de ne rien pouvoir faire pour t'aider.

— Tu m'aides déjà rien qu'en étant toi. Tu n'as pas besoin d'en faire plus, dis-je avant de l'embrasser. Promets-moi.

Je sens un petit soupir contre mes lèvres, signe qu'il capitule.

— Je te le promets.

— Merci.

Je l'embrasse de nouveau, tout en lui caressant le cou. Il est chaud, il vibre presque d'une force animale.

Il est également torse nu.

Il glisse le bout de sa langue entre mes lèvres, et j'ai l'impression de fondre. Notre baiser devient très vite intense, brûlant. West me plaque contre le mur et referme une main sur mon cul.

— Viens, on rentre à la maison, dis-je.

On n'arrive même pas jusqu'au parking. Il me pousse contre un arbre et passe une main derrière ma tête pour que je ne m'égratigne pas contre l'écorce. Il me protège.

Je perds toute notion du temps. Je suis trempée de désir. Je l'étais déjà dans le couloir, et plus encore quand j'ai poussé la double porte et que West, derrière moi, a glissé une main entre mes cuisses en un geste délicieusement osé.

— Viens, dis-je dans un souffle.

— Oui.

— C'est toi qui conduis.

— Passe-moi les clés.

C'est un miracle que j'arrive à les sortir de mon sac. Les mains de West sont partout et me font perdre la tête.

— Tiens.

Il faut que je les agite sous son nez pour qu'il réagisse.

Quand on arrive à l'appartement, Krishna et Bridget nous y attendent.

— Alors ? Comment ça s'est passé ?

— Tu crois qu'il va prendre cher ?

West ne me laisse même pas en placer une. Il me pousse en direction de sa chambre en disant :

— Donnez-nous juste une petite minute.

Puis il leur claque la porte au nez.

— Ce n'était pas très poli, dis-je.

Il est trop occupé à déboutonner ma braguette pour répondre.

Quelques secondes plus tard, il me pousse sur le lit, attrape un préservatif dans le tiroir et s'avance au-dessus de moi. Il m'écarte les genoux, puis glisse un doigt en moi. Quand il sent à quel point je suis excitée, il laisse échapper ce « mmm » qui me rend folle.

— Vite ! dis-je.

Ça ne dure pas longtemps, mais c'est explosif. Il me pénètre entièrement d'un seul coup de reins, nos langues dansent l'une contre l'autre, sa boucle de ceinture tinte en rythme avec ses longs mouvements furieux. On ne parle pas. Je ne suis même pas sûre qu'on respire. West a besoin de reprendre possession de moi, et moi de lui. Je le veux tout entier, avec ses défauts, sa colère, ses réflexes de macho protecteur, ses agaçantes imperfections. C'est West, et il est magnifique, terriblement sexy, violent et intelligent – réel.

Il happe mon téton entre ses lèvres et décrit des cercles tout autour avec sa langue. Il sait que ça me rend dingue. Il passe une main sous mes fesses pour trouver l'angle parfait. Je suis tout près de l'extase, déjà, et il me paraît encore plus puissant et plus dur que d'habitude. Il accélère en haletant au creux de mon cou.

— Oui, ma belle, vas-y.

Je laisse échapper un bruit qui ressemble à un sanglot, pourtant je ne me suis jamais sentie aussi bien.

Je le serre de toutes mes forces et cache mon visage contre son épaule quand je commence à jouir. J'ai besoin de le sentir tout proche, tout contre moi. Il pousse un grognement, appuie le front contre le mien, m'embrasse la tempe quand je détourne le visage. Il jouit en moi, les doigts entrelacés aux miens avec tant de force que c'est la première chose que je sens quand je redescends sur terre.

Je remue la main, et West desserre son étreinte.

— Oh putain !

Il sourit.

— C'était… oh putain !

West me dépose un baiser sur le bout du nez, sans cesser de sourire.

— Désolée, j'aurais peut-être pu dire quelque chose de plus distingué, mais…

West éclate de rire, et je sens son ventre se contracter contre le mien.

— Tu ne peux plus nier que mon petit côté Cromagnon te plaît.

— Pas du tout ! Je nie catégoriquement !

Il rit de plus belle, alors je lui pince l'épaule.

— La dernière fois que tu as frappé Nate, j'en ai gerbé, je te rappelle.

— Peut-être, mais là, tu viens de jouir en quinze secondes chrono. Et puis, la première fois, à la bibliothèque…

— Je t'interdis de parler de ça.

— La première fois que je lui ai collé mon poing dans le nez, tu étais tout excitée.

— Ce n'est pas vrai !

— Tu m'aurais laissé te faire tout ce que je voulais, ce jour-là.

— Pas du tout.

— Si, carrément ! J'aurais dû t'embrasser, d'ailleurs. Ça nous aurait évité de nous tourner autour pendant des mois en nous voilant la face. Ne me dis pas que toi, tu n'y as pas pensé.

— Pas un seul instant.

— C'est vrai, j'oubliais, tu es une gentille petite fille bien sage…

Je croise les mains sur sa nuque et l'attire contre moi pour l'embrasser.

— Bon, d'accord, j'y ai peut-être pensé un peu, mais c'était uniquement parce que tu avais besoin d'évacuer toute cette testostérone.

— Tu te serais portée volontaire pour évacuer toute ma testostérone ?

— Oui. J'aurais été ton réceptacle à testostérone. Je suis comme ça, moi. Je suis généreuse de nature.

— Je te signale que je viens de te donner un orgasme qui t'a fait loucher de plaisir.

— Eh oui ! La générosité, ça paie.

Il rit de plus belle, et je le serre encore plus fort. J'adore sentir son corps tout contre moi.

Je l'aime.

On se cogne au montant de la porte en sortant de la chambre. West a une main sur ma hanche et un grand sourire satisfait, que je ne vois pas mais que je sens à son contact.

On est heureux.

Je trouve ça incroyable qu'on puisse ressentir une telle joie à un moment pareil. Ça ne tient pas seulement au sexe, c'est beaucoup plus profond que ça. On est bien ensemble, purement et simplement. C'est comme un ruban doré qui nous lie depuis le tout premier instant, depuis que je me suis penchée pour regarder dans sa voiture en essayant de ne pas me laisser aveugler par la bande de peau que j'apercevais sous son tee-shirt pendant qu'il s'étirait. Il y a toujours eu quelque chose de beau entre nous, même quand on s'affrontait à la bibliothèque, qu'on s'interdisait de se toucher à la boulangerie ou qu'on s'embrassait sur les rails de chemin de fer.

Même quand je lui ai dit de se décider et que je lui ai tourné le dos, ce lien était là, scintillant de possibles.

Je me sens quand même un peu gênée vis-à-vis de Bridget et Krishna, assis dans le canapé, devant la télé. Ils ont l'air un peu… tendus.

Bridget est raide comme la justice, mais je vois que sa nuque est rougie. Krishna est tourné vers elle, un bras sur le dossier, un genou replié sur le coussin entre eux deux. J'ai une impression étrange, comme s'ils venaient de prendre la pose à la hâte. Comme s'ils venaient de s'écarter l'un de l'autre. Je l'aurais vu, pourtant.

Je l'aurais remarqué si Krishna avait été penché sur Bridget, un bras passé autour d'elle, et qu'il ne s'était reculé qu'au moment où j'ai ouvert la porte de la chambre. Ça ne m'aurait pas échappé.

Et pourtant, quand Krishna se tourne vers nous, je décèle une lueur féroce dans ses yeux, comme un cheval sur le point de ruer.

Certes, je n'ai jamais vu de cheval sur le point de ruer, mais c'est l'impression que j'ai en regardant Krishna. Une énergie contenue alors qu'elle s'apprêtait à se révolter.

— Qu'est-ce que vous regardez, là ? demande West.

La question est judicieuse. C'est un épisode de *Mon Petit Poney* qui passe à la télé, mais avec le son presque au minimum. On l'entend à peine.

Bridget s'amuse à lisser les plis de son pantalon de jogging autour de son genou.

Krishna regarde partout et nulle part à la fois.

Je ne me souviens pas de les avoir jamais vus dans la même pièce en silence. Ils sont tous les deux médaillés olympiques de tchatche. C'est presque une religion, pour eux, de parler.

En tout cas, je suis sûre de ne jamais les avoir vus aussi crispés.

C'est également la première fois que Bridget omet de répondre à une question directe, à ma connaissance.

J'aimerais pouvoir aller me cacher dans ma grotte pour y ruminer mon humiliation en toute tranquillité. C'est notre faute, évidemment, à West et moi. On est entrés comme des sauvages et on s'est enfermés pour faire l'amour – fort, tandis que Bridget et Krishna étaient juste de l'autre côté de la cloison, qui n'est pas bien épaisse.

On a été horribles avec eux.

Je suis la pire des amies. Ils sont venus là pour me soutenir après ma réunion à l'administration, mais je les ai laissés mariner dans leur gêne pendant que West et moi faisions des bruits de bêtes en rut dans sa chambre.

Si tant est qu'ils aient effectivement été en train de mariner dans leur gêne…

Je ne sais pas. J'essaie de réfléchir à une façon élégante de mettre un terme à cette situation absurde – est-ce que ça se fait de s'excuser pour avoir joui trop fort ? – quand West intervient.

— C'est quoi, le concept ? Regarder un truc en écoutant une bande-son différente ? Genre *Le Magicien d'Oz* sur fond de *Dark Side of the Moon*, sauf que là, c'était *Mon Petit Poney* avec Caroline et moi en plein coït ?

Je lui donne une tape sur le bras.

— West !

Krishna se met à pouffer.

Bridget se cache le visage dans les mains, puis pose le front sur le coussin du canapé. Je crois l'entendre bredouiller quelque chose au sujet de Twilight Sparkle, mais c'est difficile d'être sûre vu qu'elle a la tête dans le cuir.

— C'était épique, mon pote ! glousse Krishna.

— Je sais, je sais, je mérite une médaille, rétorque West avec ce sourire dont les mecs ont le secret.

— Vous voulez que j'aille chercher ma règle pour qu'on puisse mesurer lequel de vous deux a la plus grosse ? dis-je.

— Oh, à tous les coups, il gagne, dit Krishna en haussant les épaules.

De l'autre bout du canapé, Bridget laisse échapper une sorte de couinement étouffé.

— Qui veut de la glace ?

Je ne trouve rien de mieux à proposer. Si seulement j'avais un rayon laser qui efface la mémoire à distance !

— Moi ! lance Bridget. Mais seulement si c'est celle avec des bouts de bretzels au chocolat dans de la glace à la vanille et au beurre de cacahuète.

— C'est celle qui s'appelle Chubby Hubby, non ?

— Oui, voilà. À la rigueur, si tu as de la menthe avec des copeaux de chocolat… mais pas le truc dégueu avec des morceaux de fruits dedans, comme la dernière fois. Des fruits dans la glace… Quelle idée, franchement !

— Tu n'as qu'à venir voir à la cuisine avec moi.

Elle se lève, et je m'attends à ce qu'elle enjambe Krishna, qui a posé un pied sur la table basse et lui bloque le chemin, mais, au lieu de ça, elle fait tout le tour de la table, sans même lui jeter un regard.

— *Mon Petit Poney*, donc, lance West sur un ton taquin. C'est ça qui vous a mis dans un état pareil ?

— Non, c'est la photo que ta mère m'a envoyée d'elle en culotte.

— Ah bon ? Est-ce qu'elle est aussi réussie que la vidéo que m'a envoyée ta grand-mère la semaine dernière, cette photo ?

— Arrête ! Laisse ma grand-mère tranquille, râle Krishna en riant.

— C'est exactement ce qu'a dit ta sœur parce qu'elle en avait marre d'attendre son tour.

— Pitié, Caro, fais-les taire !

Je sors la tête du congélateur le temps de crier :

— Ça suffit, les enfants. Vous êtes aussi mignons l'un que l'autre !

J'essaie de prendre un ton autoritaire, mais c'est difficile parce que je souris à en avoir mal aux joues.

La semaine qui suit, c'est de la folie.

Les vacances de printemps approchent. West et moi avons des partiels et des dissertations à rendre. Je subis une autre réunion au bureau de la vie étudiante, parce que mon père a décidé qu'il voulait prendre part à toutes les étapes de ma défense. Sauf qu'il ne dit pas un mot pendant une heure et demie. J'ai donc l'impression de revivre la même scène, mais avec une personne de plus dans l'auditoire.

Le chœur des connards continue d'inonder ma boîte mails, mais, maintenant, ils ont mon numéro de téléphone en prime. Je commence à recevoir des messages de types qui respirent fort sans rien dire, ou de tarés qui se lancent dans des tirades infâmes et délirantes. Je filtre mes appels et supprime les trois quarts des textos que je reçois. Je suspends mon compte Facebook et me retire carrément de Twitter.

Évidemment, je dois garder une trace de tout ça pour pouvoir en prouver la provenance. Ça me fatigue d'avance. J'aimerais pouvoir éteindre mon téléphone et mon ordinateur, et oublier que ma vie est devenue un torrent d'ordures.

Comme si ça ne suffisait pas, West n'arrive pas à joindre sa mère. Ça fait plusieurs jours que Frankie ne lui a pas écrit, ce qui l'inquiète beaucoup.

Je ne peux rien faire pour l'aider.

Je suis dépassée, lasse de tant de haine, épuisée par tous ces efforts incessants.

Il ne peut rien faire pour m'aider.

On s'accroche l'un à l'autre comme si notre vie en dépendait.

On est à la boulangerie quand le téléphone de West sonne enfin. Je suis en train de mélanger les herbes, et West est occupé à ouvrir un nouveau sac de farine. Je suis plus près du téléphone, donc j'y jette un coup d'œil.

— C'est Bo.

Il laisse tomber son cutter par terre et je vais à sa rencontre, le téléphone à la main. Je sais qu'il attend que quelqu'un l'appelle pour lui donner des nouvelles de chez lui.

— Salut. Ça va ?

Je vais baisser le volume de la musique. Ça me prend à peine dix secondes, mais, quand je me retourne, West est blanc comme un linge.

— Ça fait combien de temps ?

Il fait les cent pas tout en écoutant la réponse.

— Tu as essayé de lui parler ou… ? Non, je sais. OK. D'accord. Et Frankie, est-ce qu'elle… ?

Il se voûte légèrement. Ses phalanges sont blanchies tellement il serre son téléphone.

— OK. Merci. C'est gentil d'avoir appelé. Je… je m'en occupe.

Il raccroche et reste planté là, immobile.

Il ne bouge pas pendant si longtemps que j'ai presque peur de le toucher.

— West ?

— Elle s'est remise avec lui.

— Avec ton père ?

— Oui. Elle s'est remise avec ce connard.

C'est ce qu'il craignait. Son pire cauchemar.

— Qu'est-ce qui s'est passé ?

— Je ne sais pas. Bo n'a pas… Il n'a même pas eu le temps de la mettre à la porte. Il est rentré un soir et il ne restait plus que ses affaires à lui, avec un petit mot qui disait qu'elle était désolée mais qu'elle devait suivre son cœur. Son cœur, putain ! crie-t-il en tapant du poing sur le plan de travail.

— Tu sais si elles ont quitté la ville, ou… ?

— Elles sont retournées s'installer au mobil-home avec lui, ma mère et Frankie.

— Oh…

Je ne sais pas quoi dire. Les mots me manquent pour décrire le découragement de West, sa posture abattue, sa voix blanche et morne. C'est comme si on lui avait sapé toute son énergie.

Je comprends l'étendue de sa détresse quand je viens me poster devant lui et que je passe mes bras autour de lui, il s'effondre contre moi. Je dois user de toute ma force pour le maintenir debout.

Ça ne dure pas. Il s'accorde dix secondes de faiblesse, pas plus, avant de se ressaisir et de s'écarter.

C'est sans croiser mon regard qu'il annonce :

— Je vais devoir rentrer dans l'Oregon.

Je comprends bien son besoin d'aller s'assurer que sa mère et sa sœur sont en sécurité, d'aller leur parler.

— Bien sûr. Dis-moi ce que je peux faire pour t'aider.

— Je vais prendre l'avion. Je vais rentrer faire mes bagages dès que j'aurai fini mon service.

— Tu ne restes pas pour ton examen ?

Il a un partiel à 10 heures demain matin.

— Non, ça ne sert à rien. Est-ce que tu pourrais regarder les horaires des vols au départ de Des Moines ? Le plus tôt sera le mieux.

— Bien sûr, mais tu devrais peut-être te débarrasser de cet examen, d'abord. Comme ça, quand tu reviendras…

Il se détourne, et ça me réduit au silence.

Ça, et la douleur que je devine sur son visage avant qu'il se dérobe à mes regards.

— West ?

Il agrippe le bord du plan de travail à deux mains, tête basse. Je ne vois plus que son profil, ses bras crispés, la ligne droite de son dos.

Je comprends avant qu'il ne me le dise.

Il ne reviendra pas.

— Ça n'aurait jamais marché, de toute façon, murmure-t-il. Je me suis bercé d'illusions. J'ai été bête.

— Qu'est-ce qui n'aurait jamais marché ?

— Je n'aurais jamais dû m'autoriser à y croire.

— Je ne comprends pas de quoi tu parles, West.

— Ça ne fait rien, dit-il en secouant la tête.

— Non, West, ça ne fait pas rien. Parle-moi !

Quand il me regarde enfin, j'ai l'impression qu'il est à des milliers de kilomètres, dans un État où je n'ai jamais mis les pieds, dans une ville dont j'ai vu des photos mais dont je n'imagine même pas les sons, les odeurs, près d'un océan que je n'ai jamais vu.

L'Oregon. Je ne savais même pas prononcer ce nom correctement, au début. West a dû m'apprendre à le dire.

— S'il te plaît, West, parle-moi.

— Je suis désolé, dit-il, mais c'est ma sœur. Je dois veiller sur elle, sinon personne d'autre ne le fera. C'est toujours moi qui m'en suis occupé. C'est ma faute, je n'aurais pas dû… C'est ma faute.

L'expression dans ses yeux… J'ai l'impression que ce sont des adieux, mais ce n'est pas possible. On est en train de préparer la pâte. On a encore des heures de travail devant nous, à faire préchauffer les fours, à pétrir et façonner, à surveiller la cuisson pour ventiler au bon moment. Demain, après nos examens, les vacances de printemps commencent. Ça veut sans doute dire que je ne vais pas beaucoup voir West pendant la semaine qui vient, mais il nous reste encore toute la fin du semestre, puis l'année prochaine, et la suivante.

On a tout le temps devant nous.

Ce n'est pas possible.

— Tu ne peux pas partir comme ça. Passe au moins en discuter avec ton responsable d'études. Tu dois pouvoir demander une dispense, étant donné les circonstances, et...

Je commence à m'échauffer quand, soudain, on frappe un coup bref à la porte de derrière. Elle est ouverte, comme d'habitude, parce qu'il fait vite très chaud dans la cuisine. Sur le seuil se tiennent deux policiers en uniforme.

— Monsieur Leavitt, annonce le premier, un grand blond à l'air plutôt avenant. Je suis le lieutenant Jason Morrow, nous nous sommes déjà rencontrés en décembre.

— Je m'en souviens, dit West. Qu'est-ce que vous voulez ?

— Nous avons des raisons de croire que vous avez procédé au commerce illégal de cannabis depuis cette boutique. Nous aimerions inspecter les lieux.

Je m'approche de West. Il passe un bras autour de ma taille et me dépose un baiser sur le haut de la tête tout en murmurant :

— Ne dis rien.

Puis il s'adresse au policier.

— Je ne suis pas le propriétaire des lieux, je n'ai pas l'autorité nécessaire pour vous laisser entrer.

— Cette jeune femme travaille-t-elle ici ?

— Non.

— Vous êtes donc le seul employé présent à l'heure actuelle ?

West s'écarte de moi et s'avance vers la porte, m'empêchant de voir les policiers.

Cette situation m'est tristement familière – West qui s'interpose entre moi et des ennuis potentiels. Sauf que, cette fois, les ennuis sont bien réels.

— Oui, répond-il.

— Vous êtes donc responsable des lieux et avez le droit d'autoriser une fouille.

— Vous allez devoir appeler Bob. C'est le propriétaire, c'est à lui de décider.

— Monsieur Leavitt, une équipe cynophile se trouve à votre appartement en ce moment même. Il serait dans votre intérêt de coopérer dans cette enquête.

West pose une main sur le battant de la porte et, du bout de sa botte, dégage le coin de bois qui la maintenait ouverte.

— Je ne vous laisserai entrer que quand vous reviendrez avec Bob ou avec un mandat de perquisition.

Sur ce, il ferme la porte et la verrouille de l'intérieur.

— Appelle Bridget. Moi, j'appelle Krish.

— West, tu crois que…

Il ne m'écoute pas. Il est accroupi devant mon sac, une main dedans. Il en sort mon téléphone et se relève en me le tendant.

— C'est la merde, et on n'a pas beaucoup de temps pour s'organiser. S'ils sont effectivement chez moi, j'ai besoin de savoir ce qui se passe. Appelle-la.

J'obéis comme un automate.

J'ai l'impression d'assister à la scène de l'extérieur, comme si j'étais uniquement capable d'accomplir la tâche qui m'a été confiée, rien de plus. J'aimerais comprendre davantage. Tout se mélange dans ma tête.

West s'en va. Les flics sont à la porte. West les a mis dehors. Ils sont en train de fouiller l'appartement. Il doit rentrer s'occuper de Frankie. West s'en va ! Il risque de se faire arrêter. Moi aussi, je suis complice. C'est impossible.

Je n'arrive pas à croire que la situation ait pu tourner aussi mal aussi vite.

Le téléphone sonne dans le vide. West regarde dans le vide, son portable à l'oreille.

— Pas de réponse ? me demande-t-il.

— Non.

En revanche, je reçois un texto.

Qu'est-ce qui se passe ???

— C'est Bridget, qui veut savoir ce qui se passe.

— Demande-lui où elle est.

Je m'exécute, et elle répond :

Chez W et K. Dehors. Il y a des flics avec un chien.

West s'approche pour lire par-dessus mon épaule.

— Merde ! J'espérais qu'il bluffait. Demande-lui où est Krish.

L'attente est insupportable.

Dans la chambre de W avec eux.

— Ils risquent de trouver quelque chose ? dis-je dans un murmure.

— Non. Je n'ai rien touché ni vendu depuis le début du semestre, tu le sais très bien.

— Donc tu n'as aucune raison de t'inquiéter.

Il me jette un coup d'œil presque condescendant.

— J'aimerais bien que ce soit aussi simple. Demande-lui si elle peut t'appeler. Il vaut mieux éviter de parler de ça par texto.

Bridget répond :

Une des flics me surveille. Elle m'a empêchée de décrocher.

Puis :

Elle a essayé de me prendre mon téléphone. J'ai demandé si j'étais en état d'arrestation, elle a dit non, alors j'ai refusé de le lui donner.

— Je suis surpris qu'elle ait pensé à ça, dit West.

— Elle regarde beaucoup de séries policières à la télé.

Quelques secondes plus tard, je reçois un nouveau texto.

Ils sont dans la chambre de Krish.

West se tient derrière moi, tout près, une main à ma taille.

Je crois que je m'effondrerais s'il s'éloignait.

Ils ont trouvé quelque chose.

— Putain de merde ! crie West. Quel con ! Je lui avais dit, pourtant ! Je lui avais dit !

— Tu lui avais dit quoi ?

— De ne jamais rien garder à l'appartement, sous aucun prétexte. Sauf que c'est un gros paresseux qui ne réfléchit pas. Il fait chier, putain !

Il me prend le téléphone des mains et commence à taper un message.

— Qu'est-ce que tu lui dis ?

— Chut. Je vais l'appeler. Je lui dis juste de décrocher et de m'écouter. Elle n'a pas besoin de parler.

Bridget répond à son texto, et il s'empresse de l'appeler.

— Bridge, écoute-moi. Je vais te demander un service. Si tu veux aider Krishna, alors fais ce que je te dis, d'accord ? Dans quelques minutes, il sera trop tard, alors il faut faire vite. Je veux que tu débarques dans la chambre de Krish comme une furie et que tu tapes un scandale en disant que ce qu'ils ont trouvé m'appartient. Fais comme si tu étais la copine de Krish. Dis-leur qu'il est trop gentil et qu'il voulait me protéger, mais que tu me détestes et que tu ne veux pas qu'il se fasse choper à ma place. Ils vont peut-être t'emmener au poste pour prendre ta déposition, mais ne t'inquiète pas. Fais comme si tu ne savais rien de mes affaires, mais continue à clamer haut et fort que l'herbe m'appartient à moi. Il ne t'arrivera rien, et ils ficheront la paix à Krish. Ce n'est pas après lui qu'ils en ont, c'est après moi. S'il proteste, trouve un moyen de lui faire comprendre que j'insiste, OK ? Tu m'as bien entendu ?

West me jette un regard, puis lève les yeux au plafond.

— Quand toute cette histoire sera finie, je veux que tu trouves Caroline et que tu prennes bien soin d'elle. Elle va avoir besoin de toi. Je sais que tu ne peux pas parler, mais promets-moi juste ça, s'il te plaît.

Un coup violent à la porte me fait sursauter.

— Monsieur Leavitt !

Ils prononcent son nom comme il s'écrit, comme « leave it », alors qu'en vrai c'est « Levitt ».

C'est ce détail idiot qui me fait fondre en larmes.

— Merci, Bridge, dit West avant de raccrocher.

Il entre dans le menu de mon répertoire.

On frappe de nouveau.

— Monsieur Leavitt !

Il entre un numéro qui commence par 451, pour l'Oregon, et le nom de Bo.

Puis il me rend mon téléphone.

— Je vais aller ouvrir cette porte, Caro. Je vais les laisser entrer parce qu'ils ne trouveront rien ici et que, de toute façon, ils vont revenir avec un mandat demain matin. On va les laisser fouiller et, pendant ce temps, on va continuer à faire du pain, OK ? Ça peut leur prendre dix minutes ou trois heures, mais ils vont finir par m'embarquer. Je veux que tu restes ici et que tu finisses le service. Ce n'est pas la peine de mettre Bob dans la merde. Ne t'inquiète pas, Krishna n'avait sans doute pas plus de quinze grammes dans sa chambre. Ce n'est rien du tout, à peine un délit mineur.

— Pourquoi tu fais ça ?

— Demain matin, appelle Bo et raconte-lui ce qui s'est passé. Il fera le nécessaire. Dis-lui que je lui demande une dernière faveur, s'il a le cœur de m'aider. Je voudrais qu'il garde un œil sur Frankie jusqu'à ce que je puisse rentrer m'en occuper. D'accord ?

— West…

Les coups redoublent.

— Monsieur Leavitt !

Ils prononcent son nom n'importe comment.

Je ne le supporte pas.

— J'ai besoin que tu fasses ce que je t'ai demandé, Caro. S'il te plaît. Ça va aller ?

— Oui, ça va aller.

Quand il m'embrasse, sa bouche est chaude et vivante, ses bras puissants m'étreignent, pourtant quelque chose vient de mourir, et j'ai envie de crier. Je referme les poings sur son tee-shirt.

— Je t'aime, dis-je sans réfléchir.

Le moment est mal choisi, je le sais, mais c'est ce qui sort de ma bouche quand j'essaie d'exprimer ce qui doit être dit avant qu'il ne soit trop tard.

West me regarde avec une grande douceur mêlée de regrets. Ses yeux si clairs, son visage si beau…

— Je t'aime, West.

Il m'embrasse une dernière fois et dit :

— Je suis désolé.

Puis il ouvre la porte.

Je dois jeter le pain aux herbes à la poubelle. La levure a monté avant que West ait fini le mélange, et la mie a un drôle d'aspect. Heureusement, toutes les autres fournées sont réussies. Je termine seule, dans un silence assourdissant.

West est parti.

West est en état d'arrestation.

West est perdu et je suis là, entourée d'un millier d'objets, d'odeurs et de saveurs qui me parlent de lui.

Je pleure. Beaucoup.

Mais je finis son travail dans les temps.

À 5 h 30, Bob arrive. Il est étonné de me trouver là.

— Ah oui, West m'a parlé de toi, dit-il quand je me présente. Il est malade ?

— Non, il s'est fait arrêter.

Je n'étais peut-être pas censée lui dire, mais il aurait bien fini par l'apprendre, de toute façon, et je suis sûre que West préférerait savoir que c'est moi qui lui ai annoncé la nouvelle.

La conversation dure une demi-heure, et c'est horrible. Après coup, je regrette de ne pas m'en être tirée mieux que ça. Bob a l'air triste et déçu, et je m'en veux.

Peut-être que mes études de droit m'apprendront à défendre l'homme que j'aime après qu'il s'est fait embarquer pour possession de drogues qui ne lui appartenaient même pas.

En même temps, je me demande si une telle défense existe vraiment.

En sortant de la boulangerie, j'appelle Bo, qui me répond par monosyllabes et me fait un peu peur. J'ai l'impression que je l'ai réveillé, mais tant pis.

Après ça, je ne sais pas où aller. Je pourrais me rendre au poste de police, mais pour y faire quoi ? West m'a bien précisé de garder mes distances, et je le lui ai promis, mais je ne supporte pas de rester sans rien faire. J'ai regardé beaucoup de séries policières avec Bridget, et j'imagine West dans une pièce froide et vide, face au flic blond, qui lui demande de livrer le nom de ses complices.

J'imagine West ouvrir sa grande gueule et trouver le moyen de mettre le policier en rogne.

Puis je pense à Frankie et je comprends qu'il ne fera jamais ça. Il y a des limites à ce qu'il est prêt à sacrifier pour Krishna.

Rien ne pourrait l'empêcher de partir. Cet après-midi, demain, après-demain... Il finira bien par monter dans son avion pour retourner chez lui.

J'aimerais douter de lui à ce sujet. J'aimerais ne pas être aussi sûre qu'il fera exactement ce qui lui semble nécessaire et juste.

J'aimerais que ce qui lui semble juste coïncide avec ce que je veux, mais ce n'est pas le cas. Je me retrouve donc toute seule ici, à me faire du souci pour lui. Je suis plantée là, dans la rue, au bord des larmes, parce qu'il va s'en aller et que moi, je vais rester, alors que je l'aime.

Ce n'est pas juste.

Je vais m'asseoir sur les marches du poste de police, à quelques rues de la boulangerie. Les trottoirs sont déserts, il est encore trop tôt. Seules quelques voitures passent. Les vacances de printemps commencent ce soir, mais l'Iowa est coincé en hiver. Le sol est encore gelé.

Je déteste cet endroit, aujourd'hui. Je déteste l'Oregon aussi – l'océan, les dunes que je n'ai jamais vues. Je déteste les mobile-homes. Je déteste la mère de West, parce que cette pauvre conne ne peut pas s'empêcher d'aimer un homme qui ne le mérite pas et que, au passage, elle me prive de l'homme que j'aime, moi.

Tant de haine... Pourtant, ma haine ne me paraît pas toxique ; elle me paraît juste, inévitable. J'ai besoin de détester tout ça parce que ça forme un bloc monolithique planté en travers du chemin de ma vie, un gros cube de métal qui se contente de sonner creux quand je donne des coups de pied dedans.

Je ne peux que détester ça.

Je suis toujours assise sur les marches une heure plus tard, quand Josh sort du poste et s'arrête pour allumer une cigarette.

— Caroline, dit-il en me voyant.

Il vient de prendre une bouffée de tabac et s'étouffe avec. Il lui faut un petit moment pour recouvrer l'usage de la parole.

— Eh ben…

Il ne me demande même pas ce que je fais là.

Il le sait déjà.

Josh, avec ses longs cheveux, ses longs bras et ses longues jambes toutes maigres. Je croyais qu'on était amis. Je croyais qu'il m'aimait bien.

C'est lui qui a dénoncé West.

— Nate est là-dedans ?

— Quoi ? Non, dit-il.

— Donc c'est bien toi qui as balancé West aux flics.

À voir sa tête, on pourrait croire que je lui ai donné un coup de massue dans le front. Il ne s'attendait pas à cette conversation.

Je me lève pour profiter de sa surprise. Mon père fait toujours ça quand il veut prendre l'avantage : il se met à arpenter la pièce. Je pousse le vice jusqu'à me placer une marche au-dessus de Josh. Pourquoi me priverais-je d'utiliser toutes les armes qui sont à ma disposition ?

Pourquoi ne pas l'accuser franchement ? J'en ai le droit, après tout.

— Qu'est-ce qu'il t'a fait, Josh ? Et moi, qu'est-ce que je t'ai fait ? Pourquoi tu me détestes autant ? Je ne comprends pas, il va falloir que tu m'expliques.

— Rien. Je ne te déteste pas.

— Tu l'as dénoncé aux flics.

— Non. Je te jure que…

— Qu'est-ce qui s'est passé ? Tu as juste décidé de leur passer un petit coup de fil, comme ça, ou tu t'es fait embarquer ?

Je l'observe un instant, les yeux plissés. Je n'ai pas besoin de sa réponse pour comprendre.

— OK, je vois, tu t'es fait embarquer. Pourquoi ? Qu'est-ce que tu avais fait ?

— Rien. Je fumais un joint dans ma voiture.

— Où ça ? Sur le campus ?

— Non, dans le parking du supermarché.

— Tu te fous de moi ?

Il secoue la tête.

— Tu t'es fait choper par les flics en train de fumer un joint dans ta voiture sur le parking du supermarché ? Tu es vraiment con à ce point ?

Il n'ose même plus me regarder.

Je poursuis :

— Laisse-moi deviner : ils t'ont demandé qui t'avait vendu le matos, et tu as dit que c'était West, alors que ce n'était pas même pas vrai.

— Je n'avais pas le choix.

— Si, Josh, tu avais le choix, et tu as choisi d'être un gros lâche. Tu as fait porter le chapeau à West, parce que c'est juste un dealer et que, de toute façon, Nate ne peut pas l'encadrer. Ce n'est pas comme s'il y avait des gens qui l'aiment et s'inquiètent de son sort, hein ? Il risque peut-être de se faire virer de la fac, mais on s'en fout, pas vrai ? Il ne compte pas – pas autant que toi ?

Plus je parle, plus ma colère menace de devenir incontrôlable. Ce n'est pas tant à Josh que j'en veux. C'est à Nate.

Il ne m'a jamais vraiment considérée comme un être humain – comme une vraie personne. Il ne m'aurait jamais traitée comme il l'a fait, sinon, aussi bien pendant qu'on était ensemble que depuis notre rupture.

Tout ça, c'est sa faute. Certes, c'est Josh qui a dénoncé West, mais c'est à cause de Nate qu'il en a eu l'idée. C'est Nate qui l'a convaincu – ainsi que tous nos amis communs – que j'étais complètement tarée. C'est Nate qui m'a traitée comme une merde, qui a abusé de ma confiance, qui a abusé de moi et qui s'en est tiré indemne.

Ça fait des mois, et ma colère se réveille seulement maintenant.

Pourquoi ne s'est-elle pas réveillée plus tôt ?

— Où est Nate ?

— Je ne sais pas. Il doit dormir.

— Oui, mais où ? Il est rentré ?

— Hein ?

— Est-ce qu'il est rentré à Ankeny pour les vacances ? Ou est-ce qu'il est encore ici ?

— Il est rentré.

— Merci.

Je descends les marches en courant, laissant Josh planté là comme un con.

J'ai enfin la force nécessaire et, surtout, un but précis vers lequel diriger mon énergie. Dès que j'arrive sur le trottoir, je m'envole.

Il est presque 8 heures quand j'atteins Ankeny, et l'autoroute est encombrée. Quand j'arrive dans le quartier de Nate, toutes les voitures roulent en sens inverse de moi, ce qui me donne déjà l'impression d'enfreindre les règles. C'est encore plus net quand je me gare dans son allée et que je vais frapper à la porte. C'est sa mère qui vient m'ouvrir.

Elle est adorable. Elle a toujours été très accueillante avec moi et, clairement, elle ne sait pas comment réagir maintenant que je me trouve sur le pas de sa porte. C'est compréhensible. Avant, j'entrais sans frapper. C'était ma deuxième maison pendant l'année de terminale.

À présent, je représente un danger – une menace pour son fils et pour sa tranquillité. Elle sait tout. Je le vois bien.

— Est-ce que Nate est là ?

— Il dort encore.

— Est-ce que vous pourriez le réveiller, s'il vous plaît ?

— Tu n'aurais pas dû venir, Caroline.

— Et pourtant, je suis là.

— Tu devrais laisser l'université s'occuper de cette histoire.

J'en ai marre de cette expression : « cette histoire ». Je n'arrête pas de l'entendre, depuis une semaine, comme si tout le monde se cachait derrière ce mot innocent avec une lâche pudeur.

Tant pis pour la pudeur. Je suis passée à l'attaque. J'accuse, et je ne la laisserai pas se cacher derrière des mots.

— Est-ce que vous avez vu les photos ?

Elle n'arrive même pas à croiser mon regard.

— Caroline, je n'ai pas envie de parler de cette histoire.

— Est-ce que vous les avez vues, oui ou non ?

— Oui.

— Est-ce que vous avez reconnu le dessus-de-lit de Nate, en arrière-plan ?

Elle croise les bras tout en gardant les yeux rivés au sol.

— C'est bien moi, sur ces photos, mais c'est aussi votre fils, même s'il refuse de l'admettre. C'était lui, avec moi, et je n'avais jamais parlé à personne de ces photos. Alors, si le monde entier peut les voir aujourd'hui, c'est sa faute à lui. Nate a des explications à me fournir. Je voudrais que vous alliez le réveiller, s'il vous plaît.

On se fait face en silence pendant quelques secondes. Elle espère sans doute que je vais me dégonfler et partir, mais elle se trompe.

Elle finit par tourner les talons et s'engager dans l'escalier, laissant la porte ouverte derrière elle. Je reste sur le seuil, dans la lumière grise du matin, comme un cadeau encombrant.

J'entends la radio dans la cuisine. Des voix me parviennent de l'étage, un échange de murmures étouffés dont je ne saisis pas le sens.

Une plainte geignarde. Une repartie cinglante. Puis la conversation se fait plus distincte. Quelqu'un a ouvert une porte.

— Pourquoi tu prends sa défense ?

— Je ne prends pas sa défense, mais si j'apprends qu'elle dit vrai, ne compte pas sur moi pour t'épauler sous prétexte que tu es mon fils. C'est absolument honteux, ce qui lui est arrivé.

— C'est ce qu'elle a fait qui est honteux.

— Ce qu'elle a fait, elle l'a fait avec toi, alors habille-toi et va lui parler.

J'entends des bruits de pas, puis de l'eau qui coule dans la salle de bains.

Nate descend enfin, pieds nus, en jean et tee-shirt rouge. Il sent le dentifrice.

En me voyant, il se passe une main sur la nuque.

— Je ne suis pas censé te parler.

— Ah bon ? D'après qui ? L'administration de Putnam ? Genre !

— Je pourrais me faire virer.

— Ça, tu aurais dû y penser avant de t'amuser à détruire mon avenir.

Il plisse les yeux.

— T'en rajoutes pas un peu, là ?

— Quoi ? Tu crois que j'exagère ?!

— Personne ne s'est amusé à détruire ton avenir, Caro. Tu sais très bien que ton avenir est tout tracé.

— Qu'est-ce que tu veux dire par là ?

Il pince les lèvres mais ne répond pas.

— Tu ne te rends même pas compte, en fait !

Je viens seulement de le comprendre, mais c'est évident. Il n'a pas la moindre idée de la portée de ses actes.

Quand il m'a dit qu'on serait toujours amis, d'une certaine façon, il le pensait sincèrement.

— Tu crois peut-être que c'était une bonne blague ? Comme la fois où toi et tes potes aviez recouvert de mousse toutes les fenêtres du lycée, ou que vous aviez fait rouler la voiture de l'entraîneur de foot jusqu'au terrain de jeu et que vous l'aviez garée au bout du tape-cul ? Comment ça s'est passé ? Tu étais tout seul un soir, à te branler devant des sites pornos avec un pack de bières à portée de main, et tu t'es dit : « Tiens, je vais mettre les photos de Caroline en ligne, on va bien se marrer » ?

— On m'a volé mon téléphone, marmonne-t-il.

— Oh, arrête tes conneries, Nate ! Tu mens, et tu le sais aussi bien que moi. Je n'y crois pas ! C'est vraiment ça qui s'est passé. Tu t'es dit que ce serait drôle, ou que tes potes trouveraient ça cool. Tu t'es dit que je l'avais bien mérité, peut-être ? Il ne t'est pas venu à l'idée que ça allait foutre en l'air mes chances de devenir juge un jour ? Que ça allait pourrir ma relation avec mon père, alors que c'est le seul parent qu'il me reste ? Tu ne t'es même pas douté que ça m'empêcherait de dormir pendant des mois ? Que je ne pourrais plus regarder un mec dans les yeux sans frémir ? J'ai envisagé de changer de nom de famille, Nate ! Je reçois des coups de fil de parfaits inconnus qui me promettent de venir me planter une lame de rasoir dans la chatte ! Tu te rends compte des conséquences de ta bonne blague ? Et encore, je ne te raconte pas tout. Alors, maintenant, j'aimerais que tu m'expliques pourquoi tu as fait ça.

— J'ai rien fait du tout, moi.

Il parle d'une petite voix geignarde. Ça aussi, c'est un mensonge odieux et ridicule, tellement minable qu'il n'ose même pas le formuler haut et fort.

— Si, Nate. C'est toi qui m'as fait ça.

Il hausse les épaules.

— Tu es immonde, Nate.

Il n'y a pas d'autre mot. Ce n'est qu'un triste connard qui se cache derrière sa haine et se permet de me mépriser – de mépriser West.

— Tu me fais pitié, dis-je.

— Ben toi, t'es qu'une salope, lance-t-il.

— Ah bon, et pourquoi ? Qu'est-ce qui fait de moi une salope ? Explique-moi. C'est parce que je t'ai largué ? Parce que je suis là, devant toi ? Parce que j'ai refusé la sodomie ? J'ai toujours été une bonne copine, Nate ! Je t'aimais ! Pendant trois ans, j'ai cherché à te faire plaisir par tous les moyens, et toi, voilà comment tu m'as remerciée. Alors je veux que tu m'expliques ce que j'ai fait pour mériter ça.

— J'ai rien à te dire.

J'aimerais que sa mère le voie en cet instant. Avec son air buté, il boude comme un sale gosse.

C'est exactement ça. Nate n'est qu'un sale gosse capricieux, trop têtu pour admettre ses fautes, trop immature pour mesurer les conséquences de ses actes.

Il me déteste uniquement parce qu'il le peut.

Parce qu'il a le droit.

Parce qu'il est de sexe mâle, d'un milieu aisé, et que le monde tolère tous ses écarts de conduite.

Enfin, jusqu'à présent. C'est fini, tout ça. L'avenir détruit par ses photos ne sera pas le mien.

— Passe de bonnes vacances, dis-je, et profite bien de la fin de ton semestre à la fac. Tu n'en verras pas d'autre.

Quelque chose change dans son regard.

Il a peur.

Pour la première fois de sa vie, Nate a peur de moi.

Tant mieux.

Je retourne à ma voiture et claque la portière.

C'est moi qui me trouve dans le cube de métal, maintenant, mais j'y suis en sécurité. Je peux me déplacer à ma guise. Je vais trouver un moyen de vivre ma vie confortablement malgré tous les obstacles qui se dressent en travers de mon chemin.

Je ne sais pas encore ce que je vais faire au sujet de Nate. L'administration de Putnam va-t-elle donner suite à ma plainte ? Y a-t-il d'autres moyens de l'attaquer en justice ? J'ai commencé à me renseigner en ligne, mais, jusqu'à maintenant, je n'avais pas envisagé de prendre l'offensive, alors je ne sais pas encore à quoi m'attendre. Je ne sais même pas ce que je veux obtenir de Nate. Il faut dire que ça ne fait pas longtemps que je m'autorise à vouloir, tout simplement.

Ce n'est pas aujourd'hui que je vais répondre à toutes ces questions. Pour l'instant, je suis confrontée à une impossibilité plus urgente.

West s'en va, et je l'aime.

Je ne peux rien y changer. Tout ce que je peux espérer, c'est de trouver un moyen de faire face.

J'ai du pain sur la planche, un pouvoir à exercer, des torts à redresser.

Je démarre ma voiture et prends la direction de la maison de mon père.

J'ai un service à lui demander, et il est le seul qui puisse m'aider.

— J'ai besoin que tu fasses sortir mon copain de prison.

Je n'aurais jamais cru dire cette phrase un jour, surtout pas à mon père, pourtant je l'énonce d'une voix claire et sûre.

C'est lui qui ne sait pas comment recevoir cette requête.

— Tu veux que je… Ton quoi ? De prison ?!

J'aurais peut-être dû préparer le terrain, attendre un jour où il serait heureux de me voir. Au lieu de ça, je l'ai trouvé dans la cuisine, en train de lire le journal avec une tasse de café à la main, les yeux cernés, la bouche triste. Il n'a pas souri en me voyant par la fenêtre.

Tant pis. Je n'ai pas le temps d'attendre. C'est maintenant ou jamais, alors que mon estomac se tord de douleur quand j'envisage une vie entière à lire de la déception dans les yeux de mon père.

— Il s'appelle West Leavitt et il est détenu au poste de police de Putnam. Enfin je crois. J'aimerais bien que tu te renseignes à ce sujet, en fait. Il comptait plaider coupable pour possession d'une petite quantité de cannabis.

— Tu as un copain ? Il fume de l'herbe ?

— Plus ou moins. Enfin, oui, c'est mon copain, mais il ne fume que très rarement. La plupart du temps, il se contente de…

… d'en vendre.

Merde !

Il faut que je fasse attention à ce que je dis. Mon père a l'esprit affûté. Il a passé suffisamment de temps à interroger des suspects pour deviner la fin des phrases inachevées.

Je vois son regard s'assombrir quand il comprend. De profondes rides se dessinent sur son front et autour de sa bouche, son double menton se fait plus prononcé.

Petite, je trouvais que c'était le plus beau papa du monde. Je ne l'avais encore jamais trouvé vieux ou faible, et ça me fait mal de savoir que c'est à cause de moi qu'il est tellement éprouvé.

— C'est ce gamin, là. Celui qui vivait dans le même couloir que toi, l'an dernier.

— Oui.

— Tu m'avais promis de ne pas lui parler.

— Je ne lui ai pas parlé pendant très longtemps.

Un long silence s'installe, rompu seulement par les flocons de neige qui font un bruit sourd en s'écrasant sur les vitres.

Mon père boit une gorgée de café.

Je pose les mains sur le dossier d'une chaise en me demandant ce qu'aurait fait ma mère dans cette situation. Aurait-elle pris ma défense, si elle avait été en vie ?

Je pense à ma sœur Alison, qui est en mission avec le Corps de la Paix. Elle a Internet, là où elle est. Je me demande si elle est au courant.

Ma sœur Janelle est au courant, elle. Elle m'a envoyé un long mail que je n'ai même pas lu parce qu'il commençait par « je te pardonne » et que je ne veux pas de son pardon.

Je n'ai rien à me faire pardonner.

— Raconte-moi ce qui s'est passé, dit mon père.

— Avec la police ?

— Raconte-moi tout.

Alors j'essaie.

Je fais de mon mieux pour lui dire tout ce que j'ai tu l'autre jour sous l'effet de la colère.

Je fais de mon mieux, même si j'ai l'impression de perdre un temps précieux que je pourrais passer avec West, et même si je ne suis pas sûre que mon père m'entende à travers le filtre de sa déception.

J'essaie parce que je connais bien mon père. Je sais qu'il est juste et qu'il m'aime.

Je commence par le début et retrace le fil de cette histoire jusqu'à cet instant, cette cuisine. Je lui dis tout ce qu'il a besoin de savoir – ce que Nate m'a fait, ce que West m'a apporté, tout ce qui s'est passé, tout ce qui me paraît pertinent.

Je lui dis que j'aime West, parce que, ça aussi, c'est pertinent.

Et puis, parce que, maintenant que je l'ai dit à West, je me sens capable de le dire à tout le monde.

J'aime West. Je l'aime, je l'aime, je l'aime.

Quand je finis mon récit, mon père sort de la pièce, mais je ne le suis pas. Je rince sa tasse, sors les grains de café du congélateur et refais une cafetière, puis je débarrasse le plan de travail et charge le lave-vaisselle.

Je lui laisse un peu de temps.

Je me dis que, à sa place, j'aurais besoin de temps.

Je suis sa petite dernière, celle qui a perdu sa mère si jeune qu'elle ne s'en souvient même plus. C'est lui qui m'a bercée contre son torse pour me consoler chaque fois que j'ai eu des cauchemars, c'est lui qui est venu à chaque concert de la chorale, chaque concours d'éloquence, chaque remise de diplôme.

Il a une photo de moi dans son cabinet, avec des couettes et une dent qui manque.

Peut-être que, quand sa plus jeune fille, son bébé orphelin de mère avec ses couettes et sa dent qui manque, s'est envolée du nid, il s'est consolé en se disant que j'étais intelligente et que je saurais prendre les bonnes décisions.

Ce doit être horrible pour lui de faire face aux conséquences de mes erreurs de jugement.

Je ne suis pas une oie blanche. Je ne conçois pas mon avenir comme quelque chose que je pourrais salir par ma négligence. Mon père, en revanche… Peut-être qu'il a soigneusement entretenu cette image, ces espoirs me concernant, et maintenant il doit affronter la réalité de ce que j'en ai fait.

Sa petite fille est toute nue sur Internet.

Sa petite chérie s'est entichée d'un dealer.

Je lui laisse tout le temps qu'il lui faut.

Il revient dans la cuisine seulement dix minutes plus tard.

Quand je lui sers une nouvelle tasse de café, il l'accepte. Il garde un instant les yeux rivés sur le breuvage noir avant de croiser mon regard.

— Je vais passer quelques coups de fil.

— Merci.

Il soupire et repose sa tasse.

— Ne me remercie pas encore, Caroline. Je doute de pouvoir faire grand-chose et, honnêtement, je ne suis pas sûr que je ferais quoi que ce soit si ce garçon…

— West.

— Si… West n'était pas déjà sur le point de partir.

— Je comprends. Merci.

C'est déjà une énorme concession. En passant ces quelques coups de fil, il risque sa réputation pour West. Ça veut dire qu'il me fait encore confiance – au moins un petit peu.

Je passe les bras autour de son cou. Il sent l'après-rasage – le parfum de mon père.

— Je t'aime, papa.

Il mérite de l'entendre, parce qu'il est l'univers dans lequel j'ai grandi et qu'il m'a tellement donné – confort et sécurité, intelligence et courage, toutes les connaissances qui nourrissent mes forces.

C'est un père génial, et je l'aime.

Il finit par me prendre dans ses bras, lui aussi, et à me serrer contre lui.

— Est-ce que tu pourrais attendre un peu avant de me balancer une autre révélation de ce genre ? demande-t-il. Tu risques me causer une crise cardiaque, sinon.

— Je vais essayer, même si je me dois de te prévenir tout de suite : je ne reste pas pour les vacances. J'aimerais passer autant de temps que possible avec West avant qu'il reparte.

Mon père pousse un nouveau soupir.

Une longue minute s'écoule au son des flocons. Mon père ne me lâche pas, et je ne le lâche pas non plus. Le col de sa chemise est tout raide, il est tout chaud et me paraît bizarre maintenant que j'ai pris l'habitude de me blottir contre West.

Mon père n'est pas très grand, en fait. J'ai toujours cru qu'il était beaucoup plus grand que moi, mais pas tant que ça.

Il est ordinaire.

On fait de notre mieux, lui et moi.

— J'ai parlé à Dick. Il a commencé à réfléchir à différentes stratégies, dit-il enfin.

— OK. Je serai ravie d'entendre ses suggestions. Quand est-ce qu'on pourrait en discuter, tous les trois ?

Mon père recule d'un pas et me regarde, les sourcils froncés.

— « D'entendre ses suggestions » ?

— Oui, papa, dis-je en posant une main sur son bras. C'est à moi de mener ce combat. J'accepte volontiers le soutien que tu pourras m'apporter, mais ne va pas te faire d'illusions. C'est moi qui commande.

Bizarrement, il rigole. Ce n'est pas un franc éclat de rire, plutôt un demi-sourire accompagné d'un soupir amusé.

— Tu as toujours été casse-couilles, lance-t-il, l'air très fier de moi.

Vacances de printemps

West

J'aurais aimé avoir une photo d'elle ce jour-là.

Je lui avais dit de garder ses distances, de ne pas s'en mêler, mais je ne m'attendais pas vraiment à ce qu'elle m'obéisse. Après tout, elle m'avait bien fait comprendre que, même si on formait une équipe, c'était elle le capitaine.

Il y a des mecs à qui ça poserait un problème – notamment son connard d'ex –, mais pas moi. J'avais fait semblant de râler, sur le coup, mais c'était du cinéma, pour la faire rire.

Caroline est le capitaine, mais ça ne veut pas dire que je ne compte pas. Ça ne me diminue en rien. Ça prouve simplement que c'est une fille formidable.

C'est quelque chose qui m'a toujours plu, chez elle : sa capacité à entrer dans une classe avec son trieur, son manuel et ses stylos, et à faire comprendre par sa seule posture que c'est elle qui commande.

C'est ce qui la rend si incroyable.

Bref, j'aimerais beaucoup avoir une photo de Caroline sur les marches du poste de police – et pas parce que j'ai oublié à quoi elle ressemblait ce jour-là.

Son port de tête impeccable, ses cheveux soyeux par-dessus le col de son manteau. L'expression de son visage, si sérieuse, puis, soudain, radieuse. Ses grands yeux bruns se sont illuminés quand elle m'a vu franchir la porte.

Je n'oublierai jamais ça. Comment le pourrais-je, alors que c'était la première fois que je la revoyais depuis qu'elle m'avait avoué qu'elle m'aimait ?

C'est la seule personne qui m'ait jamais dit ça, à part ma mère et Frankie. La seule fille qui m'ait jamais donné son cœur, et elle a choisi de me le donner pile au moment où je partais – et où tout partait en vrille. Je me suis fait virer de la boulangerie, je n'ai pas terminé mes partiels, j'ai failli la faire arrêter pour complicité, et c'est justement là qu'elle a décidé de me dire qu'elle m'aimait.

Je n'ai pas su quoi répondre à cela. Je ne le sais toujours pas.

Moi aussi, je t'aime.

Elle en est consciente, je crois. Sinon, c'est que je n'ai pas fait ce qu'il fallait pendant ces quelques semaines qu'on a passées ensemble.

Elle sait que je l'aime, mais ce serait presque cruel de l'avouer haut et fort ; ça ne ferait qu'ajouter de la valeur à ce que nous allons perdre.

J'ai envisagé de lui dire « Tu ne devrais pas », mais je n'ai pas pu m'y résoudre.

Elle ne devrait pas m'aimer, mais je suis heureux que ce soit le cas.

Plus qu'heureux, je suis avide de son amour. Il n'est pas une seule cellule de mon corps qui souhaiterait qu'il en soit autrement.

Elle est amoureuse de moi.

Dieu merci.

J'aurais voulu cette photo. Caroline debout sur les marches, au soleil, entourée de nos amis. Bridget et Quinn étaient là, auprès d'elle, et écoutaient quelque chose qu'elle leur disait. J'avais fait promettre à Bridget de prendre bien soin d'elle, mais, en la voyant là, j'ai compris qu'elle n'avait plus besoin de ça – si tant est qu'elle en ait eu besoin un jour. Elle avait Bridget et Quinn à ses côtés, son père garé juste devant, tous prêts à exécuter ses plans.

C'était elle qui commandait.

Son père a usé de son influence pour m'obtenir la liberté conditionnelle et l'autorisation de quitter l'Iowa. Il me suffit de suivre une espèce de cure de désintoxication en Oregon. Je ne suis pas complètement tiré d'affaire, mais l'avocat qui m'a été commis d'office m'a assuré que le délit serait effacé de mon casier judiciaire une fois que j'aurais terminé la cure. Le flic m'a dit que je m'en étais bien tiré – bien mieux que je ne le méritais.

Le père de Caroline a déclaré qu'il serait ravi de me savoir dans l'avion pour l'Oregon.

Je les comprends, tous les deux. Si j'étais à leur place, je n'en penserais pas moins.

Bien mieux que je ne le méritais – ça résume parfaitement Caroline. Depuis le début, chaque moment que j'ai passé avec elle était bien mieux que tout ce que je méritais.

Je devrais peut-être m'en vouloir d'avoir couché avec elle, d'être devenu son ami, d'être allé la chercher alors qu'elle était dans sa voiture et de l'avoir attirée dans ma vie.

J'ai des regrets, évidemment. Je m'en veux d'avoir laissé Frankie toute seule avec ma mère. Je m'en veux d'avoir pu croire qu'il y avait une place pour moi ailleurs qu'auprès d'elle – que je pouvais brusquement me délester de la responsabilité que j'avais endossée presque dix ans auparavant et compter sur ma mère pour prendre la relève.

Je regrette d'être venu à Putnam. Si j'étais resté dans l'Oregon, j'aurais peut-être pu éviter ce désastre. J'aurais peut-être réussi à empêcher ma mère de se remettre avec mon père. Elle serait peut-être toujours avec Bo, et Frankie serait en sécurité avec ses peluches et ses ongles vernis à paillettes. J'aurais dû rester auprès d'elle pour lui lire des histoires et lui assurer qu'elle pourrait devenir qui elle voulait – tout ce qu'elle voulait.

Mes pouvoirs s'arrêtent là. Je peux donner tout ça à Frankie ; je n'ai pas le droit de le garder pour moi.

Je m'en veux d'avoir été aussi égoïste.

Mais je ne regrette rien de ce que j'ai vécu avec Caroline.

J'aurais bien aimé avoir une photo, quand même.

Son sourire.

Ses yeux quand elle a relevé la tête et qu'elle m'a vu sortir, libre.

J'aurais aimé une photo de ça, juste pour pouvoir garder quelque chose de Caroline.

Avril

Caroline

J'ai eu droit à une semaine, le temps que tout soit réglé sur le plan juridique.

Sept jours.

Il a essayé de me maintenir à distance, au début, mais je ne l'ai pas laissé faire. J'ai dormi dans son lit. Je l'ai embrassé, léché, mordu et griffé, j'ai promené ma langue sur son corps, partout où je le voulais.

Il était à moi – *à moi* ! Je savais bien que j'allais devoir le lâcher à un moment ou à un autre, mais je comptais bien attendre la dernière heure. J'ai refusé de le pleurer tant qu'il était auprès de moi.

Je l'ai aidé à faire ses bagages et à vendre sa voiture à Quinn.

Je l'ai aidé à s'endormir chaque soir.

Je l'ai traîné jusqu'au bureau de la vie étudiante et l'ai forcé à annoncer son départ – pas parce que je pensais qu'il reviendrait un jour, mais parce que je voulais qu'il nous quitte dans les règles, de façon réfléchie et délibérée.

C'est de façon délibérée que j'ai pris son sexe dans ma bouche, lentement, tout doucement, puis que je l'ai sucé jusqu'à ce qu'il n'arrive même plus à articuler mon nom, jusqu'à ce qu'il se cambre violemment en plantant ses talons dans le matelas, arrachant les draps au passage, jusqu'à ce qu'il jouisse, les mains emmêlées à mes cheveux, les doigts frémissant derrière mes oreilles.

Je l'ai serré contre moi, de toutes mes forces.

Notre dernière nuit, je lui ai caressé le dos, les épaules, les hanches, les fesses, les bras, le visage et le cou.

Je l'ai aimé aussi longtemps que j'en avais le droit.

Puis je l'ai laissé partir.

Une fois à l'aéroport, je ne sais plus quoi dire.

On se tient la main du parking au comptoir d'enregistrement.

On se tient la main du comptoir d'enregistrement à la file d'attente pour les contrôles de sécurité.

On se tient la main jusqu'au moment où il faut bien se lâcher, parce qu'il doit y aller et que, moi, je reste.

Il pose son sac à dos par terre et me serre dans ses bras.

Je ne trouve pas de mots qui aient le moindre sens. C'est tellement plus facile de m'appuyer contre lui, d'essuyer mes cils ourlés de larmes sur sa chemise, de sentir ses lèvres dans mes cheveux, ses bras si forts autour de moi.

Je ne lui dirai pas que j'aimerais qu'il reste. À l'autre bout du pays, il y a une petite fille qui a besoin de lui, un endroit où il est chez lui, une vie qui n'est pas celle-ci. Je n'ai pas le droit de m'opposer à son départ.

J'aimerais que les choses soient différentes, évidemment, mais tant qu'elles sont ce qu'elles sont, je ne dirai rien.

— Eh, souffle-t-il.

Je lève les yeux vers lui et lui caresse le cou, jusqu'à ses oreilles, qui se décollent un peu sous sa casquette noire. Il va monter dans l'avion et voyager à côté d'une dame qui croira sans doute qu'il s'agit d'un étudiant comme un autre, d'un jeune homme sans importance. Elle ne se rendra même pas compte qu'il est West – qu'il est tout.

— Elles vont me manquer, tes oreilles, dis-je.

— Moi, c'est tes dents, qui vont me manquer.

— Oh ! Je ne t'ai jamais montré comment j'arrivais à cracher entre.

— Ce n'est pas grave. On a trouvé d'autres moyens de s'occuper.

Ça me fait sourire, c'est communicatif, on se regarde en silence. J'étudie les petites rides au coin de ses yeux et celles, plus profondes, qui entourent sa bouche. J'admire ses jolies dents blanches. Son nez au profil irrégulier. Puis son sourire s'efface, et sa bouche redevient sérieuse, comme ses yeux.

Je lui caresse les oreilles, lui pince doucement les lobes.

— Comment on fait, West ?

— Je ne sais pas. On le fait, c'est tout.

J'attrape la visière de sa casquette et la fais pivoter pour pouvoir l'embrasser.

Debout sur la pointe des pieds, je lui donne un baiser d'adieu.

Il referme la main sur ma nuque et glisse sa langue entre mes lèvres. Aussitôt notre baiser se fait plus profond et nous entraîne plus loin, jusqu'à cet endroit où les frontières disparaissent entre lui et moi – cet endroit où je lui ai donné mon cœur, mon âme, comme un drapeau de prière bariolé qui flotte au vent et déclare qu'il est mien à jamais.

Avec ce baiser, je lui souhaite que tout aille bien, je lui souhaite de réussir tout ce qu'il entreprendra. Je veux qu'il se serve de sa tête, de sa curiosité insatiable, de sa créativité, et qu'il les mette au service de quelque chose qui nourrira son âme.

Avec ce baiser, je lui dis de ne pas oublier de manger, de continuer à faire du bon pain, de prendre soin de ses journées.

Je lui dis que je l'aime, et que mon amour veut qu'il soit heureux, comblé.

Mon amour exige que je le laisse partir.

Quand il s'écarte doucement et frotte le bout de son nez le long de ma joue, je pleure à chaudes larmes.

— Non, Caroline. Oh non, ne pleure pas.

— Ce n'est pas grave. C'est comme ça, c'est tout.

Ses mains. Il pose ses mains sur mes épaules, dans mon cou, passe les pouces sur mes lèvres. Je caresse ses avant-bras en suivant les lignes de ses muscles fermes du bout des doigts, j'ébouriffe ses poils fins et doux en regrettant qu'on n'ait pas plus de temps.

Ce n'est pas juste qu'on n'ait pas plus de temps.

Il n'y a personne auprès de qui se plaindre.

Mes doigts butent contre le bracelet en cuir qui porte les lettres de son nom. Je trouve le bouton pression et le déloge d'un coup sec. Il tombe par terre et, quand je me baisse pour le ramasser, je me cogne à West, qui a voulu le rattraper pour me le donner. Encore une chose qu'il ferait pour moi s'il le pouvait. Encore une façon de m'aider à rester en vie, tête haute.

— J'ai besoin de le garder, dis-je.

Il sourit.

— OK.

Il l'attache à mon poignet, puis dépose un baiser juste à côté, là où bat mon pouls.

Moi aussi, j'ai des drapeaux dans le cœur, qui disent la prière de West. Je le porterai avec moi jusqu'à la fin de mes jours.

— Prends soin de toi, me dit-il. Ne laisse personne s'en prendre à toi.

— Plus jamais.

— Bridget et Quinn veillent sur toi. Essayez d'empêcher Krishna de s'autodétruire complètement, si vous le pouvez.

Krishna.

Krishna va mal.

Il a joué le jeu et a laissé West porter le chapeau. Quand il est sorti du poste, il est allé tout droit dans un bar et n'est pas retourné à l'appartement depuis. Il refuse de prendre les appels de West.

Il n'y a que Bridget qui semble savoir où il est. Elle lui a parlé à une ou deux reprises. Elle s'inquiète pour lui, mais aucun de nous ne sait quoi faire.

Je n'arrive pas à me concentrer sur Krishna, là, tout de suite.

— Je vais faire de mon mieux.

J'ai la voix pleine de larmes et le cœur tailladé. Chaque seconde qui passe me vide de mon sang, me nettoie.

West appuie la tête contre mon cou et m'embrasse dans le creux.

— Je ne veux pas que tu pleures à cause de moi. Tu vas très bien t'en sortir – mieux que bien, même. En plus, tu vas enfin pouvoir dormir correctement, ce qui veut dire que tu vas vivre plus longtemps.

Reviens-moi.

Ces mots m'apaisent, même si je me contente de les laisser résonner en moi, les lèvres serrées pour ne pas les laisser échapper. Je pose les mains dans le dos de West pour sentir sa chaleur, les mouvements lents qui accompagnent sa respiration, les petites bosses de ses vertèbres.

Je ne sais pas si je le reverrai un jour.

— Promets-moi, dis-je malgré moi, malgré toutes mes bonnes résolutions. Promets-moi d'être mon ami, de m'appeler, de m'envoyer des textos, de me donner de tes nouvelles. Promets-moi que, si tu n'arrives pas à dormir, au milieu de la nuit, et que tu as besoin de quelqu'un…

— Je te le promets, souffle-t-il en redressant la tête et en essuyant mes larmes.

— Tu vas avoir besoin d'une amie.

— Oui.

— Je veux être ton amie, West.

Il m'embrasse au bout du nez.

— Tu l'es déjà, Caroline Piasecki.

Je ferme les yeux. Puis j'ouvre les mains et lâche sa chemise.

— Tu devrais te mettre dans la file d'attente.

— Ouais.

— Envoie-moi un message pour me dire que tu es bien arrivé.

— D'accord.

— Et dis bonjour à ta sœur de ma part.

— Oui. Ça va lui faire plaisir.

Cette fois, quand il m'embrasse, je m'interdis de le toucher. Seules nos lèvres se rencontrent.

Sa bouche est si douce.

Elle me dit tout ce que j'ai essayé de lui faire comprendre dans mon baiser, et plus encore.

Vis, respire, bats-toi.

Sois qui tu es, sois encore meilleure.

Sois indomptable.

— Ne m'attends pas, murmure-t-il entre deux baisers. Je ne veux pas que tu m'attendes.

Puis il se baisse, attrape son sac à dos et s'éloigne.

Je repense au jour où on s'est rencontrés.

Il a garé sa voiture à mes pieds. Il ne lui a fallu qu'un sourire et quelques mots pour me faire tomber dans les pommes.

Je repense à ce jour-là, dans le couloir, quand il tenait son pauvre poulet en caoutchouc entre deux doigts et qu'il m'a dit : « Tu veux jouer ? »

Je me dis que je l'attendais depuis toujours.

Je ne sais pas si je vais réussir à m'en empêcher.

Après

Le problème des gentilles filles comme moi – enfin, comme je l'étais jusqu'en août dernier –, c'est qu'on passe notre vie à vouloir faire plaisir, pour que tout le monde nous aime et nous respecte. On finit donc par développer une sorte de radar qui nous permet de détecter les situations qui risqueraient de nous causer du tort.

Alors, quand on subit une attaque injustifiée d'un type qui se donne beaucoup de mal pour nous faire croire qu'on n'est qu'une pauvre salope stupide, la première réaction, c'est de se faire des reproches.

On se répète en boucle que c'est notre faute, qu'on aurait dû se méfier…

Il faut quelqu'un de vraiment fort pour arriver à nous ouvrir les yeux et à nous obliger à regarder ce qui s'est vraiment passé – pour nous montrer qui a fauté.

West m'a appris à faire du pain. Il m'a hissée sur un toit et m'a embrassée jusqu'à ce que je voie des étoiles.

Il m'a appris que ça vaut le coup d'aller plus loin.

Il peut suffire d'un seul texto pour que le sol s'ouvre sous tes pas. Une mauvaise décision, une photo compromettante, et c'est toute une jeunesse dorée qui part en fumée.

C'est là que les vraies décisions s'imposent. Tu regardes autour de toi, tu examines les débris, et tu choisis d'aller de l'avant.

Tu prends les armes – les meilleures : amour, amis et sagesse.

Tu apprends qui tu es vraiment.

Tu détermines ce que tu veux et tu te donnes les moyens de l'obtenir.

Ça veut dire que, parfois, il faut s'autoriser la peur. Il faut oser prendre des risques, faire des erreurs, parce que, sinon, tu ne rencontreras jamais les amis qui vont t'apprendre à faire un plaquage, à boire de la liqueur de caramel sans raison, à retirer ton tee-shirt et à danser en soutien-gorge.

Si tu vois passer une chance d'aller plus loin, attrape-la par le col et attire-la contre toi. Referme le poing sur son tee-shirt jusqu'à ce que le tissu se déchire, jusqu'à ce qu'il ne reste plus que sa peau contre la tienne, une faim dévorante, une ivresse délirante, une jouissance apaisante.

Il le faut, parce qu'il y a de la laideur partout.

Parce que la vie n'est pas juste.

Parce que le monde va mal.

Il le faut, parce qu'il y a de la beauté aussi, et que la beauté mérite bien tous les sacrifices que tu pourras faire pour l'atteindre – même si ce n'est que pour un instant.

Note de l'auteur

Chers lectrices et lecteurs,

Ce qui est arrivé à Caroline s'appelle de la pornographie non consensuelle, ou « porno de vengeance », et c'est parfaitement dégueulasse. C'est aussi parfaitement légal dans tous les États-Unis, à l'exception de la Californie et du New Jersey[1].

C'est une forme de harcèlement qui emploie des images à contenu sexuel, sans l'accord de la personne qui y figure, afin d'humilier cette personne, de l'agresser verbalement et de la dénigrer. Ça arrive tous les jours, sans arrêt, sans que notre système judiciaire daigne s'en préoccuper.

Il faut que ça cesse.

Si vous souhaitez en apprendre davantage à ce sujet ou participer à la lutte contre ce phénomène immonde, je vous invite à vous rendre sur le site de End Revenge Porn (www.endrevengeporn.org), une campagne de

1. Aux États-Unis, le *revenge porn* est désormais considéré comme un délit à part entière dans vingt-cinq États. Il en est de même en Angleterre et au Pays de Galles, et l'Écosse et l'Irlande du Nord ont entamé un processus de consultation pour adopter, elles aussi, des lois spécifiques. En France, s'il n'y a pas de législation *ad hoc*, il est possible de se défendre en portant plainte pour non-respect de la vie privée et diffusion d'images sans consentement. (*NdT.*)

sensibilisation qui vise à faire reconnaître ce problème, à apporter un soutien aux victimes et à faire pression sur le système judiciaire pour que des lois soient établies.

Amicalement,
Robin York

Remerciements

J'aimerais remercier personnellement toutes les femmes qui ont été victimes de pornographie non consensuelle et qui ont eu le courage de témoigner de leur expérience. Leurs histoires ont façonné ce roman, et j'espère sincèrement que *Plus loin* contribuera, même modestement, à alerter le public sur ce phénomène et à changer les mentalités. Il y a encore du progrès à faire.

Je suis infiniment reconnaissante à toute l'équipe de Random House, qui m'a soutenue tout au long de l'écriture de *Plus loin*. Grand coup de chapeau à mon éditrice, Shauna Summers, pour l'habileté avec laquelle elle m'a aidée à concevoir cette histoire, ainsi qu'à Gina Wachtel. Grâce à son enthousiasme sans faille pour Caroline et West, l'écriture de ce roman fut un vrai plaisir – la plupart du temps.

Comme chaque fois que j'entreprends un nouveau projet, j'aurais été perdue sans l'aide de mes amis et critiques. Mary Ann Rivers a toujours compris West mieux que moi-même, et elle m'a souvent tirée d'affaire quand je ne savais plus où l'histoire devait le mener. Elle m'a également écrit une fan-fiction sur *Caroline & West* alors que je pleurais toutes les larmes de mon corps sur les derniers chapitres. J'ai imprimé, doré sur tranche et rangé cette fin dans un dossier spécial tellement elle était géniale. (Il y était question de fessée…)

Mon agent, Emily Sylvan Kim, et ma très chère amie Serena Bell relisent mon manuscrit à chaque étape avec une ardeur flatteuse et ne manquent jamais de suggérer mille modifications qui améliorent l'ensemble. *Plus loin* leur doit beaucoup.

J'ai également une dette envers toutes celles et ceux qui ont contribué aux recherches préliminaires à l'écriture de cette histoire : Maisey Yates, Phoebe Dantoin, Morgan Tuff, Laura Bickle et Curt Johnson. Mon frère Austin a passé des heures à me raconter son expérience de boulanger, et j'ai glané des détails supplémentaires en regardant la vidéo de l'adorable Vincent Talleu sur YouTube cinq ou six fois – ou peut-être dix.

Je remercie également la boulangerie *Not by Bread Alone* de Green Bay, Wisconsin, où la charmante Angela a accepté que je la regarde travailler pendant les petites heures de l'aube, un jour de semaine.

Peu de personnages m'ont donné autant de plaisir que Caroline et West, et j'espère de tout cœur leur avoir rendu justice. S'il reste des erreurs, j'en suis l'unique responsable.

Achevé d'imprimer en septembre 2017
Par CPI France
N° d'impression : 3024203
Dépôt légal : octobre 2017
Imprimé en France
81123443-1